新中国
散文典藏

第二卷

主编　王景科

山东友谊出版社

策　划：丁建元

主　编：王景科

编委会：王兆胜　张清华　王光东　王剑冰　王景科　丁建元
姚文瑞　李登建　马瑞芳　谭好哲　刘烨园　杨守森
孙书文　张丽军　王　谦　张亚欣　石耿立

新中国散文典藏

目录

陈学昭

工作着永远是美丽的

我的一本小说《工作着是美丽的》,早在抗战初期,在延安、晋西北等地的行军途中就开始构思的了。战争年代,流动性大,环境艰苦,我却心中激荡着美丽的感情,坚持写作,一直断断续续地多少年月,终于脱稿并在1949年3月出版了。书中写下了自己对人生的态度和对革命事业的感情。我高兴地捧着它迎接了全中国的解放,我把它当作是祝贺胜利的献礼。

1954年,书又再版了。在当时真真切切的大好形势下,广大的读者纷纷写信,给了我许多的希望和激励。我感到幸福。下决心要为党为革命继续写作下去,写新时代的“工作着是美丽的”。

不料,意想不到的事情发生了。突然之间,我被打入了“右派”的罗网,成了一个“类”字号的人物,写作也因此难以再进行下去了。二十多年来的遭遇和付出的代价,实在够得上惨重。我这个从延安时代过来的女作家,被定为“右派”之时,年纪刚过五十,如今已是七十余高龄的老人了。那被勾划掉了的“美丽的”人生，不可追回，太可惜了。

往日的往事，我不愿意多去回忆，可又常常不自禁地一幕幕拉开在面前，赶也赶不走；后来，便索性不再驱赶和回避它了。我想从这里也能汲取到前进的力量——不忘失去的“工作着”的日子，就应当更加珍重和努力获得“工作着”的现在。党的三中全会精神，鼓舞人心，举国上下正在向着四个现代化进军，我虽然年近古稀，也要老骥伏枥，只要一天不倒下阵去，便要日日努力地“工作着”，为“美丽”的“四化”，尽到一个共产党员应尽的责任。

我在那失去“工作着”条件的时候，特别是“四人帮”棍棒专政的年月，被禁锢得濒于绝生。我想报效于党的事业，不给机会；我想为毕生追求的信仰写点文章，传帮后代，得到的回答尽是粗暴的谩骂和盖顶的凌辱。一次，我被挂牌子拉出去示众，因为天热，我当时只穿了条齐膝的人造丝的裤子，请求扭我两臂的人，放开我，稍等一下，让我去换条长些的裤子，竟不被允许，揪住我就走。他们没有把人当作人看待，人的最起码的尊严完全被践踏净尽了。又有一次，一些人拉着我头发，扬着明闪闪的剪子，要给剪个“阴阳头”，我苦痛已极，大喊大叫：“伟大的领袖毛主席没叫你们这样侮辱人啊！”……

在那个时候，活着都困难了，哪里还能谈到什么“工作着”和“美丽的”呢！

仅只是我一个人受难倒也罢了，亲戚朋友和同志也跟着我备受牵连，因为我而遭殃甚至被害绝命，实在是太叫人心痛心碎了。我得在这里说几句话，借此悼念那些个无辜的冤魂，也平一平自己的一颗滴血痛苦的心。

浙江大学数学系教授徐瑞云同志，出生在一个经济情况不太坏的家庭里，她原籍浙江德清，生长在上海。后来患了肺病，整天抱病在家学习数学，不久病愈，考得官费去德国留学，获得了博士学位。解放后回国任教。1956年参加了中国共产党。按说，徐瑞云同志该是个难得的人才了吧，可是很不幸，因为受到我的株连，她竟被揪斗迫害致死，说来真是令人可叹，我和徐瑞云同志相识，只是在解放初期省人民政府召开人民委员会的时候，因为参加这个会的最初只有三个女同志：徐瑞云，刘天香（妇科专家）和我。开会时常坐在一起，这样就熟识了。仅仅因为这样的关系，打击我就把她也整了一通又一通，直到她死了为止。她死得实在太冤枉了！

还有个广东省卫生局的局长李得奇同志，1926年参加共青团，1938年回到延安，同年11月加入中国共产党。这位老同志也被说成是和“大右派”陈学昭一条线上的人，被迫害死了。其实，李得奇同志早年是延安的牙科医生，技术高明，服务态度又好，当时延安被封锁，补牙材料奇缺，他千方百计地想出办法，解决了许多困难。那是1944年吧，陕甘宁边区政府，召开劳模大会，我被《解放日报》分配去会上采访，李得奇医师是我采访的对象之一，为他写了一篇报道——被“右派”宣扬过的人，那还了得！——他们把这篇报道找出来，写成大字报，贴在大街上，又加上他曾在印度尼西亚住过（事实上他在国外也为革命做了不少工作），于是，他便成了“走资派”加“里通外国特务”再加“黑线人物”三料角色，就这么七斗八斗，给活活斗死了。

我的唯一的女儿，只读了二年中学，每到学期终了，课本还是新的，天天高喊学农、学工、学军，还美其名曰："手上有老茧，就是大学生了！"接着，就分配她去拉大板车，当了个苦工。应该增长知识的大好青春，生生失掉了！大量的有用的辰光，白白荒废了，而且是无法追回的了。我想到我年轻的时候，十几岁就到法国求学，还担任了天津《大公报》的驻欧特派记者，一边学习，一边工作，每周发回一篇稿子。我那时只知拼命地学习，还感到知识有限，时间不够用的。如今我的女儿呢？不错，一个姑娘，常年重劳动或拉板子车，也是工作，谁能说这不是工作呢！但是，如果她能有文化，有知识，"工作着"不是更好一些吗？

那个时候，不仅人要受难，连书籍也在劫难逃！我有一部《四部丛刊》被抄走了，《康熙字典》成了毒草，至于《红楼梦》《水浒》……以及所有外文书，统统落于灾难了。我为此悲痛已极。如果所有的书籍统统勒令为"封、资、修"的东西，仅仅留下一本小红书——一本小红书真的就能代替了知识的海洋吗？这是人人心里明白的事情。

我的痛苦太深、太重，也太多了。

1965 年 2 月，邓颖超同志请她的女秘书写了封信给我，我夹在书里，忘记烧掉。不料被抄，居然又因此惹下了大祸。他们一手拿着这封信，一手提着鞭子，没日没夜地审讯我，让我交代和周总理、邓大姐的关系。唉！事后我才明白，他们哪里是单单为了找我麻烦，"批宋江"，"抓大儒"——分明是在想方设法陷害我极尊敬的大阿哥——周总理呵！

陈毅将军有首诗说得好："莫道浮云终蔽日，严冬过尽绽春蕾。"正当我处在冬云蔽日、不胜忧虑的时刻，全国第四次文代大会即将召开,通知我为代表。我不敢相信这是真的,人变得麻木了。后来,同志们再三解释和说明,甚至把火车票送到了我的手上,我才真真实实地相信了。我欣喜万分,那心情真像李白得赦时那样:“千里江陵一日还”了!

到了北京,会见了许许多多的老战友、老同志,大家握手相顾,恍若隔世之人。一天晚上,我见到了邓大姐和康克清同志。在住所地方,当时我望见了她们二位,眼睛一亮,顿时觉得周身热融融的,灯光也显得更灿烂了。康克清同志紧紧拥抱了我,后来,我又单独去会见过邓大姐。邓大姐张开两臂一下子就把我紧紧地拥抱住了,她亲切地、轻轻地抚摸着我的身子,也是在抚摸着我的伤痕斑斑的心啊!邓大姐和康克清同志,一人拉着我的一只手,瞧瞧我的脸,又上上下下打量了我的身体。我们的邓大姐呵,又一次使劲地紧紧地搂住了我,良久,良久,她大声而又郑重地说:“陈学昭同志,你是个刚直不阿的人,你是个坚强不屈的人!”接着,又贴耳低声关切地说:“身体可好吧?我和总理曾多次谈起你,想念你呢!”大姐的大声评价和低声抚慰,我的心中激动不已。听惯了怒斥和谩骂的我,今天听到这么沁人肺腑的语言,真真是要心花怒放了。我捧着邓大姐的双手,嘴唇颤抖着,只说了一句话:“邓大姐啊!……”

我复诵不出邓大姐和康克清同志给了我多少安慰、鼓励的话,说不清邓大姐又一次单独会见我,给了我些什么样的挚情和神力,我只觉得孟郊的那首《游子吟》,恰是我彼时彼刻的真情实意。

“谁言寸草心,报得三春晖。”我永远也忘不了,是敬爱的周恩来总理亲自派人派车由重庆护送我到延安的情景,是他领我走上了革命的路，又是他和邓大姐在艰苦的战争年代、生活条件十分恶劣的情况下，给了我无微不至的关怀和照顾。我是在党的怀抱里成长的一个赤子，纵然不肖，可我始终没有忘记母亲的恩情，始终有一颗忠贞的寸草心啊！身处逆境的那些年里，尤其是在“四人帮”逞凶为恶、十分阴沉的日子，正是由于有党的信念，我才顽强地度过来的，没有倒下去。近年，《工作着是美丽的》不仅又一次再版，而且我还完成了此书下集的写作，上下两集合为一册出版了；还写了并发表了近二十万字的《想天涯，思海角》的回忆录，这些就是那个时候在没有了“工作着”的条件下，忍受着一切凌辱，不顾环境的恶劣，伏在一张小凳子上写出来的。我是不爱落泪的人，泪已化成了血，笔尖上滴着血写成的书啊！

《工作着是美丽的》这本书，是我奉献给读者的心声。我虽已年迈，身上还有着病痛，但我还要工作，工作，尽我的所能为党为人民做点美丽的工作。

文代会闭幕，我乘车南返的时候，一路上老在品味着、体会着邓小平同志的《祝辞》，想着盛会上的一些情景，想着文艺春天的来之不易。陡然，西湖公园有副对联出现在我的面前：“水水山山处处明明秀秀，晴晴雨雨时时好好奇奇。”我觉得它不仅是对“西湖天下景”的赞美，也应当是对我们伟大的社会主义祖国欣欣向荣的颂歌，让我们为“明明秀秀”而奋发工作吧！

工作着是美丽的！工作着永远是美丽的！

傅雷

傅雷家书(一则)

1956年10月3日晨

亲爱的孩子,你回来了,又走了;许多新的工作,新的忙碌,新的变化等着你,你是不会感到寂寞的;我们却是静下来,慢慢地回复我们单调的生活,和才过去的欢会与忙乱对比之下,不免一片空虚,——昨儿整整一天若有所失。孩子,你一天天地在进步,在发展:这两年来你对人生和艺术的理解又跨了一大步,我愈来愈爱你了,除了因为你是我们身上的血肉所化出来的而爱你以外,还因为你有如此焕发的才华而爱你:正因为我爱一切的才华,爱一切的艺术品,所以我也把你当作一般的才华(离开骨肉关系),当作一件珍贵的艺术品而爱你。你得千万爱护自己,爱护我们所珍视的艺术品!遇到任何一件出入重大的事,你得想到我们——连你自己在内——对艺术的爱!不是说你应当时时刻刻想到自己了不起,而是说你应当从客观的角度重视自己:你的将来对中国音乐的前途有那么重大的关系,你每走一步,无形中都对整个民族艺术的发展有影响,所以你更应当战战兢兢,郑重其事!随时随地要准备牺牲目前的感情,为了更大的感情——对艺术对祖国的感情。你用在理解乐曲方面的理智,希望能普遍地应用到一切方面,特别是用在个人的感情方面。我的园丁工作已经做了一大半,还有一大半要你自己来做了。爸爸已经进入人生的秋季,许多地方都要逐渐落在你们年轻人的后面,能够帮你的忙将要越来越减少;一切要靠你自己努力,靠你自己警惕,自己鞭策。你说到技巧要理论与实践结合,但愿你能把这句话用在人生的实践上去;那末你这朵花一定能开得更美,更丰满,更有力,更长久!

谈了一个多月的话,好像只跟你谈了一个开场白。我跟你是永远谈不完的,正如一个人对自己的独白是终生不会完的。你跟我两人的思想和感情,不正是我自己的思想和感情吗?清清楚楚的,我跟你的讨论与争辩,常常就是我跟自己的讨论与争辩。父子之间能有这种境界,也是人生莫大的幸福。除了外界的原因没有能使你把假期过得像个假期以外,连我也给你一些小小的不愉快,破坏了你回家前的对家庭的期望。我心中始终对你抱着歉意。但愿你这次给我的教育(就是说从和你相处而反映出我的缺点)能对我今后发生作用,把我自己继续改造。尽管人生那么无情,我们本人还是应当把自己尽量改好,少给人一些痛苦,多给人一些快乐。说来说去,我仍抱着“宁天下人负我,毋我负天下人”的心愿。我相信你也是这样的。

翻译经验点滴

《文艺报》编辑部要我谈谈翻译问题，把我难住了，多少年来多少人要我谈，我都婉辞谢绝，因为有顾虑。谈翻译界现状吧，怕估计形势不足，倒反犯了自高自大的嫌疑；五四年翻译会议前，向领导提过一份意见书，也是奉领导之命写的，曾经引起不少人的情绪，一之为甚，岂可再乎？谈理论吧，浅的大家都知道，不必浪费笔墨；谈得深入一些吧，个个人敝帚自珍，即使展开论战，最后也很容易抬出见仁见智的话，不了了之。而且翻译重在实践，我就一向以眼高手低为苦。文艺理论家不大能兼作诗人或小说家，翻译工作也不例外；曾经见过一些人写翻译理论，头头是道，非常中肯，译的东西却不高明得很，我常引以为戒。不得已，谈一些点点滴滴的经验吧。

我有个缺点：把什么事看得千难万难，保守思想很重，不必说出版社指定的书，我不敢担承，便是自己喜爱的作品也要踌躇再三。一九三八年译《嘉尔曼》，事先畏缩了很久，一九五四年译《老实人》，足足考虑了一年不敢动笔，直到试译了万把字，才通知出版社。至于巴尔扎克，更是远在一九三八年就开始打主意的。

我这样的踌躇当然有思想根源。第一，由于我热爱文艺，视文艺工作为崇高神圣的事业，不但把损害艺术品看做像歪曲真理一样严重，并且介绍一件艺术品不能还它一件艺术品，就觉得不能容忍，所以态度不知不觉地变得特别郑重，思想变得很保守。译者不深刻地理解、体会与感受原作，绝不可能叫读者理解、体会与感受。而每个人的理解、体会与感受，又受着性格的限制。选择原作好比交朋友：有的人始终与我格格不入，那就不必勉强；有的人与我一见如故，甚至相见恨晚。但即使对一见如故的朋友，也非一朝一夕所能真切了解。想译一部喜欢的作品要读到四遍五遍，才能把情节、故事，记得烂熟，分析彻底，人物历历如在目前，隐藏在字里行间的微言大义也能慢慢咂摸出来。但做了这些功夫是不是翻译的条件就具备了呢？不。因为翻译作品不仅仅在于了解与体会，还需要进一步把我所了解的，体会的，又忠实又动人地表达出来。两个性格相反的人成为知己的例子并不少，古语所谓刚柔相济，相反相成；喜爱一部与自己的气质迥不相侔的作品也很可能，但要表达这样的作品等于要脱胎换骨，变作与我性情脾气差别很大，或竟相反的另一个人。倘若明知原作者的气质与我的各走极端，那倒好办，不译就是了。无奈大多数的情形是双方的精神距离并不很明确，我的风格能否适应原作的风格，一时也摸不清。了解对方固然难，了解自己也不容易。比如我有幽默感而没写过幽默文章，有正义感而没写过匕首一般的杂文；面对着服尔德那种句句辛辣，字字尖刻，而又笔致清淡，干净素雅的寓言体小说,叫我怎能不逡巡畏缩,试过方知呢?《老实人》的译文前后改过八道,原作的精神究竟传出多少还是没有把握。

因此,我深深地感到:(一)从文学的类别来说,译书要认清自己的所短所长,不善于说理的人不必勉强译理论书,不会作诗的人千万不要译诗,弄得不仅诗意全无,连散文都不像,用哈哈镜介绍作品,无异自甘做文艺的罪人。(二)从文学的派别来说,我们得弄清楚自己最适宜于哪一派:浪漫派还是古典派?写实派还是现代派?每一派中又是哪几个作家?同一作家又是哪几部作品?我们的界限与适应力(幅度)只能在实践中见分晓。勉强不来的,即是试译了几万字,也得"报废",毫不可惜;能适应的还须格外加工。测验"适应"与否的第一个尺度是对原作是否热爱,因为感情与了解是互为因果的;第二个尺度是我们的艺术眼光,没有相当的识见,很可能自以为适应,而实际只是一厢情愿。

使我郑重将事的第二个原因,是学识不足,修养不够。虽然我趣味比较广,治学比较杂,但杂而不精,什么都是一知半解,不派正用。文学既以整个社会整个人为对象,自然牵涉到政治、经济、哲学、科学、历史、绘画、雕塑、建筑、音乐,以至天文地理,医卜星相,无所不包。有些疑难,便是驰书国外找到了专家说明,因为国情不同,习俗不同,日常生活的用具不同,自己懂了仍不能使读者懂。(像巴尔扎克那种工笔画,主人翁住的屋子,不是先画一张草图,情节就不容易理解清楚)。

琢磨文字的那部分工作尤其使我长年感到苦闷。中国人的思想方式和西方人的距离多么远。他们喜欢抽象,长于分析;我们喜欢具体，长于综合。要不在精神上彻底融化，光是硬生生地照字面搬过来，不但原文完全丧失了美感，连意义都晦涩难解，叫读者莫名其妙。这不过是求其达意，还没有谈到风格呢。原文的风格不论怎么样，总是统一的，完整的；译文当然不能支离破碎。可是我们的语言还在成长的阶段，没有定型，没有准则；另一方面，规范化是文艺的大敌。我们有时需要用文言，但文言在译文中是否水乳交融便是问题；我重译《克利斯朵夫》的动机，除了改正错误，主要是因为初译本运用文言的方式，使译文的风格驳杂不纯。方言有时也得用，但太浓厚的中国地方色彩会妨碍原作的地方色彩。纯粹用普通话吧，淡而无味，生趣索然，不能作为艺术工具。多读中国的古典作品，熟悉各地的方言，急切之间也未必能收效，而且只能对译文的语汇与句法有所帮助；至于形成和谐完整的风格，更有赖于长期的艺术熏陶。像上面说过的一样，文字问题基本也是个艺术眼光的问题；要提高译文，先得有个客观标准，分得出文章的好坏。

文学的对象既然以人为主，人生经验不丰富，就不能充分体会一部作品的妙处。而人情世故是没有具体知识可学的。所以我们除了专业修养，广泛涉猎以外，还得训练我们观察、感受、想象的能力；平时要深入生活，了解人，关心人，关心一切，才能亦步亦趋地跟在伟大的作家后面，把他的心曲诉说给读者听。因为文学家是解剖社会的医生，挖掘灵魂的探险家，悲天悯人的宗教家，热情如沸的革命家；所以要做他的代言人，也得像宗教家一般地虔诚，像科学家一般地精密，像革命志士一般地刻苦顽强。

以上说的翻译条件，是不是我都做到了？不，差得远呢！可是我不能因为能力薄弱而降低对自己的要求。艺术的高峰是客观的存在,绝不会原谅我的渺小而来迁就我的。取法乎上,得乎其中,一切学问都是如此。

另外一点儿经验,也可以附带说说。我最初从事翻译是在国外求学的时期,目的单单为学习外文,译过梅里美和都德的几部小说,非但没想到投稿,译文后来怎么丢的都记不起来,这也不足为奇,谁珍惜青年时代的课卷呢?一九二九年至三一年间,因为爱好音乐,受到罗曼·罗兰作品的启示,便译了《贝多芬传》,寄给商务印书馆,被退回了;一九三三年译了莫洛阿的《恋爱与牺牲》寄给开明,被退回了(上述二种以后都是重新译过的)。那时被退的译稿当然不止这两部;但我从来没有什么不满的情绪,因为总认为自己程度不够。事后证明,我的看法果然不错;因为过了几年,再看一遍旧稿,觉得当年的编辑没有把我幼稚的译文出版,真是万幸。和我同辈的作家大半都有类似的经历。甘心情愿地多做几年学徒,原是当时普遍的风气。假如从旧社会中来的人还不是一无足取的话,这个风气似乎值得现代的青年再来提倡一下。

1957 年 5 月 12 日

萧乾

欧战杂忆

开场白:一九三九年,在我国抗战全面爆发两年之后,欧洲那边的战火也燃烧起来,我刚好从头到尾都在那里,既在后方挨过炸,又以战地记者身份跟着看过点炮火。今年五月八日是欧战停战日(VE Day)四十周年,我多想写一篇——甚至一本完整的欧战回忆录啊!但是一九三九至一九四六年间我记的那几本日记,全毁于一九六六年八月那场大火了。现在硬要回忆,我只能这么东拉西扯地想到哪儿写到哪儿。既不按时间顺序,也不讲究什么蒙太奇。

一　乐极生悲

一九四五年欧战停战日那天,我正在旧金山采访。那晚,全市欢腾,人们到处都在狂舞着。记得人行道上一个完全不相识的老妈妈看到我胸前佩着联合国的徽章,就突然把我抱住,在我颊上使劲亲了一通,然后醉醺醺地对我说:“这下可好啦。我的乔治快回来了,我的小杰夫也不必再去当兵啦。”一边说着,一边就扶着橱窗,晃晃悠悠地踱去。

我目送着她那背影,仿佛望到了一颗饱经忧患的母亲的心。可那天,我还欢不起来,因为半个中国还沦陷着,亚洲东部还在冒着浓烈的硝烟。但我能理解他们的狂欢。

那天晚上,从广播中听到一个十分不幸的消息,加拿大东海岸哈利法克斯市的居民,狂欢得过了头,一些醉鬼竟然闹起事来。混乱中,十几个人被踩死。真所谓乐极生悲,死得可太惨太冤了。

人逢特大喜讯,往往不能自持。不但西方人如此,前些年我就听说国内有人在知道自己的问题得到改正或平反的消息后,一兴奋,心脏病犯了,就倒下来断了气,确实令人遗憾。

二　棋子

倘若不是当时的香港《大公报》胡霖社长的坚持,一九三九年我很可能就不去英国了。

伦敦大学东方学院聘请信中的条件太苛刻了:年俸才二百五十镑,还要交一大笔所得税,路费得自筹,而且合同只订一年。即便我能借到那笔旅费,满了一年万一合同不续订,我不也得背一屁股的债,哪辈子才能还清! 去过英国的朋友那时都劝我去不得,还是在家吃馒头吧,那面包吃起来太玄乎。

不知怎地,胡霖听说英国人请我这件事了。他把我叫到二楼那小间办公室去,满口答应我:旅费由报馆先给你垫上,以后用通迅来还嘛。可多么不巧,半夜里那笔旅费又被贼偷去了。我急得满头大汗,心想,这下可真去不成了。他却神色泰然地说:叫财务科再给你补上一份。对于赴英这件事,他比我急切多了。

临走时,他对我说:欧战是打定了。报馆要你去,就是在那里先放上颗棋子。我听了,当时很不是滋味。嗬,拿我当棋子! 日后才认识到,搞事业就得像一名棋手那么精明,要干着今天,想着明天。

其实,照常规来说,他不但不会鼓励我出去,而且还会留难一番呢。《大公报》一向重视副刊。我一走,要撂下个不小的摊子,但他着眼在大的方面。

在由谁来接替我管副刊的问题上,他又表现出少有的远见。馆内上层几大金刚当时属意的是一位教授,我坚决推荐的是杨刚。为这件事,报馆里争论很大。因为不知是谁告诉他们,杨刚是共产党。

胡最初举棋不定。我向他分析杨刚如何能干,如何胜任;馆内上层却提醒他杨刚入馆会影响报馆在国共之间“不偏不倚”的地位。

记得最后一次同他谈此事时,我只说了句:倘若把那位教授请来,会失去刊物目前的大部分写稿人和读者,刊物必然又恢复到吴宓主编时的学院派老样子,哪里还像一份抗战时期的报纸! 在上海时他曾对我说过,《大公报》的文艺副刊就是为了吸引青年读者的。我这个警告大概对他起了决定性作用。第二天,他对我说,给杨刚打电报,请她马上来。

一九四三年他参加访英团,特意到剑桥来,劝我放弃学位去当战地记者。他还对我说,杨刚可真是一把能手。她不但能编副刊,还经常跑战地,是个很在行的军事专家呢。

搞报馆,搞什么,都需要点远见,包括克服政治上的成见。短见(时髦术语是“本位主义”吧)对事业最是不利。把人当棋子并不一定就坏。那样,在用人上就会有个全局观点了。

三　海员

在持续六年的反法西斯战争中,英国商船队的功绩并不亚于海军。它保证了岛国上几千万居民不致饿肚皮,同时,还向北非等战场运送军需。商船队是抵抗纳粹运动中的大动脉。船队经年累月地在海上同纳粹潜艇搏斗,伤亡也很惨重。以中国海员来说,仅利物浦一个港口,那时就有十万中国海员,其中十分之一都葬身海底。说来这也是我们对欧洲那场大战的贡献。

我曾几次赴利物浦,访问那里的中国海员。他们大都是在船底添煤的火夫,船一旦被纳粹潜艇的鱼雷击中,生还的希望最小。那时纳粹的鱼雷也不断翻新,如磁性鱼雷的发明就很厉害,它能从水下追逐上面行驶的船只。

那些海员个个都有一本血泪史。他们几乎都是通过中国沿海码头上一些把头(相当于人贩子)上的船。开头一两年,每月都得从工资中拿出可观的数目去孝敬把头。

海员等候就业期间,把头还动不动就殴打,有个海员就这样活活被打死。那个海员年幼的儿子当时小小心坎上燃起怒火,立志长大后要替父报仇。为此,他也当上了海员,到处跟踪那个把头。

一九四二年的一天，他终于在利物浦找到了当年杀害他父亲的那个凶手——这时已当上了海员俱乐部的负责人。他就佯说有要事同那个凶手谈。他们是在会客厅里见的面。我赶去时，看到会客厅的墙上还满是血迹。原来会见时，他掏出一把尖刀，攮进了冤家的胸膛。记得有一家英国报纸评论此事时，还替复仇者讲话，提到了中国人讲求孝道的民族美德。

另一次，我访问一位林姓粤籍海员。他持有海上遇难后乘筏子漂浮最久的世界纪录。他的船是在葡萄牙海面亚速尔群岛附近被纳粹鱼雷击沉的，在海上漂了将近一百八十天，才在巴西海面上被飞机偶然发现遇救。他告诉我，最关键的一点是不论多么渴，也不能喝海水。筏子上起先还有两个欧籍海员，他们就是因为喝了海水，不出几天就相继死去。他则一面咬牙不喝海水，一面又琢磨出个窍门——他学会了从鱼腹的尿泡中吮水来止渴。孑然一身，白天晒，夜里冻，随着波涛忽上忽下地颠簸，始终也不放弃求生欲望，这是怎样坚强的生命意志啊！

几年前听到一位朋友五十年代初期在政治生活中遇了难，一下子茶淀劳教，一下子去江西劳改；有时单独监禁，有时甚至上了手铐脚镣。但他始终相信自己的无辜，始终相信有昭雪的一天——而且，果真终于昭了雪。当时我就联想起在海上遇难的那位坚韧不拔的海员，同时想到：我们这个民族有一种可贵的气质，或者说品质，就是经得起摔打，逆境中能保持乐观，咬牙到底。

四　旅途

我是一九三九年八月三十一日在九龙登上开往马赛的客轮阿拉米斯号的。去买票的那天,船公司挤满了人——但几乎都是退票的。那时的欧洲,真可说是战云密布。记得杨刚送我上船那天早上,报上已登出华沙被炸的消息,一条颇为豪华的客轮空空荡荡。船上的欧籍乘客,一个个垂头丧气。

启航的第三天,就听到了英法相继对德国宣战的消息。船仿佛是笔直朝着一片熊熊烈火驶去。

刚到西贡,那条船就被法国海军征用了。我们在那块殖民地当了七天的囚徒。后来公司另派了一条船把我们接走。开到新加坡,大部分中国旅客都改变了主意,不想再往西走了。只剩下两个中国旅客还硬着头皮继续西行:一个是我,另一个是在荷兰阿姆斯特丹开饭馆的老板。我们都各自有骑虎难下的原因。他要是不回荷兰,饭馆交给谁?我当时的考虑很简单:回香港,那双份旅费我拿什么来赔!

生活中,有些决定是客观因素促成的,事后也大可不必来冒充英雄。当时,我就像个在山洞里朝前摸索的盲人,一点也不知道,“未来”这只葫芦里卖的是什么药。

讲起来,在茫茫大海中,只有我们两个是黄皮肤的,理应特别亲热才是。然而不是那么回事。一路上,每逢船靠码头,我们少不得都要上去走走。但是我们的兴趣太不同了。最可笑的是我们两人在巴黎分手的情况。他不知去过多少趟巴黎了,而我却是头一遭。一到巴黎,他就热心地要充当我的向导。他带我去了大百货公司,还要带我去玻璃房子(妓馆)。我拒绝了。我想请他领我去巴黎圣母院,去国家歌剧院。他说他可从来也没听说过这个圣母院在哪儿。我们一路上用结结巴巴的法语向人打听,好容易才摸到那座我在书中读到过的大教堂。他说,那有啥看头?他不肯进去。非要站在教堂大门外头等,并嘱咐我进去探探头就出来。

我是平生第一次见到那么庄严肃穆,那么巍峨动人的西洋建筑呢。一踏进教堂,我好像就步入了中古的欧洲。我只顾出神地欣赏那些精雕细琢的石像,嗅着那香中带点发霉的气味,一下子忘记了时间,更忘记了等在门外的伙伴,等我走出圣母院时,那位老兄早已不见了踪影。

我一直后悔事先没向他要荷兰的通讯地址。共过一个多月患难的旅伴,临了就这么不辞而别,真令人怅然。

每逢听到谁的婚姻由于双方生活旨趣不同而触礁时,我就想起我那位旅伴。要是兴趣、生活方式合不来,而又非得在一起生活不可,那真是苦事。

五　身份

从法国西北角的加莱港上船,跨过波涛汹涌的英吉利海峡,就来到以雪白峭壁闻名于世的多佛港——由法入英境的主要港口。

在移民局前排队时,我才发现大部分旅客都是听到战讯,中断了在大陆上的度假,赶回老家的。唯独我这个东方人,却是前来要在战火中执教鞭的。战局当时虽然还很沉寂——史学家通称那段日子为“莫名其妙的战争”,但英国毕竟不能不考虑到,今后的日子怎么过呢!一个食物不能自给的岛国,平时靠着老大帝国的派头,什么都从殖民地运来。如今,有的商船征为军用了,能用于海上运输的,也得去冒挨潜艇鱼雷炸沉的风险。哪能再让外国人入境呢!所以当那位移民局官员皱起眉头来回翻着我的护照,犹豫不决时,我一点也不怪他。然而我的护照里又明明夹着伦敦大学发给我的聘书,老远来了,拒绝我上岸总说不过去。英国人真会折衷,他终于还是在我的护照上打了个大图章,旁边注上:“暂准入境两月,以后如何,请内务部裁夺。”就这样,他把矛盾上交了。

后来,那两个月就变成了七年。

我至今不解,何以我——以及所有那时旅英的中国人,都被划为“敌性外侨”。有人向我解释说,加了这么个“性”字,可大大不同了。没有那个字,就得进拘留营里。然而作为“敌性外侨”,晚上六点以后就不许出门,不许到离海岸三英里的地方去——因而我始终没能见到我仰慕多年的女作家吴尔芙夫人。她那时住在南海岸的苏塞克斯郡。等我的身份随着珍珠港事变而改变了时,她已投河自尽了。我是在她死后九个月才去她的故居的,由她的丈夫陪同,到曾经结束了这位卓绝艺术家的生命的那条河去凭吊。

谈起身份改变,来得也真是突然。珍珠港事变的第二天,英美忽然发现原来中国老早就在极其艰苦的情况下,同东方的法西斯作战了。一夜之间,我就从一个“敌性外侨”变为“伟大盟邦的公民”了。

那天坐在公共汽车上，我忽然感到后颈上一股酒臭气。一个中年乘客在我耳际大声嚷着："嗨，你押错了宝！你押错了宝！"我猛地意识到，他是把我当成日本人了，就回过头去向他解释说："先生，你弄错了，我是中国人！"

这个醉鬼听了，马上挪到前边来，紧贴在我身边坐下。他至少也喝了大半瓶威士忌，满脸通红，额上青筋凸起。他不是军人，可先向我敬了个礼，然后扯着嗓门嚷道："啊，中国，孔夫子的中国！"说完，就硬要我同他握手。

接着他又嚷："啊，中国，发明了火箭的中国！"话音未落，又抓住我的手，死死握了一通。

他滴溜溜地转着眼睛，看来是在搜索枯肠地想着有关中国的名堂。"啊，中国，万里长城的中国！"随后，又抓住了我的手。

……

看得出，他是要无止无休地这么搞下去了，而那股冲向我的浓重酒气快使我窒息了。我赶快在下一站提前下了车。

然而我不能不佩服那位醉鬼知识之渊博。

六　配给

去警察局报到后，立刻就领到食物和衣服的配给证。

英法两国虽紧邻，在战时配给上，却各有特点。即便在那样艰苦的时刻，法国的配给也包括一瓶红酒和几两咖啡——事实上，真咖啡早已绝迹，发的是把橡籽儿烤焦后磨成的末末。英国的配给没有咖啡,也没有酒,却有茶和糖。茶是锡兰(即今斯里兰卡)出的那种涩得要命的黑茶,所以非放糖不可。

英国人不但讲究每天下午四点吃茶,而且还喜欢轮流举行茶会。开战以来,尽管茶和糖都实行配给了,茶会还是照常举行。这也是一种对希特勒的挑战吧。几乎每个星期我都得赴一两次茶会。最常去的是研究中国科学史的李约瑟家和二十年代曾访问过我国的哲学家罗素那儿。那时,去赴酒会,总设法买上一瓶酒带去。赴茶会则带上一小包糖和一小包茶叶。主人收下时,照例说一声:“你想得真周到。”

后来当了随军记者,在战地上经常发一种“K 配给”。我始终不知道 K 这个字母代表什么,反正它很像今天在飞机里发的那种餐盒,里面有饼干、巧克力,还有香烟。一九四四年巴黎解放后,我请友人钱能欣夫妇去歌剧院看表演,每个人膝头上就各放了那么一匣“K 配给”。

听说近些年来,英国大抓农产品自给了,鸡蛋甚至还出口。甩掉了“大英帝国”这个包袱后,英国也自力更生起来。当帝国还未解体时,英国人吃的大多靠海外。去副食品商店买鸡蛋时,店员会问:要爱尔兰的,丹麦的,还是中国的?牛油和干酪,不是来自加拿大,就是新西兰。英国人喜欢草坪。在苏格兰内地旅行,有时一整座山都归私人所有,而且尽管打仗,草坪上什么也不种。在德国潜艇闹得最凶,也就是英国商船被击沉的比率最高时,丘吉尔亲自抓战时农业了,特意在距唐宁街十号一箭之遥的议会方场中央种起土豆,作为一种提倡。

其实,战时食物配给只迫使下层社会勒紧了裤带,真正有钱的人在高级餐馆里照样什么都能吃到。每次去伦敦,我总到中国饭馆去饱餐一顿。老板一见是自己同胞,也格外照顾。我坐下来就对服务员说,来吧,什么肉多,给我来什么。

平时,一个月也吃不上一斤肉。天天是鳕鱼,都吃怕了。

一九四五年三月,我同一批外国记者乘护航轮跨过大西洋,去旧金山采访联合国大会。一上岸,我们都一溜烟儿钻进最近的餐馆。我记得摆在我盘子里的那块猪排,简直像砖头一样厚,一边狼吞虎咽地嚼着,一边赞赏,恰似一群灾民。

从加拿大一路吃起,芝加哥、盐湖城,走到哪里,吃到哪里,恨不得一下子解了六年的馋。到旧金山时,肚子里就厚厚地有了层油水。在宴会上,又文雅得像个绅士了。

七　轰炸

在伦敦我经历了大规模的轰炸。

开战后,我任教的伦敦大学东方学院立即疏散到剑桥基督学院去了。那时,战争确实有点莫名其妙。西线一点动静也没有。法国士兵还在马奇诺战壕旁种起玫瑰呢。不断谣传说:就要停战了。

一九四〇年六月,伦敦大学搬回了伦敦。那年春夏之交,希特勒的坦克部队长驱直下,已经占领了整个西海岸。至今我也不理解大学里那些书呆子当时是怎么考虑的。反正搬回伦敦没多久,大轰炸就开始了。纳粹那时搞的是“饱和式轰炸”。一个晚上就派来几千架次。像英国中部的考文垂,一夜之间几乎被夷为平地。

那时我住在伦敦西北郊一家公寓里。老板娘和英国首相同姓,我们称她作丘吉尔太太。当时在伦敦找个接纳“有色人种”的公寓还真不大容易,丘太太的公寓里住的全是亚洲人。有三四个中国来的,有个学提琴的锡兰姑娘,还有一个从新加坡来的印度青年拉贾拉南——后来当了新加坡主管外交的副总理。听见警报,我们来得及,就到附近地铁站台上去过夜。如果来不及,也就是说,警报一放,周围高射炮立即响起,说明敌机已临上空,我们就只好立刻就地隐蔽。一九八三年去新加坡,与拉贾拉南旧友重逢,他还同我一道追忆往事。那时,我俩同住一层楼,有时躲在同一张饭桌底下。其实,要是命中了,躲到哪里也是白搭。我们躲的主要是爆炸后四下飞起的、比刀子还锋利的碎玻璃碴。

有一回,我到著名的社会改革家佛莱女士家去度周末。她住在离伦敦足有四十英里的艾利斯伯莱,属白金汉郡,满以为可以睡一宿好觉。汽车到达后,我看到周围十分空旷,还有座小山。可是天一黑,敌机却轮番不停地轰炸,而且离我住的地方很近,所以震耳欲聋。就这样,一直闹到天明。后来才知道,英国人在山麓下搭了座假工厂,故意露点亮光。于是,敌机就把山坡当作轰炸的重点。

一九四四年六月初,希特勒搬出他的“秘密武器”了。先是飞弹,也叫作VⅠ,其实就是现在的导弹。以后又来过些火箭,叫VⅡ,据说是由挪威山里发射到上空六七十公里后,落到预定地点才爆炸的。这两者不但没为他赢得战争,甚至也没能推迟第二战场的开辟。我同VⅡ没打过交道。然而有一阵子,飞弹的威胁要比一九四〇年的大轰炸更为严重。

当时,伦敦的空防主要靠高射炮、气球和战斗机。一九四〇年,纳粹轰炸机白天还不敢来袭,飞弹则昼夜不停地来。一则它里头没有人,二则它造价低,据说一架战斗机的钱可以造几十颗飞弹。那一阵子,伦敦满天都是这种凶恶玩艺。我们常站在高坡上看,就像一群群大雁似的。它先是在天空一打转,然后扎下来,落地就爆炸,破坏力相当大。一九四〇年大轰炸中幸免的一些建筑,却被飞弹炸中了。

伦敦居民对这玩艺儿有些怕,可又好奇。最初,不少人都驻足观看,等它在天空一打转,再找地方掩蔽。希特勒也真会开玩笑。后来,他把飞弹的规律改了:它在天空打个转儿之后,接着又往前飞去,指不定几个回合才往下落。

我住的地方挨过炸,但当时我早下地铁了。只有一次,我到别人家去度周末,主人夫妇出去赴晚宴,留我看家。刚刚上床,就放了警报,敌机随即飞临上空。我穿着睡衣就连忙躲到底层楼梯下面。只听见那幢三层小楼一声巨响,原来它中了烧夷弹。顿时楼上一片火光,四下里黑烟弥漫,令人窒息。

在浓烟中,我被民间自行组织的救护队员背出火场,一直送到附近的救护站。

在惊恐中,我喝到一生最美味的一杯热可可。

八 友情

大轰炸中,朋友之间的交往并未中断。

那时,我住在汉姆斯台德一幢四层楼公寓的地窖子里。那间房子足有四十来平方米,一头是床,另一头算是起居室。我的伴侣是一位希腊朋友送的一只猫,叫瑞雅——就是一九五七年被人编造成神话的那只。

有一天,听到叩门声。原来《印度之旅》的作者E·M·福斯特来看我了。他也爱猫。他家那只叫汤姆。一进门,他就饶有风趣地说:

"我代表汤姆看望瑞雅来了。"接着,他打开一个手帕包,里面是一点猫食。

战争期间,连猫食也缺了,市场上出现一种"人造猫食",看起来有点像咱们的麻碴子。那天福斯特为我的瑞雅带来的,正是这种"新产品"。我当然立刻把瑞雅抱过来说:"瞧,福斯特先生老远给你带来汤姆的礼物。快来尝尝吧!"

岂料我那只猫胃口很刁。它先抬头望望微笑着的福斯特,像是赏脸似的弯下身,把鼻孔凑近礼物闻了闻,然后扭头不屑地踱开了。

这可使我狼狈了。福斯特心里大概也不那么对劲。他还是很体贴地说:"瑞雅恐怕还不习惯。也许等我走了,它就会吃啦。"我连忙说,想必是如此。

我去剑桥王家学院做研究生,就是福斯特和英国汉学家阿瑟·魏理二位推荐的。他们都是那个学院的校友。

魏理的中文真可以说是自学的。他告诉我,二十年代丁文江赴德国路过伦敦时,曾教了他十几天中文,那时魏理在英国博物馆负责保管中国图章。打那以后,他就动手翻译中国古典文学,从四书、老庄、唐诗——特别是白居易,到《红楼梦》。他还译过日本的《源氏物语》和《枕草子》。

打仗的时候,像他那样过了兵役年龄的自由职业者,照样也得为战争服务。他供职新闻部,负责检查中文信件。因此,那时我给《大公报》写的大量通讯,都经他检查过。

文人显然不大会保密。他时常露馅。有一次他对我说:"昨天你那篇文章,头上可给我剪掉了。"更糟的是,他在英国一份重要文艺刊物《地平线》上,发表了一首"仿中国诗体并赠萧乾"的诗,题名《检查》。经过"十年动乱",我那本《地平线》,自然早已不存在了。

一九七九年访美时,在聂华苓家看到那年十月十一日的台湾《联合报》副刊上登着香港中文大学余光中教授的译文。诗曰:

我做了检查官一年又三个月,
办公的大楼已四度被炸,
窗上的玻璃、木板、糊纸,
依次被炸碎,只剩下残框。
洗澡、保暖、饮食都困难,
有时更短缺煤气和水电。
检查官的守则难以奉行,
半年之中竟有一千条"作废"。
空袭法规逐日在变更,
官方的命令也颁得不分明。

可以提海罗，不可提德黎跟汤姆；
可以说起雾，不可以说下雨。
薄纸上乱涂一气的日本，
字迹潦草，读来真伤眼。
一间斗室装十架电话，
和一架录音机，我怎能专心，
用蓝笔删改不过是儿戏，
卷宗的纠结并不太难解。
外国的新闻也不难检查，
难的是检查我今日的心事——
难的是坐视盲人骑瞎马，
向无底的深渊闯去。

译者余光中在注释中说："魏理诗末用了《世说新语》的危言来形容欧洲的局势，盲人骑瞎马可以指希特勒，也可以泛指人类。"

今天读来，觉得它不但透露了一个检查官的矛盾心境，也描绘了当时伦敦政府部门在大轰炸中的景象。

九　战时广播

战争一开始，大概是为了防空的原因吧，英国立刻就把电视停了，然而广播却一直也没有停过，而且由于灯火管制，很多人夜晚不大出门了，收听率大大高出平时。

那时英国的广播电台除新闻之外,有几个特别受欢迎的节目。一个是“广播大夫”,是固定由一个人来播的。他语调亲切,声音沉着老成,而且富于风趣。估计实际上有个医生小组负责研究听众提出的问题,由这个人来作答。

还有个节目叫“智囊团”,每周一次。参加者有教授、记者、议员等,大多是全国知名人士。由主持人提问,然后一一作答,办法类似学生口试。问题事先概不透露,考的是机智和知识面。因属突然袭击,经常出现十分有趣的局面。座中有位哲学家,找到了个窍门:他专好编造一些妙句,硬作为引自我国孔子。反正也没有汉学家在场,无从对质,只好随他去了。

节目中收听率最高的,还是丘吉尔首相每星期一晚上向全英国人民谈话。讲稿估计是出自高手,他本人又要过笔杆。每次都从战局谈到家常,亲切、幽默,娓娓动听,有时还十分感人,是最好的战时动员。后来罗斯福总统也采用了这个同广大民众促膝谈心的方式。记得他的讲话是放在星期五,节目就叫《炉畔恳谈》。

英国人在战时,还收听另外一种广播:纳粹德国为了瓦解英国人心,由一个投敌分子威廉·齐伊思用英语来播。他自称是哈哈贵族,语调尖酸,声音可憎。英国政府从未禁止收听那个敌台。收听的人越听,越对纳粹一伙加深仇恨。声音是哈哈贵族的,内容和语调显然是戈培尔的。

十　亡国恨

我很幸运,生平没在沦陷区呆过一天,可是柏林攻克后,我却目睹了战败德国的惨状。

一开进德境,联军最高统帅部就下了一道命令:不许与敌国人有任何交往,违者一律以军法惩处。那时,在部队路过的休整站上,服务员照例都是些德国战俘。他们穿的仍旧是希特勒发给他们的墨绿色军服,只是去掉了标志军级的章。当他们毕恭毕敬地端上咖啡时,我们倒想问问他们是几个星的将军呢!

当然,没人敢那么问,甚至也不敢正眼望望殷勤地替我们服务的人,因为到处都写着:“无论战俘为你做什么,一律不准道谢。”这实际上大大违反西方社会的习惯。那里,每个人一天五十声“谢谢”也打不住。如今,硬得把“谢”字咽了回去。

我心想,战火又不是这些战俘放的,何必拿他们撒气!所以当一名战俘弯下腰去替我擦完皮鞋之后,我总用眼睛朝他表示一下谢意。

波茨坦会议之前,我们暂时驻扎在柏林西南郊兹林道夫一个老百姓家里。现在回想起来,说不定屋主还是一位卓绝的艺术家呢!一回我上厕所,一个身材矮小,留着络腮胡子的中年男子鬼鬼祟祟地尾随进去。他偷偷地从上衣前襟里掏出一小幅水彩画,画的仿佛是湖景。他用蹩脚的英语吞吞吐吐地问我,可不可以换给他点香烟(战后一个时期,美国香烟几乎是西欧的通用币)。

画,我只瞟了一眼,没敢接;香烟,尽我身上带的十几支,悄悄地全递给了他,就赶紧走去了。

去秋我重访联邦德国时,在慕尼黑看到揭露纳粹的展览会。我思忖道:德国人恨希特勒,应该不在他人之下。一个自尊心那么强的民族,一时间竟沦为亡国奴,他们怎能不恨!

然而当年德国人也真挺得住。在被轰炸过的柏林街道上,我看到男男女女整齐地排成长队。他们不是在抢购什么短俏物资,而是在把烧焦了的砖头一块块地从废墟上递出来。我望着他们那严肃认真的面孔,心里说:这个民族是亡不了的。

1985 年 4 月

往事三瞥

语言是跟着生活走的。生活变了，有些词儿就失传了。即便是土生土长的北京人，要是年纪还不到五十，又没在像东直门那样当年的贫民窟住过，他也未必说得出“倒卧”的意思。

乍看，多像陆军操典里的一种姿势。才不是呢！“倒卧”指的是在那苦难的年月里，特别是冬天，由于饥寒而倒毙北京街头的穷人。身上照例盖着半领破席头，等验尸官填个单子，就抬到城外乱葬岗子埋掉了事。

我上小学的时候，回家放下书包，有时会顺口说一声：“今儿个北新桥头有个倒卧。”那就像是说“我看见树上有只麻雀”那么习以为常。家里大人兴许会搭讪着问一声：“老的还是少的？”因为席头往往不够长，只盖到饿殍的胸部，下面的脚——甚至膝盖依然露在外面，所以不难从鞋和裤腿分辨出性别和年龄。那是我最早同死亡的接触。当时小心坎上常琢磨：要是把“倒卧”赶快抬到热炕上暖和暖和，喂上他几口什么，说不定还会活过来呢！记得曾把这个想法说给一位长者听，回答是：多那门子事，自找倒楣——活不过来得吃人命官司，活过来你养活下去呀！

难怪有的人一望到“倒卧”，就宁可绕几步走开。我一般也只是瞅上两眼，并不像有些孩子那么停下来。可是有一回我也挤在围观者中间了。因为席头里伸出的那部分从肤色到穿着（尽管破烂，而且沾着泥巴）都不同寻常。从没见过腿上有那么密而长的毛毛，他脚上那双破靴子也挺奇怪。“倒卧”四周已经围了一圈人。一个叼烟袋锅子的老大爷叹了口气说：“咳，自个儿的家不呆，满世界乱撞！”

不大工夫，验尸官来了。席头一揭开，我怔住了。这不正是我在东直门大街上常碰见的那个“大鼻子”吗：枯瘦的脸，隆起的颧骨，深陷的眼眶，脖子上挂根链子，下面垂着个十字架。那件绛色破上衣的肘部磨出个大窟窿，露着肉，腰间缠着根破绳子。

验尸官边填单子边念叨着：“姓名——无；国籍——无；亲属——无。”接着，两个汉子就把尸首吊在穿心杠上，朝门脸抬去。

那时候我只知道“大鼻子”就是“老毛子”，对他的来由却一无所知。

后来才明白：十月革命一声炮响，沙皇的那些王公贵族挟着细软纷纷逃到巴黎或维也纳去当寓公了，他们的司阍、园丁、厨子和仆奴糊里糊涂地也逃了出来。有些穷白俄就徒步穿过白茫茫的西伯利亚流落到中国，到了北京。由于东直门城根那时有一座蒜头式的东正教堂，有一簇举着蜡烛诵经的洋和尚，它就成了这些穷白俄的麦加。刚来时，肩上还搭着块挂毯什么的向路人兜售；渐渐地坐吃山空，就乞讨起来。这个“大鼻子”就是他们中间的一个。

我最后一次见到“大鼻子”是在那两天之前的黎明，在羊倌胡同的粥厂前面。像往日一样，天还漆黑我就给从热被窝里硬拽出来。屋子冷得像北极，被窝就像支在冰川上的一顶帐篷，难怪越是往外拽，我越往里钻。可是多去一口子就多打一盆子粥，终于还得爬起来，胡乱穿上衣裳。那时候胡同里没路灯。于是，就摸着黑，嚓嚓嚓地朝粥厂走去。那一带靠打粥来贴补的人家有的是。黑咕隆咚的，脚底下又滑，一路上只听见盆碗磕碰的响声。

粥厂在羊倌胡同一块敞地的左端。我同家人一道各挟着个盆子站在队伍里。队伍已经老长了，可粥厂两扇大门还紧闭着，要等天亮才开。

一九二一年冬天的北京，寒风冷得能把鼻涕眼泪都冻成冰。衣不蔽体的人们一个个跺着脚，搓着手，嘴里嘶嘶着；老的不住声地咳嗽，小的冷得哽咽起来。

最担心的是队伍长了。因为粥反正只那么多，放粥的一见人多，就一个劲儿往里兑水。随着天色由漆黑变成暗灰，不断有人回过头来看看后尾儿有多长。

就在两天前的拂晓，我听到后边吵嚷起来了。“‘大鼻子’混进来啦！中国人还不够打的，你滚出去！”接着又听到一个声音：“让老头子排着吧，我宁可少喝一勺。”

吵呀吵呀。吵可能也是一种取暖的办法。

天亮了，粥厂的大门打开了。人们热切地朝前移动。这时，我回过头来，看到“大鼻子”垂着头，挟了个食盒，依依不舍地从队伍里退出来，朝东正教堂的方向踱去。他边走边用袖子擦着鼻涕眼泪，时而朝我们望望，眼神里有妒忌，有怨忿，说不定也有悔恨——

一九三九年九月初。

法国邮轮“让·拉博德”号在新加坡停泊两个小时加完水之后，就开始了它横渡印度洋六千海里的漫长航程。离赤道那么近，阳光是烫人的。海面像一匹无边无际的蓝绸子，闪着银色的光亮。时而飞鱼成群，绕着船头展翅嬉戏。

船是在欧战爆发的前一天从九龙起碇的。多一半乘客都因眼看欧洲要打大仗而退了票。“阿拉米斯”号开到西贡就被法国海军征用了。这条船从新埠开出后，三等乘客就只剩下我、一位在阿姆斯特丹中国餐馆当厨师的山东人和一个亚麻色头发、满脸雀斑的小伙子。餐厅为了省事，就让我们也到头等舱去用饭。

在我心目中，一艘豪华邮轮的餐厅理应充满欢快的气氛。侍者砰砰开着香槟酒，桌面上摆满佳肴和各色果品。随着悦耳的乐声，男女乘客像蝴蝶般地翩然起舞。乘客中间如有位女高音，说不定还会即席唱起她的拿手名曲。

很失望，这是一条阴沉的船，船上载的净是些愁眉苦脸的人。在餐桌上，他们有时好像不知道刀叉下面是猪肝还是牛排，因为他们全神几乎都贯注在扩音器上，竖起耳朵倾听着他们的母亲法兰西的战争部署：巴黎实行灯火管制了，征兵的条例公布了——是的，这是对大部分男乘客切肤的事，因为船一靠码头，他们就得分头去报到，然后，换上军装，进入马奇诺阵线了。女乘客也有自己的苦恼：得忍受空袭,物资的短缺,守着空帏去等待那不可知的命运。他们的眼睛是直呆呆的,心神是恍惚的。一位女乘客碰了丈夫的臂肘一下,说:“亲爱的,那是胡椒面!”他正要把小瓶瓶当作糖往咖啡杯里倒。

正因为大家这么忧容满面,就更显出三等舱里那个有雀斑的小伙子与众不同了。他年纪在二十岁左右,是个最合兵役标准的青年。可他成天吹着口哨,进了餐厅就抱着那瓶波尔多喝个不停。酒一喝光,他就兴奋地招呼侍者“添酒啊!”船上虽然没举办舞会,他却总是在跳着探戈。

每天早晨九点,全船要举行一次“遇难演习”。哨子一吹,乘客就拿着救生圈到甲板上指定的地点去排队,把救生圈套在脖颈上,作登上救生艇的准备。我笨手笨脚,小伙子常帮我一把。因为熟了一些,一天我就说:“这条船上的乘客都闷闷不乐,就只有你一个这么欢蹦乱跳。”

“是啊,”他沉思了一下,朝印度洋啐了口唾沫说:“他们都怕去打仗。我可巴不得打起来。我天天盼!从希特勒一开进捷克就盼起。唉,(他得意地尖笑了一声)可给我盼到了。”

我真以为是在同一个恶魔谈话哩,就带点严峻的口气责问他为什么喜欢打仗。

“你知道吗?我是个无国籍的人,”他接着又重复一遍,“无国籍。我妈妈是个白俄舞女,(随说随在胸前划了个十字)她可能已不在人世了。我爸爸吗?(他猴子般地耸了耸肩头,然后摊开双手)不知道。他也许是个美国水兵,也许是个挪威商人。反正我是无国籍。现在我要变成一个有国籍的人。”

“怎么变法?”他肯于这么推心置腹,使我感动了。于是,对他也同情起来。

“平常时期,没门儿。可是如今一打仗,法国缺男人。他们得召雇佣兵。所以,(他用一条腿做了个天鹅独舞的姿势)我的运气就来了。船一到马赛,我就去报名。”

我望着印度洋上的万顷波涛,摹想着他——一个无国籍的青年,戴着钢盔,蹲在潮湿的马奇诺战壕里,守候着。要是征求敢死队,他准头一个去报名,争取立个功。

然而踏在他脚下的并不是他的国土,法兰西不是他的祖国。他是个没有祖国的人——

一九四九年初,我站在生命的一个大十字路口上,做出了决定自己和一家命运的选择。

其实,头一年这个选择早已做了。家庭破裂后,正当我急于离开上海之际,剑桥给我来了一封信:大学要成立中文系,要我去讲现代中国文学。当时我已参加了作为报纸起义前奏的学习会,政治上从一团漆黑开始瞥见了一线曙光。同时,在国外漂泊了七年,实在不想再出去了。在杨刚的鼓励下,就写信回绝了。

一九四九年三月的一天,我正在九龙花墟道寓所里改着《中国文摘》的稿子,忽然听到一阵叩门声。哎呀,剑桥的何伦[1]教授气喘吁吁地来了。他握住我的手解释说,是报馆给的地址。然后坐下来,呷

---

〔1〕 Guetav Haloun,英国剑桥大学中文系教授。

了一口茶，才告诉我这次到香港他负有两项使命，一个是替大学采购一批中文书籍——他是位连鲁迅这个名字也没听说过的《诗经》专家，另一项是“亲自把你同你们一家接到剑桥”。口气里像是很有把握。他认为我那封回绝的信不能算数，因为那时“中国”（他指的是白色的中国）还没陷到今天的“危境”（指的是平津战役后国民党败溃的局面）。他估计我会重新考虑整个问题。

在剑桥那几年，这位入了英籍的捷克汉学家对我一直很友好，我常去他家吃茶，还同他度过一个圣诞夜。他一边切着二十磅重的火鸡，一边谈着《诗经》里“之”字的用法。饭后，他那位曾经是柏林歌剧院名演员的夫人自己弹着钢琴就唱了起来。在她的指引下，我迷上了西洋古典音乐。

可是当时他所说的“危境”正是我以及全体中国人民所渴望着的黎明。我坦率地告诉他说，我是个土生土长的中国人，中国在重生，我不能在这样时刻走开。

两天后，这位最怕爬楼梯的老教授又来了。一坐下他就声明这回不是代表大学，而是以一个对共产党有些“了解”的老朋友来对我进行一些规劝。他讲的大都是战后中欧的一些事情：玛萨里克〔1〕死得“不明不白”啦，匈牙利又出了主教叛国案〔2〕啦。总之，他认为在西方学习过、工作过的人，在共产党政权下没有好下场。他甚至哆哆嗦嗦地伸出食指声音颤抖地说：“知识分子同共产党的蜜月长不了，

〔1〕 捷克解放后第一任外交部长，跳楼自杀。
〔2〕 匈牙利红衣主教敏岑蒂被控叛国，株连多人。

长不了。”随说随戏剧性地站了起来，看了看腕上的表说：“我后天飞伦敦。明天这时候我再来——听你的回答。”对于我说的“我不会改变主意”的声明，他概不理睬。他只伸出个毛茸茸的指头逗了一下摇篮里的娃娃说，“为了他，你也不能不好好考虑一下。”

西方只有一位何伦，东方的何伦却不止一位。有的给我送来杜勒斯乃兄写的一部《斯大林传》，还特别向我推荐谈三五年肃反的那章。有的毛遂自荐当起“参谋”：“你进去容易，出来就难了。延安有老朋友了解你？等斗你的时候，越是老朋友就越得多来上几句。别看香港这些大党员眼下同你老兄长老兄短，等人家当了大官儿，你当了下属的时候再瞧吧。受了委屈不会让你像季米特洛夫〔1〕那么慷慨激昂地当众讲一通的，碰上了德雷福斯〔2〕那样的案子，也不会出来个左拉替你大声疾呼。”

于是，参谋出起主意了：“上策嘛，接下剑桥的聘书，将来尽可以回去做客。当共产党的客人可比当干部舒服。中策？当个半客人——要求暂时留在香港工作，那样你还可以保持现在的生活方式，又可以受到一定的礼遇，同时静观一下再说。反正凭你这个燕京毕业，在外国又待过七年的，不把你打成间谍特务，也得骂你一顿‘洋奴’！”

那一宿，我服过三次安眠药也不管事。上半夜是那一句句的“忠告”像几十条蛇在我心里乱钻。后半夜我只要一合上眼，就闪出一幅

---

〔1〕 保加利亚共产党员，三十年代在柏林国会纵火案中被诬，他在法庭上慷慨激昂地痛斥诬陷者。

〔2〕 德雷福斯是犹太血统的法国军官。1894 年被法国军事当局诬告。作家左拉因而写了《我控诉！》一文。1899 年德雷福斯被政府宣告无罪。

图画，时而黑白，时而带朦胧彩色，反正是块破席头，下面伸出两只脚。摇篮里的娃娃似乎也在做着噩梦。他无缘无故地忽然抽噎起来，从他那委屈的哭声里，我仿佛听到“我要国籍”。

天亮了，青山在窗外露出一片赭色。我坐起来，头脑清醒了一些。

两小时后，我去马宝道[1]了。临走留下个短札给何伦教授：“报馆有急事，不能如约等候，十分抱歉。更抱歉的是害你白跑三趟。我仍不改变主意。”

八月底的一天，我把行李集中到预先指定的地点，一家人就登上“华安轮”，随地下党经青岛来到开国前夕的北京。

三十个寒暑过去了。这的确是不平静也是不平凡的三十年。在最绝望的时刻，我从没后悔过自己在生命那个大十字路口上所迈的方向。今天，只觉得感情的基础比那时深厚了，想的积极了——不止是不当“白华”，而是要把自己投入祖国重生这一伟大事业中。

---

〔1〕《中国文摘》编辑部所在地，在香港北角。

一个乐观主义者的独白

一

来到这滨海小城已两天了，也就是说，我同海又相处了两个昼夜。这里，窗下过了马路就是一片海滩。不知什么地方在大兴土木，公社拖拉机成天往工地上运着石块。从远处开来时，柴油机的转动像是什么飞蛾在扑扇着翅膀。拖拉机来到我们窗下就该上陡坡了。这时，它发出尖细的呻吟，还夹杂着磨牙齿的声音。随着夏云的浮动，一牙残月倒挂夜空，时隐时现，海面上闪出微弱的青光。近处影影绰绰地泊了几条种植海带的作业船，舱口依稀还透出点光亮。整个海湾像一只弯曲着的臂肘，潮涨潮落，浪波有时斯文得像在悄悄叠着一巨匹软缎，忽灰忽绿，一折一折地轻轻叠过；有时又势如千军万马，龇着凶恶的牙齿，大声咆哮，真像是不依不饶地在追赶着什么。

一排接一排，一排催一排，最后都撞在褐色的巉岩上，溅成浪花，然后，重新归入大海。亘古以来一直重复着这过程，无止无休。每个波浪都各有它一段历程，但每个波浪最终都归入大海。浪波——斯文的也好，汹涌澎湃的也好——寿命再长，也是短暂的，包罗万象的大海却是永恒的。它随时准备浪波回到它的怀抱。

我仿佛看见自己的一生也是小小的一道浪波，它在海上奔驰了一段路程，如今，眼看接近海滩，就要撞到那褐色的巉岩上了。然而，也将像以前和以后的浪波一样，归入大海。

大海是永恒的，它将永远存在下去。

正因为这样，我希望自己病危时能把呻吟哼成心爱的曲调，弥留之际，脸上将带着笑容向这个世界告别。

我曾诅咒过生命，也悔恨过。当黑色的世界笼罩着我那黑色的心境时，我甚至一度把死亡看得比生命更美丽。但那仅仅是一九六六年八月里的一刹那。归根结底，我是热爱生命的。早年，在困苦中我爱过它。如今，我更爱它了。

我清醒地意识到“风烛”的短促，我和我那一辈人，将一浪接一浪，走到尽头。越是热爱它，珍惜它，就越不肯撒开这支秃笔，我手中唯一的工具。几十年来我都是用它和同时代的人交流思想感情，用它画出我的爱和恨，我的向往和我的噩梦。我知道这是一支拙笨的笔，一支并不生花的笔，但它是我仅有的。

二

道路是曲折的,甚至是崎岖的,但它毕竟是越走越宽。

就以收在这四卷集里的东西来说,一九四九年一到北京,我就颇有自知之明地把它们用旧报纸厚厚包起,用麻绳捆紧。高高吊在屋角上,唯恐被人瞥见。五十年代和六十年代,曾两次作为自传的“附件”上交过。“十年浩劫”中,它们自然被抄走并作为毒草编了号。如今,在八十年代,居然这么体体面面地同新一代的读者见面了。这是它们的作者做梦也没敢想望过的事。这个微不足道的例子也可以说明我们这个社会不是僵化的,静止的;革命的圈子并不是铁打或水泥砌成的。人的命运,书的命运,一切的命运都会有变化。因此,没有理由悲观。悲观者只会叹息,而叹息是世上最无用的东西,它不能把世界朝前推动一寸一分。相信我们这个社会将会不断地向着合理境界前进——这种信心本身就是生活中的一种动力。有时也许还会倒退一下,还会偏离轨道,但总的来说,在历史长河中,它必然会顺着康庄大道向前推进。对这一点,我深信不疑。

除了一九五六年当了几个月有名无实的(因为还身兼两职)“专业作家”,我一直是个业余作者。我的小说全是我在上学及编副刊时写的,散文和特写则大都是记者生涯的副产品。一点评论不是编刊物时为了凑版面而写的,就是在大学教书时留下的。我有时替自己开脱说,我还当过那么多年记者,编了那么些年副刊,所以才写得少。其实,这只是辩解而已,还是应该怪自己生性疏懒和才具的局限。

即便从《蚕》发表的年月算起，这一行当我也足足干了半个世纪。我生长在黑暗的旧中国，脑袋里塞进过乌七八糟的东西，一生磕磕碰碰走了不少弯路，因而这四卷里的内容绝不是响当当的。但既然毕生从事了这个行当，此时做个小结，对人对己也算是有了个交代。我本可以用沉默代替序言，但想到大劫之后党的温暖，社会的温暖，读书界对三十年代文学的念旧之情，我还是鼓起了勇气，提笔同此书的读者推心置腹地谈上几句。

在我五十年的创作生涯中，小说仅仅占去五年（一九三三——一九三八）时间。那以后，我曾花了不少时间去研究小说艺术——不是泛泛地研究，而是认真地把福斯特、维吉尼亚·吴尔芙等几位英国大师的全部作品、日记以及当时关于他们的评论都看了。但我自己却没再写小说。对这一点，我也说不出所以然来。有时我想，研究工作和创作活动是相互排斥的。搜集资料，积累资料，在资料中打转转，会使人陶醉，那同更艰苦的创作活动是两码事。记得亡友陈梦家一回对我说，一搞起金石，就不大想写诗了。然而世上也颇有一些学术和创作双丰收的能手，而我则两方面都没什么建树可言，有时想起来不免为自己悲哀。

回想最初那五年，创作欲真是旺盛，仿佛遍地都是题材，拿起笔来就有人物和故事向我扑来。那时为了少交几元宿费，我住在临湖的六楼，屋友多而挤，我都是躲到图书馆或跑到石舫上去写。往往一篇没写完，另一篇的题材就在脑中冒了出来。当时我不懂什么概念，所以也没法从概念出发。我只是挑自己生活中感受最深的写，有时是我早年喜爱的人物，如邓山东和那位拉印子车的；在有些人物身上还投以自己的影子，如《篱下》《落日》和《矮檐》里的少年。只有《道旁》这一篇可以说是从概念出发的。所以与其说它是篇小说，倒不如说是篇寓言。记得那是在我写完《论出路》那篇简短《答辞》之后，我想通过一个故事来说明这一观点：在大时代到来的前夕，不要光致力于经营个人小天地。整个局面一崩溃，个人那个小天地也就荡然无存了。正是由于从概念出发，通篇人物面目模糊，更糟的是我只从消极方面看问题。在一九三五年，我对大时代本身的认识是十分抽象的。大震动之后，世界和国家将是个什么样子，我不清楚。我仅仅不安于那种坐看被蚕食的局面而已。未带地图的旅人只能是个盲目的旅人。

我那时所抨击的社会不公正和宗教奴役都是我自己所亲身遭受的。这，我已经在《一本褪色的相册》里详细谈了。我曾见过一个九代世袭的天主教徒。她根本不承认自己是中国人，认定生来就是属于梵蒂冈的。宗教就是这样用无形的刀子从东方人的灵魂里把民族感情挖个干净；然而不远万里来传教的人，却以本国的炮舰做后盾。当年就是这事实促使我写了《栗子》里那几篇小说。

写长篇小说需要具备许多本事，其中包括要长于布局，更得有股毅力。我老早就有了自知之明。《梦之谷》可以说是个偶然产物。最初我要写的是一篇回忆性质的散文。我是在骑虎难下的情势下把它写成小说的，而中途全面抗战又开始了。我思想上早把它放弃了，是老友巴金硬督促我把它完成的。然而这篇东西确实浸着我个人深切的感情，既可以作为小说，也可以作为我个人那段生活的记录来读。

看到近年来报告文学的昌盛，我十分兴奋。里德、基希、斯诺这些外国人确曾为我们示范过,他们的著作很精辟,很重要,但那毕竟只是“报告”。由报告而发展成为文情并茂的大型文学作品,其产地还是我们中国。这么说一点也不含有文艺沙文主义。理由同志认为这是由于我国可称为“散文大国”,散文写作的艺术传统深厚[1],这当然有一定道理;但我认为更重要的还是由于在二十世纪的中国,文学的主流一直是和现实生活的关切。关切,这含义要比“干预”更广些,仅在我心目中它是包括了干预的。“五四”以来的中国,问题一直太尖锐了,形势太紧迫了,文学不可能是生活的摆设。我认为报告文学的产生和昌盛,主要是由于作家们不能从容不迫地对现实生活仔细端详,慢慢咀嚼,然后,再以小说这个虚构的形式概括出来。正像抗战初期的活报剧一样,报告文学也是由于作家们迫不及待地要对现实生活发言而产生的。

特写(可不可以说是今天洋洋万言的报告文学的前身或初级形式?)在我写作中占的位置相当大,我从一九三三年一直写到五十年代,这也许是由于新闻记者是我一生主要的职业。我出了校门就进报社的门,中间虽然穿插着教书工作,但解放前的十四年,在国内外我主要干的是记者这一行。那时我没有条件去从事深入的社会调查。除了《林炎发入狱》和《刘粹刚之死》,我也不大集中写一个人物。我那些特写,像鲁西和苏北的水灾、滇缅公路上的民工,用摄影界的术语,大多属于场景或群像的实地“抓拍”。今天,这个文学形式在成熟,在臻于完善。

---

〔1〕《报告文学的遐想》,见《文汇月刊》1982 年第 8 期。

当然，这种以真人真事为素材的文学样式在实际上所遇到的问题、困难和障碍，要远比一般诗歌、小说和散文多。“批判性的报告文学难写，颂扬之类的报告文学也难写了。”然而从这种创作形式所遇到的麻烦中，也正可以看到它在现实生活中所起的巨大作用。倘若一种写作能使好人扬名，坏人发抖，谁不举双手欢迎，尽力去保护它！因为那样它就“背负着人民的希望”了。只有在中国，在社会主义的中国，文学作品才能有这么大的威力。报告文学的昌兴，正体现着社会主义民主的发扬光大。这种文学形式不但在推动着我们的事业，它的成长对世界文学也是一大贡献。应该让它传播出去，尤其在创建家园的第三世界。让他们知道，我们这里发现了一种更能直接为人民服务的文学形式。他们会拥抱它的。

散文同小说相比，除了不完整、不成形（指情节）之外，我认为它还有个特点，就是抒写本人的感受——前人神秘地称之为性灵。我自己的散文写得很平庸，往往眼高手低：动笔之前有一种憧憬，写成之后却很失望。但无论是《叹息的船》还是《破车上》，我都不是在客观地记录什么过程，而是想通过外在景物，抒写自己的一点心绪或感受。

由于有这种偏见，我一生出门交白卷的时候远比写出东西的时候为多。有时跑了一大遭，回来却对着白纸发愣。五十年代我曾写文推崇过何为同志写的那种“千字文”，近来也试写了几篇。这种袖珍文字没法言之无物，在指肚大小的天地里学雕刻，也是练刀法的最好场所。这是学习经济地使用文字的捷径，是值得提倡的一种文体。

人们看文章多要文采，我有时则对语气很为敏感。

我生平怕为人师——所以一向教不好书,我也不喜欢听别人训。不要说盛气凌人,连稍稍有些居高临下的姿态也容易引起我的抵触。这个毛病也许同我早年的生活有关。十八岁前,我都是在寄人篱下或者当学徒,不管是在地毯房还是羊奶厂,我总是看见人们把脸绷得铁青,朝我鼻子抡着食指厉声申斥。我好容易摆脱了那种天天挨训的日子。不幸,中年沦为次等公民,又成为人尽可训的人。尤其是干校,有位小头目仿佛从这类训斥中感到一种优越,得到一种满足。但是我从来也没在训斥面前真正低过头。

人与人之间的平等感真是一种极为可贵的东西。这种心理关系在作者与读者之间,尤为重要。搞创作,这个问题不大。一到阐述或评论什么,它就来了。在《寄小读者》和《给青年十二封信》的启发下,我也曾努力同读者建立一种亲切些的关系。三十年代写的《答辞》和八十年代的《终身大事》都属于这种尝试。

此外,我也曾试用散文来写"论文"性质的东西。三十年代的《欣赏的距离》和五十年代的《大象与大纲》都含有这种企图。我谈的内容不尽正确,文字也欠细腻。我把它保留下来,只是为了表达一个深切的希望:写论文也不必绷了面孔,不必硬邦邦,最好也能亲切些,委婉些。

三十年代编《大公报·文艺》时,我曾干过一件傻事:利用编辑职权,花了好大力气,想提倡一下书评。那是我在没出大学门之前就热衷过的一项文化工作,《书评研究》是我那时的毕业论文。编《文艺》时,我曾努力组织起一个"书评网",并得到杨刚、宗珏、常风、李影心等不少朋友的支持。为了"独立",我不接受出版商的赠书。那时每个星期我都跑两趟四马路,每次总抱回一大叠书。然后,按书的性质和评者的癖好,分寄出去。"书评"成为那个刊物的一个固定栏目。此外,我又连编过几个整版的"书评特辑",一心想把这服务性质的文化工作开展下去。记得"八·一三"那天,我还在出着这种特辑。

现在看来,这也许不大合国情。在外国,一本书出来后,好像总得有人评那么一下,才算有个交代。因此,他们那里有职业书评家。我们这里并不那样。就目前而言,书出来后,倘若政治上确有毛病,总会有人出来批判。一本来历不凡或特别出色的书出来,也不愁没人写文推荐。一般著作,除非作者自己去张罗,否则仿佛就没有一评的必要了。

我知道书评这个问题涉及的方面很多,不在政治和艺术之间划个界限,书评没法推广。然而随着整个革命事业的高涨,出版物的数量必然要与日俱增。八小时之外的那点时间毕竟是有限的。今天,广大读者比任何时候都更需要书评这个哨兵和向导了。

说起外国文学,我也算是科班出身。除了早年的接触,在大学也读过英文系。我脑子里装过的大杂烩,大都来自这方面,对我的人生观艺术观起过消极作用。然而一九五七年后,当我不能再写作时,也是外国文学在漫长的二十几年里,为我提供了栖身之所。

四十年代初期,有几年我曾专门从事过外国文学研究。但我太好动,不是当学者的材料。一有路子,我就溜了。我既没有写出什么系统的著作,也不曾像傅雷、草婴、满涛、汝龙等同志那样结合研究,抱定一个心爱的作家来翻译。三十年代,老友巴金就曾多次鼓励我那样做。我喜欢读,也爱瞎议论一番,但我没有恒心扎扎实实地去搞翻译。这也是我终生的恨事之一。

一九七八年后，出版社要陆续重印我译过的几本书了。那时比较空闲，我就分别为它们都写了“译者前言”。我还有些书想译，打算利用有生之年把它们译出来。

提到外国文学，我心里有时就感到愤愤不平。“五四”以来，尽管我们对外国文学介绍得还很不齐全，许多值得翻译的作品还没有中译本(这方面我们不如日本)，但是世界各国(比如英美)对中国文学——尤其现代作品的重视，就更差了。他们对中国现代文学远比我们对他们的更无知，因为我们各大学都有外文系，全国有各种外国文学研究机构，出着几个专门译载外国作品的刊物。除了鲁迅及几位文学大师的代表作，国外对中国现代文学作品可以说十分冷漠。中国新文学的许多外文译本也还是新中国成立后我们的外文出版社自己翻译出版的。外国有些大学即便设有中文系，学生学习的也主要是语言，毕业之后从事的往往不是外贸就是情报工作，真正献身于中国现代文学的人是不多的。新中国成立前，这主要是由于中国政治地位低微，他们只对政局和物产有兴趣。三十年代斯诺编选中国现代短篇小说集《活的中国》，其可贵也正在于此。新中国成立后，外国对中国文学作品的忽视则主要出于政治偏见。偶尔一本小说或戏剧被译成外文，往往也是由于它在政治上符合了他们的需要，而不是由于它自身的艺术价值。倘若文化真要“交”流，就应当改变这种不平衡的局面。我们渴望了解世界，我们也有权力希望世界了解我们。

三

三十年代初期还没走出校门，我就为自己设计了生活道路：通过记者这个职业，走上文学创作。五十年后回顾起来，我基本上是按照这一蓝图生活过来的。每当我以“老报人”自称时，我总是带着无限自豪和感激的心情。因为这一行当曾经使我在国内外跑了许多地方，在三教九流中间结交了许多朋友；使我看到人民在旧社会遭遇的苦难，看到国内外法西斯的残暴以及他们那可耻的下场。唯一的遗憾是囊中没有地图，全靠自己横冲直撞，因而迷茫过，而且是在重要的时刻。我之所以那么念念不忘亡友杨刚，是因为在那种时刻，她把我从迷茫中引导出来。

小时的事，在《一本褪色的相册》里已经大致写了。三十年代中期，我像中国其他知识分子一样，也曾大声唱过“我们祖国多么辽阔广大”，曾以无限景慕的心情向往过苏联社会主义天堂。当英美商人在其政府的默许下往侵略我国的日本运送汽油和炮弹时，苏联飞行员在帮助我们抗战。那时，苏联在我心目中是正义和一切美好理想的化身。

一九三九年秋，我是在整个西欧和北欧的反苏高潮中抵达英伦的。当时，他们舍本求末地把《苏德协定》的签订说成是战争的祸因。于是，许多曾经访问过苏联并参加过西班牙内战的左翼人士，也在报刊上大量写起反苏文章，其中描述得最多又最具体的，是三十年代中期的肃反扩大化。那时，天堂的形象在我心目中蒙上了一层阴影。

当时另一件使我困惑不解的事是英共对战争的冷漠——或者说，消极的反对。整个三十年代，全世界进步人类都在义愤填膺地反对轴心国家。我也曾同一些伙伴在上海弄堂里大声唱过《保卫马德里之歌》。希特勒在吞并捷克之后，又贪婪地把血口张向波兰。战争——姗姗来迟的反纳粹战争，终于爆发了，而曾经站在反纳粹运动最前哨的英国共产党却袖手旁观，甚至参加到清教徒的反战行列。我苦闷，我不解。同我十分要好的一位英共党员比我更要苦闷，因为他被捆得连大气也不敢出。一提到战争，他就痛苦地摇头，想法回避。我心里不住地在问：全世界都在爱俄罗斯，为什么就不允许旁人也爱自己的祖国呢？

一九四一年夏，暴徒希特勒掉转炮口，把战争引向列宁格勒和莫斯科。战火急遽蔓延。我那位英共朋友立时精神抖擞，因为战争的性质一夜之间由帝国主义战争变为反法西斯战争了。然而战局不利呀，苏军节节东退，真急死人！我感到世界的曙光毕竟在东方，那里才寄托着亿万人民的希望。为了促进第二战场的开辟，我，一个外国人，也参加了英共组织的"国民大会"。当共产党员、音乐家阿伦·布什甩着他那长须，英勇地指挥着会众唱《国际歌》时，我感动得也流了泪。第二天，我受到了英国便衣警察的盘讯。那是一次警告。

但是在战争末期，尤其在混乱的意大利政局中，我吃惊地看到苏联的外交重实利远多于原则。（当时我还不晓得在雅尔塔的那些令人心寒的交易！）接着，是欧洲势力范围的划分以及东欧建国初期一些事态。特别使我感到恐惧的是匈牙利红衣大主教那个案子株连的广泛。于是，三十年代以来所向往的那座天堂，在我心目中开始摇晃起来。

我真诚地希望一个没有地主,没有资本家,没有任何剥削的社会,倘若那个社会也讲法制,不随便拘捕人,岂不会更得人心?现在回顾,当时的想法也未可厚非,但关键是:那只有政权握在人民手中时才有可能实现。一个本来就没有地图的旅人,又脱离祖国现实达七年之久。于是,罗盘的指针就摇摆起来。

作为文章,《拟J·玛萨里克遗书》放在这里有些不伦不类,但那是我在苦闷的一九四八年(家庭悲剧发生之后不久),为自己所做的一次公开表白,也是我对当时心境的一幅自我写照。

一九四八年秋,飞机在香港启德机场降落时,杨刚和几位朋友已在机坪上伫候了。第二天,我就一方面参与了一个旧报的新生,一方面投入地下党的对外宣传工作了。我时常在黎明时分揉着眼睛看大样,从一个战役到一个战役中,看到旧势力的土崩瓦解,看到人民力量的壮大兴旺。那时,党对外的唯一喉舌《中国文摘》,每期都在把震撼人心的捷音传达给世界各个角落。每当我想到在这一神圣工作中也有我一份汗水时,就感到自幼在外文方面下的那点工夫总算没白费。

一九四九年八月,我们一行奔赴北京的同志就乘一条叫“华安”的小火轮,悄悄地离开了香港。在海上,曾两次被当时在海峡猖獗的国民党炮舰盯梢。第一次,紧急通知,所有笔记本和文件都集中到甲板上,准备焚烧。快到胶东时,为了甩掉尾巴,机灵的小火轮又掉了头,佯装作开往南朝鲜。在海上,我们足足转悠了一整夜。

我就像虾虬那么兴奋地进入解放区。开国前夕,我被安排在对外宣传的岗位上。那阵子,我时常午夜还坐在打字机旁。一个多月的采访,我就赶出一本关于土改的大型特写,向全世界宣传伟大的中国土改运动。我热烈拥抱解放了的新中国,因为我亲眼看到东霸天、南霸天被拖到天坛松树下临时搭起的台上受审,又在岳阳乡下看到吃过佃户心肝的地主伏法枪决。我看到社会底层的人们翻身,看到中国大地上的黑暗被迅速地驱散。我还横跨千里草原,去访问从一座破喇嘛庙发展起来的新兴城市,看到整个国家的欣欣向荣。我深信,不消几个五年计划我们就富了,强了,和贫困永别了。圣地亚哥和卡拉奇、阿克拉和的黎波里的人们都将从我们的兴盛中得到启示和鼓舞,"社会主义好"不仅在中国,在世界许多角落也会唱了起来。

一九七九年《往事三瞥》一文发表后,我收到好几十封热情洋溢的读者来信,但是有一点大家似乎都没看懂:一九四九年我选择回北京的道路,并不是出于对革命的认识,决定是在疑惧重重下做出的。我明知前面道路的坎坷不平,甚至带有风险,我还是那样定了,因为我害怕做"白华"——我用那么多篇幅来回顾流亡的白俄给我留下的深刻印象。当时,我的逻辑是:不肯当"白华",就得回到祖国这条船上,同它共命运。海上平静时,你可以倚着船舷让温煦的海风吹拂着。遇上风浪,就得随着它颠簸、呕吐,甚至喝咸涩的海水。

镇反、土改和三反,我都满怀激情参加了,意识到是在为这个东亚病夫挤脓、剜疮、清除积垢。一九五六年参加一次马列主义学习,感到同革命的关系又深了一层。但是不出一年,风暴就刮到了自己身边。九龙那些不眠之夜里所担虑过的一些情况,果然发生了。然而只有屈辱,没有拘禁,没有皮肉之苦,也未株连——甚至爱人也未受株连，为此，我一直十分感激。

九年之后，另一次遍及全国的龙卷风可就是另一码事了。中古——甚至上古的许多野蛮手段都使了出来。越是对有能力、贡献大的，下起手来就越凶狠，株连起来也漫无边际。每想起那些老帅的遭遇，个人的一点点冤屈真无所谓了。同时，每想起张志新那样倔强、有骨气的中华儿女，一方面自惭形秽，另一方面也更为我们这个民族感到自豪。

“十年浩劫”中，我因为早已搞臭，不值得再斗，大抵是在沉默中度过的。在牛棚里我没吱过声。自传、认罪书，都照交不误——那些都成套成套背下，写熟了，写油了，毫不费力。下干校，叫挖沟就挖沟，叫插秧就插秧，人好像已经麻木了。其实，“意识流”不停地在脑里哗哗淌。我时常在干着活的时候，脑子里不断地在“写”文章——有速写，有小品文和有头有尾、成了形的短篇小说。当然，我没露过一点点馅。不但没见之于文字，甚至也没对谁吐露过。

记得在挠秧时，曾打过这么一篇“寓言”的腹稿，题目是《猫与鼠》，内容是：周围的世界仿佛非猫即鼠。一匹正在张牙舞爪、龇牙咧嘴的猫，突然被人大声一指：“它是老鼠！”于是，它立刻缩起脖来，成为一只可怜的老鼠了。但有时一只老鼠也会摇身一变成为一匹气势汹汹的猫，而且比一般的猫牙龇得更长，更咋呼。我多么渴望逃到一个无鼠无猫的世界去当一个非鼠非猫的动物啊！这么想着，我突然发现自己变成了一只人人喊打的老鼠。大口大口的唾沫从四面八方朝我啐来，还伴随着咒骂：有尖声尖气的，也有咆哮如雷的。甚至当我爬到台上去承认自己是只老鼠时，也被赶了下来。老鼠的日子真

白船

盛岩

2014 年

60cm × 50cm

布面油画

不好过啊，好像谁都有权力踩你一脚。有一两回我壮起胆子也想学学猫的姿态，但学得不像，因为身上早已弄得腥臭。于是，就又安心当起老鼠来。然而总觉得猫与鼠这分水岭是硬垒起的。少数当上猫的得了意，但从长远看，从整体看，这么分恐怕不合算。

那阵子，看大字报时还喜欢在肚子里解剖那些揭批的“逻辑”。一个“大特务”的结论是这么得出的：他明明可以在国外享受高级待遇，却宁愿回来受苦。这种反常现象说明他别有用心，必是帝国主义派进来的特务无疑。有趣的是把这个推断翻过去，就正好看到推断者的精神境界！对毒草最普遍的公式是：作品“攻击”了某一党员或党所领导的某一单位，所以它就是反对我们整个的党，反对无产阶级。这种批判的结果势必导致人们只看到事物的一面，对另一面永远闭上眼睛。

当时我看着那些排山倒海的大字报，不禁想：对社会心理学家和逻辑学家们来说，这是多么好、多么丰富的研究资料啊！为什么撕掉被覆盖了事呢，倘若有人把它们那以一点概全面的逻辑归纳成公式，找出诡辩术的内在规律，那将既有助于总结过去，又可造福未来，岂不应颁给博士学位！

二十岁上，我曾以《题一个人的照像》为题，为自己画过一幅自画像。七十岁上，我有时又想为自己拟个墓文。我想写的是：死者是度过平凡的一生的一个平凡人。平凡，因为他既不是英雄，也不是坏蛋。他幼年是从贫苦中挣扎出来的，受过鞭笞、饥饿、孤独和凌辱。他有时任性，糊涂，但从未忘过本。他有一盏良知的灯，它时明时暗，却没熄灭过。他经常疏懒，但偶尔也颇知努力。在感情漩涡中他消耗——浪费了不少精力。中年,他遭到过沉重的打击,如晴天霹雳。他还命长,居然活着看到乾坤的扭转,也看到自己错案的改正。他是由衷地感激。他生平没有官瘾,只想织一把丝,酿一盅蜜。有一段期间,他的笔曾被夺了过去。但对他来说,那段强制的沉默毋宁是塞翁失马,因为在“焚书坑儒”的十年中,他既没有书可焚,也早已算不上儒了。浩劫之后,他没悲观,也未摇摆,因为浩劫更证明历史的车轮只会滚滚向前,不会倒退。但车轮的转动不能靠空想,不能靠高调,而要靠一切活着的中国人来推进。他也希望为此竭尽绵力。这是一个平凡人的平凡志向。他是微笑着离去的,因为他有幸看到了恶霸们的末日。

四

过去,尤其在“十年浩劫”时期,我在心灵深处对新文学也曾有过今不如昔之感。我向往启蒙的二十年代,怀念我所熟悉的三十年代和不大熟悉的四十年代。近三四年来的新创作修改了我的看法。“五四”以来,从没有在这么短的一段时间里,涌现出这么多新作家,写了这么多好作品。好,因为许多都是呕心沥血写出的,有的是感人至深的控诉书,有的向我们这个时代有力地提出挑战。对这些青年同行,我由衷地感到敬慕和钦佩。

不同时代的文学有各自不同的特征。三四十年代压倒一切的主题是抗日,在这一主题上集中了当时整个民族的悲愤之情。此外,还有工厂的残酷剥削和农村的贫困。今天,政权在人民手里了,现实要比三十年代曲折、复杂多了，文学作品所肩负的担子也更重了。我看到许多作家对问题挖掘得深，探索得大胆，在表现形式上也在有意识地突破。有时在一部长篇小说里看到冗长的政论也会不耐烦，但那后面往往跳动着一颗焦急热切的心，一个恨不得立即把前进中的绊脚石搬开的愿望。自然，这种写法也只是个别的。总之，这三四年来的新创作代表我们民族一种可贵的活力，应当去爱护。

一九八〇年从美国访问归来，我痛切地感到我们在物质上的落后，同时也深深认识到我们在意识形态上的高尚。这话一点也不夸张。我们的文学作品有粗细之分，有的甚至很八股，很枯燥。但“五四”以来，除了偶然出现的文妖如张竞生，还没有作品教唆人诲淫诲盗。不管多么拙劣，我们的文学总是鼓励人们向上：它揭露恶人，为弱者抱不平，表彰舍己为人、舍私为公者。七十年代末期，我们的文艺触及的生活面更广更深了。同时，我们的文化也并未两极分化：大众的爱好同少数高知的趣味之间并没有不可逾越的鸿沟。反观西方文学艺术，它是金字塔形的。休想在超级市场买到贝多芬或舒曼的作品，那里只有变种的爵士乐。在西方各国，严肃的文学是少数人的专利品，“通俗读物”充斥着凶杀和色情，因为在高度工业化的社会中，人们需要刺激，追求刺激，而最大的刺激往往寓于犯罪中。

这样并不是说，我们已没有可借鉴的了。不，要虚心向人家的长处学习，但诺贝尔奖金并不是衡量一国文学的可靠标准。在中国新文学诞生六十多年后，我们应有个自我估价。也只有在这个基础上去借鉴，才能补短取长。

肯定现在绝不意味着否定过去。“温故而知新”还是一句至理名言。当前重印“五四”以后的作品，我想意义是双重的。一方面，让新的一代看看我们在文学上走过来的脚印，另一方面，旧作中所描写的旧中国，也还是值得当作褪了色的相册来翻翻的。这样就会更珍爱今天。

对新一代作家们的探索精神，我是由衷地佩服——佩服他们的智慧和胆识。探索的结果，也许是“此路不通”，但也说不定是“又一村”呢。“五四”就是从探索开始的，歪门邪道不能说完全没出现过，但总的来说，还是闯出了路的。所以应允许探索，保护探索，为探索者创造条件。失败了的，自然会无疾而终。这个自然淘汰的规律是逃不掉的。成功了，世世代代都沾光，岂不很好！

浩劫之后，我更爱这个祖国了。他遍体鳞伤，浑身用绷带缠起，越现出那伟大的英姿。地球上什么国家经得起这么长久、这么野蛮的一场折腾！换个小国，不绝种灭亡也一蹶不振了。试想，工厂的烟囱不冒烟了，作为国家动脉的铁路成了六一节的免费乘游。教育宣告停业，千百万块玻璃成了弹弓的靶子。娃娃们拿捅刀子当儿戏，女妖钦口只要说一声“某某不是好人”，那人就立刻遭殃。好端端的一个现代国家，硬是给拖回到中古！有些人认定一切业已断送在这一小撮手里了，不忍心眼睁睁看着整个民族跌进深渊，因而不想再活下去。

谁料到她也会倒，而她和她的虾兵蟹将一倒，这个屹立了几千年的国家就又站了起来，年轻了。这个民族身上的肉被剜去不少，也有骨折处，而且在世界的行列里又落后一大截。但是横竖这个巨人又站起来了。他掸掸土，咬着牙在追赶上去。

垃圾在清除，创伤在愈合。人们开始解下身上的绳索——有些死扣至今还没解开。但扣子宜解不宜结，这一点没人再有异议了。于是，以前犯忌，视为洪水猛兽的，成为突破现状的捷径了，有些“敌人”又成了朋友。而且终于有了法制，那可是老大的不同啊！是敌是友，不再凭谁一句话了，揭批会也不会再成为报复者和嫉妒者的宴席。有了诽谤法，人的尊严终于得到保障。大小歹徒的可耻下场将使跃跃欲试的野心家们好好拨拨算盘珠，因为害人者必害己。

总之，几场龙卷风平息之后，这个国家变得更稳固，人们生活在这里也更安全了。才能不再遭到摧残，智慧有了滋润的土壤。十亿人民的步伐一旦坚定起来，将是一支不可估计的巨大力量。

我不过是小小一道浪波，眼看就要归入大海。浪波的寿命总归短暂，大海则是永恒的。我原来自大海，仍将回到它的怀抱。我所有的一切，都是它给予的。我也必把自己的全部献给它，直到最后一滴。

1982 年 9 月

在十字架的阴影下

一九七九年访美归来,我接到美国汉学家、加利福尼亚大学教授路易斯·罗宾逊(Lewis Robinson)的来函,说他正在研究我早期所写的揭露教会学校黑暗面的小说,问我在几十年之后,对于基督教在态度上有无改变;如有,是哪些改变。我记得当时在回信中曾说,小说是生活的反映。我揭露并反对的是二十年代的强迫性信仰,以及宗教和帝国主义的关系,但不反对宗教本身。我尊敬耶稣这位被压迫民族的领袖,也珍视《圣经》以及基督的一生在西方文化史、艺术史上的重要性。我拥护信仰自由,因而没有理由去反对基督教或任何宗教。如今,中国的基督教"三自化"了,情形就大不相同。然而我经历的却是六十多年前的教会学校。那时《圣经》要一章章地死背,背不下来要挨罚。祈祷时有人监视闭不闭眼。那时,教会及其附设的学校和医院,实权都由外国牧师掌握,因而就出现伪善吃教者。几十年后事过境迁,个人恩怨自然已淡化。然而重读旧作,我认为自己还是忠实于亲身的观察和感受的。

一九八八年，这位汉学家从美国加州给我寄来了一本书。书名是：《两刃剑——基督教与二十世纪中国小说》（*Lewis Robinson*：*Double—edged Sword*：*Christianity and 20th Century Chinese Fiction*）。书中除了探讨冰心、许地山、郭沫若、郁达夫和李健吾等作家的早期作品中有关基督教的部分之外，还有一章的标题是："萧乾：一位反基督教作家"。在这一章里，他着重分析了我的四个短篇（《皈依》《昙》《鹏程》和《参商》），追溯并评述了我对基督教的反感。从全文的大量引句来看，作者曾下功夫仔细咀嚼过那四篇小说。我认为他是以学者的态度就作品本身来客观地进行分析，并未板起卫道者的面孔。然而读完之后，我又觉得他主要是（也只能是）就作品谈作品，并不了解早年教会学校一方面曾给过我工读的机会，但对我幼小的心灵也曾怎样摧残和打击过。三十年代我那样勾勒徐志棠和王志翔之流的嘴脸，也许有失忠厚，然而那类角色我确实见过不少。多年后，他们还偶尔出现在我的梦境中。

一　银铃和雪橇

由于个人遭际，我对宗教有反抗的一面，但是不能否认，在我孤寂的童年，宗教也有过吸引力。尤其圣诞树上那彩色的灯泡，墙间悬挂的五颜六色的纸环，以及在大风琴伴奏下的充满喜悦的歌声，都曾给过我莫大的快慰。我不愿人家强迫我在教堂里下跪，祈祷时硬逼我合眼，然而我还是很喜欢教堂那高大的拱顶，尖形窗上五彩缤纷的玻璃嵌成的图案和人物故事,更爱那肃穆的气氛。

小时候,有一次我曾溜进北京城东北角一座蒜头状屋顶的东正教堂。那里,礼拜时人人都手执一支火焰跳跃的蜡烛,希腊文的颂诗格外深沉悠扬。祭坛上点的檀香沁人心腑,身穿金线镶边的绛紫色祭披的神职人员忽而举臂向上祈求,忽而又向坛下的善男善女祝福,很觉新奇。

一九三五年进《大公报》工作时,报社近旁就矗立着一座哥特式天主教堂。我常为它那铿锵悦耳的管风琴声所吸引。一九三九年初路经巴黎,我直奔闻名遐迩的巴黎圣母院。欧洲教堂和中国的寺院庙宇迥乎不同,廊柱间却同样缭绕一种与世隔绝、通向凌霄的灵气。

在所有歌曲中,我最喜爱的还是有着银铃和雪橇的《小城伯利恒》和《三个东方博士》,音调是那么轻快怡人。进大学之后,我逐渐迷上了莫扎特的《安魂曲》、海顿的《创世纪》和每年圣诞节必听到的韩德尔的《弥撒亚》。随着年龄的增长,一向虽讲求理性,然而有时我也巴不得忘情于一种虚无缥缈的崇高感,听任十八世纪一位天才乐圣用大风琴的音符洗涤一下自己的身心,进到恍若悟入禅定的忘我境界。

我曾对用板子逼我成章成章地背诵《圣经》十分反感。然而我始终认为《圣经》本身则是一部了不起的大书。即便在挨板子时,我也仍能透过泪光欣赏其中动人的故事和优美的文字。我在羊圈里干过活儿,而《圣经》里,羊羔总在咩咩地、娇滴滴地叫着。这里,到处是出自日常生活的生动比喻:种子有撒在路旁的,也有撒在石头地上的。书中举稗子、面酵、撒网为例,又说富人进天国比骆驼穿过针眼还要难;并且说,一个尽管能讲万国的方言以及天使的话语,若没有爱,就像鸣的锣、响的钹一般。这些形象化的比喻,在记忆中犹如一盏盏长明灯,永远不会熄灭。

《旧约全书》堪称世界文学宝库中一部包罗万象的文选——代表着整个民族文化和历史的文选,不啻是把《诗经》《离骚》《左传》《史记》和《三国》《水浒》以及《三言二拍》都编到一起。每个民族都有自己的《创世纪》。希伯来人的《伊甸园》也是富于魅力的。在这里,赤裸的亚当和夏娃由于偷吃禁果,第一次有了原始人的性觉醒。这里有史诗,有情歌,有颂诗,也有一场接一场的战争纪实。布局周密,有条不紊。从中既可以窥见当时从宫廷到平民的风俗习惯,又可以看到古代的军事部署。一个个可歌可泣的民族英雄跃然纸上:厚道的约瑟、勇敢的大卫和英明睿智的所罗门。

还在初中时,我曾在宗教课上绘声绘色地讲述过《旧约》中耶和华考验亚伯拉罕的故事,随后把它敷演成也许是我平生头一篇小说:根据耶和华的旨意,亚伯拉罕将心爱的独子以撒带到一座山上去燔祭——用火烧死。我描绘了一路上亚伯拉罕的矛盾心情。孩子蒙在鼓里,还帮爸爸筑起坛,把木柴码好。接着,儿子才问起:“羔羊呢?”虔诚而又狠毒的亚伯拉罕不由分说地捆起无辜的儿子。刚要动手杀害时,天使发话了:不要害这孩子。于是,亚伯拉罕就用一只公羊来代替,献为燔祭。这个故事充满戏剧性。情节那么简洁有力,感情内涵又是那么错综复杂,超自然的结尾来得那么突兀。

一九三九年乘船夜间驶过红海时,我伫立在甲板上,觉得那一带的星斗特别低,仿佛伸手就触摸得到。遥远北岸那《圣经》描绘过的地带,我仿佛依稀望到骆驼群在沙漠上缓缓移动,恍惚间又有穿细麻布长袍的人们,吹号敲钹,欢欢喜喜地把耶和华的约柜抬进帐幕。那个被放逐的民族为了生存所做的挣扎,以及被流徙的悲壮场面,一幕幕浮现在眼前。在绝望中,他们企盼一位救世主是极其自然的事,这种企盼给予了这个民族继续奋斗下去的勇气和希望。我从未踏上那片土地,但是由于反复读过《圣经》,我对它好像十分熟稔。

读《新约》时,我首先为耶稣那不同寻常的诞生所吸引。他生在马槽里,爸爸是个寒微的木匠。生下不久,就在希律王的高压下,被迫逃难。他不属于仗着炮舰欺凌旁人的民族,而是备受压迫的民族中的一分子。小时,我们几个淘气鬼曾编过一个顺口溜:

耶稣爱我一脸泥,
我爱耶稣没炕席。

这虽然是编着玩的,从中却看得出我们是把耶稣当作“自己人”看待,认为他是穷哥们儿当中的一个。后来他收的门徒,不是打鱼的就是扛长活的。所以对于耶稣本人,我非但不曾有过反感,而且还是感到亲切而同情的。

他的死又是那么悲惨,那么壮烈,那么平凡。在客西马尼园与门徒诀别的那晚,他对自己将遭受的酷刑是清醒的,也是无所畏惧的。“文革”时,每看到红卫兵用挂黑牌和喷气式侮辱知识分子,我就联想起耶稣被钉十字架前还逼他穿上紫袍,给他戴上荆棘编成的皇冠,肆意殴打并戏弄他的事。

对于《圣经》以及对于耶稣这一富有革新精神的历史人物，我非但从未反对过，而且深深景仰。至于十九世纪以来基督教在我国行医办学，向落后地区传播现代知识这一点，我作为一个受惠者，更怀有感激之情。近几十年来，基督教会对于促进世界和平，也起过并起着推动作用。

二　安娜

在谈我对基督教的看法之前，我必须先说明一个个人情况：我有一位四堂嫂，名叫安娜。她不但是个地地道道的美国人，而且还是位传教士，一位原教旨主义者。二十年代末，我未满十岁时，这位美国姑娘就嫁到萧家。四堂兄当时的家境比三堂兄略好一些，但过的也仍是紧日子。四堂兄倒真像个蒙古人，浓眉大眼，身材魁梧，又很聪明。他考上了山东齐鲁大学社会系。一九二六年介绍我参加 CY，并直接领导我的李安宅（仁斋），就是他的一位同窗。

安娜如今已年近百岁，正在美国西岸洛杉矶附近的一个小镇安度晚年。她在中国足足呆了半个多世纪，直到尼克松访华后两年，于一九七四年才被接回美国。

回忆自己同基督教的关系时，我无法把安娜略掉。因为尽管她始终未能说服我去皈依基督教，但她毕竟是我的英语启蒙老师，并曾丰富了我的精神生活。而且在感情上，除了我念念不忘的那位大堂姐，在我父母双亡的童年，她也曾是我的半个母亲。

先得说说安娜和我们家族的关系。

我的祖父有三个儿子。我父亲是老大,只生了我这个儿子。三叔原配生了一男一女。男的就是三堂兄,女的就是那位终身未嫁的老姐姐。安娜是我二叔家四堂兄(他还有两个哥哥,一个姐姐)的妻子。

萧家既然是北京东北城一个贫寒人家,四堂兄怎么会娶上一位美国媳妇呢?我也一直纳闷。可能彪形大汉的他,身上另有一种魅力。而且安娜还不是头一个看中他的美国姑娘。我记得在那之前,有个名叫塞尔玛的也来串过门。我也许是家里最早发现四堂兄和安娜定了情的。照外国规矩进人家的屋子,要先叩门。那时我是个愣小子,可不懂这一套。一回,我猛地撞了进去,看到安娜正坐在四堂兄的膝上。于是,我就觉察出她将做我的四堂嫂了。她还给我起了个洋名字:罗伯特,并说那是她在美国的弟弟的名字。

二十年代,白种的美国人嫁给黄种的中国人,那可是大逆不道!两个都是教徒,所以得在教堂里举行由一位牧师主持的婚礼。可是,全北京城他们就是找不到一个肯于豁出去为他们主持婚礼的牧师。美国领事馆大概也立即取消了安娜的国籍,听说她的胞弟在七十年代费了不少周折才使她恢复国籍。

我一直敬重安娜,佩服她冲破种族成见及白人优越感的勇气。为了爱情,她付出了自己的一生。

这位四堂嫂使我晓得了什么是原教旨主义。不但《圣经》中所有的"奇迹"她都深信不疑,而且她动不动就跪下来向上帝请示。她丝毫也没能引起我对宗教的兴趣,然而她是位优秀的英语教师,既耐心，讲解又清楚。我们除了见面用英语交谈（每逢我讲错，她立即指出），我还经常给她写英文信。她改得十分仔细认真，只是在回信中从未忘记提到主耶稣。好在她并不像学校那么强迫我。她是那么真诚善良，多次问我："领不领洗？"我只是摇头。她就无可奈何地叹息。她始终是我的好四嫂。

作为一个嫁给中国人的洋媳妇，安娜够得上"贤惠"二字。她从未像旧社会许许多多在华的外国人那样养尊处优过。她真正分担了挣扎在饥饿线上的一个蒙古族人家的疾苦。她刚结婚时，上有婆婆（四堂兄的继母），又有两位大伯和一位大姑。

安娜对我还有救命之恩。一九二六年，我因参加 CY，一度被捕。是安娜托人把我营救出来的。我被软禁在学校期间，每逢星期天她必带几位教友来探望我。事先她可能已得到校方的默许。我们总是在门房对面的会客室见面。那些热心的教友，一个个夹着《圣经》和《颂主诗歌》。说不上几句，他们就打开《圣经》念上一段，接着就唱起颂歌。最后还闭上眼睛，祷告仁慈的上帝拯救我这个"迷途羔羊"。

一连来过几次后，安娜问我领不领洗。我依然坚定地摇头。当他们唱歌祈祷时，我却在惦念曾同我一起关在报房胡同的那些难友。其中竟有个比我还小几岁的孩子。为什么我被放出来了，而他却还关在里面？左不过是因为我有安娜和她去恳托的洋校长！上帝也只救那些有门路的人。

那些年，军阀正在混战。北京城动辄就戒严。她经历了北伐后的艰苦岁月，抗日战争期间，她们一家人又都困在沦陷的北平。她像旧式的中国媳妇那样孝敬老的，服侍同辈的，照顾小的（她生有一男二女)。除了操持家务,她还先后在好几所大学和中学教授英语,挣钱支撑那个家。

一九四六年,我由英国回沪,曾偕有一半英国血统的妻子格温去看安娜。一进大门,只见当时已鬓发灰白的安娜,正弯腰在院中一只木盆里洗着衣服。看到我们,她马上直起腰身,在围裙上擦了擦手,迎了过来。转年格温决定同我分手时对我说,她原以为中国都是荷花垂柳,亭台楼阁,自从看到安娜那副情状,尽管这是生养自己的中国父亲的土地,她却不想再在这里呆下去了。

格温看到的其实还不是安娜的生活中最落魄的阶段。五十年代初,四堂兄一度失业,就去南斯拉夫驻京大使馆当上一名秘书。及至铁托成为共产主义世界的公敌,那位秘书也势所必然地进了劳改农场。他在茶淀结束了自己的一生。那以后,整个一家的担子就都落到这位美国媳妇身上了。

早在一九四九年,我就向当时的领导乔冠华坦白了自己有安娜这么个社会关系。我得到的指示是:不要跟她往来。于是,我一直没敢再去见她——其间,有六年我们和安娜一家人住得只相隔一条胡同。我就是凭这股子不越雷池一步的自我约束,几十年来没碰上更大的风暴,没被送入劳改营。一九七九年我才在事先得到组织上谅解的情况下,从衣阿华赶到洛杉矶旁的小镇惠提尔去看望这位老嫂嫂。一九八三年,她又带着独生女和孙女外孙女,往还乘四小时汽车,专程到加州大学圣迭哥分校来看我和洁若。拥抱之后,年过九旬的她侧着头,泪汪汪地望着我,颤音问道:“仍然不信教吗?”我把她抱得更紧些,却坚定地回答:“仍然不信。”她叹了口气说:“我很失望,我曾劝了那么多人归主,但我没能劝成你。可我还是要感激你,因为你从来没有骗过我。”

我有时想:宗教信仰给了安娜以毅力。她未能把我劝入教,因而对我感到失望,却从未有过怨恨。

三 超自然的存在

在宗教问题上,我的焦点始终不曾纠缠在有没有神上,在小说《蚕》中,写到桑叶罄尽、众蚕奄奄一息时,我只是说:“啊,孩子们,你们想我是全能的主宰,是拥有一切的主人,便将命运交给我摆布。其实,我只不过是一个大于你们的一个生物,忙得自己都顾不过来。”这就是说,即便有位上帝,他对世界上的饥荒也是束手无策的。这里,我并没从根本上否定超自然的存在,仅仅是说,即便有,它也帮不上什么忙。

西方有个笑话,说一次航海中,船遇到风暴,眼看就要沉没。这时,船上所有的人统统跪下来向上帝祷告,拯救灵魂。唯独有个自称是无神论者的,不肯下跪。然而其他人害怕一马勺害一锅,由于他的异端累了大家,就坚持非要他跪下来祈祷不可。那人只好勉强屈了膝。他的祷辞是:“啊,上帝——倘若有位上帝的话;拯救我的灵魂——倘若我有个灵魂。”要是遇到那样的场合,我的祷文不会比那位怀疑论者更为肯定。

不。我所厌恶并反抗的,是强迫宗教以及为这种方式的宗教铺平道路的不平等条约。从个人来说,更直接、更切肤的,乃是学校里一些教内实权派对我的迫害。

还没接触基督教之前，我就对超自然的存在有过深切的反感。在一篇回忆性的短文中，我曾提到自己的一位远房姑母。她比我们还穷，简直揭不开锅，就来投奔我的堂兄。最初她当然很不受待见。显而易见，她一住进来，又添了一张嘴，而且没个头。

忽然，一天半夜里她在炕上折腾了一番，便硬说是大狐仙附了体。于是，她摇身一变，成了家中一位特殊人物，既能治病，又能保平安，行市一下子就涨了。她浑身好像镀了一层金。触犯她就得罪了大仙爷，那可担待不起！

她头上有了光晕。从此，什么可口的都尽着她吃——说是孝敬了大仙爷。她的残羹剩饭也成了可以除灾祛病的灵丹妙药。

在炕上，我挨着她睡。我没感到什么灵气，她的妖气却吓得我在被窝里直打哆嗦。大仙爷确实巩固并提高了老姑姑的身份地位，可却在我的幼小心坎上平添了一道黑影，它影响着我的一生。

对我来说，强迫性宗教绝不始于基督教。这一点，我也曾披露过。我那位三堂兄毕业于蒙藏学校后，一直失业，生活潦倒不堪。于是，他就成了对各方神祇一概匍匐在地的人，而我也只好奉陪。一个无疑是个痞棍的乞丐，忽然躺倒东直门外一座小土地庙的炕上，胡说是什么佛爷附了体。善男信女就为他烧香挂匾，很快浑身就有了灵光。三堂兄一听说，就带着我给这自封的佛爷去上供。我至今仍记得那坐落在土丘上的小庙多么拥挤。烟火缭绕，磬声震耳。我们在庙后身一间小土屋里谒见了那位“佛爷”。他歪在土炕上，接受崇拜者的供奉。三堂兄递上带来的供物后，连忙跪下叩头。“佛爷”像个白痴,眼睛是半合着的,嘴边还淌着涎水。他赏给三堂兄一牙咬过的苹果。三堂兄稀罕得不得了,赶紧接过来,揣在怀里。我暗自庆幸他没要我同他分享。

我始终也瞧不出那些神祇有什么灵验。然而我可跟着喝过不少"香灰水"——就是从香炉里捏一撮香灰,放在一碗水里。每次我都是捏着鼻子喝下去的。

去妙峰山那次,我瞅见了宗教残酷的一面。幸而我不曾碰见许愿跳山涧的。然而一路都是从山东或河南等省爬来的朝香者,膝盖磨破,骨头都露出来了。目睹他们那血肉模糊的惨状,幼小的我不禁纳闷:信佛不是为了保平安吗?怎么却先把自己糟蹋成这个样子!这岂不像赌博:钱没赚到手,倒先赔上一笔吗?

那些年,逢初一十五,我都得跟在堂兄身后,在院子里朝东南西北四方三叩九拜。当时我出于无奈,敢怒而不敢言。三十年代忆起那情景,我曾发泄过怨气。如今再回顾此事,我才认识到那是当时一个失业青年在走投无路之际的一种绝望的挣扎。管它是耶是佛,以至任何神祇,只要能赏他一碗饭吃,谁他都肯拜。

最后给了饭碗的是基督教。凭他写的一笔好字,口齿又伶俐,他在米市大街青年会谋到一个干事的职务。以前我怪他白天搞基督教,晚上拜佛,是两面派。现在我认识到,其实他拜的既不是耶稣,也不是如来佛,而是饭碗。

当时这又是个无法躲闪的问题。

我想,倘若二十年代我接触的不是原教旨主义的基督教徒,而传教也不用强迫形式,说不定我还会信了教。因为那时作为一个孤儿,我很需要精神上的寄托。然而我碰见的却比“狐仙”和“佛爷”强不了多少。

原教旨主义者除了《圣经》怎么说就怎么信之外,还有一件事,使我感到莫名其妙:什么事都得跪下来祈祷,向上帝请示。有一年夏季,安娜带我去内蒙古卓资山。同行的都是她的美国朋友,一些传教士。一次我们要去附近的蒙古包玩一下。为首的一位临行前竟跪下来先向上帝请示了一番,随后才说:“可以出发了。”

使我更吃惊而且引起反感的是,在香河县小教堂的院子里看到的一次神召会的礼拜。几十个信徒跪在地上,每个人面前摆着一块砖。他们各自把头使劲往砖上撞,撞得鲜血淋漓,还狼嚎鬼叫,说是在“讲万国方言”。当时,我是去香河参加扫盲的。我们还在水银灯下演《睁眼瞎子》给老乡看。张珍(新中国成立后任化工部长)扮演目不识丁的老妈妈,我扮演她的儿子。那时我曾想:神召会造成的危害,确实比文盲还要严重。

自然,当时传基督教也分不同的层次和对象。神召会好像只在乡间搞。救世军则在城市下层市民当中活动。它在北京的总部原址就是现在的首都剧院。它的编制仿照军队,入教手续着实简便。唱完圣诗,讲完道,就当场劝会众跪到台下去“悔改”。这样就算入了教。我在小说《皈依》里就写过菊子先悔了改,然后又来拉妞妞。

在这篇小说中,除了写到宗教可以提供饭碗(“一个月六块现洋”)之外,我还提及救世军的另一种吸引力:带彩图的福音书、洋鼓洋号以及教堂里花花绿绿的挂图。这些都会使缺乏文化生活的小姑娘妞妞兴奋起来。

四　真理大厅

七十年代初期，从咸宁干校回京之后，我一度蛰居在北京东北城一间门洞里（见《搬家史》）。出于怀旧和好奇，我曾骑车重访坐落在交道口大三条的那所开除过我的母校。当年上课用的西楼以及作为宿舍的北楼都还是老样子，操场上又盖起一座新楼。这家学校那时的英文名字译成中文就是“真理大厅”。

我没敢惊动司阍人，只站在大门外瞥了几眼。我作为工读生织过地毯的四楼顶层映入眼帘，我挤过羊奶的羊圈设在操场东头。我在那操场上蹦跳过。小时玩过的秋千和压板，如今已没有了踪影。我的小说《邮票》就是以北楼为背景的，只是大门前再也没有《邓山东》中所描述的那些摆摊卖吃食的了。

我们那个学校在大三条，而教堂则在二条。当年每次去做礼拜，都要穿过一个宽敞的院子。这个院子说得上是沙漠中的一片绿洲。它纯粹是另一种格局，代表另一种生活水平。门并不大，然而十分厚实。院里矮松成行。我们总是沿着当中那条甬道走，出了大门，对面便是二条教堂。绿洲里那条甬道还分出几个岔路，通往一幢幢精致的双层住宅楼。每幢分别为矮篱围起，住宅旁各有座小花园。常见几个娇贵的金发碧眼团团，在中国保姆照拂下荡秋千或堆沙子玩。沙池旁还搭起葡萄架或藤萝架。隔着用雪白纱幔遮起的窗户，不时地传来钢琴或小提琴的演奏声。自然，每次路过，厨房里正煮着的可可或咖啡以及烤肉便香味扑鼻。

每个星期我起码得穿过这个大院子一次，而每次心里总冒出个疑问：倘若真有上帝，他为什么这么不公平？何以白皮肤的过一种生活，黄皮肤的就得过另一种生活？

《落日》的故事就发生在那个绿洲里。那不是虚构的，整个过程都是我亲身经历的。正因为如此，我对那绿洲更加反感了。

我半工半读过的那个学校，属于长老会。长老是基督教加尔文宗的教会。由教徒推选长老管理教会，所以这么称呼。长老一般均由教龄最长、在教会中影响最大的教友担任。长老中间固然也有真信教的，但是凭资格——甚至由于有靠山而当上的也不乏其人。他们大都是原教旨主义者，绝不用现代眼光去解释《圣经》，更不容提出疑窦，否则就会被扣上“异端”“叛教”等大帽子。其实，那些长老对《圣经》就个个坚信不疑吗？也未必，然而维护原教旨同维护他们个人的权威完全是一致的。一旦原教旨动摇了，长老们的威望和地位就会受到威胁。因为，只要有任何离经叛道的苗头，他们必狠狠制裁。所以，凡是教会所办的设施（首先是学校，其次是医院），都必须矢忠于原教旨。

教会学校的实权——首先是财权和用人大权，当然都掌握在外国牧师手里。校内具体的行政职务（如教务、斋务等），一股脑儿由教内骨干担任。授课的教员则多由教外聘请。

于是，就产生了这么一个差别：教内的骨干捧的实际上是只铁饭碗。只要他们准时去做礼拜，祈祷时装出一副虔诚的样子，不时地在嘴边挂上几句福音，他们几乎可以为所欲为。而教外的老师则除了教书本事，别无靠山。他们下课就走掉，从不同人勾勾搭搭。

我经常怀念当年一位名叫李茂青的国文老师。他走路方方正正，总是身穿蓝袍青马褂来上课。卷子判得非常认真仔细，并且时常在卷末写上长长的一段话，鼓励学生上进。他判的几本作文，我一直保存下来，毁于“文革”。从他的批语中，我受过启发，也感到温暖。

还有一位教地理的贾老师。我在《两位老师》一文中提到过他。那时我们用的代数课本是一位名叫“温德华”的洋人编的。一天，在上学途中躲闪惊马，我把代数课本弄丢了。教代数的老师是位性子暴躁的麻子，动不动就打板子。他曾打折过一条板子。挨板子的同学正庆幸，他却马上又抽出一条。我怕因丢课本而挨他的打，就用那个月一半的饭费补买了一本，并同管伙食的人说好，我只吃早晚两顿。大家吃午饭时，我在篮球场上投篮。

那个中午，贾老师吃得很快，老早走出饭厅，瞧见我在投篮，就问我为什么不去吃饭。刚巧过来一个同学，向他泄了底，老师马上替我补上半个月的饭费——记得是一块五毛钱，非要我吃足三顿饭。

教外的老师没有权势，没有后台，他们凭的不是教籍，而是真才实学。

相形之下，教内的则不然。他们都老早就领了洗，有的甚至是几代的教徒——其中有一位还专喜谈说庚子年间他们一家人怎样为教会受过难。这样，他们就成为洋人之下，同胞之上的实权人物。

这些人，《圣经》背得滚瓜烂熟，三句话不离“耶和华”“主耶稣”。满口都是福音，可成天想的，盘算的，张罗的，都是他们本人以及家族的利益和特权。

就举那位绰号“马猴”的斋务长为例。他掌握着分宿舍的大权。

北楼共五层,而冬天的气管子只暖到二层,三层就没有多少温意了。我们管五层楼叫“冰窖”。他把那些不断孝敬他的富家子弟统统分在一、二层,而只有一床破棉絮可盖的我,一向分到五层。幸而好几个同学非常仗义。冬夜,他们纷纷把厚大衣堆到我的床上。

“马猴”除了当斋务长,还兼着一宗营生:贩卖哈巴狗。听说他经常不断地把它们送到天津去办出口。他最欢迎抱给他一两窝狗仔。对于搜集狗种,他诚然是无孔不入,甚至问过我能否给他弄到一两只。可惜我只跟一些上不了台盘的野狗打交道。我非但未能用狗种博得他的好感,还组织“少年互助团”,抨击他办事不公。

当时不作兴男女合校,也禁止学生同异性有任何往来。一次,我们班一个同学在运动会上遇见邻校的一位女生,就给她写了封信。那封信却被学校当局扣下拆看了。于是,教务长就在朝会上把那个写信的学生叫到面前,将他的长袍下襟撩起来,蒙上他的脸,说他:“干下这等事,没脸见人了。”

邻校那位女生压根儿没接到信,按说是无辜的。然而那里的训育主任竟用牙刷刷她的喉咙,一连刷了三天。

《圣经》里管假冒伪善者叫作“法利赛人”,他们是耶稣所深恶痛绝的。当时校内传出个别当权派(他们都是有家室的)的桃色新闻,恰好为法利赛人作了注解。后来甚至还风闻他们去了八大胡同。

我真正认清那些法利赛人的实质,是在我被捕入狱这件生死攸关的事上。

我事先就听说过“锣锤子”(学生们为校方中国人中的第一把手起的绰号)同当时的侦缉队长拜过把兄弟。真巧,两个便衣从学校押送我去报房胡同侦缉队时,在电车上给我一位亲戚撞见了。他赶忙去告知四堂嫂。安娜立即去找洋校长,请他出面营救(这些,我当然都是事后才知道的)。

在这个问题上,校方展开了争论。“锣锤子”和“马猴”坚决主张“教训教训”我,不去营救,倒是洋校长,可能由于安娜的恳求,非要营救我不可。这里,法利赛人中的一个对洋校长挑拨说:“我们检查过这个小子的日记了。您知道他在日记里怎样骂您吗?”洋校长回答说,不管他骂过我什么,我还是要营救他。

升入高中二时,我的工读方式由织地毯或送羊奶改为在教务处成天同蜡版和油墨滚子打交道了。有一天,“锣锤子”神情异常和气地走进来,先问寒问暖一番。他接着谈起自己留学美国时也做过工,暑假还在汽车厂里干过。我听话听音,慢慢摸出他的来意。他希望我不要跟学校当局作对。他暗示,如果我的“品行功课都好,毕业后可以由学校保送到齐鲁大学”。弦外之音是:那以后自然就鹏程万里了。

我没吱声,可我听出他是硬的不成,又来软的了——试图收买我。

移年北伐军进了北平城,我被解除了软禁。“五卅惨案”后,中学就纷纷成立了学生会,可是教会学校里只有由校方操纵的基督教青年会。一九二八年秋天开学时,我们这些学生也闹着要成立学生会,以取代宗教性质的青年会。大家推选我为主席,我也同意了。

这下可惹怒了校内几位“长”字号的。他们伺机要把我这颗钉子拔掉。

当时,教会学校看到中国民族主义情绪高涨,就变通了一番:掌握实权的仍是洋人,但改称“校务长”,这样“锣锤子”名义上就成了校长了。他打定主意在我身上施展一下校长的威风,杀一以儆百。

那年圣诞节前夕(十二月二十四日),校长为了讨好洋校务长,就组织我们这些住宿生午夜到我称为“绿洲”的大院子里,冒着严寒唱《圣诞曲》。那晚朔风凛冽,我们在校务长那灰色小楼前站成一排,在校长的指挥下,哆哆嗦嗦地唱了起来。唱完一首又一首,一直唱到小楼窗口有了灯光,洋校务长站在阳台上朝我们说了声“Merry Christmas”,大家才回到宿舍。

四十年代在英国,我才晓得西方确有此习俗。然而当时我却十分气愤。第二天我就给已转学海甸的越南华侨朋友越澄写了封长信,详细描述了这一可耻事件。我把贴好邮票的信放在门房窗台上,以便邮差取走。

为了学生会事,“锣锤子”正在伺机整我。他竟然私拆了这封信,并把我叫到校长室,宣布给予我开除处分。我就那样不知当晚该睡在哪里的情形下,卷了铺盖。

美国罗宾逊教授不了解,既然教会使我这个穷孩子受到了教育,我为什么还会忘恩负义地反教。除了《皈依》中雅各军官,我反对的始终是那些压迫我,陷害我,收买不成,又借故剥夺我受教育机会的法利赛人。

五　不光彩的后盾

最初，我只是从个人遭际，以及由于遇到了几个直接影响自己的生活的法利赛人，而对基督教持有反感。一九二五年发生在上海南京路上的血腥惨案，使我跳出个人恩怨，开始从历史和政治角度看待基督教。小说《昙》多少勾勒出我少年时代的这种心境。

作为工读生，我当时的处境确实有点像小说中的启昌。由于是穷孩子，免收学费之外还能挣到点饭钱，我就不能像旁的学生那样对帝国主义暴行作出应有的反应。然而我的愤怒并没因自己的经济处境而弱于旁的孩子。我强烈地意识到自己是人，而且是个中国人。我对暴行有公开抗议的权利。

尽管枪杀工人顾正红的是日本厂主，可是英国租界当局却悍然压制学生游行。于是，开了枪。同样，虽然上海南京路的枪是英国人开的，而我所在的学校是美国教会办的，可是美国牧师也完全站到英国人的立场上，禁止游行。我从未听到美国牧师为了南京路上的流血事件而斥责过英国一句，尽管那彻头彻尾地违背了《圣经》里所宣扬的爱。

一九二六年在北新书局当学徒时，我进而读了一些政治小册子。我仿佛一读就懂了：西方国家依靠更坚利的枪炮，掐着中国人的脖子，要他们除了割地、赔款、承认“治外法权”之外，还得让外国人在中国享有“传教自由”。不管是《南京条约》还是《望厦条约》，都是这么订的。这样，我就从历史上认清基督教是紧跟在炮舰后面进来的。

银铃、雪橇、爱的福音都美得很，然而这些美好事物的后盾却是不光彩的。

一九三九年我去英国后，眼界开阔了，从而对宗教问题也重新思考过。

我认识到教会和老一辈英国人的生活是密切相关的。它曾具有过重要的社会职能。娃娃出生后，要抱到教堂去领洗，既登记出生年月，又举行命名典礼。成年后举行婚礼，也是在教堂由牧师主持。死后葬在教堂墓园里。教区所起的作用，要比我们的居民委员会大得多，齐全得多。在英国内地旅游，无论是城镇还是乡村，大小总有座教堂。这是因为教堂曾经是英国人世俗和精神生活的归宿。

然而随着时代的变迁，教会这些职能正在逐渐消失。旅英七载，我只参加过一次在教堂里举行的婚礼。正如在中国，新娘难得再坐花轿一样。

在剑桥，我那家学院的教堂是很有名气的。有些外国旅游者来到这座大学城，首先要瞻仰的就是王家学院教堂。学院分配给我的那间书房，正对着教堂。来看我的英国同学，个个都羡慕之至。我也跟着进教堂参加过礼拜。一回，我问起他们进教堂是为了崇拜上帝吗？有的说是为了倾听教堂那座管风琴奏出的古典音乐，有的陶醉在童音唱诗班那清脆圆润的歌喉里。也有失恋者，想从那肃穆的气氛获得慰藉。这些人当然都是英国上层社会的大知识分子。我也结识了几位虔诚的教徒。星期日他们必进教堂去做礼拜，每餐都诵祷文。然而这样的人毕竟是少数。

这绝不是说，宗教在英国社会中完全失去了地位。坎特伯雷大主教的显赫仍仅次于首相，乡镇一名英国圣公会牧师依然是可敬的人物。然而宗教在英国社会生活中已不处于主宰地位。我也始终没遇到有人下跪向上帝请示的事。

我是在张伯伦刚对德宣战之后抵英的。那时，四十以下的男人一般都入了伍，女的也大多参加各种配合战争的组织，如农业或救护。到伦敦大学东方学院来学中文或梵文的，寥若晨星。学院为了不让我白吃饭，就安排我去学院图书馆帮忙。这样，在纳粹大轰炸期间，我有机会自由徜徉书海中。

我饱览群书，其中包括以基督教在中国传播情况为主题的。

在回忆录《未带地图的旅人》中，我提及曾在公谊会信徒、社会改革家玛芝瑞·弗莱女士家中读到过她的先祖在英国议会中所作反对鸦片战争的发言。在东方学院的图书馆里，我也特别注意鸦片战争前后，英美舆论界——尤其是传教士的态度。那真使我大吃一惊。

鸦片战争爆发前，也曾有一位名叫威廉斯的传教士承认林则徐禁烟做得对，然而这种正义主张立即为教内一片战争叫嚣声所淹没。当英国政府举棋不定时，有的传教士甚至质问："英国国徽上所绘的狮子实际上却在当着兔子的日子何时结束？"以至那位孤掌难鸣的威廉斯后来也赞成"教训"中国一顿了。

我原以为在炮舰政策问题上，传教士不过是乐得"坐享其成"，是居于既不赞成也不反对的消极地位。可是我读到的却不然。在鸦片战争开始之前，在华传教士们（其中包括一些女的）曾催促英国政府早日动手，他（她）们认为唯其如此才能"为福音在中国打开缺口"。一个在广州的传教士竟扬言："上帝将使用强大的武器为天国开辟道路。”教会的一份内部通告里写道：“动用武器乃权宜之计。只有这样使混乱变为有秩序，使恶变成善。……上帝的使者暂时只能穿上戎装，用子弹来传福音。”某个美国传教士则主张美国炮舰也应参加，甚至建议美军占领台湾，把它当作美国的香港。七十年代末期我为出版局审读外文书籍，在北京图书馆借阅美国汉学家费正清教授所编《美国及中国传教事业》一书，系哈佛大学出版社一九七四年版（John Fairbank：Missionary Enterprise in China and America，Harvard University Press，1974）。其中也援引了不少传教士的这类骇人听闻的叫嚣。

中国战败，中英进行谈判时，传教士不但为英方担任了口译和笔译，并对条文参加了意见。首先，当然是把“传教自由”列为重要条款，其中还包括教会租用并买卖土地权。

在题名《掠夺的伦理》的一文中，作者（一位传教士）吉尔博特·里德竟认为“像八国联军在中国的掠夺，是胜利者应得的战利品”。接着又说：“掠夺为白人之特权，英军禁止印度士兵掠夺。”

有位西方传教士甚至认为中日甲午战争也是“上帝派遣异教的日本在异教的中国建立和平之君”。庚子年间德军在保定大肆杀戮时，一个名叫亨利·波特尔的传教士喝彩说：“杀得好！他们是上帝的代理人……为了公正，就得把保定夷平。教训中国人的办法只有杀、烧和掠夺。这是代天行事。”在传教士马丁的账本上，中国反教者每杀死一个女传教士，就应杀五百名中国妇女；每杀死一个男传教士，就应杀一千名中国男人；每杀死一个传教士的孩子，就得杀一百个中国儿童，才能相抵。主张这么成百倍地进行复仇者，职业上却是个传教士，满口宣传这样的福音：“当你的敌人打你的左脸，就把右脸也给他打。”

十九世纪英美传教士的嚣张，使得马克·吐温愤愤不平。他忍无可忍，在《北美评论》上发表了《给在黑暗中的人》（一九〇一），抨击帝国主义及其工具传教士，并颂扬中国义和团运动。接着又发表《为芬斯顿将军辩护》（一九〇二），批判美国镇压菲律宾民族独立运动。传教士反击之后，他又发表了一篇《答批评我的传教士》。

旅居英国时，我还参加了“理性读书会”。只要交上几英镑，每月就能收到一本揭露种种迷信或谬论的出版物。我记得有一次寄来了一本题名《一名中国人向基督教国家的呼吁》的书，署名林××（名字已记不清了）。以后才知道，原来是曾经担任溥仪的英语教师、回英国后又在伦敦大学东方学院任教的庄士敦。这里，作者假借一个中国人的身份，揭露了西方传教士（尤其是内地的）以及他们的华人爪牙由霸民田直到掠夺凶杀的种种暴行。那时，干完坏事只消往教堂里一跑，就受到领事裁判权的庇护了。作者显然是要说明，义和团的出现是有其原因的。

这本书我一直保存到五十年代，随后同其他有关宗教的书，一道送给当时主管宗教事务的老友徐盈了。

当然还应想到一本更早的书，即三十年代驻沪的一位名叫密勒的外交官所写的《上海——冒险家的乐园》。全书揭露的无不是令中外人士大为惊愕的怪事，其中说，上海法租界三分之二的地产属于徐家汇天主教堂，他们还控制全市一种吃角子（镍币）的赌博机。

罗宾逊教授称我作“反基督教作家”。我写此文就是要向他说明：我反的不是基督教本身。而是历史上这些在十字架的阴影下发生的不愉快的事。在我写那些小说时，中国的教会还未“三自化”。即便今天，我也仍希望在地球上一些偏僻的角落里，基督教不再凭借政治特权来传播。尤其希望遇到发生反人民大众的暴行时，基督教徒不要助桀为虐，而能旗帜鲜明地站到正义一边。

1990年11月18日

徐懋庸

母　亲

母亲去世，已满一个月了。

近日想起，悲哀已像一块冷却的铁，虽然还压在心头，但失去灼痛的热度了。因此，能够沉重地、但冷静地想想她的命运。

小的孩子们没有见过祖母，要知道祖母是怎样的一个人。他们要知道的，主要是音容笑貌。但关于音容笑貌，我无法加以描写。遗憾的是，母亲并没有留下一张照片。但照相怎么能够传达母亲的形象呢？我的母亲是一个最普通的村妇，她的从26岁到46岁的20年间的形容，对我是极具体的，但又极抽象。有谁注意过自己的母亲的美观的呢！对于儿女，母亲就只是母亲，只觉得她的崇高，只关心她的脸庞的消瘦或丰腴、愁苦或愉快的变化。

孩子们问我怎样爱母亲的，我也说不出。对于母亲，是不像对于别人，可以爱可以不爱的，对于母亲的爱，不会依什么情况为转移而有所增减的。在无论什么情况下，母亲总是母亲。

我能够说的，只有母亲的痛苦。

生在贫家，嫁在贫家，物质生活的辛苦，是不必说了。精神上，从也被贫困刺激得性情粗暴的丈夫，是没有得到安慰的。至于儿女，夭亡的夭亡了，离散的离散了。在十二三年的战争期间，千难万难地养大了一个孙女，是她膝下唯一的承欢的人。但是，解放以后，先是我派了人要从她身边把她的孙女带走；这没有成，却反而突然被死神带走了……

解放以后，她的桑榆晚景，本来也不算坏。知道我没有在战争中死掉，还给她添了一大群的孙儿，这“福气”，就不小；我寄的钱，也够她和我的父亲温饱地度日的；经过改革的社会，对她也尊重起来了……还有什么不满足的呢？然而，她是不满足的，非常痛苦的，她是在痛苦中死去的。

她晚年的痛苦，是我所给她的。

我是她唯一可以指靠的儿子。指靠也算指靠到了，我供给了她的生活费用。但她所指望的，只是这么？她还有别的要求的。但是我，解放以后，一次也没有回去过；孙儿一大群，对她也不过是想象中的存在。“福气”不小，可是虚的。20 多年不见，她该有多少话想同我说说啊，但是，一直没有得到机会。……

我要把她们接出来，她不愿意，说是过不来异乡的生活。她也知道同我们没有多的话可讲，而在家乡，可以同别的老太太们念念八仙佛（八个人一桌共同念佛），讲讲家常，热闹些。她叫我回去看看，我总是说，要去的，但终于没有去。我为什么不回去，原因很多，对她，却总是说工作忙。在她，以为我在欺骗，是不会的，但她总觉得莫名其妙。对我这个儿子,她养到我十二三岁以后,就开始莫名其妙了,一直到最后还是莫名其妙。这情形,在做母亲的,是一件无比痛苦的事,所以,她在瞑目以前的一年中,已经神经错乱了!

但是,据家信说,她在弥留之际,却极清醒地说了极达观的话,一句也没有责怪我。这是出于伟大的母爱的原谅,但也是出于伟大的母爱的坚忍!

我不但使她莫名其妙,而且使她对我有一种自卑感,这是我忏悔不尽的地方。

母亲赋予我生命。但这个生命,是在穷困的家庭和黑暗的社会中长大起来的,它像什么一株野生植物,营养的不足,使它畸形地发展,它没有色和香与周围的百卉竞艳,它只长出刺来保护自己——往往在它自身和它所植根的土地受到侵犯的时候,它的刺就紧张起来了。

因此,我在十二三岁的时候,就形成了一种怪僻的性格,这性格使得我连对于父母,也很少说话。父亲对这,是一味地责骂,母亲却只是用了茫然的眼光看我。她看我总是在读书,正正经经地用着功,以为我一定有道理,而这些道理是她所不能懂的。所以,在大大小小的事情上,她对我绝不表示意见,只以整个母亲的心,不得要领地探测着,无能为力地保护着我!

例如,14 岁的时候,我闹起恋爱来了。我的家乡,是同族聚居的,我所爱的是本宗的姑娘。这是非法的,也不会有结果的。母亲知道了这事,有一天,背着人问我:

“人家在说你,你同××姑娘相好呢?……有这事么?……”

我没有作声。母亲等了好一会，叹了一口气，走开了。

1926年，闹大革命，我也追随了。第二年4月，国民党清党，在我们县里，要捕捉八个人，我也是其中之一。我逃到了上海，混进一个学校里半工半读地过日子。过了两年，案子冷下去了，我曾偷偷地回家去了一次。母亲见了我，细细地把当时警察去抓人、搜查的情况叙述了一番。她说："那时候，惊吓是不小的，我急得病了一场，不知道你在外面怎么样了。后来接到你的信，说是到了上海，才放了心。他们，那时尽要搜你的书，把一间破屋搜遍了。好在我先得了风声，藏过了，如今还在呢！……"说着后面的一句话的时候，她脸上露出骄傲的微笑。接着，她问了一句：

"你如今还在做那种事么？……"

我没有回答。我那时并没有做"那种事"，但是我不愿意讲"我不做了"，她其实不大明白我究竟做的是什么事。等了好一会，母亲只说了一句：

"以后要多多留心！"走开了。

1937年，抗日统一战线实现了。因为叔父去世，我带了妻和儿女回家去。看到了媳妇和儿孙，母亲是幸福极了，天天用我带去的钱请我们吃好的，我再三叫她省俭些，总不听。有一天，邻人对我说，母亲去向人家借钱。我问她，她说：

"有这回事的。你带来的钱用完了，我就暂时借着。你不用管。你走了以后，照样寄钱来，我苦一些，就还清了。你们在家里，总要吃得好一些的。"在这事情上，她固执得很！

有一天，她跟我商量："你是不是可以多卖一些书，积点钱，我们买几间房子？你们总得有几间房子住才好。我和你父亲，就在这间老屋住下去。”她说的“卖书”，指的是我的投稿。

我劝她不要打这主意，说是因为我没有这么多的书卖。我没有讲出我不想回到故乡来住的话，但她也猜着了，很有点伤心的样子。沉默了好一会，只说了一句：

“对！你的主意是不会错的。”走开了。

当我要回上海的时候，有一晚，母亲以十几年来从未有过的命令口气对我说：

“你，你也对媳妇去说，你们把晔子给我留在身边。我要她，我会养得她好好的……”她流下了眼泪。

我们遵了命，走了。这成了永别的开端，对于母亲，也对于我们的女儿。

我同母亲的关系，就是这样的。

现在想来，其他的一切，是还有可说的，而我在解放以后的不去看看母亲，实在是罪无可赦的事。我倘若回去一次，让她看看我和她的孙儿们，让她同我说说她在战争时期的她的苦难生活，让她听听我在战争时期的新奇经历，那在她，该是一种莫大的幸福，而她的晚年，就会过得很愉快的。这在世界上，我，到底是她最亲切的人啊！寄给她钱让她吃饱，这算什么呢？她是吃惯了苦的。能够见到我的面，能够在精神上占有我——至少一部分，在她，这才是幸福的真谛。但是我，剥夺了她的全部幸福！

在她看来，她这亲生亲养的儿子，她用了整个的心爱了一生的儿子，到底只变成了每月若干元的人民币，这是多么伤心的事啊！

然而，她到死也不忍责备我一句。也许，她的母爱的盲目性，使她真的相信我没有什么过错吧。通过解放后的许多事实，她知道共产党是干什么的，而她的儿子也是共产党，这一点，也应该是她谅解我的理由。但她对我究竟是莫名其妙的，因之可以想象，她内心的矛盾，该是多么深刻，这是最痛苦，最痛苦的！

我的母亲的一生，就是这样茹苦含辛的一生！

我的不回家去，是有许多正当的理由可以解释的：第一是工作的连续性和紧张性；第二，在解放初期，我怕因为有一个在乡下人看来是“官”的身份，会惹起许多的麻烦；第三，在去年，本来是有四个月的空闲时间，可以回家一趟的，但因不得不同一个本来他就是党员而后来自云又不代表党了的同志打些交道，不得抽身；第四，今年呢，初到新的工作岗位，自然又不好请假。

但是，母亲已经死了，这些理由，没有机会讲了，就是讲，也讲不清楚的；她会相信，但她不会理解。她是一个最普通的村妇！

我这些抱憾无穷的思想，是直到母亲死后才明确起来的。过去，从未细想过，只以为母亲还能活好多年，总有一天可以回去看看，不在乎迟早；这事对她的意义之重大，也未曾揣摩过。现在想明白了，但是已经无可奈何了！

就算我是全心全意在为人民服务吧，但对于人民——而且是最痛苦的劳动人民之一的母亲，给了我生命和全心的爱的母亲，却是这样的漠不关心；在我是轻而易举而在她却是最大的幸福的会面，也不让她如愿。

不受咒诅但我自己是应该检讨的！

只有一件事，我总算遂了她的心愿。前几年，她来信说要预造“寿坟”和“寿材”，征求我的意见。我稍稍考虑了一下，就同意了。我知道，这一件事再不让她满足，她就会死不瞑目了。

人的一生，只在这一件事上得到满足，是极可悲的了，但在我的母亲，这却算是生活在最后实现了它的意义。

这事，在我，是要从另一方面进行检讨的：迁就迷信——但我管不得许多了！

1957 年 6 月 12 日

季羡林

二月兰

转眼，不知怎样一来，整个燕园竟成了二月兰的天下。

二月兰是一种常见的野花。花朵不大，紫白相间。花形和颜色都没有什么特异之处。如果只有一两棵，在百花丛中，绝不会引起任何人的注意。但是它却以多胜，每到春天，和风一吹拂，便绽开了小花；最初只有一朵，两朵，几朵。但是一转眼，在一夜间，就能变成百朵，千朵，万朵。大有凌驾百花之上的势头了。

我在燕园里已经住了四十多年。最初我并没有特别注意到这种小花。直到前年，也许正是二月兰开花的大年，我蓦地发现，从我住的楼旁小土山开始，走遍了全园，眼光所到之处，无不有二月兰在。宅旁，篱下，林中，山头，土坡，湖边，只要有空隙的地方，都是一团紫气，间以白雾，小花开得淋漓尽致，气势非凡，紫气直冲云霄，连宇宙都仿佛变成紫色的了。

我在迷离恍惚中，忽然发现二月兰爬上了树，有的已经爬上了树顶,有的正在努力攀登,连喘气的声音似乎都能听到。我这一惊可真不小:莫非二月兰真成了精了吗?再定睛一看,原来是二月兰丛中的一些藤萝,也正在开着花,花的颜色同二月兰一模一样,所差的就仅仅只缺少那一团白雾。我实在觉得我这个幻觉非常有趣。带着清醒的意识,我仔细观察起来:除了花形之外,颜色真是一般无二。反正我知道了这是两种植物,心里有了底,然而再一转眼,我仍然看到二月兰往枝头爬。这是真的呢,还是幻觉?由它去吧。

自从意识到二月兰存在以后,一些同二月兰有联系的回忆立即涌上心头。原来很少想到的或根本没有想到的事情,现在想到了;原来认为十分平常的琐事,现在显得十分不平常了。我一下子清晰地意识到,原来这种十分平凡的野花竟在我的生命中占有这样重要的地位。我自己也有点吃惊了。

我回忆的丝缕是从楼旁的小土山开始的。这一座小土山,最初毫无惊人之处,只不过二三米高,上面长满了野草。当年歪风狂吹时,每次"打扫卫生",全楼住的人都被召唤出来拔草,不是"绿化",而是"黄化"。我每次都在心中暗恨这小山野草之多。后来不知由于什么原因,把山堆高了一两米。这样一来,山就颇有一点山势了。东头的苍松,西头的翠柏,都仿佛恢复了青春,一年四季,郁郁葱葱。中间一棵榆树,从树龄来看,只能算是松柏的曾孙,然而也枝干繁茂,高枝直刺入蔚蓝的晴空。

我不记得从什么时候起我注意到小山上的二月兰。这种野花开花大概也有大年小年之别的。碰到小年,只在小山前后稀疏地开上那么几片。遇到大年,则山前山后开成大片。二月兰仿佛发了狂。

我们常讲什么什么花“怒放”，这个“怒”字用得真是无比地奇妙。二月兰一“怒”，仿佛从土地深处吸来一股原始力量，一定要把花开遍大千世界，紫气直冲云霄，连宇宙都仿佛变成紫色的了。

东坡的词说：“月有阴晴圆缺，人有悲欢离合，此事古难全。”但是花们好像是没有什么悲欢离合。应该开时，它们就开；该消失时，它们就消失。它们是“纵浪大化中”，一切顺其自然，自己无所谓什么悲与喜。我的二月兰就是这个样子。

然而，人这个万物之灵却偏偏有了感情，有了感情就有了悲欢。这真是多此一举，然而没有法子。人自己多情，又把情移到花，“泪眼问花花不语”，花当然“不语”了。如果花真“语”起来，岂不吓坏了人！这些道理我十分明白。然而我仍然把自己的悲欢挂到了二月兰上。

当年老祖还活着的时候，每到春天二月兰开花的时候，她往往拿一把小铲，带一个黑书包，到成片的二月兰旁青草丛里去搜挖荠菜。只要看到她的身影在二月兰的紫雾里晃动，我就知道在午餐或晚餐桌上必然弥漫着荠菜馄饨的清香。当婉如还活着的时候，她每次回家，只要二月兰正在开花，她离开时，她总穿过左手是二月兰的紫雾，右手是湖畔垂柳的绿烟，匆匆忙忙走去，把我的目光一直带到湖对岸的拐弯处。当小保姆杨莹还在我家时，她也同小山和二月兰结上了缘。我曾套宋词写过三句话：“午静携侣寻野菜，黄昏抱猫向夕阳，当时只道是寻常。”我的小猫虎子和咪咪还在世的时候，我也往往在二月兰丛里看到她们：一黑一白，在紫色中格外显眼。

所有这些琐事都是寻常到不能再寻常了。然而，曾几何时，到了今天,老祖和婉如已经永远永远地离开了我们。小莹也回了山东老家。至于虎子和咪咪也各自遵循猫的规律,不知钻到了燕园中哪一个幽暗的角落里,等待死亡的到来。老祖和婉如的走,把我的心都带走了。虎子和咪咪我也忆念难忘。如今,天地虽宽,阳光虽照样普照,我却感到无边的寂寥与凄凉。回忆这些往事,如云如烟,原来是近在眼前,如今却如蓬莱灵山,可望而不可即了。

对于我这样的心情和我的一切遭遇,我的二月兰一点也无动于衷,照样自己开花。今年又是二月兰开花的大年。在校园里,眼光所到之处,无不有二月兰在。宅旁,篱下,林中,山头,土坡,湖边,只要有空隙的地方,都是一团紫气,间以白雾,小花开得淋漓尽致,气势非凡,紫气直冲霄汉,连宇宙都仿佛变成紫色的了。

这一切都告诉我,二月兰是不会变的,世事沧桑,于它如浮云。然而我却是在变的,月月变,年年变。我想以不变应万变,然而办不到。我想学习二月兰,然而办不到。不但如此,它还硬把我的记忆牵回到我一生最倒霉的时候。在"十年动乱"中,我自己跳出来反对北大那一位"老佛爷",被抄家,被打成了"反革命"。正是在二月兰开花的时候,我被管制劳动改造。有很长一段时间,我每天到一个地方去捡破砖碎瓦,还随时准备着被红卫兵押解到什么地方去"批斗",坐喷气式,还要挨上一顿揍,打得鼻青脸肿。可是在砖瓦缝里二月兰依然开放,怡然自得,笑对春风,好像是在嘲笑我。

我当时日子实在非常难过。我知道正义是在自己手中,可是是非颠倒,人妖难分,我呼天天不应,叫地地不答,一腔义愤,满腹委屈,毫无人生之趣。在很长一段时间内,我成了"不可接触者",几年没接到过一封信，很少有人敢同我打个招呼。我虽处人世，实为异类。

然而我一回到家里，老祖、德华她们，在每人每月只能得到恩赐十几元钱生活费的情况下，殚思竭虑，弄一点好吃的东西，希望能给我增加点营养；更重要的恐怕还是，希望能给我增添点生趣。婉如和延宗也尽可能地多回家来。我的小猫憨态可掬，偎依在我的身旁。她们不懂哲学，分不清两类不同性质的矛盾。人视我为异类，她们视我为好友，从来没有表态，要同我划清界限。所有这一些极其平常的琐事，都给我带来了无量的安慰。窗外尽管千里冰封，室内却是暖气融融。我觉得，在世态炎凉中，还有不炎凉者在。这一点暖气支撑着我，走过了人生最艰难的一段路，没有堕入深涧，一直到今天。

我感觉到悲，又感觉到欢。

到了今天，天运转动，否极泰来，不知怎么一来，我一下子成为"极可接触者"，到处听到的是美好的言辞，到处见到的是和悦的笑容。我从内心里感激我这些新老朋友，他们绝对是真诚的。他们鼓励了我，他们启发了我。然而，一回到家里，虽然德华还在，延宗还在，可我的老祖到哪里去了呢？我的婉如到哪里去了呢？还有我的虎子和咪咪一世到哪里去了呢？世界虽照样朗朗，阳光虽照样明媚，我却感觉异样的寂寞与凄凉。

我感觉到欢，不感觉到悲。

我年届耄耋，前面的路有限了。几年前，我写过一篇短文，叫《老猫》，意思很简明，我一生有个特点：不愿意麻烦人。了解我的人都承认。难道到了人生最后一段路上我就要改变这个特点吗？不，不，不想改变。我真想学一学老猫，到了大限来临时，钻到一个幽暗的角落里，一个人悄悄地离开人世。

这话又扯远了。我并不认为眼前就有制订行动计划的必要。我还有很多事情要做，而且我的健康情况也允许我去做。有一位青年朋友说我忘记了自己的年龄。这话极有道理。可我并没有全忘。有一个问题我还想弄弄清楚哩。按说我早已到了“悲欢离合总无情”的年龄，应该超脱一点了。然而在离开这个世界以前，我还有一件心事：我想弄清楚，什么叫“悲”？什么又叫“欢”？是我成为“不可接触者”时悲呢，还是成为“极可接触者”时欢？如果没有老祖和婉如的逝世，这问题本来是一清二白的，现在却是悲欢难以分辨了。我想得到答复。我走上了每天必登临几次的小山，我问苍松，苍松不语；我问翠柏，翠柏不答。我问三十多年来亲眼目睹我这些悲欢离合的二月兰，它也沉默不语，兀自万朵怒放，笑对春风，紫气直冲霄汉。

1993 年 6 月 11 日写完

赋得永久的悔

题目是韩小蕙小姐出的,所以名之曰“赋得”。但文章是我心甘情愿作的,所以不是八股。

我为什么心甘情愿作这样一篇文章呢?一言以蔽之,题目出得好,不但实获我心,而且先获我心:我早就想写这样一篇东西了。

我已经到了望九之年。在过去的七八十年中,从乡下到城里;从国内到国外;从小学、中学、大学到洋研究院;从“志于学”到超过“从心所欲不逾矩”,曲曲折折,坎坎坷坷。既走过阳关大道,也走过独木小桥;既经过“山重水复疑无路”,又看到“柳暗花明又一村”。喜悦与忧伤并驾,失望与希望齐飞,我的经历可谓多矣。要讲后悔之事,那是俯拾皆是。要选其中最深切、最真实、最难忘的悔,也就是永久的悔,那也是唾手可得,因为它片刻也没有离开过我的心。

我这永久的悔就是:不该离开故乡,离开母亲。

我出生在鲁西北一个极端贫困的村庄里。我们家是贫中之贫,真可以说是贫无立锥之地。“十年动乱”中,我自己跳出来反对北大那一位倒行逆施但又炙手可热的“老佛爷”,被她视为眼中钉,必欲除之而后快。她手下的小喽罗们曾两次窜到我的故乡,处心积虑把我“打”成地主,他们那种狗仗人势穷凶极恶的教师爷架子,并没有能吓倒我的乡亲。我小时候的一位伙伴指着他们的鼻子,大声说:“如果让整个官庄来诉苦的话,季羡林家是第一家!”

这一句话并没有夸大,他说的是实情。我祖父母早亡,留下了我父亲等三个兄弟,孤苦伶仃,无依无靠。最小的一叔送了人。我父亲和九叔饿得没有办法,只好到别人家的枣林里去捡落到地上的干枣充饥,这当然不是长久之计。最后兄弟俩被逼背乡离井,盲流到济南去谋生。此时他俩也不过十几二十岁。在举目无亲的大城市里,必然是经过千辛万苦,九叔在济南落住了脚。于是我父亲就回到了故乡,说是农民,但又无田可耕。又必然是经过千辛万苦,九叔从济南有时寄点钱回家,父亲赖以生活。不知怎么一来,竟能寻上了媳妇,她就是我的母亲。母亲的娘家姓赵,门当户对,她家穷得同我们家差不多,否则也绝不会结亲。她家里饭都吃不上,哪里有钱、有闲上学。所以我母亲一个字也不识,活了一辈子,连个名字都没有。她家是在另一个庄上,离我们庄五里路。这个五里路就是我母亲毕生所走的最长的距离。

北京大学那一位“老佛爷”要“打”成“地主”的人,也就是我,就出生在这样一个家庭里,就有这样一位母亲。

后来我听说,我们家确实也“阔”过一阵。大概在清末民初,九叔在东三省用口袋里剩下的最后五角钱,买了十分之一的湖北水灾奖券，中了奖。兄弟俩商量，要“富贵而归故乡”，回家扬一下眉，吐一下气。于是把钱运回家，九叔仍然留在城里，乡里的事由父亲一手张罗，他用荒唐离奇的价钱，买了砖瓦，盖了房子。又用荒唐离奇的价钱，置了一块带一口水井的田地。一时兴会淋漓，真正扬眉吐气了。可惜好景不长，我父亲又用荒唐离奇的方式，仿佛宋江一样，豁达大度，招待四方朋友。一转瞬间，盖成的瓦房又拆了卖砖，卖瓦。有水井的田地也改变了主人。全家又回归到原来的情况。我就是在这个时候，在这样的情况下降生到人间来的。

母亲当然亲身经历了这个巨大的变化。可惜，当我同母亲住在一起的时候，我只有几岁，告诉我，我也不懂。所以，我们家这一次陡然上升，又陡然下降，只像是昙花一现，我到现在也不完全明白。这个谜恐怕要成为永恒的谜了。

不管怎样，我们家又恢复到从前那种穷困的情况。后来听人说，我们家那时只有半亩多地。这半亩多地是怎么来的，我也不清楚。一家三口人就靠这半亩多地生活。城里的九叔当然还会给点接济，然而像中湖北水灾奖那样的事儿，一辈子有一次也不算少了。九叔没有多少钱接济他的哥哥了。

家里日子是怎样过的，我年龄太小，说不清楚。反正吃得极坏，这个我是懂得的。按照当时的标准，吃“白的”（指麦子面）最高，其次是吃小米面或棒子面饼子，最次是吃红高粱饼子，颜色是红的，像猪肝一样。“白的”与我们家无缘。“黄的”（小米面或棒子面饼子颜色都是黄的）与我们缘分也不大。终日为伍者只有“红的”。这“红的”又苦又涩，真是难以下咽。但不吃又害饿，我真有点谈“红”色变了。

但是,小孩子也有小孩子的办法。我祖父的堂兄是一个举人,他的夫人我喊她奶奶。他们这一支是有钱有地的。虽然举人死了,但家境依然很好。我这一位大奶奶仍然健在。她的亲孙子早亡,所以把全部的钟爱都倾注到我身上来。她是整个官庄能够吃"白的"的仅有的几个人中之一,她不但自己吃,而且每天都给我留出半个或者四分之一个白面馍馍来。我每天早晨一睁眼,立即跳下炕来向村里跑,我们家住在村外。我跑到大奶奶跟前,清脆甜美地喊上一声:"奶奶!"她立即笑得合不上嘴,把手缩回到肥大的袖子,从口袋里掏出一小块馍馍,递给我,这是我一天最幸福的时刻。

此外,我也偶尔能够吃一点"白的",这是我自己用劳动换来的。一到夏天麦收季节,我们家根本没有什么麦子可收。对门住的宁家大婶子和大姑——她们家也穷得够戗——就带我到本村或外村富人的地里去"拾麦子"。所谓"拾麦子"就是别家的长工割过麦子,总还会剩下那么一点点麦穗,这些都是不值得一捡的,我们这些穷人就来"拾"。因为剩下的绝不会多,我们拾上半天,也不过拾半篮子,然而对我们来说,这已经是如获至宝了。一定是大婶和大姑对我特别照顾,以一个四五岁、五六岁的孩子,拾上一个夏天,也能拾上十斤八斤麦粒。这些都是母亲亲手搓出来的。为了对我加以奖励,麦季过后,母亲便把麦子磨成面,蒸成馍馍,或贴成白面饼子,让我解馋。我于是就大快朵颐了。

记得有一年,我拾麦子的成绩也许是有点"超常"。到了中秋节——农民嘴里叫"八月十五"——母亲不知从哪里弄了点月饼,给我掰了一块，我就蹲在一块石头旁边，大吃起来。在当时，对我来说，月饼可真是神奇的东西，龙肝凤髓也难以比得上的，我难得吃一次。我当时并没有注意，母亲是否也在吃。现在回想起来，她根本一口也没有吃。不但是月饼，连其他“白的”，母亲从来都没有尝过，都留给我吃了。她大概是毕生就与红色的高粱饼子为伍。到了歉年，连这个也吃不上，那就只有吃野菜了。

至于肉类，吃的回忆似乎是一片空白。我老娘家隔壁是一家卖煮牛肉的作坊。给农民劳苦耕耘了一辈子的老黄牛，到了老年，耕不动了，几个农民便以极其低的价钱买来，用极其野蛮的办法杀死，把肉煮烂，然后卖掉。老牛肉难煮，实在没有办法，农民就在肉锅里小便一通，这样肉就好烂了。农民心肠好，有了这种情况，就昭告四邻：“今天的肉你们别买！”老娘家穷，虽然极其疼爱我这个外孙，也只能用土罐子，花几个制钱，装一罐子牛肉汤，聊胜于无。记得有一次，罐子里多了一块牛肚子，这就成了我的专利。我舍不得一气吃掉，就用生了锈的小铁刀，一块一块地割着吃，慢慢地吃。这一块牛肚真可以同月饼媲美了。

“白的”月饼和牛肚难得，“黄的”怎样呢？“黄的”也同样难得。但是，尽管我只有几岁，但却也想出了办法。到了春、夏、秋三个季节，庄外的草和庄稼都长起来了。我就到庄外去割草，或者到人家高粱地里去劈高粱叶。劈高粱叶，田主不但不禁止，而且还欢迎；因为叶子一劈，通风情况就能改进，高粱长得就能更好，粮食打得就能更多。草和高粱叶都是喂牛用的。我们家穷，从来没有养过牛。我二大爷家是有地的，经常养着两头大牛。我这草和高粱叶就是给它们准备的。每当我这个不到三块豆腐高的孩子背着一大捆草或高粱叶走进二大爷的大门，我心里有所恃而不恐，把草放在牛圈里，赖着不走，总能蹭上一顿“黄的”吃，不会被二大娘“卷”（我们那里的土话，意思是“骂”）出来。到了过年的时候，自己心里觉得，在过去的一年里，自己喂牛立了功，又有了勇气到二大爷家里赖着吃黄面糕。黄面糕是用黄米面加上枣蒸成的。颜色虽黄，却位列“白的”之上，因为一年只在过年时吃一次，物以稀为贵，于是黄面糕就贵了起来。

我上面讲的全是吃的东西。为什么一讲到母亲就讲起吃的东西来了呢？原因并不复杂。第一，我作为一个孩子容易关心吃的东西。第二，所有我在上面提到的好吃的东西，几乎都与母亲无缘。除了“黄的”以外，其余她都不沾边儿。我在她身边只待到六岁，以后两次奔丧回家，待的时间也很短。现在我回忆起来，连母亲的面影都是迷离模糊的，没有一个清晰的轮廓。特别有一点，让我难解而又易解：我无论如何也回忆不起母亲的笑容来，她好像是一辈子都没有笑过。家境贫困，儿子远离，她受尽了苦难，笑容从何而来呢？有一次我回家听对面的宁大婶子告诉我说：“你娘经常说：‘早知道送出去回不来，我无论如何也不会放他走的！’”简短的一句话里面含着多少辛酸，多少悲伤啊！母亲不知有多少日日夜夜，眼望远方，盼望自己的儿子回来啊！然而这个儿子却始终没有归去，一直到母亲离开这个世界。

对于这个情况，我最初懵懵懂懂，理解得并不深刻。到了上高中的时候，自己大了几岁，逐渐理解了。但是自己寄人篱下，经济不能独立，空有雄心壮志，怎奈无法实现，我暗暗地下定了决心，立下了誓愿:一旦大学毕业,自己找到工作,立即迎养母亲,然而没有等到我大学毕业,母亲就离开我走了,永远永远地走了。古人说:“树欲静而风不止,子欲养而亲不待。”这话正应到我身上。我不忍想象母亲临终思念爱子的情况;一想到,我就会心肝俱裂,眼泪盈眶。当我从北平赶回济南,又从济南赶回清平奔丧的时候,看到了母亲的棺材,看到那简陋的屋子,我真想一头撞死在棺材上,随母亲于地下。我后悔,我真后悔,我千不该万不该离开了母亲。世界上无论什么名誉,什么地位,什么幸福,什么尊荣,都比不上待在母亲身边,即使她一个字也不识,即使整天吃“红的”。

这就是我的“永久的悔”。

怀念西府海棠

暮春三月，风和日丽。我偶尔走过办公楼前面。在盘龙石阶的两旁，一边站着一棵翠柏，浑身碧绿，扑入眉宇，仿佛是从地心深处涌出来的两股青色的力量，喷薄腾越，顶端直刺蔚蓝色的晴空，其气势虽然比不上杜甫当年在孔明祠堂前看到的那一些古柏："苍皮溜雨四十围，黛色参天二千尺。"然而看到它，自己也似乎受到了感染，内心里溢满了力量。我顾而乐之，流连不忍离去。

然而，我的眼前蓦地一闪，就在这两棵翠柏站立的地方出现了两棵西府海棠，正开着满树繁花，已经绽开的花朵呈粉红色，没有绽开的骨朵呈鲜红色，粉红与鲜红，纷纭交划，宛如半天的粉红色彩云。成群的蜜蜂飞舞在花朵丛中，嗡嗡的叫声有如春天的催眠曲。我立刻被这色彩和声音吸引住，沉醉于其中了。眼前再一闪，翠柏与海棠同时站立在同一个地方，两者的影子重叠起来，翠绿与鲜红纷纭交错起来了。

这是怎么一回事呢？

我一时有点茫然、懵然；然而不需要半秒钟，我立刻就意识到，眼前的翠柏与海棠都是现实，翠柏是眼前的现实，海棠则是过去的现实，它确曾在这个地方站立过，而今这两个现实又重叠起来，可是过去的现实早已化为灰烬，随风飘零了。

事情就发生在“十年浩劫”期间。一时忽然传说：养花是修正主义，最低的罪名也是玩物丧志。于是“四人帮”一伙就在海内名园燕园大肆“斗私、批修”，先批人，后批花木，几十年上百年的老丁香花树砍伐殆尽，屡见于清代笔记中的几架古藤萝也被斩草除根，几座楼房外面墙上爬满了的“爬山虎”统统拔掉，办公楼前的两棵枝干繁茂绿叶葳蕤的西府海棠也在劫难逃。总之，一切美好的花木，也像某一些人一样，被打翻在地，身上踏上了一千只脚，永世不得翻身了。

这两棵西府海棠在老北京是颇有一点名气的。据说某一个文人的笔记中还专门讲到过它。熟悉北京掌故的人，比如邓拓同志等，生前每到春天都要来园中探望一番。我自己不敢说对北京掌故多么熟悉，但是，每当西府海棠开花时，也常常自命风雅，到树下流连徘徊，欣赏花色之美，听一听蜜蜂的鸣声，顿时觉得人间毕竟是非常可爱的，生活毕竟是非常美好的，胸中的干劲陡然腾涌起来，我的身体好像成了一个蓄电瓶，看到了西府海棠，便仿佛蓄满了电，能够在自己所从事的工作中精神抖擞地驰骋一气了。

中国古代的诗人中，喜爱海棠者颇不乏人。大家欣赏海棠之美，但颇以海棠无香为憾，在古代文人的笔记和诗话中，有很多地方谈到这个问题，可见文人墨客对海棠的关心。宋代著名的爱国大诗人陆游有几首《花时遍游诸家园》的诗，其中之一是讲海棠的：

为爱名花抵死狂，
只愁风日损红芳。
绿章夜奏通明殿，
乞借春阴护海棠。

陆游喜爱海棠达到了何等疯狂的地步啊！稍有理智的人都应当知道，海棠与人无争，与世无忤，绝不会伤害任何人的；它只能给人间增添美丽，给人们带来喜悦，能让人们热爱自然，热爱祖国。然而，就连这样天真无邪的海棠也难逃“四人帮”的毒手。燕园内的两棵西府海棠现在已经不知道消逝到什么地方去了，这也算是一种“含冤逝世”吧。代替它站在这里的是两棵翠柏。翠柏也是我所喜爱的，它也能给人们带来美感享受，我毫无贬低翠柏的意思。但是，以燕园之大，竟不能给海棠留一点立足之地，一定要铲除海棠，栽上翠柏，一定要争这方尺之地，翠柏而有知，自己挤占了海棠的地方，也会感到对不起海棠吧！

“四人帮”要篡党夺权，有一些事情容易理解；但是砍伐花木，铲除海棠，仿佛这些花木真能抓住他们那罪恶的黑手，令人百思不得其解。宋代苏洵在《辨奸论》中说：“凡事之不近人情者，鲜不为大奸慝。”砍伐西府海棠之不近人情，一望而知。爱好美好的东西是人类的天性，任何人都有权利爱好美好的东西，花木当然也包括在里面。

然而“四人帮”却偏要违反人性，必欲把一切美好的东西铲除净尽而后快。他们这一伙人是大奸慝，已经丝毫无可怀疑了。

事情已经过去了将近二十年，为什么西府海棠的影子今天又忽然展现在我的眼前呢？难道说是名花有灵，今天向我“显圣”来了么？难道说它是向我告状来了么？可惜我一非包文正，二非海青天，更没有如来佛起死回生的神通，我所有的能耐至多也只能一洒同情之泪，我还有什么话可说呢？

我从来不相信什么神话，但是现在我真想相信起来，我真希望有一个天国。可是我知道，须弥山已经为印度人所独占，他们把自己的天国乐园安放在那里。昆仑山又为中国人所垄断，王母娘娘就被安顿在那里。我现在只能希望在辽阔无垠的宇宙中间还能有那么一块干净的地方，能容得下一个阆苑乐土。那里有四时不谢之花、八节长春之草，大地上一切花草的魂魄都永恒地住在那里，随时、随地都是花团锦簇，五彩缤纷。我们燕园中被无端砍伐了的西府海棠的魂灵也遨游其间。我相信，它决不会忘记了自己待了多年的美丽的燕园，每当三春繁花盛开之际，它一定会来到人间，驾临燕园，风前月下，凭吊一番。“环珮空归月下魂”，明妃之魂归来，还有环珮之声。西府海棠之魂归来时，能有什么迹象呢？我说不出，我只能时时来到办公楼前，在翠柏影中，等候倩魂。我是多么想为海棠招魂啊！结果恐怕只能是“上穷碧落下黄泉，两处茫茫皆不见”了。奈何，奈何！

在这风和日丽的三月，我站在这里，浮想联翩，怅望晴空，眼睛里流满了泪水。

1987年4月26日写于上海华东师范大学专家招待所。行装甫卸，倦意犹存。在京构思多日的这篇短文，忽然躁动于心中，于是悚然而起，援笔立就，如有天助，心中甚喜。

夹竹桃

夹竹桃不是名贵的花,也不是最美丽的花;但是,对我说来,她却是最值得留恋最值得回忆的花。

不知道由于什么缘故,也不知道从什么时候起,在我故乡的那个城市里,几乎家家都种上几盆夹竹桃,而且摆在大门内影壁墙下,正对着大门口。客人一走进大门,扑鼻的是一阵幽香,入目的是绿蜡似的叶子和红霞或白雪似的花朵,立刻就感觉到仿佛走进自己的家门口,大有宾至如归之感了。

我们家大门内也有两盆,一盆是红色的,一盆是白色的。我小的时候,天天都要从这下面走出走进。红色的花朵让我想到火,白色的花朵让我想到雪。火与雪是不相容的;但是,这两盆花却融洽地开在一起,宛如火上有雪,或雪上有火。我顾而乐之,小小的心灵里觉得十分奇妙,十分有趣。

只有一墙之隔,转过影壁,就是院子。我们家里一向是喜欢花的;虽然没有什么非常名贵的花,但是常见的花却是应有尽有。每年春天,迎春花首先开出黄色的小花,报告春的消息。以后接着来的是桃花、杏花、海棠、榆叶梅、丁香等等,院子里开得花团锦簇。到了夏天,更是满院葳蕤。凤仙花、石竹花、鸡冠花、五色梅、江西腊等等,五彩缤纷,美不胜收。夜来香的香气熏透了整个的夏夜的庭院,是我什么时候也不会忘记的。一到秋天,玉簪花带来凄清的寒意,菊花报告花事的结束。总之,一年三季,花开花落,没有间歇;情景虽美,变化亦多。

然而,在一墙之隔的大门内,夹竹桃却在那里静悄悄地一声不响,一朵花败了,又开出一朵;一嘟噜花黄了,又长出一嘟噜;在和煦的春风里,在盛夏的暴雨里,在深秋的清冷里,看不出什么特别茂盛的时候,也看不出什么特别衰败的时候,无日不迎风弄姿,从春天一直到秋天,从迎春花一直到玉簪花和菊花,无不奉陪。这一点韧性,同院子里那些花比起来,不是形成一个强烈的对照吗?

但是夹竹桃的妙处还不止于此。我特别喜欢月光下的夹竹桃。你站在它下面,花朵是一团模糊;但是香气却毫不含糊,浓浓烈烈地从花枝上袭了下来。它把影子投到墙上,叶影参差,花影迷离,可以引起我许多幻想。我幻想它是地图,它居然就是地图了。这一堆影子是亚洲,那一堆影子是非洲,中间空白的地方是大海。碰巧有几只小虫子爬过,这就是远渡重洋的海轮。我幻想它是水中的荇藻,我眼前就真的展现出一个小池塘。夜蛾飞过映在墙上的影子就是游鱼。我幻想它是一幅墨竹,我就真看到一幅画。微风乍起,叶影吹动,这一幅画竟变成活画了。有这样的韧性,能这样引起我的幻想,我爱上了夹竹桃。

好多好多年，我就在这样的夹竹桃下面走出走进。最初我的个儿矮，必须仰头才能看到花朵。后来，我逐渐长高了，夹竹桃在我眼中也就逐渐矮了起来。等到我眼睛平视就可以看到花的时候，我离开了家。

我离开了家，过了许多年，走过许多地方。我曾在不同的地方看到过夹竹桃，但是都没有留下深刻的印象。

两年前，我访问了缅甸。在仰光开过几天会以后，缅甸的许多朋友们热情地陪我们到缅甸北部古都蒲甘去游览。这地方以佛塔著名，有“万塔之城”的称号。据说，当年确有万塔。到了今天，数目虽然没有那样多了，但是，纵目四望，嶙嶙峋峋，群塔簇天，一个个从地里涌出，宛如阳朔群山，又像是云南的石林，用“雨后春笋”这一句老话，差堪比拟。虽然花草树木都还是绿的，但是时令究竟是冬天了，一片萧瑟荒寒气象。

然而就在这地方，在我们住的大楼前，我却意外地发现了老朋友夹竹桃。一株株都跟一层楼差不多高，以至我最初竟没有认出它们来。花色比国内的要多，除了红色的和白色的以外，记得还有黄色的。叶子比我以前看到的更绿得像绿蜡，花朵开在高高的枝头，更像片片的红霞、团团的白雪、朵朵的黄云。苍郁繁茂，浓翠逼人，同荒寒的古城形成了强烈的对比。

我每天就在这样的夹竹桃下走出走进。晚上同缅甸朋友们在楼上凭栏闲眺，畅谈各种各样的问题，谈蒲甘的历史，谈中缅文化的交流，谈中缅两国人民的胞波的友谊。在这时候，远处的古塔渐渐隐入暮霭中，近处的几个古塔上却给电灯照得通明，望之如灵山幻境。我伸手到栏外，就可以抓到夹竹桃的顶枝。花香也一阵一阵地从下面飘上楼来，仿佛把中缅友谊熏得更加芬芳。

就这样，在对于夹竹桃的婉美动人的回忆里，又涂上了一层绚烂夺目的中缅人民友谊的色彩。我从此更爱夹竹桃。

1962 年 10 月 17 日

牛棚杂忆

——缘起

“牛棚”这个词儿,大家一听就知道是什么意思。但是,它是否就是法定名称,却谁也说不清楚。我们现在一切讲“法治”。讲“法治”,必先正名。但是“牛棚”的名怎么正呢?牛棚的创建本身就是同法“对着干的”。现在想用法来正名,岂不是南辕而北辙吗?

在北大,牛棚这个词儿并不流行。我们这里的“官方”叫做“劳改大院”,有时通俗化称之为“黑帮大院”,含义完全是一样的。但是后者更生动,更具体,因而在老百姓嘴里就流行了起来。顾名思义,“黑帮”不是“白帮”。他们是专在暗中干“坏事”的,是同“革命司令部”唱反调的。这一帮家伙被关押的地方就叫做“黑帮大院”。

“童子何知,躬逢胜饯!”我三生有幸,也住进了大院,——从语言学上来讲,这里的“住”字应该作被动式——而且一住就是八九个月。

要说里面很舒服，那不是事实。但是，像“十年浩劫”这样的现象，在人类历史上绝对是空前的——我但愿它也绝后——，“人生不满百”，我居然躬与其盛，这真是千载难逢的机会，我不得不感谢苍天，特别对我垂青、加佑，以至于感激涕零了。不然的话，想找这样的机会，真比骆驼穿过针眼还要难。我不但赶上这个时机，而且能住进大院。试想，现在还会有人为我建院，派人日夜守护，使我得到绝对的安全吗？

我也算是一个研究佛教的人。我既研究佛教的历史，也搞点佛教的义理。但是最使我感兴趣的却不是这些堂而皇之的佛教理论，而是不登大雅之堂的一些迷信玩意儿，特别是对地狱的描绘。这在正经的佛典中可以找到，在老百姓的口头传说中更是说得活灵活现。这是中印两国老百姓集中了他们从官儿们那里受到的折磨与酷刑，经过提炼，“去粗取精，去伪存真”然后形成的，是人类幻想不可多得的杰作。谁听了地狱的故事不感到毛骨悚然、毛发直竖呢？

我曾有志于研究比较地狱学久矣。积几十载寒暑探讨的经验，深知西方地狱实在有点太简单、太幼稚、太单调、太没有水平。不信你去读一读但丁的《神曲》。那里有对地狱的描绘。但丁的诗句如黄钟大吕；但是诗句所描绘的地狱，却实在不敢恭维，一点想象力都没有，过于简单，过于表面。读了只能让人觉得好笑。回观印度的地狱则真正是博大精深。再加上中国人的扩大与渲染，地狱简直如七宝楼台，令人目眩神驰。读过中国《玉历至宝钞》一类描写地狱的书籍的人，看到里面的刀山火海，油锅大锯，再配上一个牛头，一个马面，角色齐全，道具无缺，谁能不五体投地地钦佩呢？东方文明超过西方文明;东方人民的智慧超过西方人民的智慧,于斯可见。

我非常佩服老百姓的幻想力,非常欣赏他们对地狱的描绘。我原以为这些幻想力和这些描绘已经是至矣尽矣,蔑以复加矣。然而,我在牛棚里待过以后,才恍然大悟,“革命小将”在东胜神州大地上,在光天化日之下建造起来的牛棚,以及对牛棚的管理措施,还有在牛棚里制造的恐怖气氛,同佛教的地狱比较起来,远远超过印度的原版。西方的地狱更是瞠乎后矣,有如小巫见大巫了。

我怀疑,造牛棚的小将中有跟我学习佛教的学生。我怀疑,他们不但学习了佛教史和佛教教义,也学习了地狱学。而且理论联系实际,他们在建造北大的黑帮大院时,由远及近,由里及表,加以应用,一时成为全国各大学学习的样板。他们真正是青出于蓝而胜于蓝。仅此一点,就足以证明,我在北大四十年的教学活动,没有白费力量。我虽然自己被请入瓮中,但衷心欣慰,不能自已了。

犹有进者,这一群革命小将还充分发挥了创新能力。在这个牛棚里确实没有刀山、油锅、牛头、马面等等。可是,在没有这样的必需的道具下而能制造出远远超过佛教地狱的恐怖气氛,谁还能吝惜自己的赞赏呢?在旧地狱里,牛头马面不过根据阎罗王的命令把罪犯用钢叉叉入油锅,叉上刀山而已。这最多只能折磨犯人的肉体,绝没有“触及灵魂”的措施,绝没有“斗私批修”“狠斗活思想”等等的办法。我们北大的革命(?)小将,却在他们的“老佛爷”的领导下在大院中开展了背语录的活动。这是崭新的创造,从来也没有听说牛头马面会让犯人背诵什么佛典,什么“揭谛,揭谛,波罗揭谛”,背错一个字,立即一记耳光。在每天晚上的训话,也是旧地狱中绝不会有的。

每当夜幕降临，犯人们列队候训。恶狠狠的训斥声，清脆的耳光声，互相应答，融入夜空。院外小土山上，在薄暗中，人影晃动。我低头斜眼一瞥，知道是“自由人”在欣赏院内这难得的景观，宛如英国白金汉宫前面广场上欣赏御林军换岗的盛况。此时我的心情实在不足为外人道也。

简短截说，牛棚中有很多新的创造发明。里面的生活既丰富多彩，又阴森刺骨。我们住在里面的人，日日夜夜，分分秒秒，都让神经紧张到最高限度，让五官的本能发挥到最高限度，处处有荆棘坑坎，时时有横祸飞来。这种生活，对我来说，是绝对空前的。对门外人来说，是无法想象的。当时在全国进入牛棚的人虽然没有确切统计，但一定是成千累万。可是同全国人口一比，仍然相形见绌，只不过是小数一端而已。换句话说，能进入牛棚并不容易，是一个非常难得的机会。人们不是常常号召作家在创作之前要深入生活吗？但是有哪一个作家心甘情愿地到黑帮大院里来呢？成为黑帮一员，也并不容易，需要具备的条件还是非常苛刻的。

我是有幸进入牛棚的少数人之一，几乎把老命搭上才取得了一些难得的经验。我认为，这些经验实在应该写出来的。我自己虽非作家，却也有一些舞笔弄墨的经验。自己要写，非不可能。但是，我实在不愿意再回忆那一段生活，一回忆一直到今天我还是不寒而栗，不去回忆也罢。我有一个渺渺茫茫的希望，希望有哪一位蹲过牛棚的作家，提起如椽大笔，把自己不堪回首的经历，淋漓尽致地写了出来，一定会开阔全国全世界读者的眼界，为人民立一大功。

可是我盼星星，盼月亮，盼着东天出太阳，一直盼到今天，虽然读到了个别人写的文章或书，总还觉得很不过瘾，我想要看到的东西始终没有出现。蹲过牛棚，有这种经验而又能提笔写的人无虑百千。为什么竟都沉默不语呢？这样下去，等这一批人一个个遵照自然规律离开这个世界的时候，那些极可宝贵的、转瞬即逝的经验，也将会随之而消泯得无影无踪。对人类全体来说，这是一个莫大的损失。对有这种经验而没有写出来的人来说，这是犯了一个极大的错误。最可怕的是，我逐渐发现，“十年浩劫”过去还不到二十年，人们已经快要把它完全遗忘了。我同今天的青年，甚至某一些中年人谈起这一场灾难来，他们往往瞪大了眼睛，满脸疑云，表示出不理解的样子。从他们的眼神中可以看出来，他们的脑袋里装满了疑问号。他们怀疑，我是在讲“天方夜谭”，我是故意夸大其辞。他们怀疑，我别有用心。他们不好意思当面驳斥我；但是他们的眼神却流露出：“天下哪里可能有这样的事情呢？”我感到非常悲哀、孤独与恐惧。

我感到悲哀，是因为我九死一生经历了这一场巨变，到头来竟然得不到一点了解，得不到一点同情。我并不要别人会全面理解，整体同情。事实上我对他们讲的只不过是零零碎碎、片片段段。有一些细节我甚至对家人好友都没有讲过，至今还闷在我的心中。然而，我主观认为，就是那些片段就足以唤起别人的同情了。结果却是适得其反。于是我悲哀。

我孤独，是因为我感到，自己已届耄耋之年，在茫茫大地上，我一个人踽踽独行，前不见古人，后不见来者。年老的像三秋的树叶，逐渐飘零。年轻的对我来说像日本人所说的“新人类”那样互不理解。难道我就怀着这些秘密离开这个世界吗？于是我孤独。

海滩的沼泽地

王文彬

1963 年

26cm×18cm

布面油画

我恐惧，是因为我怕这些千载难得的经验一旦泯灭，以千万人遭受难言的苦难为代价而换来的经验教训就难以发挥它的“社会效益”了。想再获得这样的教训恐怕是难之又难了。于是我恐惧。

在悲哀、孤独、恐惧之余，我还有一个牢固的信念。如果把这一场灾难的经过如实地写了出来，它将成为我们这个伟大民族的一面镜子。常在这一面镜子里照一照，会有无限的好处的。它会告诉我们，什么事情应当干，什么事情又不应当干，绝没有任何坏处。

就这样，在反反复复考虑之后，我下定决心，自己来写。我在这里先郑重声明：我决不说半句谎言，决不添油加醋。我的经历是什么样子，我就写成什么样子。增之一分则太多，减之一分则太少。不管别人说什么，我都坦然处之，“只等秋风过耳边”。谎言取宠是一个品质问题，非我所能为，亦非我所愿为。我对自己的记忆力还是有信心的。经过了所谓“文化大革命”炼狱的洗礼，“曾经沧海难为水”，我现在什么都不怕。如果有人读了我写的东西感到不舒服，感到好像是揭了自己的疮疤；如果有人想对号入座，那我在这里先说上一声：悉听尊便。尽管我不一定能写出什么好文章，但是这文章是用血和泪换来的，我写的不是小说。这一点想能得到读者的谅解与同情。

以上算是缘起。

1992 年

清塘荷韵

楼前有清塘数亩。记得三十多年前初搬来时，池塘里好像是有荷花的，我的记忆里还残留着一些绿叶红花的碎影。后来时移事迁，岁月流逝，池塘里却变得“半亩方塘一鉴开，天光云影共徘徊”，再也不见什么荷花了。

我脑袋里保留的旧的思想意识颇多，每一次望到空荡荡的池塘，总觉得好像缺点什么。这不符合我的审美观念。有池塘就应当有点绿的东西，哪怕是芦苇呢，也比什么都没有强。最好的最理想的当然是荷花。中国旧的诗文中，描写荷花的简直是太多太多了。周敦颐的《爱莲说》读书人不知道的恐怕是绝无仅有的。他那一句有名的“香远益清”是脍炙人口的。几乎可以说，中国没有人不爱荷花的。可我们楼前池塘中独独缺少荷花。每次看到或想到，总觉得是一块心病。

有人从湖北来，带来了洪湖的几颗莲子，外壳呈黑色，极硬。据说，如果埋在淤泥中，能够千年不烂。因此，我用铁锤在莲子上砸开了一条缝，让莲芽能够破壳而出，不至永远埋在泥中。这都是一些主观的愿望，莲芽能不能够出，都是极大的未知数。反正我总算是尽了人事，把五六颗敲破的莲子投入池塘中，下面就是听天命了。

这样一来，我每天就多了一件工作：到池塘边上去看上几次。心里总是希望，忽然有一天，“小荷才露尖尖角”，有翠绿的莲叶长出水面。可是，事与愿违，投下去的第一年，一直到秋凉落叶，水面上也没有出现什么东西。经过了寂寞的冬天，到了第二年，春水盈塘，绿柳垂丝，一片旖旎的风光。可是，我翘盼的水面上却仍然没有露出什么荷叶。此时我已经完全灰了心，以为那几颗湖北带来的硬壳莲子，由于人力无法解释的原因，大概不会再有长出荷花的希望了。我的目光无法把荷叶从淤泥中吸出。

但是，到了第三年，却忽然出了奇迹。有一天，我忽然发现，在我投莲子的地方长出了几个圆圆的绿叶，虽然颜色极惹人喜爱，但是却细弱单薄，可怜兮兮地平卧在水面上，像水浮莲的叶子一样。而且最初只长出了五六个叶片。我总嫌这有点太少，总希望多长出几片来。于是，我盼星星，盼月亮，天天到池塘边上去观望。有校外的农民来捞水草，我总请求他们手下留情，不要碰断叶片。但是经过了漫漫的长夏，凄清的秋天又降临人间，池塘里浮动的仍然只是孤零零的那五六个叶片。对我来说，这又是一个虽微有希望但究竟仍令人灰心的一年。

真正的奇迹出现在第四年上。严冬一过，池塘里又溢满了春水。到了一般荷花长叶的时候，在去年漂浮着五六个叶片的地方，一夜之间,突然长出了一大片绿叶,而且看来荷花在严冬的冰下并没有停止行动,因为在离开原有五六个叶片的那块基地比较远的池塘中心,也长出了叶片。叶片扩张的速度,扩张范围的扩大,都是惊人地快。几天之内,池塘内不小一部分,已经全为绿叶所覆盖。而且原来平卧在水面上的像是水浮莲一样的叶片,不知道是从哪里聚集来了力量,有一些竟然跃出了水面,长成了亭亭的荷叶。原来我心中还迟迟疑疑,怕池中长的是水浮莲,而不是真正的荷花。这样一来,我心中的疑云一扫而光:池塘中生长的真正是洪湖莲花的子孙了。我心中狂喜,这几年总算是没有白等。

天地萌生万物,对包括人在内的动植物等有生命的东西,总是赋予一种极其惊人的求生存的力量和极其惊人的扩展蔓延的力量,这种力量大到无法抗御。只要你肯费力来观摩一下,就必然会承认这一点。现在摆在我面前的就是我楼前池塘里的荷花。自从几个勇敢的叶片跃出水面以后,许多叶片接踵而至。一夜之间,就出来了几十枝,而且迅速地扩散、蔓延。不到十几天的工夫,荷叶已经蔓延得遮蔽了半个池塘。从我撒种的地方出发,向东西南北四面扩展。我无法知道,荷花是怎样在深水中淤泥里走动。反正从露出水面荷叶来看,每天至少要走半尺的距离,才能形成眼前这个局面。

光长荷叶,当然是不能满足的。荷花接踵而至,而且据了解荷花的行家说,我门前池塘里的荷花,同燕园其他池塘里的,都不一样。其他地方的荷花,颜色浅红;而我这里的荷花,不但红色浓,而且花瓣多,每一朵花能开出十六个复瓣,看上去当然就与众不同了。这些红艳耀目的荷花,高高地凌驾于莲叶之上,迎风弄姿,似乎在睥睨一切。

幼时读旧诗:“毕竟西湖六月中,风光不与四时同。接天莲叶无穷碧,映日荷花别样红。”爱其诗句之美,深恨没有能亲自到杭州西湖去欣赏一番。现在我门前池塘中呈现的就是那一派西湖景象。是我把西湖从杭州搬到燕园里来了。岂不大快人意也哉!前几年才搬到朗润园来的周一良先生赐名为“季荷”。我觉得很有趣,又非常感激。难道我这个人将以荷而传吗?

前年和去年,每当夏月塘荷盛开时,我每天至少有几次徘徊在塘边,坐在石头上,静静地吸吮荷花和荷叶的清香。“蝉噪林逾静,鸟鸣山更幽。”我确实觉得四周静得很。我在一片寂静中,默默地坐在那里,水面上看到的是荷花绿肥、红肥。倒影映入水中,风乍起,一片莲瓣堕入水中,它从上面向下落,水中的倒影却是从下边向上落,最后一接触到水面,二者合为一,像小船似的漂在那里。我曾在某一本诗话上读到两句诗:“池花对影落,沙鸟带声飞。”作者深惜第二句对仗不工。这也难怪,像“池花对影落”这样的境界究竟有几个人能参悟透呢?

晚上,我们一家人也常常坐在塘边石头上纳凉。有一夜,天空中的月亮又明又亮,把一片银光洒在荷花上。我忽听扑通一声。是我的小白波斯猫毛毛扑入水中,它大概是认为水中有白玉盘,想扑上去抓住。它一入水,大概就觉得不对头,连忙矫捷地回到岸上,把月亮的倒影打得支离破碎,好久才恢复了原形。

今年夏天,天气异常闷热,而荷花则开得特欢。绿盖擎天,红花映日,把一个不算小的池塘塞得满而又满,几乎连水面都看不到了。一个喜爱荷花的邻居,天天兴致勃勃地数荷花的朵数。今天告诉我,有四五百朵;明天又告诉我,有六七百朵。但是,我虽然知道他为人细致,却不相信他真能数出确实的朵数。在荷叶底下,石头缝里,旮旮旯旯,不知还隐藏着多少菁葖儿,都是在岸边难以看到的。粗略估计,今年大概开了将近一千朵。真可以算是洋洋大观了。

连日来,天气突然变寒。好像是一下子从夏天转入秋天。池塘里的荷叶虽然仍然是绿油一片,但是看来变成残荷之日也不会太远了。再过一两个月,池水一结冰,连残荷也将消逝得无影无踪。那时荷花大概会在冰下冬眠,做着春天的梦。它们的梦一定能够圆的。"既然冬天到了,春天还会远吗?"

我为我的"季荷"祝福。

1997 年 9 月 16 日

中秋节

听　雨

从一大早就下起雨来。下雨，本来不是什么稀罕事儿，但这是春雨，俗话说："春雨贵似油。"而且又在罕见的大旱之中，其珍贵就可想而知了。

"润物细无声"，春雨本来是声音极小极小的，小到了"无"的程度。但是，我现在坐在隔成了一间小房子的阳台上，顶上有块大铁皮。楼上滴下来的檐溜就打在这铁皮上，打出声音来，于是就不"细无声"了。按常理说，我坐在那里，同一种死文字拼命，本来应该需要极静极静的环境，极静极静的心情，才能安下心来，进入角色，来解读这天书般的玩意儿。这种雨敲铁皮的声音应该是极为讨厌的，是必欲去之而后快的。

然而，事实却正相反。我静静地坐在那里，听到头顶上的雨滴声，此时有声胜无声，我心里感到无量的喜悦，仿佛饮了仙露，吸了醍醐，大有飘飘欲仙之概了。这声音时慢时急，时高时低，时响时沉，时断时续，有时如金声玉振，有时如黄钟大吕，有时如大珠小珠落玉盘，有时如红珊白瑚沉海里，有时如弹素琴，有时如舞霹雳，有时如百鸟争鸣，有时如兔落鹘起，我浮想联翩，不能自已，心花怒放，风生笔底。死文字仿佛活了起来，我也仿佛又溢满了青春活力。我平生很少有这样的精神境界，更难为外人道也。

在中国，听雨本来是雅人的事。我虽然自认还不是完全的俗人，但能否就算是雅人，却还很难说。我大概是介乎雅俗之间的一种动物吧。中国古代诗词中，关于听雨的作品是颇有一些的。顺便说上一句：外国诗词中似乎少见。我的朋友章用回忆表弟的诗中有："频梦春池添秀句，每闻夜雨忆联床。"是颇有一点诗意的。连《红楼梦》中的林妹妹都喜欢李义山的"留得残荷听雨声"之句。最有名的一首听雨的词当然是宋蒋捷的"虞美人"，词不长，我索性抄它一下：

少年听雨歌楼上，
红烛昏罗帐。
壮年听雨客舟中，
江阔云低，
断雁叫西风。
而今听雨僧庐下，
鬓已星星也。
悲欢离合总无情，
一任阶前
点滴到天明。

蒋捷听雨时的心情，是颇为复杂的。他是用听雨这一件事来概括自己的一生的，从少年、壮年一直到老年，达到了“悲欢离合总无情”的境界。但是，古今对老的概念，有相当大的悬殊。他是“鬓已星星也”，有一些白发，看来最老也不过五十岁左右。用今天的眼光看，他不过是介乎中老之间，用我自己比起来，我已经到了望九之年，鬓边早已不是“星星也”，顶上已是“童山濯濯”了。要讲达到“悲欢离合总无情”的境界，我比他有资格。我已经能够“纵浪大化中，不喜亦不惧”了。

可我为什么今天听雨竟也兴高采烈呢？这里面并没有多少雅味，我在这里完全是一个“俗人”。我想到的主要是麦子，是那辽阔原野上的青春的麦苗。我生在乡下，虽然六岁就离开，谈不上干什么农活，但是我拾过麦子，捡过豆子，割过青草，劈过高粱叶。我血管里流的是农民的血，一直到今天垂暮之年，毕生对农民和农村怀着深厚的感情。农民最高希望是多打粮食。天一旱，就威胁着庄稼的成长。即使我长期住在城里，下雨一少，我就望云霓，自谓焦急之情，决不下于农民。北方春天，十年九旱。今年似乎又旱得邪行。我天天听天气预报，时时观察天上的云气。忧心如焚，徒唤奈何。在梦中也看到的是细雨蒙蒙。

今天早晨，我的梦竟实现了。我坐在这长宽不过几尺的阳台上，听到头顶上的雨声，不禁神驰千里，心旷神怡。在大大小小高高低低，有的方正有的歪斜的麦田里，每一个叶片都仿佛张开了小嘴，尽情地吮吸着甜甜的雨滴，有如天降甘露。本来有点黄萎的，现在变青了。本来是青的，现在更青了。宇宙间凭空添了一片温馨，一片祥和。

我的心又收了回来，收回到了燕园，收回到了我楼旁的小山上，收回到了门前的荷塘内。我最爱的二月兰正在开着花。它们拼命从泥土中挣扎出来，顶住了干旱，无可奈何地开出了红色的白色的小花，颜色如故，而鲜亮无踪，看了给人以孤苦伶仃的感觉。在荷塘中，冬眠刚醒的荷花，正准备力量向水面冲击。水当然是不缺的。但是，细雨滴在水面上，画成了一个个的小圆圈，方逝方生，方生方逝。这本来是人类中的诗人所欣赏的东西，小荷花看了也高兴起来，劲头更大了，肯定会很快地钻出水面。

我的心又收近了一层，收到了这个阳台上，收到了自己的腔子里，头顶上叮当如故，我的心情怡悦有加。但我时时担心，它会突然停下来，我潜心默祷，祝愿雨声长久响下去，响下去，永远也不停。

1995 年 4 月 13 日

我记忆中的老舍先生

老舍先生含冤逝世已经二十多年了。在这一段相当长的时间内,我经常想到他,想到的次数远远超过我认识他以后直至他逝世的三十多年。每次想到他,我都悲从中来。我悲的是中国失去一热爱祖国、热爱人民的正直的大作家,我自己失去一位从年龄上来看算是师辈的和蔼可亲的老友。目前,我自己已经到了晚年,我的内心再也承受不住这一份悲痛,我也不愿意把它带着离开人间。我知道,原始的人是颇为相信文字的神秘力量的,我从来没有这样相信过。但是,我现在宁愿做一个原始人,把我的悲痛和怀念转变成文字,也许这悲痛就能突然消逝掉,还我心灵的宁静,岂不是天大的好事吗?

我从高中时代起,就读老舍先生的著作,什么《老张的哲学》《赵子曰》《二马》,我都读过。到了大学以后,以及离开大学以后,只要他有新作出版,我一定先睹为快,什么《离婚》《骆驼祥子》等等,我都认真读过。最初,由于水平的限制,他的著作我不敢说全都理解。可是我总觉得，他同别的作家不一样。他的语言生动幽默，是地道的北京话，间或也夹上一点山东俗语。他没有许多作家那种忸怩作态让人读了感到浑身难受的非常别扭的文体，一种新鲜活泼的力量跳动在字里行间。他的幽默也同林语堂之流的那种着意为之的幽默不同。总之，老舍先生成了我毕生最喜爱的作家之一，我对他怀有崇高的敬意。

但是，我认识老舍先生却完全出于一个偶然的机会。三十年代初，我离开了高中，到清华大学来念书。当时老舍先生正在济南齐鲁大学教书。济南是我的老家，每年暑假，我都回去。李长之是济南人，他是我的唯一的一个小学、中学、大学"三连贯"的同学。有一年暑假，他告诉我，他要在家里请老舍先生吃饭，要我作陪。在旧社会，大学教授架子一般都非常大，他们与大学生之间宛然是两个阶级。要我陪大学教授吃饭，我真有点受宠若惊。及至见到老舍先生，他却全然不是我心目中的那种大学教授。他谈吐自然，蔼然可亲，一点架子也没有，特别是他那一口地道的京腔，铿锵有致，听他说话，简直就像是听音乐，是一种享受。从那以后，我们就算是认识了。

以后是激烈动荡的几十年。我在大学毕业以后，在济南高中教了一年国文，就到欧洲去了，一住就是十一年。中国胜利了，我才回来，在南京住了一个暑假。夜里睡在国立编译馆长之的办公桌上；白天没有地方待，就到处云游，什么台城、玄武湖、莫愁湖等等，我游了一个遍。老舍先生好像同国立编译馆有什么联系，我常从长之口中听到他的名字。但是没有见过面。到了秋天，我也就离开了南京，乘海船绕道秦皇岛，来到北平。

以后又是更为激烈震荡的三年。用美式装备武装到牙齿的国民党反动军队，被彻底消灭。蒋介石一小撮到台湾去了。中国人民苦斗了一百多年，终于迎来解放的春天。我们这一群知识分子都亲身感受到，我们确实已经站起来了。就在这样的情况下，我在当时所谓故都又会见了老舍先生，上距第一次见面已经有二十多年了。

我现在已经记不清楚我们重逢时的情景。但是我却清晰地记得五十年代初期召开的一次汉语规范化会议时的情景。当时语言学界的知名人士，以及曲艺界的名人，都被邀请参加，其中有侯宝林、马增芬姊妹等等。老舍先生、叶圣陶先生、罗常培先生、吕叔湘先生、黎锦熙先生等等都参加了。这是解放后语言学界的第一次盛会。当时还没有达到会议成灾的程度，因此大家的兴致都很高，会上的气氛也十分亲切融洽。

有一天中午，老舍先生忽然建议，要请大家吃一顿地道的北京饭。大家都知道，老舍先生是地道的北京人，他讲的地道的北京饭一定会是非常地道的，都欣然答应。老舍先生对北京人民生活之熟悉，是众所周知的。有人戏称他为"北京土地"。他结交的朋友，三教九流都有。他能一个人坐在大酒缸旁，同洋车夫、旧警察等旧社会的"下等人"，开怀畅饮，亲密无间，宛如亲朋旧友，谁也感觉不到他是大作家、名教授、留洋的学士。能做到这一步的，并世作家中没有第二人。这样一位老北京想请大家吃北京饭，大家的兴致哪能不高涨起来呢？商议的结果是到西四砂锅居去吃白煮肉，当然是老舍先生做东。他同饭馆的经理一直到小伙计都是好朋友，因此饭菜极佳，服务周到。大家尽兴地饱餐了一顿。虽然是一顿简单的饭，然而却令人毕生难忘。当时参加宴会今天还健在的叶老、吕先生大概还都记得这一顿饭吧。

还有一件小事，也必须在这里提一提。忘记了是哪一年了，反正我还住在城里翠花胡同没有搬出城外。有一天，我到东安市场北门对门的一家著名的理发馆里去理发，猛然瞥见老舍先生也在那里，正躺在椅子上，下巴上白糊糊的一团肥皂泡沫，正让理发师刮脸。这不是谈话的好时机，只寒暄了几句，就什么也不说了。等我坐在椅子上时，从镜子里看到他跟我打招呼，告别，看到他的身影走出门去。我理完发要付钱时，理发师说，老舍先生已经替我付过了。这样芝麻绿豆的小事殊不足以见老舍先生的精神；但是，难道也不足以见他这种细心体贴人的心情吗？

老舍先生的道德文章，光如日月，巍如山斗，用不着我来细加评论，我也没有那个能力。我现在写的都是一些小事。然而小中见大，于琐细中见精神，于平凡中见伟大，豹窥一斑，鼎尝一脔，不也能反映出老舍先生整个人格的一个缩影吗？

中国有一句俗话："好死不如赖活着。"这一句话道出了一个真理。一个人除非万不得已决不会自己抛掉自己的生命。印度梵文中"死"这个动词，变化形式同被动态一样。我一直觉得非常有趣，非常有意思。印度古代语法学家深通人情，才创造出这样一个形式。死几乎都是被动的，有几个人主动地去死呢？老舍先生走上自沉这一条道路，必有其不得已之处。有人说，人在临死前总会想到许多许多东西的，他会想到自己的一生的。可惜我还没有这个经验，只能在这里胡思乱想。当老舍先生徘徊在湖水岸边决心自沉时，眼望湖水茫茫，心里悲愤填膺，唤天天不应，唤地地不答，悠悠天地，仿佛只剩下自己孤身一人，他会想到自己的一生吧！这一生是忠诚于祖国、忠诚于人民的一生，然而到头来却落到这等地步。为什么呢？究竟是为什么呢？如果自己留在美国不回来，著书立说，优游自在，洋房、汽车、声名禄利，无一缺少，舒舒服服地过一辈子，说不定能寿登耄耋，富埒王侯。他不是为了热爱自己的祖国母亲，才毅然历尽艰辛回来的吗？是今天祖国母亲无法庇护自己那远方归来的游子了呢，还是不愿意庇护了呢？我猜想，老舍先生决不会埋怨自己的祖国母亲，祖国母亲永远是可爱的，在任何情况下都是可爱的。他也决不会后悔回来的，但是，他确实有一些问题难以理解，他只有横下一条心，一死了之。这样的问题，我们今天又有谁能够理解呢？我想，老舍先生还会想到自己院子里种的柿子树和菊花，他当然也会想到自己的亲人，想到自己的朋友。所有这一些都是十分美好可爱的。对于这一些难道他就一点也不留恋吗？决不会的，决不会的，但是，有一种东西梗在他的心中，像大毒蛇缠住了他，他只能纵身一跳，投入波心，让弥漫的湖水给自己带来解脱了。

两千多年以前，屈原自沉于汨罗江。他行吟泽畔，心里想的恐怕同老舍先生有类似之处吧。他想到："蝉翼为重，千钧为轻；黄钟毁弃，瓦釜雷鸣。"他又想到："世人皆浊我独清，众人皆醉我独醒。"难道老舍先生也这样想过吗？这样的问题，有谁能够答复我呢？恐怕到了地球末日也没有人能答复了。我在泪眼模糊中，看到老舍先生戴着眼镜，在和蔼地对我笑着；我耳朵里仿佛听到了他那铿锵有节奏的北京话。我浑身颤抖，连灵魂也在剧烈地震动。

呜呼！我欲无言。

1987 年 10 月 1 日晨

一个老知识分子的心声

按我出生的环境，我本应该终生成为一个贫农。但是造化小儿却偏偏要播弄我，把我播弄成了一个知识分子。从小知识分子把我播弄成一个中年知识分子；又从中年知识分子把我播弄成一个老知识分子。现在我已经到了望九之年，耳虽不太聪，目虽不太明，但毕竟还是“难得糊涂”，仍然能写能读，焚膏继晷，兀兀穷年，仿佛有什么力量在背后鞭策着自己，欲罢不能。眼前有时闪出一个长队的影子，是北大教授按年龄顺序排成了的。我还没有站在最前面，前面还有将近二十来个人。这个长队缓慢地向前迈进，目的地是八宝山。时不时地有人“捷足先登”，登的不是泰山，而就是这八宝山。我暗暗下定决心：决不抢先加塞，我要鱼贯而进。什么时候鱼贯到我面前，我就要含笑挥手，向人间说一声“拜拜”了。

干知识分子这个行当是并不轻松的。在过去七八十年中，我尝够酸甜苦辣，经历够了喜怒哀乐。走过了阳关大道，也走过了独木小桥。有时候，光风霁月，有时候，阴霾蔽天。有时候，峰回路转，有时候，柳暗花明。金榜上也曾题过名，春风也曾得过意，说不高兴是假话。但是，一转瞬间，就交了华盖运，四处碰壁，五内如焚。原因何在呢？古人说："人生识字忧患始"，这实在是见道之言。"识字"，当然就是知识分子了。一戴上这顶帽子，"忧患"就开始向你奔来。是不是杜甫的诗："儒冠多误身"？"儒"，当然就是知识分子了，一戴上儒冠就倒霉。我只举这两个小例子，就可以知道，中国古代的知识分子们早就对自己这一行腻味了。"诗必穷而后工"，连作诗都必须先"穷"。"穷"并不一定指的是没有钱，主要指的也是倒霉。不倒霉就做不出好诗，没有切身经历和宏观观察，能说得出这样的话吗？司马迁《太史公自序》说："昔西伯拘羑里，演《周易》；孔子厄陈蔡，作《春秋》；屈原放逐，著《离骚》；左丘失明，厥有《国语》；孙子膑脚，而论兵法；不韦迁蜀，世传《吕览》；韩非囚秦，《说难》、《孤愤》；《诗》三百篇，大抵贤圣发愤之所为作也。"司马迁算了一笔清楚的账。

世界各国应该都有知识分子。但是，根据我七八十年的观察与思考，我觉得，既然同为知识分子，必有其共同之处，有知识，承担延续各自国家的文化的重任，至少这两点必然是共同的。但是不同之处却是多而突出。别的国家先不谈，我先谈一谈中国历代的知识分子，中国有五六千年或者更长的文化史，也就有五六千年的知识分子。我的总印象是：中国知识分子是一种很奇怪的群体，是造化小儿加心加意创造出来的一种"稀有动物"。虽然"十年动乱"中，他们被批为"一心只读圣贤书"的"修正主义"分子。这实际上是冤枉的。这样的人不能说没有，但是，主流却正相反。几千年的历史可以证明，中国知识分子最关心时事，最关心政治，最爱国。这最后一点，是由中国历史环境所造成的。在中国历史上，没有哪一天没有虎视眈眈伺机入侵的外敌。历史上许多赫然有名的皇帝，都曾受到外敌的欺侮。老百姓更不必说了。存在决定意识，反映到知识分子头脑中，就形成了根深蒂固的爱国心。“天下兴亡，匹夫有责”，不管这句话的原形是什么样子，反正它痛快淋漓地表达了中国知识分子的心声。在别的国家是没有这种情况的。

然而，中国知识分子也是极难对付的家伙。他们的感情特别细腻、锐敏、脆弱、隐晦。他们学富五车，胸罗万象。有的或有时自高自大，自以为“老子天下第一”；有的或有时却又患了弗洛伊德（？）讲的那一种“自卑情结”（inferiority complex）。他们一方面吹嘘想“通古今之变，究天人之际”，气魄贯长虹，浩气盈宇宙。有时却又为芝麻绿豆大的一点小事而长吁短叹，甚至轻生，“自绝于人民”。关键问题，依我看，就是中国特有的“国粹”——面子问题。“面子”这个词儿，外国文没法翻译，可见是中国独有的。俗话里许多话都与此有关，比如“丢脸”“真不要脸”“赏脸”，如此等等。“脸”者，面子也。中国知识分子是中国国粹“面子”的主要卫道士。

尽管极难对付，然而中国历代统治者哪一个也不得不来对付。古代一个皇帝（？）说：“马上得天下，不能马上治之！”真是一针见血。创业的皇帝决不会是知识分子，只有像刘邦、朱元璋等这样一字不识的，不顾身家性命，“厚”而且“黑”的，胆子最大的地痞流氓才能成为开国的“英主”。否则，都是磕头的把兄弟，为什么单单推他当头儿？可是，一旦创业成功，坐上金銮宝殿，这时候就用得着知识分子来帮他们治理国家。不用说国家大事,选定朝仪这样的小事,刘邦还不得不求助于知识分子叔孙通。朝仪一定,朝廷井然有序,共同起义的那一群铁哥儿们,个个服服帖帖,跪拜如仪,让刘邦“龙心大悦”,真正尝到了当皇帝的滋味。

同面子表面上无关实则有关的另一个问题,是中国知识分子的处世问题,也就是隐居或出仕的问题。中国知识分子很多都标榜自己无意为官,而实则正相反。一个最有典型意义又众所周知的例子就是“大名垂宇宙”的诸葛亮。他高卧隆中,看来是在隐居,实则他最关心天下大事,他的“信息源”看来是非常多的。否则,在当时既无电话电报,甚至连写信都十分困难的情况下,他怎么能对天下大势了如指掌,因而写出了有名的《隆中对》呢?他经世之心昭然在人耳目,然而却偏偏让刘先主三顾茅庐然后才出山“鞠躬尽瘁”。这不是面子又是什么呢?

我还想进一步谈一谈中国知识分子的一个非常古怪、很难以理解又似乎很容易理解的特点。中国古代知识分子贫穷落魄的多。有诗为证:“文章憎命达。”文章写得好,命运就不亨通;命运亨通的人,文章就写不好。那些靠文章中状元、当宰相的人,毕竟是极少数。而且中国文学史上根本就没有哪一个伟大文学家中过状元。《儒林外史》是专写知识分子的小说。吴敬梓真把穷苦潦倒的知识分子写活了。没有中举前的周进和范进等的形象,真是入木三分,至今还栩栩如生。中国历史上一批穷困的知识分子,贫无立锥之地,绝不会有面团团的富家翁相,中国诗文和老百姓嘴中有很多形容贫而瘦的穷人的话,什么“瘦骨嶙峋”,什么“骨瘦如柴”,又是什么“瘦得皮包骨头”，等等，都与骨头有关。这一批人一无所有，最值钱的仅存的“财产”就是他们这一身瘦骨头。这是他们人生中最后的一点“赌注”，轻易不能押上的，押上一输，他们也就“涅槃”了。然而他们却偏偏喜欢拼命，喜欢拼这一身瘦老骨头。他们称这个为“骨气”。同“面子”一样，“骨气”这个词儿也是无法译成外文的，是中国的国粹。要举实际例子的话，那就可以举出很多来。《三国演义》中的祢衡，就是这样一个人，结果被曹操假手黄祖给砍掉了脑袋瓜。近代有一个章太炎，胸佩大勋章，赤足站在新华门外大骂袁世凯，袁世凯不敢动他一根毫毛，只好钦赠美名“章疯子”，聊以挽回自己的一点面子。

中国这些知识分子，脾气往往极大。他们又仗着“骨气”这个法宝，敢于直言不讳，一见不顺眼的事，就发为文章，呼天叫地，痛哭流涕，大呼什么“人心不古，世道日非”，又是什么“黄钟毁弃，瓦釜雷鸣”。这种例子，俯拾即是。他们根本不给当政的最高统治者留一点面子，有时候甚至让他们下不了台。须知面子是古代最高统治者皇帝们的命根子，是他们的统治和尊严的最高保障。因此，我就产生了一个大胆的“理论”：一部中国古代政治史至少其中一部分就是最高统治者皇帝和大小知识分子互相利用又互相斗争，互相对付和应付，又有大棒，又有胡萝卜，间或甚至有剥皮凌迟的历史。

在外国知识分子中，只有印度的同中国的有可比性。印度共有四大种姓，为首的是婆罗门。在印度古代，文化知识就掌握在他们手里，这个最高种姓实际上也是他们自封的。他们是地地道道的知识分子，在社会上受到普遍的尊敬。然而却有一件天大的怪事，实在出人意料。在社会上，特别是在印度古典戏剧中，少数婆罗门却受到极端的嘲弄和污蔑，被安排成剧中的丑角。在印度古典剧中，语言是有阶级性的。梵文只允许国王、帝师（当然都是婆罗门）和其他高级男士们说，妇女等低级人物只能说俗语。可是，每个剧中都必不可缺少的丑角也竟是婆罗门，他们插科打诨，出尽洋相，他们只准说俗语，不许说梵文。在其他方面也有很多嘲笑婆罗门的地方。这有点像中国古代嘲笑"腐儒"的做法。《儒林外史》中就不缺少嘲笑"腐儒"——也就是落魄的知识分子——的地方。鲁迅笔下的孔乙己也是这种人物。为什么中印同出现这个现象呢？这实在是一个有趣的研究课题。

我在上面写了我对中国历史上知识分子的看法。本文的主要目的就是写历史，连鉴往知今一类的想法我都没有。倘若有人要问："现在怎样呢？"因为现在还没有变成历史，不在我写作范围之内，所以我不答复，如果有人愿意去推论，那是他们的事，与我无干。

最后我还想再郑重强调一下：中国知识分子有源远流长的爱国主义传统，是世界上哪一个国家也不能望其项背的。尽管眼下似乎有一点背离这个传统的倾向，例证就是苦心孤诣千方百计地想出国，有的甚至归化为"老外"，永留不归。我自己对这个问题的看法是：这只能是暂时的现象，久则必变。就连留在外国的人，甚至归化了的人，他们依然是"身在曹营心在汉"，依然要寻根，依然爱自己的祖国。何况出去又回来的人渐渐多了起来呢？我们对这种人千万不要"另眼相看"，当然也大可不必"刮目相看"。只要我们国家的事情办好了，情况会大大地改变的。至于没有出国也不想出国的知识分子占绝对的多数。如果说他们对眼前的一切都很满意，那不是真话。但是爱国主义在他们心灵深处已经生了根，什么力量也拔不掉的。甚至泰山崩于前，迅雷震于顶，他们会依然热爱我们这伟大的祖国。这一点我完全可以保证。只举一个众所周知的例子，就足够了。如果不爱自己的祖国，巴老为什么以老迈龙钟之身，呕心沥血来写《随想录》呢？对广大的中国老、中、青知识分子来说，我想借用一句曾一度流行的，我似非懂又似懂得的话：爱国没商量。

我生平优点不多，但自谓爱国不敢后人，即使把我烧成了灰，每一粒灰也还是爱国的。可是我对于当知识分子这个行当却真有点谈虎色变。我从来不相信什么轮回转生。现在，如果让我信一回的话，我就恭肃虔诚祷祝造化小儿，下一辈子无论如何也别再播弄我，千万别再把我弄成知识分子。

1995 年 7 月 18 日

幽径悲剧

出家门，向右转，只有二三十步，就走进一条曲径。有二三十年之久，我天天走过这一条路，到办公室去。因为天天见面，也就成了司空见惯，对它有点漠然了。

然而，这一条幽径却是大大有名的。记得在五十年代，我在故宫的一个城楼上，参观过一个有关《红楼梦》的展览。我看到由几幅山水画组成的组画，画的就是这一条路。足证这一条路是同这一部伟大的作品有某一些联系的，至于是什么联系，我已经记忆不清。留在我记忆中的只是一点印象：这一条平平常常的路是有来头的，不能等闲视之。

这一条路在燕园中是极为幽静的地方。学生们称之为"后湖"，他们很少到这里来的。我上面说它平平常常，这话有点语病，它其实是颇为不平常的。一面傍湖，一面靠山，蜿蜒曲折，实有曲径通幽之趣。山上苍松翠柏，杂树成林。无论春夏秋冬，总有翠色在目。不知名的小花,从春天开起,过一阵换一个颜色,一直开到秋末。到了夏天,山上一团浓绿,人们仿佛是在一片绿雾中穿行。林中小鸟,枝头鸣蝉,仿佛互相应答。秋天,枫叶变红,与苍松翠柏,相映成趣,凄清中又饱含浓烈。几乎让人不辨四时了。

小径另一面是荷塘,引人注目主要是在夏天。此时绿叶接天,红荷映日。仿佛从地下深处爆发出一股无比强烈的生命力,向上,向上,向上,欲与天公试比高,真能使懦者立怯者强,给人以无穷的感染力。

不管是在山上,还是在湖中,一到冬天,当然都有白雪覆盖。在湖中,昔日的潋滟的绿波为坚冰所取代。但是在山上,虽然落叶树都把叶子落掉,可是松柏反而更加精神抖擞,绿色更加浓烈,意思是想把其他树木之所失,自己一手弥补过来,非要显示出绿色的威力不行,再加上还有翠竹助威,人们置身其间,绝不会感到冬天的萧索了。

这一条神奇的幽径,情况大抵如此。

在所有的这些神奇的东西中,给我印象最深,让我最留恋难忘的是一株古藤萝。藤萝是一种受人喜爱的植物。清代笔记中有不少关于北京藤萝的记述。在古庙中,在名园中,往往都有几棵寿达数百年的藤萝,许多神话故事也往往涉及藤萝。北大现在的燕园,是清代名园,有几棵古老的藤萝,自是意中事。我们最初从城里搬来的时候,还能看到几棵据说是明代传下来的藤萝。每到春天,紫色的花朵开得满棚满架,引得游人和蜜蜂猬集其间,成为春天一景。

但是,根据我个人的评价,在众多的藤萝中,最有特色的还是幽径的这一棵。它既无棚,也无架,而是让自己的枝条攀附在邻近的几棵大树的干和枝上，盘曲而上，大有直上青云之概，因此，从下面看，除了一段苍黑古劲像苍龙般的粗干外，根本看不出是一株藤萝。每到春天，我走在树下，眼前无藤萝，心中也无藤萝。然而一股幽香蓦地闯入鼻官，嗡嗡的蜜蜂声也袭入耳内，抬头一看，在一团团的绿叶中——根本分不清哪是藤萝叶，哪是其他树的叶子——，隐约看到一朵朵紫红色的花，颇有万绿丛中一点红的意味。直到此时，我才清晰地意识到这一棵古藤的存在，顾而乐之了。

经过了史无前例的"十年动乱"，不但人遭劫，花木也不能幸免。藤萝们和其他一些古丁香树等等，被异化为"修正主义"，遭到了无情的诛伐。六院前的和红二三楼之间的那两棵著名的古藤，被坚决、彻底、干净、全部地消灭掉。是否也被踏上一千只脚，没有调查研究，不敢瞎说；永世不得翻身，则是铁一般的事实了。

茫茫燕园中，只剩下了幽径的这一棵藤萝了。它成了燕园中藤萝界的鲁殿灵光。每到春天，我在悲愤、惆怅之余，唯一的一点安慰就是幽径中这一棵古藤。每次走在它下面，嗅到淡淡的幽香，听到嗡嗡的蜂声，顿觉这个世界还是值得留恋的，人生还不全是荆棘丛。其中情味，只有我一个人知道，不足为外人道也。

然而，我快乐得太早了，人生毕竟还是一个荆棘丛，绝不是到处都盛开着玫瑰花。今年春天，我走过长着这棵古藤的地方，我的眼前一闪，吓了一大跳：古藤那一段原来凌空的虬干，忽然成了吊死鬼，下面被人砍断，只留上段悬在空中，在风中摇曳。再抬头向上看，藤萝初绽出来的一些淡紫的成串的花朵，还在绿叶丛中微笑。它们还没有来得及知道，自己赖以生存的根干已经被砍断，脱离了地面，再没有水分供它们生存了。它们仿佛成了失掉了母亲的孤儿，不久就会微笑不下去，连痛哭也没有地方了。

我是一个没有出息的人。我的感情太多，总是供过于求，经常为一些小动物、小花草惹起万斛闲愁。真正的伟人们是绝不会这样的。反过来说，如果他们像我这样的话，也绝不能成为伟人。我还有点自知之明，我注定是一个渺小的人，也甘于如此，我甘于为一些小猫小狗小花小草流泪叹气。这一棵古藤的灭亡在我心灵中引起的痛苦，别人是无法理解的。

从此以后，我最爱的这一条幽径，我真有点怕走了。我不敢再看那一段悬在空中的古藤枯干，它真像吊死鬼一般，让我毛骨悚然。非走不行的时候，我就紧闭双眼，疾趋而过。心里数着数：一，二，三，四，一直数到十，我估摸已经走到了小桥的桥头上，吊死鬼不会看到了，我才睁开眼走向前去。此时，我简直是悲哀至极，哪里还有什么闲情逸致来欣赏幽径的情趣呢？

但是，这也不行。眼睛虽闭，但耳朵是关不住的。我隐隐约约听到古藤的哭泣声，细如蚊蝇，却依稀可辨。它在控诉无端被人杀害。它在这里已经待了二三百年，同它所依附的大树一向和睦相处。它虽阅尽人间沧桑，却从无害人之意。每年春天，就以自己的花朵为人间增添美丽。焉知一旦毁于愚氓之手。它感到万分委屈，又投诉无门。它的灵魂死守在这里。每到月白风清之夜，它会走出来显圣的。在大白天，只能偷偷地哭泣。山头的群树、池中的荷花是对它深表同情的，然而又受到自然的约束，寸步难行，只能无言相对。在茫茫人世中，人们争名于朝，争利于市，哪里有闲心来关怀一棵古藤的生死呢？于是，它只有哭泣，哭泣，哭泣……

世界上像我这样没有出息的人，大概是不多的。古藤的哭泣声恐怕只有我一个能听到。在浩茫无际的大千世界上，在林林总总的植物中，燕园的这一棵古藤，实在渺小得不能再渺小了。你倘若问一个燕园中人，绝不会有任何人注意到这一棵古藤的存在的，绝不会有任何人关心它的死亡的，绝不会有任何人为之伤心的。偏偏出了我这样一个人，偏偏让我住到这个地方，偏偏让我天天走这一条幽径，偏偏又发生了这样一个小小的悲剧；所有这一些偶然性都集中在一起，压到了我的身上。我自己的性格制造成的这一个十字架，只有我自己来背了。奈何，奈何！

但是，我愿意把这个十字架背下去，永远永远地背下去。

1992 年 9 月 13 日

邓拓

可贵的山茶花

我生平最喜欢山茶花。前年冬末春初卧病期间，幸亏有一盆盛开的浅红色的“杨妃山茶”摆在床边，朝夕相对，颇慰寂寥。有一个早上，突然发现一朵鲜艳的花儿被碰掉了，心里觉得很可惜。我把她拾起来，放在原来的花枝上，借着周围的花叶把她托住。经过了二十天的时间，她还没有凋谢。这是多么强烈的生命力啊！当时我写了一首小诗，称颂这朵山茶花：

红粉凝霜碧玉丛，
淡妆浅笑对东风。
此生愿伴春长在，
断骨留魂证苦衷。

她的粉红色花瓣，又嫩又润，恍惚是脂粉凝成的；衬着绿油油的叶子，又厚又有光泽，好像是用碧玉雕成的；一株小树能开许多花朵，前后开花的时间，可以连续两个月。她似乎在严寒的季节，就已经预示了春天的到来，而在东风吹遍大地的时候，她更加不愿离去，即便枝折花落，她仍然不肯凋谢，始终要把她的生命献给美丽的春光。这样坚贞优美的性格，怎能不令人感动啊！

今年春节，我有机会在云南的昆明和大理等地，看到各色各样的山茶花。特别是在大理，不但所有的公共场所都遍栽山茶花，而且许多居民的庭院中也尽是山茶花。在这个古老的小县城里，春节前夕的街头，到处摆满了小摊，出售野生的山茶花。我当时看到这番情景，马上产生一个强烈的印象，觉得这个小巧玲珑的古城，把它叫做"茶花城"，一点也不过分。美丽的山茶花，使这里的山水人物，全都变得那么娇艳可爱了。仰望苍山，俯瞰洱海，听着五朵金花公社的歌声，看着金花银花姐妹们热情的笑脸，人们的生活更显得丰富而美满，如诗如画，永不凋谢，永远繁荣！

这样美丽的山茶花乃是我国西南地区的特产，而以云南、四川为最。明代的王世懋，在他的著作《学圃杂疏》的《花疏》中写道：

吾地山茶重宝珠。有一种花大而心繁者，以蜀茶称，然其色类殷红。尝闻人言，滇中绝胜。余官莆中，见士大夫家皆种蜀茶，花数千朵，色鲜红，作密瓣，其大如杯。云：种自林中丞蜀中得来，性特畏寒，又不喜盆栽。余得一株，长七八尺，舁归，植淡园中，作屋幕于隆冬，春时撤去。蕊多辄摘却，仅留二三花，更大绝，为余兄所赏。后当过枝，广传其种，亦花中宝也。

王世懋是江苏太仓人，为明代著名诗人王世贞的弟弟。从他的这一节记载中，我们可以看出，明代嘉靖年间，江苏等地的山茶花，大概都由四川和云南移植过去的。王世懋在书中还介绍了黄山茶、白山茶、红白茶梅、杨妃山茶等许多品种。在他以后，到明代万历年间，王象晋写了一部《群芳谱》，其中对山茶花又作了详细的介绍：

山茶一名曼陀罗，树高者丈余，低者二三尺，枝干交加。叶似木樨，硬有棱，稍厚；中阔寸余，两头尖，长三寸许；面深绿，光滑，背浅绿，经冬不脱。以叶类茶，又可作饮，故得茶名，花有数种，十月开至二月。有鹤顶茶，大如莲，红如血，中心塞满如鹤顶，来自云南，曰滇茶玛瑙茶，红黄白粉为心，大红为盘，产自温州。宝珠茶，千叶攒簇，色深少态。杨妃茶，单叶，花开早，桃红色，焦萼。白似宝珠，宝珠而蕊白，九月开花，清香可爱。正宫粉、赛宫粉，皆粉红色。石榴茶，中有碎花。海榴茶，青蒂而小。菜榴茶、踯躅茶，类山踯躅。真珠茶、串珠茶，粉红色。又有云茶、磬口茶、茉莉茶、一捻红、照殿红。

在这里介绍了许多种山茶花的名目和特点，很有参考价值。但是，他说山茶又叫做曼陀罗，后来其他作者也这么说，这一点我却有另外的解释。曼陀罗显然是梵语的译音，并非我国原有的名称。而山茶花的原产地的确是我们中国，所以介绍她的本名只能用中国原有的名称，而不应该采用外来的名称。

唐代段成式的《酉阳杂俎》，早已肯定了山茶花的名称和基本特征。他说："山茶，叶似茶树，高者丈余，花大盈寸，色如绯，十二月开。"到了宋代，范成大在《桂海虞衡志》中，更把山茶花分为南北两大类，一类是以当时的中原，即所谓中州所产的为代表；另一类则是南山茶，就是我们现在所说的云南、四川等地的山茶花。估计自古迄今南北各地山茶花的种类，总在一百种上下。正如明代的李时珍在《本草纲目》中所说的，"山茶之名，不可胜数"。这就好比菊花的名目一样，随着人工栽培技术的不断进步，她们的花色品种也必然会越来越多。李时珍在《本草纲目》中还介绍了山茶花的许多用途和医药价值。这就证明，她不但可供人们欣赏，而且是人们养生祛病的良友啊！

虽然，最珍贵的山茶花品种，目前还只能在南方温暖的地带有繁殖的条件。但是也可以断定，只要培植得法，她同样可以适应北方的气候和土壤，而逐渐繁殖起来，只要条件适宜，山茶花的寿命可以延续很久。据明代隆庆年间冯时可写的《滇中茶花记》所说："茶花最甲海内……寿经三四百年，尚如新植。"看来在我国南北各地，如果经过植物学家和园艺技师的共同研究，完全有可能把昆明、大理等处最好的山茶花品种，普遍移植，绝无问题。这比起在欧洲、美洲各国种植山茶花，条件要好得多了。人们都知道，法国人加梅尔，在十七世纪的时候，曾将中国的山茶花移植到欧洲，后来又移植到美洲。难道我们要在国内其他地区移植还不比他们更容易吗？

但是，无论天南海北的人，每当欣赏山茶花的时候，都不应该忘记她还有一段动人的传说。这是流传在云南白族人民中的一个神话故事。它告诉我们：古代有个魔王，嫉恨人间美满的生活，他用魔法把大地变成一片惨白的世界，不让有红花绿叶留在人间。但是，人们是爱惜自己的美好生活的。一位白族的少女，毅然决然地献出了不朽的青春，献出了宝贵的生命，用自己的鲜血，重新染红了山茶花，用自己的胆汁重新染绿了花叶。从那以后，山茶花才更加娇艳地出现在大地上。

怪不得历来有无数的诗人，写了无数的诗篇，一致赞赏山茶花的高贵品质。

这里应该首先提到宋代苏东坡歌咏山茶花的一首七绝。他写道：

山茶相对阿谁栽？
细雨无人我独来。
说似与君君不会，
烂红如火雪中开。

宋代另一个著名诗人范成大，也写了许多赞美山茶花的诗，其中有一首绝句是：

折得瑶华付与谁?
人间铅粉弄妆迟。
直须远寄骖鸾客,
鬟脚飘飘可一枝!

特别应该记住,爱国诗人陆放翁,因为看到花园里有“山茶一树,自冬至清明后,著花不已”,曾经写了两首绝句,大加赞扬:

东园三日雨兼风,
桃李飘零扫地空。
惟有小茶偏耐久,
绿丛又放数枝红。

雪里开花到春晚,
世间耐久孰如君?
凭栏叹息无人会,
三十年前宴海云。

在宋代的诗人中,就连曾子固素来被认为不会写诗的人,也都写过几首诗,尽情歌唱山茶花的秀艳和高尚的性格。曾子固的诗中有些句子也很动人。比如,他说:“为怜劲意似松柏,欲褰更惜长依依。”他把山茶花和松柏相比,可算得估价极高了。

后来元、明、清各个朝代都有许多著名的诗人和画家,用他们的笔墨和丹青,尽情地描绘这美丽的山茶花。如今,我们生活在东风吹遍大地的新时代,我们要让人民过着日益美满幸福的生活,我们对于如此美丽而高贵的山茶花,怎么能不加倍地珍爱呢!

1962 年 3 月

孙梨

故园的消失

土改后，老家剩下三间带耳房的北屋。举家来津后，先是生产大队放置农具，原来母亲放在屋里的一些木料和杂物，当家本院的，都拿去用了，连两条木炕沿也拆走了。但每年雨季，他们见房子坍塌漏雨，也给修理修理。后来房顶茅草丛生，房基歪斜，生产队也没有了，就没有人再愿意管它。

村支部书记曾给我来过一封信，说明这种情况，问我如何处理。那时外面事情很多，我心里乱糟糟，实在顾不上这些事，就写了一封回信，大意是：也不拆，也不卖，听其自然，倒了再说。

后来知道，这座老屋，除去有倒塌的危险，还妨碍着村里新的街道规划。"文化大革命"后不久，当捐献集资之风刮起的时候，村里来了三个人：老支书、新支书和一个老贫农团员。我先安排他们找了个旅舍住下，并说明我这里没有人做饭，给了他们三十元钱，到附近饭馆用餐。第二天上午，才开始谈话。

他们说村里想新建一所小学校，县里又不给拨款，所以出来找找在外地工作的同志。

我开门见山地说，建小学，每个人都有责任。从我在村里上小学时，就没有一个正规的校舍，都是借用人家的闲房闲院。可是，你们不能对我抱过高的希望。村里传说我有多少钱，那都是猜想。我没有写出很红的书，销数都不大。过去倒是存了一些稿费，“文化大革命”时，大部分都上缴了。现在老了，也写不了多少东西，稿费也很低。我说着，从书柜里拿出新出版的一本散文集，对他们说：

“这样一本书，要写一年多，人家才给八百元。你们考虑过那几间破房吗？”

“倒是考虑过。”老支书说。

我说：“有两个方案：一个是我给你们两千元。一个是你们回去把旧房拆了卖了，我再给一千元。”

他们显然有些失望，同意了第二个方案。并把我给他们的饭费还给了我，说这是因公出差，回去可以报销，就告辞了。

又过了些日子，听说有报纸报道了我捐资兴学的消息，县里也来信表扬，我都认为是小题大做。后来，本乡的乡长又来了，说是想把新盖的小学，以我的名字命名。我说：“别开玩笑。我拿两千块钱，就可以命名一所小学；如果拿两万，岂不是可以命名一所大学了吗？我的奉献是很微薄的，我们那里如果有个港商就好了。”

“你给题个校名吧！”乡长说。

我说：“我的字写不好，也不想写。回去找个写好字的给写一下吧。”

我送给他一本《风云初记》和一本《芸斋小说》。

这件事就结束了。至此，老家已经是空白，不再留一草一木，一砖一瓦。这标志着：父母一辈人的生活经历，生活方式，生活志趣，生活意向的结束。也是一个从无到有，又从有到无的自然过程。

但老屋也留下了一张照片，这是儿子那年出差路经我村时拍摄的。可以看到，下沉的房基，油漆剥尽的屋门，空荡透风的窗棂，房前的杂草树枝，墙边的一只觅食的母鸡。儿子并说：他拍照时，并没有碰见一个村里的人。

芸斋主人曰：余少小离家，壮年军伍。虽亦眷恋故土，实少见屋顶炊烟。中间并有有家不得归者三次，时间相加十余年。回味一生，亲人团聚之情少，生离死别之痛多。漂萍随水，转蓬随风，及至老年，萍滞蓬摧，故亦少故园之梦矣。唯祝家乡兴旺，人材辈出而已。

1991 年 5 月 30 日

母亲的记忆

母亲生了七个孩子，只养活了我一个。一年，农村闹瘟疫，一个月里，她死了三个孩子。爷爷对母亲说：

“心里想不开，人就会疯了。你出去和人们斗斗纸牌吧！”

后来，母亲就养成了春冬两闲和妇女们斗牌的习惯；并且常对家里人说：

“这是你爷爷吩咐下来的，你们不要管我。”

麦秋两季，母亲为地里的庄稼，像疯了似的劳动。她每天一听见鸡叫就到地里去，帮着收割、打场。每天很晚才回到家里来。她的身上都是土，头发上是柴草。蓝布衣裤汗湿得泛起一层白碱，她总是撩起褂子的大襟，抹去脸上的汗水。她的口号是：“争秋夺麦！”“养兵千日，用兵一时！”一家人谁也别想偷懒。

我生下来，就没有奶吃。母亲把馍馍晾干了，再粉碎煮成糊喂我。我多病，每逢病了，夜间，母亲总是放一碗清水在窗台上，祷告过往的神灵。母亲对人说:“我这个孩子,是不会孝顺的,因为他是我烧香还愿,从庙里求来的。”

家境小康以后,母亲对于村中的孤苦饥寒,尽力周济,对于过往的人,凡有求于她,无不热心相帮。有两个远村的尼姑,每年麦秋收成后,总到我们家化缘。母亲除给她们很多粮食外,还常留她们食宿。我记得有一个年轻的尼姑,长得眉清目秀。冬天住在我家,她怀揣一个蝈蝈葫芦,夜里叫得很好听,我很想要。第二天清早,母亲告诉她,小尼姑就把蝈蝈送给我了。

抗日战争时,村庄附近,敌人安上了炮楼。一年春天,我从远处回来,不敢到家里去,绕到村边的场院小屋里。母亲听说了,高兴得不知给孩子什么好。家里有一棵月季,父亲养了一春天,刚开了一朵大花,她折下就给我送去了。父亲很心痛,母亲笑着说:“我说为什么这朵花,早也不开,晚也不开,今天忽然开了呢,因为我的儿子回来,它要先给我报个信儿!”

一九五六年,我在天津,得了大病,要到外地去疗养。那时母亲已经八十多岁,当我走出屋来,她站在廊子里,对我说:

“别人病了往家里走,你怎么病了往外走呢!”

这是我同母亲的永诀。我在外养病期间,母亲去世了,享年八十四岁。

1982 年 12 月

戏的梦

大概是一九七二年春天吧，我“解放”已经很久了，但处境还很困难，心情也十分抑郁。于是决心向领导打一报告，要求回故乡“体验生活，准备写作”。幸蒙允准。一担行囊，回到久别的故乡，寄食在一个堂侄家里。乡亲们庆幸我经过这么大的“运动”，安然生还，亲戚间也携篮提壶来问。最初一些日子，心里得到不少安慰。

这次回老家，实际上是像鲁迅说的，有一种动物，受了伤，并不嚎叫，挣扎着回到林子里，倒下来，慢慢自己去舔那伤口，求得痊愈和平复。

老家并没有什么亲人，只有叔父，也八十多岁了。又因为青年时就远离乡土，村子里四十岁以下的人，对我都视若陌生。

这个小村庄，以林木著称，四周大道两旁，都是钻天杨，已长成材。此外是大片大片柳杆子地，以经营农具和编织副业。靠近村边，还有一些果木园。

侄子喂着两只山羊,需要青草。烧柴也缺。我每天背上一个柳条大筐,在道旁砍些青草,或是拣些柴棒。有时到滹沱河的大堤上去望望,有时到附近村庄的亲戚家走走。

又听到了那些小鸟叫;又听到了那些草虫叫;又在柳林里拣到了鸡腿蘑菇;又看到了那些黄色紫色的野花。

一天中午,我从野外回来,侄子告诉我,镇上传来天津电话,要我赶紧回去,电话听不清,说是为了什么剧本的事。

侄子很紧张,他不知大伯又出了什么事。我一听是剧本的事,心里就安定下来,对他说:

"安心吃饭吧,不会有什么变故。剧本,我又没发表过剧本,不会再受批判的。"

"打个电话去问问吗?"侄子问。

"不必了。"我说。

隔了一天,我正送亲戚出来,街上开来一辆吉普车,迎面停住了。车上跳下一个人,是我的组长。他说,来接我回天津,参加创作一个京剧剧本。各地都有"样板戏"了,天津领导也很着急。京剧团原有一个写抗日时期白洋淀的剧本,上不去。因我写过白洋淀,有人推荐了我。

组长在谈话的时候,流露着一种神色,好像是为我庆幸:领导终于想起你来了。老实讲,我没有注意去听这些。剧本上不去找我,我能叫它上去?我能叫它成了样板戏?

但这是命令,按目前形势,它带有半强制的性质。第二天我们就回天津了。

回到机关，当天政工组就通知我，下午市里有首长要来，你不要出门。这一通知，不到半天，向我传达三次。我只好在办公室呆呆坐着。首长没有来。

第二天，工作人员普遍检查身体。内、外科，脑系科，耳鼻喉科，楼上楼下，很费时间。我正在检查内科的时候，组里来人说：市文教组负责同志来了，在办公室等你。我去检查外科，又来说一次，我说还没检查牙。他说快点吧，不能叫负责同志久等。我说，快慢在医生那里，我不能不排队呀。

医生对我的牙齿很夸奖了一番，虽然有一颗已经叫虫子吃断了。医生向旁边几个等着检查的人说：

“你看，这么大的年岁，牙齿还这样整齐，卫生工作一定做得好。运动期间，受冲击也不太大吧？”

“唔。”我不知道牙齿整齐不整齐，和受冲击大小，有何关联，难道都要打落两颗门牙，才称得上脱胎换骨吗？我正惦着楼上有负责同志，另外，嘴在张着，也说不清楚。

回到办公室，组长已经很着急了。我一看，来人有四五位。其中有一个熟人老王，向一位正在翻阅报纸的年轻人那里努努嘴。暗示那就是负责同志。

他们来，也是告诉我参加剧本创作的事。我说，知道了。

过了两天，市里的女文教书记，真的要找我谈话了，只是改了地点，叫我到市委机关去。这当然是隆重大典，我们的主任不放心，亲自陪我去。

在一间不大不小的会议室里，我坐了下来。先进来一位穿军装的,不久女书记进来了。我和她在延安做过邻居,过去很熟,现在地位如此悬殊,我既不便放肆,也不便巴结。她好像也有点矛盾,架子拿得太大,固然不好意思,如果一点架子也不拿,则对于旁观者,起码有失威信。

总之,谈话很简单,希望我帮忙搞搞这个剧本。我说,我没有写过剧本。

“那些样板戏,都看了吗?”她问。

“唔。”我回答,其实,罪该万死,虽然在这些年,样板戏以独霸中夏的势焰,充斥在文、音、美、剧各个方面,直到目前,我还没有正式看过一出、一次。因为我已经有十几年不到剧场去了,我有一个收音机,也常常不开。这些年,我特别节电。

一天晚上,去看那个剧本的试演。见到几位老熟人,也没有谈什么,就进了剧场。剧场灯光暗淡,有人扶持了我。

这是一本写白洋淀抗日斗争的京剧。过去,我是很爱好京剧的,在北京当小职员时,经常节衣缩食,去听富连成小班。有些年,也很喜欢唱。

今晚的印象是:两个多小时,在舞台上,我既没有能见到白洋淀当年抗日的情景,也没有听到我所熟悉的京戏。

这是“京剧革命”的产物。它追求的,好像不是真实地再现历史,也不是忠实地继承京剧的传统,包括唱腔和音乐。它所追求的,是要和样板戏“形似”,即模仿“样板”。它的表现特点为:追求电影场面,采取电影手法,追求大的、五光十色的、大轰大闹、大哭大叫的群众场面。它变单纯的音乐为交响乐队,瓦釜雷鸣。它的唱腔,高亢而凄厉,冗长而无味,缺乏真正的感情。演员完全变成了政治口号的传声筒,因此,主角完全是被动的,矫揉造作的,是非常吃力,也非常痛苦的。繁重的唱段,连续的武打,使主角声嘶力竭,假如不是青年,她会不终曲而当场晕倒。

戏剧演完,我记不住整个故事的情节,因为它的情节非常支离;也唤不起我有关抗日战争的回忆,因为它所写的抗日战争,完全不是那么回事,甚至可以说是不着边际。整个戏锣鼓喧天,枪炮齐鸣,人出人进,乱乱哄哄。不知其何以开始,也不知其何以告终。

第二天,在中国大戏院休息室,开座谈会,我准备了一个发言提纲。参加会的人很不少,除去原有创作组、主要演员、剧团负责人,还有文化局负责人、文化口军管负责人。《天津日报》还派去了一位记者。

我坐在那里,斟酌我的发言提纲。忽然,坐在我旁边的文化局负责人,推了我一下。我抬头一看,女书记进来了,全场的人都站了起来,我也跟着站了起来。女书记在我身边坐下,会议开始。

在会上,我谈了对这个戏的印象,说得很缓和,也很真诚。并谈了对修改的意见,详细说明当时冀中区和白洋淀一带,抗日战争的形势,人民斗争的特点,以及敌人对这一地区残酷“扫荡”的情况。

大概是因为我讲的时间长了一些,别的人没有再讲什么,女书记作了一些指示,就散会了。

后来我才知道,昨天没有人讲话,并不是同意了我的意见。在以后只有创作组人员参加的讨论会上,旧有成员,开始提出了反对意见,并使我感到,这些反对意见,并不纯粹属于创作方面,而是暗示:

一、他们为这个剧本，已经付出了很长的时间和很大的精力，如果按照我的主张，他们的剧本就要从根本上推翻。二、不要夺取他们创作样板戏可能得到的功劳。三、我是刚刚受过批判的人物，能算老几。

我从事文艺工作，已经有几十年。所谓名誉，所谓出风头，也算够了。这些年，所遭凌辱，正好与它们抵消。至于把我拉来写剧本，我也认为是修废利旧，并不感到委屈。因此，我对这些富于暗示性的意见，并不感到伤心，也不感到气愤。它使我明白了文艺创作的现状。使我奇怪的是，这个创作组，曾不止一次到白洋淀一带，体验生活，进行访问，并从那里弄来一位当年的游击队长，长期参与他们的创作活动。为什么如此无视抗日战争的历史和现实呢？这位游击队长、战斗英雄，为什么也尸位素餐，不把当年的历史情况和自己的亲身经历，告诉他们呢？

后来我才明白，一些年轻人，一些“文艺革命”战士，只是一心要“革命”，一心创造样板，已经迷了心窍，是任何意见也听不进去的。

不知为了什么，军管人员在会上支持我的工作，因此，剧本讨论仍在进行。

这就是目前大为风行的集体创作：每天大家坐在一处开会，今天你提一个方案，明天他提一个方案，互相抵消，一事无成。积年累月，写不出什么东西，就不足为怪了。

夏季的时候，我们到白洋淀去。整个剧团也去，演出现在的剧本。

我们先到新安，后到王家寨，这是淀边上一个比较大的村庄。我住在村南头（也许不准确，因为我到了白洋淀，总是转向，过去就发生过方向错误)一间新盖的、随时可以放眼水淀的,非常干净的小房里。

房东是个老实的庄稼人。他的爱人,比他年轻好多,非常精明。他家有几个女儿,都长得秀丽,又都是编席快手,一家人生活很好。但是,大姑娘已经年近三十,还没有订婚,原因是母亲不愿失去她这一双织席赚钱的巧手。大姑娘终日默默不语。她的处境,我想会慢慢影响下面那几个逐年长大的妹妹。母亲固然精明,这个决策,未免残酷了一点。

在这个村庄,我还认识了一位姓魏的干部。他是专门被派来招呼剧团的,在这一带是有名的“瞎架”。起先,我不知道这个词儿,后来才体会到,就是好摊事管事的人。凡是大些的村庄,要见世面,总离不开这种人。因为村子里的猪只到处跑,苍蝇到处飞,我很快就拉起痢来,他对我照顾得很周到。

住了一程子,我们又到了郭里口。这是淀里边的一个村庄,当时在生产上,好像很有点名气,经常有人参观。

在大队部,村干部为我们举行了招待会,主持会的是村支部宣传委员刘双库。这个小伙子,听说在新华书店工作过几年,很有口才,还有些派头。

当介绍到我,我说要向他学习时,他大声说:“我们现在写的白洋淀,都是从你的书上抄来的。”使我大吃一惊。后来一想,他的话恐怕有所指吧。

当天下午,我们坐船去参观了他们的“围堤造田”。现在,白洋淀的水,已经很浅了,湖面越来越小。芦苇的面积,也有很大缩减,荷花淀的规模,也大不如从前了。正是荷花开放的季节,我们的船从荷丛中穿过去。淀里的水,不像过去那样清澈,水草依然在水里浮荡,水禽不多,鱼也很少了。

确是用大堤围起了一片农场。据说,原是同口陈调元家的苇荡。

实际上是苇荡遭到了破坏。粮食的收成,不一定抵得上苇的收成,围堤造田,不过是个新鲜名词。所费劳力很大,肯定是得不偿失的。

随后,又组织了访问。因为剧本是女主角,所以访问了抗日战争时期的几位妇救会员,其中一位名叫曹真。她已经四十多岁了。她的穿着打扮,还是三十年代式:白夏布短衫,长发用一只卡子束拢,搭在背后。抗日时,她是一位十八九岁的姑娘,在芦苇淀中的救护船上,她曾多次用嘴哺养那些伤员。她的相貌,现在看来,也可以说是冀中平原的漂亮人物,当年可想而知。

她在二十岁时,和一个区干部订婚,家里常常掩护抗日人员。就在这年冬季,敌人抓住了她的丈夫,在冰封的白洋淀上,砍去了他的头颅。她,哭喊着跑去,收回丈夫的尸首掩埋了。她还是做抗日工作。

全国胜利以后,她进入中年,才和这村的一个人结了婚。她和我谈过往事,又说:胜利以后,村里的宗派斗争,一直很厉害,前些年,有二十六名老党员,被开除党籍,包括她在内。现在,她最关心的,是什么时候才能解决她们的组织问题。她知道,我是无能为力的,她是知道这些年来老干部的处境的。但是,她愿意和我谈谈,因为她知道我曾经是抗日战士,并写过这一带的抗日妇女。

在她面前,我深感惭愧。自从我写过几篇关于白洋淀的文章,各地读者都以为我是白洋淀人，其实不是，我的家离这里还很远。

另外，很多读者，都希望我再写一些那样的小说。读者同志们，我向你们抱歉，我实在写不出那样的小说来了。这是为什么？自己也说不出。我只能说句良心话，我没有了当年写作那些小说时的感情，我不愿用虚假的感情，去欺骗读者。那样，我就对不起坐在对面的曹真同志。她和她的亲人，在抗日战争时期，是流过真正的血和泪的。

这些年来，我见到和听到的，亲身体验到的，甚至刻骨镂心的，是另一种现实，另一种生活。它与抗日战争时期的现实生活，大不一样，甚至相反。抗日战争，是中国共产党领导的一种神圣的战争。人民作出了重大的牺牲。他们的思想、行动升到无比崇高的境界。生活中极其细致的部分，也充满了可歌可泣的高尚情操。

这些年来，林彪等人，这些政治骗子，把我们的党，我们的国家，我们的干部和人民，践踏成了什么样子！他们的所作所为，反映到我脑子里，是虚伪和罪恶。这种东西太多了，它们排挤、压抑，直至销毁我头脑中固有的，真善美的思想和感情。这就像风沙摧毁了花树，粪便污染了河流，鹰枭吞噬了飞鸟。善良的人们，不要再责怪花儿不开、鸟儿不叫吧！它受的伤太重了，它要休养生息，它要重新思考，它要观察气候，它要审视周围。

我重游白洋淀，当然想到了抗日战争。但是这一战争，在我心里好像是很久很久以前的事了。它好像是在前一生经历的，也好像是在昨夜梦中经历的。许多兄弟，在战争中死去了，他们或者要渐渐被人遗忘。另有一部分兄弟，是在前几年含恨死去的，他们临死之前，一定也想到过抗日战争。

世事的变化，常常是出于人们意料之外的。每个时代，有每个时代的血和泪。

坐在我面前的女战士，她的鬓发已经白了，她的脸上，有很深的皱纹，她的心灵之上，有很重的创伤。

假如我把这些感受写成小说，那将是另一种面貌，另一种风格。我不愿意改变我原来的风格，因此，我暂时决定不写小说。

但是现在，我身不由己，我不得不参加这个京剧脚本的讨论。我们回到天津，又讨论了很久，还是没有结果。我想出一个金蝉脱壳之计：自己写一个简单脚本，交上去，声明此外已无能为力。

我对京剧是外行，又从不礼拜甚至从不理睬那企图支配整个民族文化的“样板戏”，剧团当然一字一句也没有采用我的剧本。

1979 年 5 月 25 日

芸斋琐谈（八章）

谈 妒

“文人相轻”，是曹丕说的话。曹丕是皇帝、作家、文艺评论家，又是当时文坛的实际领导人。他的话自然是有很大的权威性。他并且说，这种现象是“自古而然”，可见文人之间的相轻，几乎是一种不可动摇的规律了。

但是，虽然他有这么一说，在他以前以后，还是出了那么多伟大的作家和作品，终于使我国有了一本厚厚的琳琅满目的文学史。就在他的当时，建安文学也已经巍然形成了一座艺术的高峰。

这说明什么呢？只能说明文人之相轻，只是相轻而已，并不妨碍更不能消灭文学的发展。文人和文章，总是不免有可轻的地方，互相攻磨，也很难说就是嫉妒。记得一位大作家，在回忆录中，记述了托尔斯泰对青年作家的所谓妒,并不当作恶德,而是作为美谈和逸事来记述的。

妒、嫉,都是女字旁,在造字的圣人看来,在女性身上,这种性质,是于兹为烈了。中国小说,写闺阁的妒嫉的很不少,《金瓶梅》写得最淋漓尽致,可以说是生命攸关、你死我活。其实这只能表示当时妇女生存之难,并非只有女人才是这样。

据弗洛伊德学派分析,嫉妒是一种心理状态,是人人都具有的,从儿童那里也可以看到的。这当然是一种缺陷心理,是由于羡慕一种较高的生活,想获得一种较好的地位,或是想得到一种较贵重的东西产生的。自己不能得到心理的补偿,发现身边的人,或站在同等位置的人先得到了,就会产生嫉妒。

按照达尔文的生物学说以及遗传学说,这种心理,本来是不足奇怪,也无可厚非的。这是生物界长期在优胜劣败、物竞天择这一规律下生存演变,自然形成的,不分圣贤愚劣,人人都有份的一种本能。

它并不像有些理学家所说的,只有别人才会有,他那里没有。试想:性的嫉妒,可以说是一种典型的"妒",如果这种天生的正人君子,涉足了桃色事件,而且做了失败者,他会没有一点妒心,无动于衷吗?那倒是成了心理的大缺陷了。有的理论家把嫉妒归咎于"小农经济",把意识形态甚至心理现象简单地和物质基础联系起来,好像很科学。其实,"大农经济",资本主义经济,也没有把这种心理消灭。

蒲松龄是伟大的。他在一篇小说里,借一个非常可爱的少女的口说:"幸灾乐祸,人之常情,可以原谅。"幸灾乐祸也是一种嫉妒。

当然,这并不是一种可贵的心理,也不是不能克服的。人类社会的教育设施、道德准则，都是为了克服人的固有的缺陷，包括心理的缺陷，才建立起来并逐渐完善的。

嫉妒心理的一个特征是：它的强弱与引之发生的物象的距离，成为正比。就是说，一个人发生妒心，常常是由于只看到了近处，比如家庭之间、闺阁之内、邻居朋友之间，地位相同，或是处境相同，一旦别人较之上升，他就发生了嫉妒。

如果，他增加了文化知识，把眼界放开了，或是他经历了更多的社会磨炼，他的妒心，就会得到相应的减少与克服。

人类社会的道德准则，对这种心理，是排斥的，是认为不光彩的。这样有时也会使这种心理，变得更阴暗，发展为阴狠毒辣，驱使人去犯罪，造成不幸的事件。如果当事人的地位高，把这种心理加上伪装，其造成的不幸局面，就会更大，影响的人，也就会更多。

由嫉妒造成的大变乱，在中国历史上，是不乏例证的。远的不说，即如“文化大革命”，“四人帮”的所作所为，其中就有很大的嫉妒心理在作祟。他们把这种心理，加上冠冕堂皇的伪装，称之为“革命”，并且用一切办法，把社会分成无数的等级、差别，结果造成社会的大动乱。

革命的动力，是经济和政治主导的、要求的，并非仅凭嫉妒心理，泄一时之忿，可以完成的。以这种缺陷心理为主导，为动力，是不能支持长久的，一定要失败的。

最不容易分辨清楚的是：少数人的野心，不逞之徒的非分之想，流氓混混儿的趁火打劫，和广大群众受压迫，所表现的不平和反抗。

项羽看见秦始皇，大言曰：“彼可取而代之也。”猛一听，其中好像有嫉妒的成分。另一位英雄所喊的:“帝王将相,宁有种乎?”乍一看也好像是一个人的愤愤不平,其实他们的声音是和时代,和那一时代的广大群众的心相连的,所以他们能取得一时的成功。

1981 年 12 月 28 日

谈 名

名之为害,我国古人已经谈得很多,有的竟说成是“殉名”,就是因名致死,可见是很可怕的了。

但是,远名之士少,近名之士还是多。因为在一般情况下,名和利又常常联系在一起,与生活或者说是生计有关,这也就很难说了。

习惯上,文艺工作中的名利问题,好像就更突出。

余生也晚,旧社会上海滩上文坛的事情,知道得少。我发表东西,是在抗日战争时期和解放战争时期。这两个时期,在敌后根据地,的的确确没有稿费一说。战士打仗,每天只有三钱油三钱盐,文人拿笔写点稿子,哪里还能给你什么稿费?虽然没有利,但不能说没有名,东西发表了,总是会带来一点好处的。不过,冷静地回忆起来,所谓“争名夺利”中的两个动词,在那个时代,是要少一些,或者清淡一些。

进城以后,不分贤与不肖,就都有了这个问题,或多或少。每个人也都有不少经验教训,事情昭然,这里也就不详谈了。

文人好名,这是个普遍现象,我也不例外,曾屡次声明过。有一点点虚名，受过不少实害，也曾为之发过不少牢骚。对文与名的关系，或者名与利的关系，究竟就知道得那么详细，体会得那么透彻吗？也不尽然。

就感觉所得，有的人是急于求名，想在文学事业上求得发展。大多数是青年，他们有的在待业，有的虽有职业，而不甘于平凡工作的劳苦，有的考大学未被录取，有的是残废。他们把文学事业想得很简单，以为请一个名师，读几本小说，订一份杂志，就可以了。我有时也接到这些青年人的来信，其中有不少是很朴实诚笃的人，他们确是把文章成名看做是一种生活理想，一种摆脱困难处境的出路。我读了他们的信，常常感到心里很沉重，甚至很难过。但如果我直言不讳，说这种想法太天真，太简单，又恐怕扫他们的兴，增加他们的痛苦。

也有一种幸运儿，可以称之为“浪得名”的人。这在五十年代末至七十年代末，几十年间，是常见的，是接二连三出现的。或以虚报产量，或以假造典型，或造谣言，或交白卷，或写改头换面的文章，一夜之间，就可以登名报纸，扬名宇内。自然，这种浪来之名，也容易浪去，大家记忆犹新，也就不再多说了。

还有一种，就是韩愈说的“动辄得咎，名亦随之”的名。在韩愈，他是总结经验，并非有意投机求名。后来之士，却以为这也是得名的一个好办法。事先揣摩意旨，观察气候，写一篇小说或报告，发人所不敢言者。其实他这样做，也是先看准现在是政治清明，讲求民主，风险不大之时。如果在阶级斗争不断扩大化的年代，弄不好，会戴帽充军，他也就不一定有这般勇气了。

总之，文人之好名——其实也不止文人，是很难说也难免的，不可厚非的。只要求出之以正,靠努力得来就好了。江青不许人谈名利,不过是企图把天下的名利集结在她一人的身上。文优而仕,在我们国家,是个传统,也算是仕途正路。虽然如什么文联、协会之类的官,古代并没有,今天来说,也不上仕版,算不得什么官,但在人们眼里,还是和名有些关联,和生活有些关联。因此,有人先求文章通显,然后转入宦途,也就不奇怪了。

戴东原曰:仆数十年来……其得于学者,不以人藏己,不以己自蔽。不为一时之名,亦不期后世之名。凡求名之弊有二,非掊击前人以自表襮,即依傍昔儒,以附骥尾。二者不同,而鄙吝之心同。是以君子务在闻道也。

他的话,未免有点高谈阔论吧!但道理还是有的。

1982 年 4 月 25 日晨

谈 谀

字典:逢迎之言曰谀,谓言人之善不实也。

谀,是一向当做不好的表现的。其实,在生活之中,是很难免的。我不知道,有没有一生之中,从来也没有谀过人的人。我回想了一下,自己是有过的。主要是对小孩、病人、老年人。

关于谀小孩,还有个过程。我们乡下,有个古俗,孩子缺的人家,生下女孩,常起名"丑"。孩子长大了,常常是很漂亮的。人们在逗弄这个小孩时,也常常叫"丑闺女,丑闺女",她的父母,并不以为怪。

进入城市以后，长年居住在大杂院之中，邻居生了一个女孩，抱了出来叫我看，我仍然按照乡下的习惯，摸着小孩的脸蛋说："丑闺女，丑闺女"，孩子的母亲非常不高兴，脸色难看极了，引起了我的警惕。后来见到同院的人，抱出小孩来，我就总是说："漂亮，这孩子真漂亮！"漂亮不漂亮，是美学问题，含义高深，因人而异，说对说错，向来是没有定论的。但如果涉及胖瘦问题，即近于物质基础的问题，就要实事求是一些，不能过谀了。有一次，有一位妈妈，抱一个孩子叫我看，我当时心思没在那上面，就随口说："这孩子多胖，多好玩！"孩子妈妈又不高兴了，抱着孩子扭身走去。我留神一看，才发现孩子瘦成了一把骨。又是一次经验教训。

对于病人，我见了总好说："好多了，脸色不错。"有的病人听了，也不一定高兴，当然也不好表示不高兴，因为我并无恶意。对老年人，常常是对那些好写诗的老年人，我总说他的诗写得好，至于为什么，我在这里就不详细交代了。

但我自信，对青年人，我很少谀。过去如此，现在仍然如此。既非谀，就是直言（其实也常常拐弯抹角，吞吞吐吐）。因此，就有人说我是好"教训"人。当今之世，吹捧为上，"教训"二字，可是要常常得罪人，并有时要招来祸害的。

不过，我可以安慰自己的，是自己也并不大愿意听别人对我的谀，尤其是青年人对我的谀。听到这些，我常常感到惭愧不安，并深深为说这种话的人惋惜。

至于极个别的，谀他人（多是老一辈）的用心，是为了叫他人投桃报李，也回敬自己一个谀，而当别人还没有来得及这样去做，就急急转过身去，不高兴，口出不逊，以表示自己敢于革命，想从另一途径求得名声的青年，我对他，就不只是惋惜了。

附记：

我平日写文章，只能作一题。听说别人能于同时进行几种创作，颇以为奇。今晨于写作“谈名”之时，居然与此篇交插并进，系空前之举。盖此二题，有相通之处，本可合成一篇之故也。

谈　迂

不谙世情谓之迂。多见于书呆子的行事中。

鲁迅先生记述：他常告诉柔石，社会并不像柔石想的那么单纯，有的人是可以做出可怕的事情来的，甚至可以做血的生意。然而柔石好像不相信，他常常睁大眼睛问道：可能吗？会有这种事情吗？

这就叫做迂。凡迂，就是遇见的险恶少，仍以赤子之心待人。鲁迅告诉柔石的是一九二七年的事。现在，时值三伏大热，我记下几件一九六七年冬天的琐事：一则消暑，二则为后来人广见闻增加阅历。

一、我到干校之前，已经在大院后楼关押了几个月。在后楼时，一位兼做看管的女同志，因为我体弱多病，在小铺给我买了一包油茶面。我吃了几次，剩了一点点，不忍抛弃，随身带到干校去。一天清理书包，我把它倒进茶杯里，用开水冲着吃了。当时，我以为同屋都是难友，又是多年同事，这口油茶又是从关押室带来的，所以毫无忌讳，吃得很坦然。当时也没有人说话。第二天清早，群众专政室忽然调我们全棚到野外跑步，回到室内，已经大事搜查过，目标是：高级食品。可惜我的书包里，是连一块糖也搜不出来了。

二、刚到干校时，大棚还没修好，我分到离厨房近的一间小棚。有一天，我睡下得比较早，有一个原来很要好，平日并对我很尊重的同事，进来说：

“我把这镰刀和绳子，放在你床铺下面。”

当时，我以为他去劳动，回来得晚了，急着去吃饭，把东西先放在我这里，就说：

“好吧。”

第二天早起，照例专政室的头头要集合我们训话。这位头头，是一个典型的天津青皮、流氓、无赖。素日以心毒手狠著称。他常常无事生非、找碴挑错，不知道谁倒霉。这一天，他先是批判我，我正在低头听着的时候，忽然那位同事说：

“刚才，我从他床铺下，找到一把镰刀和一条绳子。”

我非常愤怒，不知是从哪里飞来的勇气，大声喝道：

“那是你昨天晚上放下的！”

他没有说话。专政室的头头威风地冲我前进一步，但马上又退回去了。

在那时，镰刀和绳子，在我手里，都会看做凶器的，不是企图自杀，就是妄想暴动，如不当场揭发，其后果是很危险的，不堪设想的。所以说，多么迂的人，一得到事实的教训，就会变得聪明了。当时排队者不下数十人，其中不少人，对我的非凡气概为之一惊，称快一时。

三、有一棚友，因为平常打惯了太极拳，一天清早起来劳动之前，在院子里又比划了两下。有人就报告了专政室,随之进行批判。题目是:“锻炼狗体,准备暴动!”

四、此事发生在别的牛棚,是听别人讲的,附录于此。棚长长夏无事,搬一把椅子,坐在棚口小杨树下,看牛鬼蛇神们劳动。忽然叫过一个知识分子来,命令说:

“你拔拔这棵杨树!”

这个人拔了拔说:

“我拔不动!”

棚长冷笑着对全体牛鬼蛇神说:

“怎么样?你们该服了吧,蚍蜉撼树谈何易!”

这可以说是对“迂”人开的一次玩笑。但经过这场血的洗礼,我敢断言,大多数的迂夫子,是要变得聪明一些了。

1982年7月15日清晨

暑期已届,大院只有此时安静。

我的位置和价值

现在有些青年人,常常谈发现自己,发现自己的价值和位置。我听了感觉很新鲜,也很羡慕。我活了这么多年,过去竟没有发现过自己,也不知道自己的价值如何,位置在哪里。

现在用回忆的方法,重新发现一次。

我在小学读书,在中学读书,共十二年寒窗,都是为了创造自身以后的价值和位置。当我高中毕业以后，第一次找到的职业，是在一个市政机关当雇员，价值是每月二十元。位置是坐在一条破板凳上。第二次找到的职业，是在一个小学校当庶务，价值是每月十八元。位置是在一个并不明亮的小窗户下面。第三次找到的职业，是在一个镇上当小学教师。位置提高到楼上，价值是二十五元。

虽然如此，在以上三个阶段，我仍然穿着长衫，戴着礼帽，那些衙役、校役，对我都点头称先生。走在街上，那些农民，如果有子弟在学校，对我都毕恭毕敬。

参加抗战以后，价值是每天三钱油三钱盐。位置从固定，变为游动，常常走在路上，爬在山上，很难说是一份什么位置了。

土地改革时期，曾被当做石头，从一条众多人围坐的炕上，搬到一个人独坐的炕上，算是变换了一下位置。其实也没有受什么惩罚，受什么罪。

进城以后，我的价值是每月六百五十斤棒子面。可以养家糊口，我的家属，第一次发现了我的价值。而且还有了稿费，用一个朋友的当时的话说，是“日进斗金”。这是社会发现了我的位置——作家。但不久就病了，有些人很为我的价值的即将消失伤心。终于又好了，伤心的不再伤心，又来了“文化大革命”。

一切价值都谈不上了，一切位置都没有了。我到食堂去劳动。有一天带着师傅们磨豆腐，推磨棍的一端，应该有一块重东西——一块石头或几块砖头坠着。有一位师傅提议，叫我去填补这个位置。

这位师傅和我很熟，并且知道我有病。过去我偶尔到食堂用饭，他总是微笑着把我请到上座，也就是最好的位置，品尝品尝他做的饭

菜。我吃完以后,赞美他的厨艺时,他照例地说:

“首长吃好了,身体健康,就是我们的幸福!”

现在,他叫我坐到磨棍上去,是想和我开个玩笑,或者希望我从上面跌下来,形成一个大笑话。

有一天,我该派到招待所去砸煤。砸煤本来应该是在地上,监视我的人,却叫我到煤堆顶上去砸,这就不知是出于什么用心了,但总和位置有关。过去,在他们心里,我的位置太高了。

我原是这家报社的一名编委。“文化大革命”,有案可查的,就是我多年不上班。有人说,十年没有露面。推而演之,定为:白吃饭的人,五个工人才能养活我。

糊里糊涂,“四人帮”垮了,三中全会开了,前不久还说我不劳而食的人们,又都说我贡献最大,是报社的光荣,建议我当名誉社长。虽然没有成为事实,还是给了个顾问的头衔。

我还没有死,以后变化如何,且听下文分解。

论曰:

价值与位置,是辩证的统一,其基础为经济与政治。通俗言之,即金钱与时运。一般人,不能自我发现,皆由社会或旁人发现。

西汉之末,有刘盆子,旁人发现他是皇帝。盆子执意放牛,不做皇帝。能这样发现自己的价值和位置的,千古一人而已。

至于写几首诗,发表几篇小说,便吹牛说,发现了什么什么,其不自量,无自知之明,是非碰壁不可的。

1988 年 8 月 3 日改讫

谈闲情

人生，总得有一点闲情。闲情逐渐消失，实际就是生命的逐渐消失。

我是农家的孩子，农村的玩意儿，我都喜欢，一生不忘。例如养蝈蝈，直至老年，还是一种爱好，但这些年总是活不长。今年，外孙女代我买的一只很绿嫩的蝈蝈，昨天又死去了。我忽然想，这是我养的最后一只。我眼花耳背，既看不清它的形体，又听不清它的鸣叫，这种闲情，要结束了。

幼年在农村，一只蝈蝈，可以养到过春节。白天揣在怀里，夜晚放在被里，都可以听到它欢畅的叫声。蝈蝈好吃白菜心。老了，大腿、须、牙都掉了，就喂它豆腐，还是不停地叫。

童年之时，烈日当空，伫立田垄，蹑手蹑脚，审视谛听。兴奋紧张，满头大汗。捉住一只蝈蝈，那种愉快，是无与伦比的。比发了大财还高兴。

用秫秸眉子，编个荸荠形的小葫芦，把它养起来，朝斯暮斯，那种情景，也是无与伦比的。

为什么在城市，就养不活？它的寿命这样短，刚刚立过秋就溘然长逝了。

战争年代，我无心于此。平原的青纱帐里，山地的蓑草丛中，不乏蝈蝈的鸣叫，我好像都听不到，因为没有闲情。

平原上，蝈蝈已经不复存在，农民用农药消灭了蝗虫，同时就消灭了蝈蝈。十九年前,我回故乡看见,只有从西南边几个县过来的行人,带有这种稀罕物。也是十几年前,在蓟县山坳里,还听到它的叫声。

这些年,我总是喂它传统的食物,难免有污染,所以活不长。

当然,人的闲情,也不能太多。太多,就会引来苦恼,引来牢骚。太多,就会成为八旗子弟。初进城时,旧货摊上,常常看到旗人玩的牙镶细雕的蝈蝈葫芦,但我不喜这些东西,宁可买一只农民出售的,用紫色染过的小葫芦。

得到一个封号,领一份俸禄。无战争之苦,无家计之劳。国家无考成,人民无需索。住好房,坐好车,出入餐厅,旅游山水。悠哉度日,至于老死。不知自愧,尚为不平之鸣,抱怨环境不宽松,别人不宽容。这种娇生惯养的纨袴子弟,注定是什么事也做不成的。

1990 年 8 月 16 日中午记

黄　鹂

——病期琐事

这种鸟儿，在我的家乡好像很少见。童年时，我很迷恋过一阵捕捉鸟儿的勾当。但是，无论春天夏初在麦苗地或油菜地里追逐红靛儿，或是天高气爽的秋季，奔跑在柳树下面网罗虎不拉儿的时候，都好像没有见过这种鸟儿，它既不在我那小小的村庄后边高大的白杨树上同鳖鸡儿一同鸣叫，也不在村南边那片神秘的大苇塘里和苇咋儿一块筑窠。

初次见到它，是在阜平县的山村。那是抗日战争期间，在不断的炮火洗礼中，有时清晨起来，在茅屋后面或是山脚下的丛林里，我听到了黄鹂的尖利的富有召唤性和启发性的啼叫。可是，它们飞起来，迅若流星，在密密的树枝树叶里忽隐忽现，常常是在我仰视的眼前一闪而过，金黄的羽毛上映照着阳光，美丽极了，想多看一眼都是困难。

大鸟

任培田

60cm×80cm

布面油画

因为职业的关系，对于美的事物的追求，真是有些奇怪，有时简直近于一种狂热。在战争不暇的日子里，这种观察飞禽走兽的闲情逸致，不知对我的身心情感，起着什么性质的影响。

前几年，终于病了。为了疗养，来到了多年向往的青岛。春天，我移居到离海边很近，只隔着一片杨树林洼地的一幢小楼房里。有很长的一段时间，我一个人住在这里，清晨黄昏，我常常在那杨树林里散步。有一天，我发现有两只黄鹂飞来了。

这一次，它们好像喜爱这里的林木深密幽静，也好像是要在这里产卵孵雏，并不匆匆离开，大有在这里安家落户的意思。

每天，天一发亮，我听到它们的叫声，就轻轻打开窗帘，从楼上可以看见它们互相追逐，互相逗闹，有时候看得淋漓尽致，对我来说，这真是饱享眼福了。

观赏黄鹂，竟成了我的一种日课。一听到它们叫唤，心里就很高兴，视线也就转到杨树上。我很担心它们一旦要离此他去。这里是很安静的，甚至有些近于荒凉，它们也许会安心居住下去的。我在树林里徘徊着，仰望着，有时坐在小石凳上谛听着，但总找不到它们的窠巢所在，它们是怎样安排自己的住室和产房的呢？

一天清晨，我又到树林里散步，和我患同一种病症的史同志手里拿着一支猎枪，正在瞄准树上。

“打什么鸟儿？”我赶紧过去问。

“打黄鹂！”老史兴致勃勃地说，“你看看我的枪法。”

这时候，我不想欣赏他的枪技，我但愿他的枪法不准。他瞄了一会儿，黄鹂发觉飞走了。乘此机会，我以老病友的资格，请他不要射击黄鹂，因为我很喜欢这种鸟儿。

我很感激老史同志对友谊的尊重。他立刻答应了我的要求，没有丝毫不平之气。并且说：

“养病么，喜欢什么就多看看，多听听。”

这是真诚的同病相怜。他玩猎枪，也是为了养病，能在兴头儿上照顾旁人，这种品质不是很难得吗？

有一次，在东海岸的长堤上，一位穿皮大衣戴皮帽的中年人，只是为了讨取身边女朋友的一笑，就开枪射死了一只回翔在天空的海鸥。一群海鸥受惊远去，被射死的海鸥落在海面上，被怒涛拍击漂卷。胜利品无法取到，那位女人请在海面上操作的海带培养工人帮助打捞，工人们愤怒地掉头划船而去。这给我留下深刻的印象。回到房子里，无可奈何地写了几句诗，也终于没有完成，因为契诃夫在好几种作品里写到了这种人。我的笔墨又怎能更多地为他们的业绩生色？在他们的房间里，只挂着契诃夫为他们写的褒词就够了。

惋惜的是，我的朋友的高尚情谊，不能得到这两只惊弓之鸟的理解，它们竟一去不返。从此，清晨起来，白杨萧萧，再也听不到那种清脆的叫声。夏天来了，我忙着到浴场去游戏，渐渐把它们忘掉了。

有一天我去逛鸟市。那地方卖鸟儿的很少了，现在生产第一，游闲事物，相应减少，是很自然的。在一处转角地方，有一个卖鸟笼的老头儿，坐在一条板凳上，手里玩弄着一只黄鹂。黄鹂系在一根木棍上，一会儿悬空吊着，一会儿被拉上来。我站住了，我望着黄鹂，忽然觉得它的焦黄的羽毛，它的嘴眼和爪子，都带有一种凄惨的神气。

“你要吗？多好玩儿！”老头儿望望我问了。

“我不要。”我转身走开了。

我想,这种鸟儿是不能饲养的,它不久会被折磨得死去。这种鸟儿,即使在动物园里,也不能从容地生活下去吧,它需要的天地太宽阔了。

从此,有很长一段时间,我不再想起黄鹂。第二年春季,我到了太湖,在江南,我才理解“杂花生树,群莺乱飞”这两句文字的好处。

是的,这里的湖光山色,密柳长堤;这里的茂林修竹,桑田苇泊;这里的乍雨乍晴的天气,使我看到了黄鹂的全部美丽,这是一种极致。

是的,它们的啼叫,是要伴着春雨、宿露,它们的飞翔,是要伴着朝霞和彩虹的。这里才是它们真正的家乡,安居乐业的所在。

各种事物都有它的极致。虎啸深山,鱼游潭底,驼走大漠,雁排长空,这就是它们的极致。

在一定的环境里,才能发挥这种极致。这就是形色神态和环境的自然结合和相互发挥,这就是景物一体。典型环境中的典型性格,也可以从这个角度来理解吧。这正是在艺术上不容易遇到的一种境界。

1962 年 4 月

童年漫忆

听说书

我的故乡的原始住户，据说是山西的移民，我幼小的时候，曾在去过山西的人家，见过那个移民旧址的照片，上面有一株老槐树，这就是我们祖先最早的住处。

我的家乡离山西省是很远的，但在我们那一条街上，就有好几户人家，以常年去山西做小生意，维持一家人的生活，而且一直传下好几辈。他们多是挑货郎担，春节也不回家，因为那正是生意兴隆的季节。他们回到家来，我记得常常是在夏秋忙季。他们到家以后，就到地里干活，总是叫他们的女人，挨户送一些小玩艺或是蚕豆给孩子们，所以我的印象很深。

其中有一个人，我叫他德胜大伯，那时他有四十岁上下。

每年回来，如果是夏秋之间农活稍闲的时候，我们一条街上的人，吃过晚饭，坐在碾盘旁边去乘凉。一家大梢门两旁，有两个柳木门墩，德胜大伯常常被人们推请坐在一个门墩上面，给人们讲说评书，另一个门墩上，照例是坐一位年纪大辈数高的人，和他对称。我记得他在这里讲过《七侠五义》等故事，他讲得真好，就像个专业艺人一样。

他并不识字，这我是记得很清楚的。他常年在外，他家的大娘，因为身材高，我们都叫她"大个儿大妈"。她每天挎着一个大柳条篮子，敲着小铜锣卖烧饼馃子。德胜大伯回来，有时帮她记记账，他把高粱的茎秆，截成笔帽那么长，用绳穿结起来，横挂在炕头的墙壁上，这就叫"账码"，谁赊多少谁还多少，他就站在炕上，用手推拨那些茎秆儿，很有些结绳而治的味道。

他对评书记得很清楚，讲得也很熟练，我想他也不是花钱到娱乐场所听来的。他在山西做生意，常年住在小旅店里，同住的人，干什么的人也有，夜晚没事，也许就请会说评书的人，免费说两段，为常年旅行在外的人们消愁解闷，日子长了，他就记住了全部。

他可能也说过一些山西人的风俗习惯，因为我年岁小，对这些没兴趣，都忘记了。

德胜大伯在做小买卖途中，遇到瘟疫，死在外地的荒村小店里。他留下一个独生子叫铁锤。前几年，我回家乡，见到铁锤，一家人住在高爽的新房里，屋里陈设，在全村也是最讲究的。他心灵手巧，能做木工，并且能在玻璃片上画花鸟和山水，大受远近要结婚的青年农民的欢迎。他在公社担任会计，算法精通。

德胜大伯说的是评书，也叫平话，就是只凭演说，不加伴奏。在乡村，麦秋过后，还常有职业性的说书人，来到街头。其实，他们也多半是业余的，或是半职业性的。他们说唱完了以后，有的由经管人给他们敛些新打下的粮食；有的是自己兼做小买卖，比如卖针，在他说唱中间，由一个管事人，在妇女群中，给他卖完那一部分针就是了。这一种人，多是说快书，即不用弦子，只用鼓板。骑着一辆自行车，车后座做鼓架。他们不说整本，只说小段，卖完针，就又到别的村庄去了。

一年秋后，村里来了弟兄三个人，推着一车羊毛，说是会说书，兼有擀毡条的手艺。第一天晚上，就在街头说了起来，老大弹弦，老二说《呼家将》，真正的西河大鼓，韵调很好。村里一些老年的书迷，大为赞赏。第二天就去给他们张罗生意，挨家挨户去动员：擀毡条。

他们在村里住了三四个月，每天夜晚说《呼家将》。冬天天冷，就把书场移到一家茶馆的大房子里。有时老二回老家运羊毛，就由老三代说，但人们对他的评价不高，另外，他也不会说《呼家将》。

眼看就要过年了，呼延庆的擂还没打成。每天晚上预告，明天就可以打擂了，第二天晚上，书中又出了岔子，还是打不成。人们盼呀，盼呀，大人孩子都在盼。村里娶儿聘妇要擀毡条的主，也差不多都擀了，几个老书迷，还在四处动员：

“擀一条吧，冬天铺在炕上多暖和呀！再说，你不擀毡条，呼延庆也打不了擂呀！”

直到腊月二十老几，弟兄三个看着这村里实在也没有生意可做了，才结束了《呼家将》。他们这部长篇，如果整理出版，我想一定也有两块大砖头那么厚吧。

第一个借给我《红楼梦》的人

我第一次读《红楼梦》，是十岁左右还在村里上小学的时候。我先在西头刘家，借到一部《封神演义》，读完了，又到东头刘家借了这部书。东西头刘家都是以屠宰为业，是一姓一家。刘姓在我们村里是仅次于我们姓的大户，其实也不过七八家，因为这是一个很小的村庄。

从我能记忆起，我们村里有书的人家，几乎没有。刘家能有一些书，是因为他们所经营的近似一种商业。农民读书的很少，更不愿花钱去买这些“闲书”。那时，我只能在庙会上看到书，书摊小贩支架上几块木板，摆上一些石印的，花纸或花布套的，字体非常细小，纸张非常粗黑的《三字经》《玉匣记》，唱本、小说。这些书可以说是最普及的廉价本子，但要买一部小说，恐怕也要花费一两天的食用之需。因此，我的家境虽然富裕一些，也不能随便购买。我那时上学念的课本，有的还是母亲求人抄写的。

东头刘家有兄弟四人，三个在少年时期就被生活所迫，下了关东。其中老二一直没有回过家，生死存亡不知。老三回过一次家，还是不能生活，只在家过了一个年，就又走了，听说他在关东，从事的是一种非常危险的勾当。

家里只留下老大，他娶了一房童养媳妇，算是成了家。他的女人，个儿不高，但长得颇为端正俊俏，又喜欢说笑，人缘很好，家里长年设着一个小牌局，抽些油头，补助家用。男的还是从事屠宰，但已经买不起大牲口，只能剥个山羊什么的。

老四在将近中年时，从关东回来了，但什么也没有带回来。这人长得高高的个子，穿着黑布长衫，走起路来，“蛇摇担晃”。他这种走路的姿势，常常引起家长们对孩子的告诫，说这种走法没有根底，所以他会吃不上饭。

他叫四喜，论乡亲辈，我叫他四喜叔。我对他的印象很好。他从东头到西头，扬长地走在大街上，说句笑话儿，惹得他那些嫂子辈的人，骂他“贼兔子”，他就越发高兴起来。

他对孩子们尤其和气。有时，坐在他家那旷荡的院子里，拉着板胡，唱一段清扬悦耳的梆子，我们听起来很是入迷。他知道我好看书，就把他的一部《金玉缘》借给了我。

哥哥嫂子，当然对他并不欢迎，在家里，他已经无事可为，每逢集市，他就挟上他那把锋利明亮的切肉刀，去帮人家卖肉。他站在肉车子旁边，那把刀，在他手中熟练而敏捷地摇动着，那煮熟的牛肉、马肉或是驴肉，切出来是那样薄，就像木匠手下的刨花一样，飞起来并且有规律地落在那圆形的厚而又大的肉案边缘，这样，他在给顾客装进烧饼的时候，既出色又非常方便。他是远近知名的“飞刀刘四”。现在是英雄落魄，暂时又有用武之地。在他从事这种工作的时候，你可以看到，他高大的身材，在一层层顾客的包围下，顾盼神飞，谈笑自若。可以想到，如果一个人，能永远在这样一种状态中存在，岂不是很有意义，也很光荣？

亡人逸事

一

旧式婚姻,过去叫做“天作之合”,是非常偶然的。据亡妻言,她十九岁那年,夏季一个下雨天,她父亲在临街的梢门洞里闲坐,从东面来了两个妇女,是说媒为业的,被雨淋湿了衣服。她父亲认识其中的一个,就让她们到梢门下避避雨再走,随便问道:

“给谁家说亲去来?”

“东头崔家。”

“给哪村说的?”

“东辽城。崔家的姑娘不大般配,恐怕成不了。”

“男方是怎么个人家?”

媒人简单介绍了一下,就笑着问:

“你家二姑娘怎样？不愿意寻吧？”

“怎么不愿意。你们就去给说说吧，我也打听打听。”她父亲回答得很爽快。

就这样，经过媒人来回跑了几趟，亲事竟然说成了。结婚以后，她跟我学认字，我们的洞房喜联横批，就是“天作之合”四个字。她点头笑着说：

“真不假，什么事都是天定的。假如不是下雨，我就到不了你家里来！”

二

虽然是封建婚姻，第一次见面却是在结婚之前。订婚后，她们村里唱大戏，我正好放假在家里。她们村有我的一个远房姑姑，特意来叫我去看戏，说是可以相相媳妇。开戏的那天，我去了，姑姑在戏台下等我。她拉着我的手，走到一条长板凳跟前。板凳上，并排站着三个大姑娘，都穿得花枝招展，留着大辫子。姑姑叫着我的名字，说：

“你就在这里看吧，散了戏，我来叫你家去吃饭。”

姑姑的话还没有说完，我看见站在板凳中间的那个姑娘，用力盯了我一眼，从板凳上跳下来，走到照棚外面，钻进了一辆轿车。那时姑娘们出来看戏，虽在本村，也是套车送到台下，然后再搬着带来的板凳，到照棚下面看戏的。

结婚以后，姑姑总是拿这件事和她开玩笑，她也总是说姑姑会出坏道儿。

她礼教观念很重。结婚已经好多年,有一次我路过她家,想叫她跟我一同回家去。她严肃地说:

“你明天叫车来接我吧,我不能这样跟着你走。”我只好一个人走了。

三

她在娘家,因为是小闺女,娇惯一些,从小只会做些针线活,没有下场下地劳动过。到了我们家,我母亲好下地劳动,尤其好打早起,麦秋雨季,听见鸡叫,就叫起她来做饭。又没个钟表,有时饭做熟了,天还不亮。她颇以为苦。回到娘家,曾向她父亲哭诉。她父亲问:

“婆婆叫你早起,她也起来吗?”

“她比我起得更早。还说心痛我,让我多睡了会儿哩!”

“那你还哭什么呢?”

我母亲知道她没有力气,常对她说:

“人的力气是使出来的,要伸懒筋。”

有一天,母亲带她到场院去摘北瓜,摘了满满一大筐。母亲问她:

“试试,看你背得动吗?”

她弯下腰,挎好筐系猛一立,因为北瓜太重,把她弄了个后仰,沾了满身土,北瓜也滚了满地。她站起来哭了。母亲倒笑了,自己把北瓜一个个捡起来,背到家里去了。

我们那村庄,自古以来兴织布,她不会。后来孩子多了,穿衣困难,她就下决心学。从纺线到织布,都学会了。我从外面回来,看到她两个大拇指,都因为推机杼,顶得变了形,又粗、又短,指甲也短了。

后来,因为闹日本,家境越来越不好,我又不在家,她带着孩子们下场下地。到了集日,自己去卖线卖布。有时和大女儿轮换着背上二斗高粱,走三里路,到集上去粜卖。从来没有对我叫过苦。

几个孩子,也都是她在战争的年月里,一手拉扯成人长大的。农村少医药,我们十二岁的长子,竟以盲肠炎不治死亡。每逢孩子发烧,她总是整夜抱着,来回在炕上走。在她生前,我曾对孩子们说:

"我对你们,没负什么责任。母亲把你们弄大,可不容易,你们应该记着。"

四

一位老朋友、老邻居,近几年来,屡次建议我写写"大嫂"。因为他觉得她待我太好,帮助太大了。老朋友说:

"她在生活上,对你的照顾,自不待言。在文字工作上的帮助,我看也不小。可以看出,你曾多次借用她的形象,写进你的小说。至于语言,你自己承认,她是你的第二源泉。当然,她瞑目之时,冰连地结,人事皆非,言念必不及此,别人也不会作此要求。但目前情况不同,文章一事,除重大题材外,也允许记些私事。你年事已高,如果仓促有所不讳,你不觉得是个遗憾吗?"

我唯唯,但一直拖延着没有写。这是因为,虽然我们结婚很早,但正像古人常说的:相聚之日少,分离之日多;欢乐之时少,相对愁叹之时多耳。我们的青春,在战争年代中抛掷了。以后,家庭及我,又多遭变故,直至最后她的死亡。我衰年多病,实在不愿再去回顾这些。但目前也出现一些异象:过去,青春两地,一别数年,求一梦而不可得。今老年孤处,四壁生寒,却几乎每晚梦见她。想摆脱也做不到。按照迷信的说法,这可能是地下相会之期,已经不远了。因此,选择一些不太使人感伤的断片,记述如上。已散见于其他文字中者,不再重复。就是这样的文字,我也写不下去了。

我们结婚四十年,我有许多事情,对不起她,可以说她没有一件事情是对不起我的。在夫妻的情分上,我做得很差。正因为如此,她对我们之间的恩爱,记忆很深。我在北平当小职员时,曾经买过两丈花布,直接寄至她家。临终之前,她还向我提起这一件小事,问道:

"你那时为什么把布寄到我娘家去啊?"

我说:

"为的是叫你做衣服方便呀!"

她闭上眼睛,久病的脸上,展现了一丝幸福的笑容。

1982 年 2 月 12 日晚

文字生涯

二十年代中期，我在保定上中学。学校有一个月刊，文艺栏刊登学生的习作。

我的国文老师谢先生是海音社的诗人，他出版的诗集，只有现在的袖珍月历那样大小，诗集的名字已经忘记了。

这证明他是“五四”以后，从事新文学运动的人物，但他教课，却喜欢讲一些中国古代的东西。另有一个特别的地方，是他从预备室走出来，除去眼睛总是望看天空，就是挟着一大堆参考书。到了课室，把参考书放在教桌上，也很少看他检阅，下课时又照样搬走，直到现在，我也没想通他这是所为何来。

每次发作文卷子的时候，如果谁的作文簿中间，夹着几张那种特大的稿纸，就是说明谁的作业要被他推荐给月刊发表了，同学们都特别重视这一点。

那种稿纸足足有现在的参考消息那样大，我想是因为当时的排字技术低,稿纸的行格,必须符合刊物实际的格式。

在初中几年间,我有幸在这种大稿纸上抄写过自己的作文,然后使它变为铅字印成的东西。高中时反而不能,大概是因为换了老师的缘故吧。

学校毕业以后,我也曾有靠投稿维持生活的雄心壮志,但不久就证明是一种痴心妄想,只好去当小学教师。这样一日三餐,还有些现实可能性,虽然也很不保险。

生活在青年人的面前,总是要展开新的局面的。伟大的抗日战争爆发了,写作竟出乎意料地成为我后半生的主要职业。

抗日战争,在中国共产党领导之下,是有枪出枪,有力出力。我的家乡有些子弟就是扛着枪出来抗日的。至于我们,则是带着一支笔去抗日。没有朱砂,红土为贵。穷乡僻壤,没有知名的作家,我们就不自量力地在烽火遍野的平原上驰骋起来。

油印也好,石印也好,破本草纸也好,黑板土墙也好,都是我们发表作品的场所。也不经过审查,也不组织评论,也不争名次前后,大家有作品就拿出来。群众认为:你既不能打枪,又不能放炮,写写稿件是你的职责;领导认为:你既是文艺干部,写得越多越快越好。

现在回想起来,那时的写作,真正是一种尽情纵意,得心应手,既没有干涉,也没有限制,更没有私心杂念的,非常愉快的工作。这是初生之犊,又遇到了好的时候:大敌当前,事业方兴,人尽其才,物尽其用。

全国解放以后,则是另外一种情形。思想领域的斗争被强调了,文艺作品的倾向,常常和政治斗争联系起来,作家在犯错误后,就一蹶不振。在写作上,大家开始执笔踌躇,小心翼翼起来。

但在解放初,战争时期的余风犹烈,进城以后,我还是写了不少东西。一九五六年大病之后,就几乎没有写。加上一九六六年以后的十年,我在写作上的空白阶段,竟达二十年之久。

人被“解放”以后,仍住在被迫迁居的一间小屋里。没有书看,从一个朋友的孩子那里借来一册大学用的文学教材,内有历代重要作品及其作者的介绍,每天抄录一篇来诵读。

患难余生,痛定思痛。我居然发哲人的幽思,想到一个奇怪的问题:在历史上,这些作者的遭遇,为什么都如此不幸呢?难道他们都是糊涂虫?假如有些聪明,为什么又都像飞蛾一样,情不自禁地投火自焚?我掩卷思考。思考了很长时间,得出这样一个答案:这是由文学事业的特性决定的。是现实主义促使他们这样干,是浪漫主义感召他们这样干。说得冠冕一些,他们是为正义斗争,是为人生斗争。文学是最忌讳说诳话的。文学要反映的是社会现实。文学是要有理想的,表现这种理想需要一种近于狂放的热情。有些作家遇到的不幸,有时是因为说了天真的实话,有时是因为过于表现了热情。

按作品来说,天才莫过于司马迁。这样一个能把三皇五帝以来的,错综复杂的历史,勒成他一家之言,并评论其得失,成为天下定论的人,竟因一语之不投机,下于蚕室,身受腐刑。他描绘了那么多的人物,难道没有从历史上吸取任何一点可以用之于自身的经验教训吗?

班固完成了可与《史记》媲美的《汉书》,他特别评论了他的先驱者司马迁,保存了那篇珍贵的材料——《报任少卿书》,使司马迁的不幸遭遇留传后世。班固的评论，是何等高超，多么有见识，但是，他竟因为投身于一个武人的幕下，最后瘐死狱中。对于自己，又何其缺乏先见之明啊！

历史经验，历史教训，即使是前人真正用血写下的，也并不是一定就能接受下来。历史情况，名义和手法在不断变化。例如，在二十世纪之末，世界文明高度发展之时，竟会出现林彪、“四人帮”，梦想在社会主义的中国，建立封建王朝。在“文化革命”的旗帜之下，企图灭绝几千年的民族文化。遂使艺苑凋残，文士横死，人民受辱，国家遭殃。这一切，确非头脑单纯、感情用事的作家们所能预见得到的。

鲁迅说过，读中国旧书，每每使人意志消沉，在经历一番患难之后，尤其容易如此。我有时也想：恐怕还是东方朔说得对吧，人之一生，一龙一蛇。或者准声而歇，投迹而行，会减少一些危险吧？

这些想法都是很不健康，近于伤感的。一个作家，不能够这样，也不应该这样。如上所述，作家永远是现实生活的真美善的卫道士。他的职责就是向邪恶虚伪的势力进行战斗。既是战斗，就可能遇到各色敌人，也可能遇到各种的牺牲。

在“四人帮”还没被揭露之前，有人几次对我说：写点东西吧，亮亮相吧。我说，不想写了，至于相，不是早已亮过了吗？在运动期间，我们不只身受凌辱，而且画影图形，传檄各地。老实讲，在这一时期，我不仅没有和那些帮派文人一较短长的想法，甚至耻于和他们共同使用那些铅字，在同一个版面上出现。

这时，我从劳动的地方回来，被允许到文艺组上班了。经过几年风雨，大楼的里里外外，变得破烂、凌乱、拥挤。但人们的精神面貌好像已经渐渐地从前几年的狂乱、疑忌、歇斯底里状态中恢复过来。一位调离这里的老同志留给我一张破桌子。据说好的办公桌都叫进来占领新闻阵地的人占领了。我自己搬来一张椅子，在组里坐下来。组长向全组宣布了我的工作：登记来稿，复信，并郑重地说：不要把好稿退走了。说良心话，组长对我还过得去。他不过是担心我受“封资修”的毒深而且重，不能鉴赏“帮八股”的奥秘，而把他们珍视的好稿遗漏。

我是内行人，我知道我现在担任的是文书或见习编辑的工作。我开始拆开那些来稿，进行登记，然后阅读。据我看，来稿从质量看，较之前些年，大大降低了。作者们大多数极不严肃，文字潦草，内容雷同。语言都是从报上抄来。遵照组长的意旨，我把退稿信写好后，连同稿件推给旁边一位同事，请他复审。

这样工作了一个时期，倒也相安无事。我只是感到，每逢我无事，坐在窗前一张破旧肮脏的沙发上休息的时候，主任进来了，就向我怒目而视，并加以睥睨。这也没什么，这些年我已经锻炼得对一切外界境遇，麻木不仁。我仍旧坐在那里。可以说既无戚容，亦无喜色。

同组有一位女同志，是熟人，出于好心，她把我叫到她的位置那里，对我进行帮助。她和蔼地说：

“你很长时间在乡下劳动，对于当前的文艺精神，文艺动态，不太了解吧？这会给工作带来很大困难。”

“唔。”我回答。

她桌子上放着一个小木匣，里面整整齐齐装着厚厚的一叠卡片。

她谈着谈着,就拿出一张卡片念给我听,都是林彪和江青的语录。

现在,林彪和江青关于文艺的胡说八道,被当做金科玉律来宣讲。显然,他们比马克思和恩格斯还具有权威性,还受到尊重。他们的聪明才智,也似乎超过了古代哲人亚里士多德。我不知这位原来很天真的女同志,心里是怎样想的,她的表情非常严肃认真。

等她把所有的卡片,都讲解完了,我回到我的座位上去。我默默地想:古代的邪教,是怎样传播开的呢,是靠教义,还是靠刀剑?世界第二次大战之初,为什么有那么多的人,跟着希特勒这样的流氓狂叫狂跑?除去一些不逞之徒,唯恐天下不乱之外,其余大多数人是真正地信服他,还是为了暂时求得活命?

中午,在食堂吃过饭,我摆好几张椅子,枕着一捆报纸,在办公室睡觉,这对几年来,过着非常生活的我,可以说是一种暂时的享受。天气渐渐冷了,我身上盖着一件破旧的抗日战争时期的战利品,日本军官的黄呢斗篷。触景伤情地想:在那样残酷的年代,在野蛮的日本军国主义面前,我们的文艺队伍,我们的兄弟,也没有这几年在林彪、江青等人的毒害下,如此惨重的伤亡和损失。而灭绝人性的林彪竟说,这个损失,最小最小最小,比不上一次战役,比不上一次瘟疫。

1978 年 12 月 11 日

杨朔

蓬莱仙境

夜来落过一场小雨，一早晨，我带着凉爽的清气，坐车往一别二十多年的故乡蓬莱去。

许多人往往把蓬莱称做仙境。本来难怪，古书上记载的所谓海上三神山不就是蓬莱、方丈、瀛洲？民间流传极广的八仙过海的神话，据白胡子老人家说，也出在这一带。二十多年来，我有时怀念起故乡，却不是为的什么仙乡，而是为的那儿深埋着我童年的幻梦。这种怀念有时会带点苦味儿。记得那还是朝鲜战争的年月，一个深秋的傍晚，敌机空袭刚过去，我到野地去透透气。四野漫着野菊花的药香味，还有带水气的蓼花味儿。河堤旁边，有两个面黄肌瘦的朝鲜放牛小孩把洋芋埋在沙里，下面掏个洞，正用干树枝烧着吃。看见这种情景，我不觉想起自己的童年。我想起儿时家乡的雪夜，五更天，街头上远远传来的那种怪孤独的更梆子声；也想起深秋破晓，西北风呜呜扑着纸窗，城头上吹起的那种惨烈的军号声音。最难忘记的是我一位叫婀娜的表姐，年岁比我大得多，自小无父无母，常到我家来玩，领着我跳绳、扑蝴蝶，有时也到海沿上去捡贝壳。沙滩上有些小眼，婀娜姐姐会捏一根草棍插进去，顺着草棍扒沙子。扒着扒着，一只小螃蟹露出来，两眼机灵灵地直竖着，跟火柴棍一样，忽然飞也似的横跑起来，惹得我们笑着追赶。后来不知怎的，婀娜姐姐不到我们家来了。我常盼着她，终于有一天盼来，她却羞答答地坐在炕沿上，看见我，只是冷淡淡地一笑。

我心里很纳闷，背后悄悄问母亲道："婀娜姐姐怎么不跟我玩啦?"

母亲说："你婀娜姐姐定了亲事，过不几个月就该出阁啦，得学点规矩，还能老疯疯癫癫的，跟你们一起闹。"

婀娜姐姐出嫁时，我正上学，没能去。听说她嫁的丈夫是个商店的学徒，相貌性情都不错，就是婆婆厉害，常给她气受。又过几年，有一回我到外祖母家去，看见炕上坐着个青年妇女，穿着一身白，衣服边是毛的，显然正带着热孝。她脸色焦黄，眼睛哭得又红又肿，怀里紧紧搂着一个吃奶的男孩子。我几乎认不出这就是先前爱笑爱闹的婀娜姐姐。外祖母眼圈红红的，告诉我说婀娜姐姐的丈夫给商店记账，整年整月伏在桌子上，累得吐血，不能做事，被老板辞掉。他的病原不轻，这一急，就死了。婀娜姐姐把脸埋在孩子的头发里，呜呜咽咽只是哭。外祖母擦着老泪说："都是命啊！往后可怎么过呢！"

再往后，我离开家乡，一连多少年烽火遍地，又接不到家乡的音信，不知道婀娜姐姐的命运究竟怎样了。

这许多带点苦味的旧事，不知怎的，一看见那两个受着战争折磨的朝鲜小孩，忽然一齐涌到我的脑子里来。我想：故乡早已解放，婀娜姐姐的孩子也早已长大成人，她的生活该过得挺不错吧？可是在朝鲜，在世界别的角落，还有多少人生活在眼泪里啊！赶几时，我们才能消灭战争，我可以回到祖国，回到故乡，怀着完全舒畅的心情，重新看看家乡那像朝鲜一样亲切可爱的山水人物呢？一时间，我是那样地想念家乡，想念得心都有点发痛。

而在一九五九年六月，石榴花开时，我终于回到久别的故乡。车子沿着海山飞奔，一路上，我闻见一股极熟悉的海腥气，听见路两边飞进车来的那种极亲切的乡音，我的心激荡得好像要融化似的，又软又热。路两旁的山海田野，处处都觉得十分熟悉，却又不熟悉。瞧那一片海滩，滩上堆起一道沙城，仿佛是我小时候常去洗澡的地场。可又不像。原先那沙城应该是一道荒岗子，现在上面分明盖满绿葱葱的树木。再瞧那一个去处，仿佛是清朝时候的“校场”，我小时候常去踢足球玩。可又不像。原先的“校场”根本不见，那儿分明立着一座规模蛮大的炼铁厂。车子东拐西拐，拐进一座陌生的城市，里面有开阔平坦的街道，亮堂堂的店铺，人烟十分热闹。我正猜疑这是什么地方，同行的旅伴说：“到了。”

想不到这就是我的故乡。在我的记忆当中，蓬莱是个古老的小城，街道狭窄，市面冷落，现时竟这样繁华，我怎能认识它呢？它也根本不认识我。我走在街上，人来人往，没有一个人认识我是谁。本来嘛，一去二十多年，当年的旧人老了，死了，年轻的一代长起来，哪里会认识我？家里也没什么人了，只剩一个出嫁的老姐姐，应该去看看她。一路走去，人们都用陌生的眼神望着我。我的心情有点发怯：只怕老姐姐不在，又不知道她的命运究竟怎样。

老姐姐竟不在。一个十六七岁的姑娘迎出屋来，紧端量我，又盘问我是谁，最后才“噢噢”两声说：“原来是二舅啊。俺妈到街上买菜去啦，我去找她。”

等了好一阵，一个五十岁左右的妇女走进屋来，轻轻放下篮子，挺温柔地盯着我说：“你是二兄弟么？我才在街上看见你啦。我看了半天，心想：‘这可是个外来人’，就走过去了——想不到是你。”

刚才我也没能认出她来。她的眼窝塌下去，头发有点花白，一点不像年轻时候的模样。性情却没变，还是那么厚道，说话慢言慢语的。她告诉我自己有三个闺女，两个大的在人民公社里参加农业劳动，刚拔完麦子，正忙着在地里种豆子，栽花生；刚才那个是最小的，在民办中学念书，暑假空闲，就在家里给烟台手工艺合作社绣花。我们谈着些家常话，到末尾，老姐姐知道我住在县委机关里，便叫我第二天到她家吃晚饭。我怕她粮食不富裕，不想来。她说：“来嘛！怕什么？”便指一指大笸箩里晾的麦子笑着说：“你看，这都是新分的，还不够你吃的？去年的收成，就不错，今年小麦的收成比往年更强，你还能吃穷我？”

我只得答应。原以为是一顿家常便饭，不想第二天一去，这位老姐姐竟拿我当什么贵客，摆出家乡最讲究的四个盘儿：一盘子红烧加吉鱼，一盘子炒鸡蛋，一盘子炒土豆丝，一盘子凉拌粉皮。最后吃面，卤子里还有新晒的大虾干。

我不禁说：“你们的生活不错啊。”

老姐姐漫不经心一笑说：“是不错嘛，你要什么有什么。”

我们一面吃着饭菜，喝着梨酒，一面谈着这些年别后的情况，也谈着旧日的亲戚朋友，谁死了，谁还活着。我忽然想起婀娜姐姐，就问道："可是啊，咱们那个表姐还好吧?"

老姐姐问道："哪个表姐?"

我说："婀娜姐姐呀。年轻轻的就守寡，拉着个孩子，孩子早该长大成人啦。"

老姐姐说："你问的是她呀。你没见她那孩子，后来长得可壮啦，几棒子也打不倒。那孩子也真孝顺，长到十几岁就去当学徒的，挣钱养活他妈妈。都说：'这回婀娜姐姐可熬出来了!'——不承想她孩子又死了。"

我睁大眼问："怎么又死了?"

老姐姐轻轻叹口气说："嗐！还用问，反正不会是好死。听说是打日本那时候，汉奸队抓兵，追得那孩子没处跑，叫汉奸队开枪打死，尸首扔到大海里去了。"

我急着问道："后来婀娜姐姐怎么样啦?"

老姐姐说："她呀，孩子一死，丢下她一个人，孤苦伶仃，无依无靠，就像痴子似的，一个人坐在大海边上，哭了一天一夜，哭到最后说：'儿啊，你慢走一步，等着你娘!'就拿袄襟一蒙脸，一头碰到大海里了。"

我听了，心里好惨，半天说不出话。

老姐姐又轻轻叹口气说："嗐！她从小命苦，一辈子受折磨，死得实在可怜。"

这时候，我那最小的外甥女瞟我一眼说："妈！你怎么老认命？我才不信呢。要是婀娜表姨能活到今天，你看她会不会落得这样惨?"

说得对，好姑娘。命运并非有什么神灵在冥冥中主宰着，注定难移。命运是可以战胜的。命运要不是捏在各色各样吃人妖精的手心里,拿着人民当泥团搓弄,而是掌握在人民自己的手里,人民便能够创造新的生活,新的历史,新的命运。且看看故乡人民是怎样在催动着千军万马,创造自己金光闪闪的事业吧。

他们能在一片荒沙的海滩上到处开辟出碧绿无边的大果园,种着千万棵葡萄和苹果。葡萄当中有玫瑰香,苹果里边有青香蕉、红香蕉,都是极珍贵的品种。杂果也不少:紫樱桃、水蜜桃、大白海棠等,色色俱全。海上风硬,冬天北风一吹,果树苗会冻死半截,到春天又发芽,再一经冬,又会死半截。人民便绕着果园外边的界线造起防风林,栽上最耐寒的片松、黑松和马尾松,以及生长最泼的刺槐和紫穗槐,差不多一直把树栽到海里去。于是公社的社员便叫先前的荒滩是金沙滩,每棵果木树都叫摇钱树。……

他们还能把先前荒山秃岭的穷山沟,变成林木苍翠的花果山。蓬莱城西南莱山脚下的七甲公社便是这样的奇迹之一。原先农民都嫌这里没出息:要山山不好,要地地不好,要道道不好——有什么指望?水又缺,种庄稼也会瘦死。莱山下有个村庄叫郭家村,多年流传着四句歌谣:

有姑娘不给郭家村
抬水抬到莱山根
去时穿着绣花鞋
回来露着脚后跟

可见吃水有多难。不过这都是旧事了。目前你要去看看，漫坡漫岭都是柿子、核桃、山楂、杜梨一类山果木。风一摇，绿云一样的树叶翻起来，叶底下露出娇黄新鲜的大水杏，正在大熟。顺着山势，高高低低修了好多座小水库，储存山水，留着浇地，你一定得去看看郭家村，浇地的水渠正穿过那个村庄，家家门前都是流水。一个五十多岁的老大娘盘着腿坐在蒲垫子上，就着门前流水洗衣裳，身旁边跑着个小孙女，拿着一棵青蒿子捕蜻蜓。说不定为吃水，这位老大娘当年曾经磨破过自己出嫁的绣花鞋。我拿着一朵红石榴花要给那小女孩。老大娘望着小孙女笑着说："花！花！"自己却伸手接过去，歪着头斜插到后鬓上，还对水影照了照。也许她又照见自己当年那俊俏的面影了吧。

顶振奋人心的要算去年动工修筑的王屋水库，蓄水量比十三陵水库还要大，却由一个县的力量单独负担着。山地历来缺雨，十年九旱，有一年旱得河床子赤身露体，河两岸的青草都干了。人民便选好离县城西南七十多里一个叫王屋的地方，开凿山岚，拦住来自栖霞县境蚕山的黄水河，造成一片茫茫荡荡的大湖。我去参观时，千千万万农民正在挖溢洪道。水库李政委是个热情能干的军人，领我立在高坡上，左手叉腰，右手指点着远山近水，告诉我将来哪儿修发电站，哪儿开稻田；哪儿栽菱角荷花，哪儿喂鸡子养鱼。说到热烈处，他的话好像流水，滔滔不绝。结尾说："再住几年你回家来，就可以吃到湖边上栽的苹果，湖里养的鱼和水鸭子蛋，还可以在水库发电站发出的电灯光下写写你的故乡呢——不过顶好是在那湖心的小岛子上写，那时候准有疗养所。"

说着,李政委便指着远处一块翠绿色的高地给我看。原是个村儿,于今围在湖水当中。我问起村名,李政委又像喷泉一样说:“叫常伦庄,为的是纪念抗日战争时期一个英雄。那英雄叫任常伦,就出在那个村儿。任常伦对党对人民,真是赤胆忠心,毫无保留。后来在一九四三年,日本鬼子‘扫荡’胶东抗日根据地,任常伦抱着挺机枪,事先埋伏在栖霞一个山头上堵住敌人,打死许多鬼子,末尾跟鬼子拼了刺刀,自己也牺牲了。人民怀念他的忠烈,还在当地替他铸了座铜像呢。”

我听着这些话,远远望着那山围水绕的常伦庄,心里说不出地激荡。这个人,以及前前后后许多像他同样的人,为着掀掉压在人民头上的险恶大山,实现一个远大的理想,曾经付出多么高贵的代价,战斗到底。他们死了,他们的理想却活着。请看,任常伦家乡的人民不是正抱着跟他同样的信念,大胆创造着自己理想的生活?

而今天,在这个温暖的黄昏里,我和老姐姐经过二十多年的乱离阔别,又能欢欢喜喜聚在一起,难道是容易的么?婀娜姐姐死而有知,也会羡慕老姐姐的生活命运的。

那小外甥女吃完饭,借着天黑前的一点暗亮,又去埋着头绣花。我一时觉得,故乡的人民在不同的劳动建设中,仿佛正在抽针引线,共同绣着一幅五色彩画。不对。其实是全中国人民正用祖国的大地当素绢,精心密意,共同绣着一幅伟大的杰作。绣的内容不是别的,正是人民千百年梦想着的“蓬莱仙境”。

1959 年

海 市

我的故乡蓬莱是个偎山抱海的古城，城不大，风景却别致。特别是城北丹崖山峭壁上那座凌空欲飞的蓬莱阁，更有气势。你倚在阁上，一望那海天茫茫、空明澄碧的景色，真可以把你的五脏六腑都洗得干干净净。这还不足为奇，最奇的是海上偶然间出现的幻景，叫海市。小时候，我也曾见过一回。记得是春季，雾蒙天，我正在蓬莱阁后拾一种被潮水冲得溜光滚圆的玑珠，听见有人喊："出海市了。"只见海天相连处，原先的岛屿一时不知都藏到哪儿去了，海上劈面立起一片从来没见过的山峦，黑苍苍的，像水墨画一样。满山都是古松古柏；松柏稀疏的地方，隐隐露出一带渔村。山峦时时变化着，一会山头上幻出一座宝塔，一会山洼里又现出一座城市，市上游动着许多黑点，影影绰绰的，极像是来来往往的人马车辆。又过一会儿，山峦城市慢慢消下去，越来越淡，转眼间，天青海碧，什么都不见了，原先的岛屿又在海上重现出来。

这种奇景,古时候的文人墨客看到了,往往忍不住要高声咏叹。且看蓬莱阁上那许多前人刻石的诗词,多半都是题的海市蜃楼,认为那就是古神话里流传的海上仙山。最著名的莫过于苏东坡的海市诗,开首几句写着:“东方云海空复空,群仙出没空明中。荡摇浮世生万象,岂有贝阙藏珠宫……”可见海市是怎样的迷人了。

只可惜这种幻景轻易看不见。我在故乡长到十几岁,也只见过那么一回。故乡一别,雨雪风霜,转眼就是二十多年。今年夏天重新踏上那块滚烫烫的热土,爬到蓬莱阁上,真盼望海上能再出现那种缥缥缈缈的奇景。偏我来的不是时候。一般得春景天,雨后,刮东风,才有海市。于今正当盛夏,岂不是空想。可是啊,海市不出来,难道我们不能到海市经常出现的地方去寻寻看么?也许能寻得见呢。

于是我便坐上船,一直往海天深处开去。好一片镜儿海。海水碧蓝碧蓝的,蓝得人心醉。我真想变成条鱼,钻进波浪里去。鱼也确实惬意。瞧那海面上露出一条大鱼的脊梁,像座小山,那鱼该有十几丈长吧?我正看得出神,眼前刺溜一声,水里飞出另一条鱼,展开翅膀,贴着水皮飞出去老远,又落下去。

我又惊又喜问道:“鱼还会飞么?”

船上掌舵的说:“燕儿鱼呢,你看像不像燕子?烟雾天,有时会飞到船上来。”那人长得高大健壮,一看就知道是个航海的老手,什么风浪都经历过。他问我道:“是到海上去看捕鱼的么?”

我说:“不是,是去寻海市。”

那舵手瞟我一眼说:“海市还能寻得见么?”

我笑着说:“寻得见——你瞧,前面那不就是?”就朝远处一指,那儿透过淡淡的云雾,隐隐约约现出一带岛屿。

那舵手稳稳重重一笑说:“可真是海市,你该上去逛逛才是呢。”

赶到船一靠近岛屿,我便跨上岸,走进海市里去。

果然不愧是“海上仙山”。这一带岛屿烟笼雾绕,一个衔着一个,简直是条锁链子,横在渤海湾里。渤海湾素来号称北京的门户,有这条长链子挂在门上,门就锁得又紧又牢。别以为海岛总是冷落荒凉的,这儿山上山下,高坡低洼,满眼葱绿苍翠,遍是柞树、槐树、杨树、松树,还有无数冬青、葡萄以及桃、杏、梨、苹果等多种果木花树。树叶透缝的地方,时常露出一带渔村,青堂瓦舍,就和我小时候在海市里望见的一模一样。先前海市里的景物只能远望,不能接近,现在你却可以走进渔民家去,跟渔民谈谈心。岛子上四通八达,到处是浓荫夹道的大路。顺着路慢慢走,你可以望见海一般碧绿的庄稼地里闪动着鲜艳的衣角。那是喜欢穿红挂绿的渔家妇女正在锄草。有一个青年妇女却不动手,鬓角上插着枝野花,立在槐树凉影里,倚着锄,在做什么呢? 哦! 原来是在听公社扩音器里播出的全国麦收的消息。

说起野花,也是海岛上的特色。春天有野迎春;夏天太阳一西斜,漫山漫坡是一片黄花,散发着一股清爽的香味。黄花丛里,有时会挺起一枝火焰般的野百合花。凉风一起,蟋蟀叫了,你就该闻见野菊花那股极浓极浓的药香。到冬天,草黄了,花也完了,天上却散下花来,于是满山就铺上一层耀眼的雪花。

立冬小雪,正是渔民拉干贝的季节。渔船都扬起白帆,往来拉网,仿佛是成群结队翩翩飞舞的白蝴蝶。干贝、鲍鱼、海参一类东西,本来是极珍贵的海味。你到渔业生产队去,人家留你吃饭,除了鲐鱼子、燕儿鱼丸子而外，如果端出雪白鲜嫩的新干贝，或者是刚出海的鲍鱼，你一点不用大惊小怪，以为是大摆筵席，其实平常。

捕捞这些海产却是很费力气的。哪儿有悬崖陡壁，海水又深，哪儿才盛产干贝鲍鱼等。我去参观过一次“碰”鲍鱼的。干这行的渔民都是中年人，水性好，经验多，每人带一把小铲，一个葫芦，葫芦下面系着一张小网。趁落潮的时候，水比较浅，渔民戴好水镜，先在水里四处游着，透过水镜望着海底。一发现鲍鱼，便丢下葫芦钻进水底下去。鲍鱼也是个怪玩意儿，只有半面壳，附在礁石上，要是你一铲子铲不下来，砸烂它的壳，再也休想拿得下来。渔民拿到鲍鱼，便浮上水面，把鲍鱼丢进网里，扶着葫芦喘几口气，又钻下去。他们都像年轻小伙子一样嬉笑欢闹，往我们艇子上扔壳里闪着珍珠色的鲍鱼，扔一尺左右长的活海参，扔贝壳像蒲扇一样的干贝，还扔一种叫“刺锅”的怪东西，学名叫海胆，圆圆的，周身满是挺长的黑刺，跟刺猬差不多，还会爬呢。

最旺的渔季自然是春三月。岛子上有一处好景致，叫花沟，遍地桃树，年年桃花开时，就像那千万朵朝霞落到海岛上来。桃花时节，也是万物繁生的时节。雪团也似的海鸥会坐在岩石上自己的窝里，一心一意孵卵，调皮的孩子爬上岩石，伸手去取鸥蛋，那母鸥也只转转眼珠，动都懒得动。黄花鱼起了群，都从海底浮到海面上，大鲨鱼追着吃，追得黄花鱼啾啾叫。听见鱼叫，渔民就知道是大鱼群来了，一网最多的能捕二十多万条，倒在舱里，一跳一尺多高。俗话说得好：“过了谷雨，百鱼上岸。”大对虾也像一阵乌云似的涌到近海，密密层层。你挤我撞，挤得在海面上乱蹦乱跳。这叫桃花虾，肚子里满是子儿，最肥。渔民便用一种网上绑着坛子做浮标的“坛子网”拉虾，一网一网往船上倒，一网一网往海滩上运，海滩上的虾便堆成垛，垛成山。渔民不叫它是虾山，却叫做金山银山。这是最旺的渔季，也是最热闹的海市。

现在不妨让我们走进海市的人家里去看看。老宋是个结实精干的壮年人，眉毛漆黑，眼睛好像瞌睡无神，人却是像当地人说的：机灵得像海马一样。半辈子在山风海浪里滚，斗船主，闹革命，现时是一个生产大队的总支书记。他领我去串了几家门子，家家都是石墙瓦房，十分整洁。屋里那个摆设，更考究：炕上铺的是又软又厚的褥子毯子；地上立的是金漆桌子、大衣柜；迎面墙上挂着穿衣镜；桌子上摆着座钟、盖碗、大花瓶一类陈设。起初我还以为是谁家新婚的洞房，其实家家如此，毫不足奇。

我不禁赞叹着说：“你们的生活真像神仙啊，富足得很。”

老宋含着笑，也不回答，指着远处一带山坡问：“你看那是什么？”

那是一片坟墓，高高低低，坟头上长满蒿草。

老宋说：“那不是真坟，是假坟。坟里埋的是一堆衣服，一块砖，砖上刻着死人的名字。死人呢，早埋到汪洋大海里去了。渔民常说：情愿南山当驴，不愿下海捕鱼——你想这捕鱼的人，一年到头漂在海上，说声变天，大风大浪，有一百个命也得送进去。顶可怕的是龙卷风，打着旋儿转，能把人都卷上天去。一刮大风，妇女孩子都上了山头，烧香磕头，各人都望着自己亲人的船，哭啊叫的，凄惨极啦——别说还有船主那把杀人不见血的刀逼在你的后脖颈子上。”

说到这儿，老宋低着瞌睡眼，显然在回想旧事，一面继续讲：“都知道蝎子毒，不知道船主比蝎子更毒。我家里贫，十二岁就给船主做零活。三月，开桃花，小脚冻得赤红，淋着雨给船主从舱里往外舀潮水，舀得一慢，船主就拿铅鱼浮子往你头上磕。赶我长得大一点，抗日战争爆发了，蓬莱一带有共产党领导的游击队，需要往大连买钢，大约是做武器用。当时船主常到大连去装棒子面，来往做生意，我在船上替人家做饭。大连有个姓鲍的，先把钢从日本厂子里偷出来，藏到一家商店里。船主只是为财，想做这趟买卖，叫我去把钢拿回船来。你想日本特务满街转，一抓住你，还用想活命么？仗着我小，又有个小妹妹，当时住在大连我姐姐家里，我们兄妹俩拐进那家商店，妹妹把钢绑到腿上，我用手提着，上头包着点心纸，一路往回走，总觉得背后有狗腿子跟着，吓得提心吊胆。赶装回蓬莱，交给游击队，人家给两船麦子当酬劳。不想船主把麦子都扣下，一粒也不分给我。我家里净吃苦橡子面，等着粮食下锅，父亲气得去找船主，船主倒提着嗓门骂起来：'麦子是俺花钱买的，你想讹诈不成。你儿子吃饭不干活，还欠我们的呢，不找你算账就算便宜你。'这一口气，我窝着多年没法出，直到日本投降，共产党来了，我当上民兵排长，斗船主，闹减租减息，轰轰烈烈干起来啦。我母亲胆小，劝我说：'儿啊，人家腿上的肉，割下来好使么？闹不好，怕不连命都赔上。'到后来，果真差一点赔上命去。"

我插嘴问："恐怕那是解放战争的事吧？"

老宋说："可不是！解放战争一打响，我转移出去，经常在海上给解放军运粮食、木料和硫黄。我是小组长。船总是黑夜跑。有一天傍亮，我照料一宿船，有点累，进舱才打个盹儿，一位同志对着我的耳朵悄悄喊：'快起来看看吧，怎么今天的渔船特别多？'我揉着眼跑出舱去,一看,围着我们里里外外全是小渔船。忽然间,小渔船一齐都张起篷来。渔船怎么会这样齐心呢?我觉得不妙,叫船赶紧靠岸。晚了,四面的船早靠上来,打了几枪,一个大麻子脸一步跨上我们的船,两手攥着两支枪,堵住我的胸口。原来这是个国民党大队长。他先把我绑起来,吊到后舱就打,一面打一面审问。吊打了半天,看看问不出什么口供,只得又解开我的绑,用匣子枪点着我的后脑袋,丢进舱里去。舱里还关着别的同志。过了一会,只听见上面有条哑嗓子悄悄说:'记着,可千万别承认是解放军啊。'这分明是来套我们,谁上你的圈套?舱上蒙着帆,压着些杠子,蒙得漆黑,一点不透气。我听见站岗的还是那个哑嗓子的人,仰着脸说:'你能不能露点缝,让我们透口气?'那个人一听见我的话,就蹑手蹑脚挪挪舱板,露出个大口子。想不到是个朋友。我往外一望,天黑了;辨一辨星星,知道船是往天津开。我不觉起了死的念头。既然被捕,逃是逃不出去的,不如死了好。一死,我是负责人,同志们把责任都推到我身上,什么也别承认,兴许能保住性命。说死容易,当真去死,可实在不容易啊。我想起党,想起战友,想起家里的老人,也想起孤苦伶仃的妻子儿女,眼泪再也忍不住,吧嗒吧嗒直往下滴。我思前想后的一阵,又再三再四嘱咐同志们几句话,然后忍着泪小声说:'同志们啊,我想出去解个手。'一位同志说:'你解在舱里吧。'我说:'不行,我打得满身是火,也想出去凉快凉快。'就从舱缝里探出头去,四下望了望,轻轻爬上来,一头钻进海里去,耳朵边上还听见船上的敌人说:'大鱼跳呢。'"

"那时候已经秋凉,海水冷得刺骨头,我身上又有伤,海水一泡,火辣辣地痛。拼死命挣扎着游了半夜,力气完了,人也昏了,随着涨潮的大流漂流下去。不知漂了多长时候，忽然间醒过来，一睁眼，发觉自己躺在一条大船上，眼前围着一群穿黄军装的人，还有机关枪。以为是又落到敌人网里了！问我话，只说是打鱼翻了船。船上给熬好米汤，一个兵扶着我的后脖颈子，亲自喂我米汤，我这才看清他戴的是八一帽徽，心里一阵酸，就像见到最亲最亲的父母，一时忍不住放声大哭起来。”

“我就这样得了救，船上的同志果然把责任都推到我身上，挨了阵打，死不招认，敌人也只得放了他们。这件事直到许久才探听清楚：原来就是那船主怀恨在心，不知怎么摸到了我们活动的航线，向敌人告了密，才把我们半路截住。你看可恶不可恶！”

讲到末尾，老宋才含着笑，回答我最初的话说：“你不是说我们的生活像神仙么？你看这哪点像神仙？要不闹革命，就是真正神仙住的地方，也会变成活地狱。”

我问道：“一闹革命呢？”

老宋说：“一闹革命，就是活地狱也能变成像我们岛子一样的海上仙山。”

我不禁连连点着头笑道：“对，对。只有一点我不明白：我们现在革了船主的命，可不能革大海的命。大海一变脸，岂不是照样兴风作浪，伤害人命么？”

老宋又是微微一笑，笑得十分自信。他说：“明天你顶好亲自到渔船上去看看。现在渔船都组织起来，有指导船，随时随地广播渔情风情。大船都有收音机，一般的船也有无线报话机，不等风来，消息先来了，船能及时避到渔港里去，大海还能逞什么威风？——不过有时意料不到,也会出事。有一回好险,几乎出大事。那回气象预报没有风,渔民早起看看太阳,通红通红的,云彩丝儿不见,也不像有风的样子,就有几只渔船出了海。不想过午忽然刮起一种阵风,浪头卷起来比小山都高,急得渔民把桅杆横绑在船上,压着风浪。这又有什么用?浪头一个接着一个打到船上来,船帮子都打坏了,眼看着要翻。正在危急的当儿,前边冷不丁出现一只军舰。你知道,这里离南朝鲜不太远,不巧会碰上敌人的船。渔民发了慌。那条军舰一步一步逼上来,逼到跟前,有些人脱巴脱巴衣裳跳下海,冲着渔船游过来。渔民一看,乐得喊:是来救我们的呀!不一会儿,渔民都救上军舰,渔船也拖回去。渔民都说:'要不是毛主席派大兵舰来,这回完了。'"

原来这是守卫着这个京都门户的人民海军专门赶来援救的。

看到这里,有人也许会变得不耐烦:你这算什么海市?海市原本是虚幻的,正像清朝一个无名诗人的诗句所说的:"欲从海上觅仙迹,令人可望不可攀。"你怎么倒能走进海市里去?岂不是笑话!原谅我,朋友,我现在记的并不是那渺渺茫茫的海市,而是一种真实的海市。如果你到我的故乡蓬莱去看海市蜃楼,时令不巧,看不见也不必失望,我倒劝你去看看这真实的海市,比起那缥缈的幻景还要新奇,还要有意思得多呢。

这真实的海市并非别处,就是长山列岛。

1959 年

茶花赋

久在异国他乡,有时难免要怀念祖国的。怀念极了,我也曾想:要能画一幅画儿,画出祖国的面貌特色,时刻挂在眼前,有多好。我把这心思去跟一位擅长丹青的同志商量,求她画。她说:“这可是个难题,画什么呢? 画点零山碎水,一人一物,都不行。再说,颜色也难调。你就是调尽五颜六色,又怎么画得出祖国的面貌?”我想了想,也是,就搁下这桩心思。

今年二月,我从海外回来,一脚踏进昆明,心都醉了。我是北方人,论季节,北方也许正是搅天风雪,水瘦山寒,云南的春天却脚步儿勤,来得快,到处早像催生婆似的正在催动花事。

花事最盛的去处数着西山华庭寺。不到寺门,远远就闻见一股细细的清香,直渗进人的心肺。这是梅花,有红梅、白梅、绿梅,还有朱砂梅,一树一树的,每一树梅花都是一树诗。白玉兰花略微有点儿残,娇黄的迎春却正当时,那一片春色啊,比起滇池的水来不知还要深多少倍。

究其实这还不是最深的春色。且请看那一树，齐着华庭寺的廊檐一般高，油光碧绿的树叶中间托出千百朵重瓣的大花，那样红艳，每朵花都像一团烧得正旺的火焰。这就是有名的茶花。不见茶花，你是不容易懂得“春深似海”这句诗的妙处的。

想看茶花，正是好时候。我游过华庭寺，又冒着星星点点细雨游了一次黑龙潭，这都是看茶花的名胜地方。原以为茶花一定很少见，不想在游历当中，时时望见竹篱茅屋旁边会闪出一枝猩红的花来。听朋友说：“这不算稀奇。要是在大理，差不多家家户户都养茶花。花期一到，各样品种的花儿争奇斗艳，那才美呢。”

我不觉对着茶花沉吟起来。茶花是美啊。凡是生活中美的事物都是劳动创造的。是谁白天黑夜，积年累月，拿自己的汗水浇着花，像抚育自己儿女一样抚育着花秧，终于培养出这样绝色的好花？应该感谢那为我们美化生活的人。

普之仁就是这样一位能工巧匠，我在翠湖边上会到他。翠湖的茶花多，开得也好，红通通的一大片，简直就是那一段彩云落到湖岸上。普之仁领我穿着茶花走，指点着告诉我这叫大玛瑙，那叫雪狮子；这是蝶翅，那是大紫袍……名目花色多得很。后来他攀着一棵茶树的小干枝说：“这叫童子面，花期迟，刚打骨朵，开起来颜色深红，倒是最好看的。”

我就问：“古语说：看花容易栽花难——栽培茶花一定也很难吧？”

普之仁答道：“不很难，也不容易。茶花这东西有点特性，水壤气候，事事都得细心。又怕风，又怕晒，最喜欢半阴半阳。顶讨厌的是虫子。有一种钻心虫，钻进一条去，花就死了。一年四季，不知得操多少心呢。”

我又问道：“一棵茶花活不长吧？”

普之仁说：“活得可长啦。华庭寺有棵松子鳞，是明朝的，五百多年了，一开花，能开一千多朵。”

我不觉“噢”了一声：想不到华庭寺见的那棵茶花来历这样大。

普之仁误会我的意思，赶紧说：“你不信么？大理地面还有一棵更老的呢，听老人讲，上千年了，开起花来，满树数不清数，都叫万朵茶。树干子那样粗，几个人都搂不过来。”说着他伸出两臂，做个搂抱的姿势。

我热切地望着他的手，那双手满是茧子，沾着新鲜的泥土。我又望着他的脸，他的眼角刻着很深的皱纹，不必多问他的身世，猜得出他是个曾经忧患的中年人。如果他离开你，走进人丛里去，立刻便消逝了，再也不容易寻到他——他就是这样一个极其普通的劳动者。然而正是这样的人，整月整年，劳心劳力，拿出全部精力培植着花木，美化我们的生活。美就是这样创造出来的。

正在这时，恰巧有一群小孩也来看茶花，一个个仰着鲜红的小脸，甜蜜蜜地笑着，唧唧喳喳叫个不休。

我说：“童子面茶花开了。”

普之仁愣了愣，立时省悟过来，笑着说：“真的呢，再没有比这种童子面更好看的茶花了。”

一个念头忽然跳进我的脑子，我得到一幅画的构思。如果用最浓最艳的朱红,画一大朵含露乍开的童子面茶花,岂不正可以象征着祖国的面貌?我把这个简单的构思记下来,寄给远在国外的那位丹青能手,也许她肯再斟酌一番,为我画一幅画儿吧。

滇池边上的报春花

自古以来,人们常有个梦想,但愿世间花不谢,叶不落,一年到头永远是春天。这样的境界自然寻不到,只好望着缥缥缈缈的半天空,把梦想寄到云彩里。

究其实,天上也找不到这种好地方。现时我就在云里。飞机正越过一带大山,飞得极高,腾到云彩上头去。往下一看,云头铺得又厚又严,一朵紧挤着一朵,好像滚滚的浪头,使你恍惚觉得正飞在一片白浪滔天的大海上。云彩上头又是碧蓝碧蓝的天,比洗的还干净,别的什么都不见。

可是,赶飞机冲开云雾,稳稳当当落到地面上,我发觉自己真正来到个奇妙的地方,花啊,草啊,叫都叫不上名,终年不断,恰恰是我们梦想的四季常春的世界。不用我点破,谁都猜得着这是昆明了。

人家告诉我说,到昆明来,最好是夏天或是冬天。六七月间,到处热得像蒸笼,昆明的天气却像三四月,不冷不热。要是冬天,你从北地来,满身带着霜雪,一到昆明,准会叫起来:“哎呀! 怎么还开花呢?”正开的是茶花。白的,红的,各种各样,色彩那么鲜亮,你见了,心都会乐得发颤。

说起昆明的花木,真正别致。最有名的三种花是茶花、杜鹃花,还有报春花。昆明的四季并不明显,年年按节气春天一露头,山脚下,田边上,就开了各种花,有宝蓝色,有玫瑰红,密密丛丛,满眼都是。花好,开的时候也好,难怪人人都爱这种报春花。还有别的奇花异木:昙花本来是稀罕物件,这儿的昙花却长成大树;象鼻莲(仙人掌一类植物)多半是盆栽,这儿的象鼻莲能长到一丈多高,还开大花;茶花高得可以拴马;有一种豌豆也结在大树上。

其实昆明也并非什么神奇的地方,说穿了,丝毫不怪。这儿属于亚热带,但又坐落在云贵高原上,正当着喜马拉雅山的横断山脉,海拔相当高,北面的高山又挡住了从北方吹来的寒风,几方面条件一调节,自然就冷热均匀,长年都像春天了。

可惜我是秋天来的。茶花刚开,滇池水面上疏疏落落浮着雪白的海菜花,很像睡莲。我喜欢昆明,最喜欢的还是滇池,也叫昆明湖。那天,我上了昆明城外的西山,顺着石磴一直爬到“龙门”高头,倚着石栏杆一望:好啊! 这方圆二百里的高原上的大湖,浩浩荡荡,莽莽苍苍,湖心漂着几片渔帆,实在好看。

我偏着身子想坐到石栏杆上,一位同伴急忙伸手一拦说:“别!别!”原来石栏杆外就是直上直下的峭壁,足有几十丈高,紧临着滇池。

另一位同志笑着接嘴说:“你掉下去,就变成传说里的人物了。”

跟着指给我看“龙门”附近一个石刻的魁星，又问道：“你看有什么缺陷没有？”

我看不出，经他一指，才发觉那魁星原本是整块石头刻的，只有手里拿的笔是用木头另装上的。于是那位同伴说了个故事。传说古时候有个好人，爱上个姑娘，没能达到心愿，一发恨，就到西山去刻“龙门”。刻了个石魁星，什么都完完全全的，刻到最后，单单没有石头来刻笔。那人追求生活不能圆满，又去追求艺术，谁知又不圆满，伤心到极点，就从“龙门”跳下去，跌死了。可见昆明这地方虽美，先前人的生活可并不完美。曾经充满了痛苦，充满了眼泪。痛苦对少数民族的兄弟姐妹来说更深。云南的民族向来多。那云岭，那怒山，那高黎贡山，哪座山上的杜鹃花不染着我们兄弟民族的血泪？

我见到一个独龙族的姑娘，叫嫒娜，是第三的意思。她只有十八岁，梳着双辫，穿着白色长袍，斜披着一条花格子布披肩，脖子上挂着好些串大大小小的玻璃珠子。见了生人也不怯，老是嘻嘻，嘻嘻，无缘无故就发笑。旁人说话，她从旁边望着你的嘴，嗤地笑了。人家对她说：“你穿得真好看啊！”她用手捂着嘴，缩着肩膀，拼命憋住不笑。人家再问她：“你怎么这样爱笑？”她把脸藏到女伴背后，咯咯地笑出声来。我让她吃糖。她才不会假客气呢，拿起块樱桃糖，用大拇指和食指捏着，送到嘴边上咂一会，抽出来看看，又咂一会，又抽出来看看，忙个不停，一面还要说话，还要笑。她说她的生活。她的性格那么欢乐，你几乎不能相信她会有什么痛苦。

嫒娜用又急又快的调子说：“我家里有母亲，还有兄妹，都住在大山上。早些年平地叫汉人的地主霸占光了，哪有我们站脚的地方？

说句不好听的话，我们在大山上，跟野兽也差不多，就在树林子里盖间草房，屋子当中拢起堆火，一家人围着火睡在地上。全家只有一把刀，砍了树，放火烧烧山，种上苞谷，才能有吃的。国民党兵一来，还要给你抢光。没办法，只得挖药材，打野兽。用弓弩打。打到麝、鹿、熊、野猪、飞鼠一类东西，拿到山下，碰上国民党，也给你抢走。那时候，谁见过鞋子？谁穿过正经衣裳？"

说到这里，嫒娜咧开嘴笑了。她把糖完全含到嘴里，腾出手来掩着自己的胸口，歪着头笑道："你看我现时穿得好不好？"

她说话的口气很怪，总是笑，倒像是谈着跟自己漠不相关的事。实际也不怪，再听下去，你就懂得她的心情了。

嫒娜继续说："一解放，人民政府每家给了三把锄头，几年光景，我们家开了一百多亩水田，早有稻子吃了。这是几百年几千年也没有的事，好像死了又活了。"

过去的事已经埋葬，这位年轻的独龙姑娘从头到脚都浸到新的欢情里，怎么能怪她老是爱笑？

但是过去的事并不能连根铲掉，痛苦给她刻下了永久不灭的记号。嫒娜的脸上刺满绿色的花点，刺的是朵莲花。我很想问问她文面的原因，又怕碰了她的痛处，不大好问。嫒娜自动告诉我说："不刺脸，国民党兵见你年轻，就给拉走。刺上花，脸丑了，就不要了。那工夫，谁不害怕当兵的啊！怕死人了。看见穿黄衣服的大家都往山上跑。"

我故意问她道："现在你还怕穿黄衣服的么？"

嫒娜指着自己的前胸反问道："你说我么？"便用手背一掩嘴，笑出声说："我还要相赶着找穿黄衣服的呢。"

嫒娜找的自然是解放军。在云南边疆上，我们解放军的战士跟少数民族烧一座山上的柴，喝一条河里的水，多少年来在各民族间造成的隔阂和冤仇逐渐消失，互相建立起手足般的感情。这种感情是从生死斗争里发展起来的。

我想告诉大家一件事情。有一班战士驻扎在边境上一个景颇族的寨子里，隔一条河便是缅甸，那边深山密林里藏着些亡命的蒋军，有时偷过境来打劫人民。这一班战士就为保护人民来的。有一晚上，三百多个匪徒溜过来，突然把寨子围住，天一破亮，开火了。我们只有十几个战士，当时分散开，顶住了敌人。从拂晓足足打到黄昏，战士都坚持在原地上不动，饿了，便拔眼前的野草吃。

班长亲自掌握机枪，一条腿打断，又一条腿也打断，不能动了。

匪徒们觉得这边支持不住，不停地喊："交枪！交枪！"

班长忍着痛撑起上半身喊："好，你们过来吧，我们交枪。"

匪徒们拥上来。班长叫："慌什么？你接着吧！"一阵机枪扫过去，扫倒敌人一大片。这时，又一颗子弹飞过来，打中班长的腰。班长松了机枪，歪倒地上，还用两手钩着两颗手榴弹的弦，对他的战士喊："我们要保卫祖国的社会主义建设！"

最后趁着夜色，党的小组长带着人突出包围圈，占了制高点，打了排手榴弹，朝敌人直冲下去。敌人被冲垮了，乱纷纷逃出国境去。

景颇族的农民围着昏迷不醒的班长说："都是为的我们啊！"

这些兄弟民族对解放军真是爱护得很，有时成群结队敲着象脚鼓，老远来给军队送东西。譬如有一回，庄稼闹虫灾，战士们帮着打虫子，天天雨淋日晒，脊梁曝了层皮，两条腿站在水田里，蚂蟥又咬，膝盖以下咬得满是血泡，糟得不像样子。虫子打完，赶收成时，农民争着尽先把新米送给战士。按景颇族的老规矩，头一把新米应该先供祖宗，给最有德望的老人吃。战士们不肯收，说是不配先吃。农民嚷着说："不先给你们吃给谁呢？"

在昆明，我看过一次十分出色的晚会。有阿细跳月，有景颇族的长刀舞，有彝族的戽小细鱼舞，有汉族的采茶花灯，还有许多其他民族的歌舞。这些歌舞是那么有色彩，那么有风情，那么欢乐，而又那么热烈，使你永远也不能忘记。晚会演完谢幕时，所有的演员都站到台前，穿着各式各样的服装，鲜明漂亮，好看极了。

当地一位朋友拉拉我的衣袖笑着说："你不是想看看云南有名的报春花么？这不是，就在你眼前。"

眼前这样多不同民族的青年紧靠在一起，五颜六色，神采飞舞，一定很像盛开的报春花。只是报的并非自然界的春天，却是各民族生活里的春天。

只有今天，古人追求不到的圆满东西，我们可以追求到了。

也只有今天，昆明才真正出现了长年不谢的春天。

1955 年

泰山极顶

泰山极顶看日出历来被描绘成十分壮观的奇景。有人说:登泰山而看不到日出,就像一出大戏没有戏眼,味儿终究有点寡淡。

我去爬山那天,正赶上个难得的好天,万里长空,云彩丝儿都不见,素常烟雾腾腾的山头,显得眉目分明。同伴们都喜得说:“明儿早晨准可以看见日出了。”我也是抱着这种想头,爬上山去。

一路从山脚往上爬,细看山景,我觉得挂在眼前的不是五岳独尊的泰山,却像一幅规模惊人的青绿山水画,从下面倒展开来。最先露出在画卷的是山根底那座明朝建筑岱宗坊,慢慢地便现出王母池、斗母宫、经石峪……山是一层比一层深,一叠比一叠奇,层层叠叠,不知还会有多深多奇。万山丛中,时而点染着极其工细的人物。王母池旁边吕祖殿里有不少尊明塑,塑着吕洞宾等一些人,姿态神情是那样有生气,你看了,不禁会脱口赞叹说:“活啦。”

画卷继续展开,绿荫森森的柏洞露面不太久,便来到对松山。两面奇峰对峙着，满山峰都是奇形怪状的老松，年纪怕不有个千儿八百年，颜色竟那么浓，浓得好像要流下来似的。来到这儿，你不妨权当一次画里的写意人物，坐在路旁的对松亭里，看看山色，听听流水和松涛。也许你会同意乾隆题的“岱宗最佳处”的句子。且慢，不如继续往上看的为是……

一时间，我又觉得自己不仅是在看画卷，却又像是在零零乱乱翻着一卷历史稿本。在山下岱庙里，我曾经抚摸过秦朝李斯小篆的残碑。上得山来，又在“孔子登临处”立过脚，秦始皇封的五大夫松下喝过茶，还看过汉枚乘称道的“泰山穿霤石”，相传是晋朝王羲之或者陶渊明写的斗大的楷书《金刚经》的石刻。将要看见的唐代在大观峰峭壁上刻的《纪泰山铭》自然是珍品，宋元明清历代的遗迹更像奇花异草一样，到处点缀着这座名山。一恍惚，我觉得中国历史的影子仿佛从我眼前飘忽而过。你如果想捉住点历史的影子，尽可以在朝阳洞那家茶店里挑选几件泰山石刻的拓片。除此而外，还可以买到泰山出产的杏叶参、何首乌、黄精、紫草一类名贵药材。我们在这里泡了壶山茶喝，坐着歇乏，看见一堆孩子围着群小鸡，正喂蚂蚱给小鸡吃。小鸡的毛色都发灰，不像平时看见的那样。一问，卖茶的妇女搭言说：“是俺孩子他爹上山挖药材，捡回来的一窝小山鸡。”怪不得呢。有两只小山鸡争着饮水，蹬翻了水碗，往青石板上一跑，满石板印着许多小小的“个”字。我不觉望着深山里这户孤零零的人家想：“山下正闹大集体，他们还过着这种单个的生活，未免太与世隔绝了吧？”

从朝阳洞再往上爬，渐渐接近十八盘，山路越来越险，累得人发喘。这时我既无心思看画，又无心思翻历史，只觉得像在登天。历来人们也确实把爬泰山看做登天。不信你回头看看来路，就有云步桥、一天门、中天门一类上天的云路。现时悬在我头顶上的正是南天门。幸好还有石磴造成的天梯。顺着天梯慢慢爬，爬几步，歇一歇，累得腰酸腿软，浑身冒汗。忽然有一阵仙风从空中吹来，扑到脸上，顿时觉得浑身上下清爽异常。原来我已经爬上南天门，走上天街。

黄昏早已落到天街上，处处飘散着不知名儿的花草香味。风一吹，朵朵白云从我身边飘浮过去，眼前的景物渐渐都躲到夜色里去。我们在青帝宫寻到个宿处，早早睡下，但愿明天早晨能看到日出。可是急人得很，山头上忽然漫起好大的云雾，又浓又湿，悄悄挤进门缝来，落到枕头边上，我还听见零零星星几滴雨声。我有点焦虑，一位同伴说："不要紧。山上的气候一时晴，一时阴，变化大得很，说不定明儿早晨是个好天，你等着看日出吧。"

等到明儿早晨，山头上的云雾果然消散，只是天空阴沉沉的，谁知道会不会忽然间晴朗起来呢？不管怎样，我们还是冒着早凉，一直爬到玉皇顶，这儿便是泰山的极顶。

一位须髯飘飘的老道人陪我们立在泰山极顶上，指点着远近风景给我们看，最后带着惋惜的口气说："可惜天气不佳，恐怕你们看不见日出了。"

我的心却变得异常晴朗，一点都没有惋惜的情绪。我沉思地望着极远极远的地方，我望见一幅无比壮丽的奇景。瞧那莽莽苍苍的齐鲁大原野，多有气魄。过去，农民各自摆弄着一小块地，弄得祖国的原野像是老和尚的百衲衣，零零碎碎的，不知有多少小方块拼织到一起。眼前呢，好一片大田野，全连到一起，就像公社农民连得一样密切。麦子刚刚熟，南风吹动处，麦浪一起一伏，仿佛大地也漾起绸缎一般的锦纹。再瞧那渺渺茫茫的天边，扬起一带烟尘。那不是什么“齐烟九点”，同伴告诉我说那也许是炼铁厂。铁厂也好，钢厂也好，或者是别的什么工厂也好，反正那里有千千万万只精巧坚强的手，正配合着全国人民一致的节奏，用钢铁铸造着祖国的江山。

你再瞧，那在天边隐约闪亮的不就是黄河，那在山脚缠绕不断的自然是汶河。那拱卫在泰山膝盖下的无数小馒头却是徂徕山等许多著名的山岭。那黄河和汶河又恰似两条飘舞的彩绸，正有两只看不见的大手在耍着；那连绵不断的大小山岭却又像许多条龙灯，一齐滚舞——整个山河都在欢腾着啊。

如果说泰山是一大幅徐徐展开的青绿山水画，那么这幅画到现在才完全展开，露出画卷最精彩的部分。

如果说我在泰山路上是翻着什么历史稿本，那么现在我才算翻到我们民族真正宏伟的创业史。

我正在静观默想，那个老道人客气地赔着不是，说是别的道士都下山割麦子去了，剩他自己，也顾不上烧水给我们喝。我问他给谁割麦子，老道人说：“公社啊。你别看山上东一户，西一户，也都组织到公社里去了。”我记起自己对朝阳洞那家茶店的想法，不觉有点内愧。

有的同伴认为没能看见日出，始终有点美中不足。同志，你还有什么不满意的？其实我们分明看见另一场更加辉煌的日出。这轮晓日从我们民族历史的地平线上一跃而出，闪射着万道红光，照临到这个世界上。

伟大而光明的祖国啊，愿你永远“如日之升”！

1959 年

香山红叶

早听说香山红叶是北京最浓最浓的秋色，能去看看，自然乐意。我去的那日，天也作美，明净高爽，好得不能再好了；人也凑巧，居然找到一位老向导。这位老向导就住在西山脚下，早年做过四十年的向导，胡子都白了，还是腰板挺直，硬朗得很。

我们先邀老向导到一家乡村小饭馆里吃饭。几盘野味，半杯麦酒，老人家的话来了，慢言慢语说："香山这地方也没别的好处，就是高，一进山门，门坎跟玉泉山顶一样平。地势一高，气也清爽，人才爱来。春天人来踏青，夏天来消夏，到秋天——"一位同游的朋友急着问："不知山上的红叶红了没有？"

老向导说："还不是正时候。南面一带向阳，也该先有红的了。"

于是用完酒饭，我们请老向导领我们顺着南坡上山。好清静的去处啊。沿着石砌的山路，两旁满是古松古柏，遮天蔽日的，听说三伏天走在树荫里，也不见汗。

老向导交叠着两手搭在肚皮上，不紧不慢走在前面，总是那么慢言慢语说："原先这地方什么也没有，后面是一片荒山，只有一家财主雇了个做活的给他种地、养猪。猪食倒在一个破石槽里，可是倒进去一点食，猪怎么吃也吃不完。那做活的觉得有点怪，放进石槽里几个铜钱，钱也拿不完，就知道这是个聚宝盆了。到算工账的时候，做活的什么也不要，单要这个石槽，一个破石槽能值几个钱？财主乐得送个人情，就给了他。石槽太重，做活的扛到山里，就扛不动了，便挖个坑埋好了，怕忘了地点，又拿一棵松树和一棵柏树插在上面做记号，自己回家去找人帮着抬。谁知返回来一看，满山都是松柏树，数也数不清。"谈到这儿，老人又慨叹说："这真是座活山啊。有山就有水，有水就有脉，有脉就有苗，难怪人家说下面埋着聚宝盆。"

这当儿，老向导早带我们走进一座挺幽雅的院子，里边有两眼泉水。石壁上刻着"双清"两个字。老人围着泉水转了转说："我有十年不上山了，怎么有块碑不见了？我记得碑上刻的是'梦赶泉'。"接着又告诉我们一个故事，说是元朝有个皇帝来游山，倦了，睡在这儿，梦见身子坐在船上，脚下翻着波浪，醒来叫人一挖脚下，果然冒出股泉水，这就是"梦赶泉"的来历。

老向导又笑笑说："这都是些乡村野话，我怎么听来的，怎么说，你们也不必信。"

听着这个白胡子老人絮絮叨叨谈些离奇的传说，你会觉得香山更富有迷人的神话色彩。我们不会那么煞风景，偏要说不信。只是一路上山，怎么连一片红叶也看不见？

老人说："你先别急，一上半山亭，什么都看见了。"

我们上了半山亭，朝东一望，真是一片好景。茫茫苍苍的河北大平原就摆在眼前，烟树深处，正藏着我们的北京城。也妙，本来也算有点气魄的昆明湖，看起来只像一盆清水。万寿山、佛香阁，不过是些点缀的盆景。我们都忘了看红叶。红叶就在高头山坡上，满眼都是，半黄半红的，倒还有意思。可惜叶子伤了水，红得又不透。要是红透了，太阳一照，那颜色该有多浓。

我望着红叶，问："这是什么树？怎么不大像枫叶？"

老向导说："本来不是枫叶嘛。这叫红树。"就指着路边的树，说："你看看，就是那种树。"

路边的红树叶子还没红，所以我们都没注意。我走过去摘下一片，叶子是圆的，只有叶脉上微微透出点红意。

我不觉叫："哎呀！还香呢。"把叶子送到鼻子上闻了闻，那叶子发出一股轻微的药香。

另一位同伴也嗅了嗅，叫："哎呀！是香。怪不得叫香山。"

老向导也慢慢说："真是香呢。我怎么做了四十年向导，早先就没闻见过？"

我的老大爷，我不十分清楚你过去的身世，但是从你脸上密密的纹路里，猜得出你是个久经风霜的人。你的心过去是苦的，你怎么能闻到红叶的香味？我也不十分清楚你今天的生活，可是你看，这么大年纪的一个老人，爬起山来不急，也不喘，好像不快，我们可总是落在后边，跟不上。有这样轻松脚步的老年人，心情也该是轻松的，还能不闻见红叶香？

老向导就在满山的红叶香里，领着我们看了"森玉笏""西山晴雪""昭庙",还有别的香山风景。下山的时候,将近黄昏。一仰脸望见东边天上现出半轮上弦的白月亮,一位同伴忽然记起来,说:"今天是不是重阳?"一翻身边带的报纸,原来是重阳的第二日。我们这一次秋游,倒应了重九登高的旧俗。

也有人觉得没看见一片好红叶,未免美中不足。我却摘到一片更可贵的红叶,藏到我心里去。这不是一般的红叶,这是一片曾在人生中经过风吹雨打的红叶,越是老,越红得可爱。不用说,我指的是那位老向导。

1956 年

黄苗子

华山谈险

我们这几位“旅行家”在黄河边上的一个小县歇下来。这个地方有许多从各地来的画家们在进行壁画临摹研究工作。当我们宣布要上华山一游之后,曾经去过的画家们就纷纷以一连串惊心动魄的词句来形容华山的险,有人在讲述用铁链子攀缘上去时那种战战兢兢的心情。有人说:上了二十里到“回心石”猛抬头看见挂着铁链的陡壁,已经叫你心神不定,再看看壁上前人的题字:左边刻着“当思父母”,右边却叫你“勇猛前进”,这时真像挂着十五个吊桶在心头——七上八落,不知该拿出勇气上去呢,还是名副其实地到了石边就“回心”转意,到此为止!有人又提到一千年前那位老作家——被称做“韩文公”的老韩愈他上了苍龙岭不敢下来,急得痛哭一场,连书本子都扔掉了(苍龙岭有“韩愈投书处”)。说这个地方的确好险,现在想起来心头还是蹦跳!

有人听说我要上华山,先把我打量一下,便发问:“你有心脏病没有？你神经衰弱不?”

听到了这一系列关于华山的“警告”，我心里确实嘀咕起来。我平常到了北京饭店的屋顶向下一望，都觉得目眩心怔，发生马上就要掉下去的感觉，何况攀着铁链子上万丈悬崖，这个滋味儿怕不大好受，心里就凉了半截；待要自己提出取消华山之游，可是话已经说出来，不去，又怕别人笑话。

在一次闲谈中，我们约好的游伴之一，曾经以“考据家”的姿态谈到韩愈投书的问题，他说韩愈“年未四十而视茫茫，而发苍苍，而齿牙动摇”(韩著《祭十二郎文》中语)，分明是个未老先衰的旧式书生，他上得华山心里不发抖才怪；我们今天翻山越岭这种体力锻炼不是没有，解放军部队“智取华山”的壮举我们学不到，起码这种不畏艰难的精神是现代中国人都应当有的。

这位同志的话鼓舞了我们，并且确实被一份在路上偶然看到的《新绘详细西京华山胜景全图》那些奇怪的诗句所诱惑：什么“一心游览上华山，四十里高往正南，西岳大部坐正顶，仰天池上把景观，北看黄河来朝献，吹箫引凤中峰盖……”很想看一看究竟，果然几天以后，我们四个人便到达华山山下的华阴县，在那里休息一晚，好准备明天上山。

在华阴，看那高插云表的三个山峰十分清楚，古人有“天外三峰削不成”的诗句，正好写出它的高峻。

旅馆里来往的不是上山便是下山的人，当我们背着背包、照相机和防备气候变化用的棉衣及毛线衣正要出门的时候，有一位刚从山上下来的旅客和我们打招呼，看看我们这副出门的装备，他带笑地说："你们上山东西带得太多了，看情况到了山上非逐渐减轻不可，上山下山都得手脚并用，手里可不能拿着东西呀！刚才我还跟店家说笑话，我说你们准得一路扔东西，店家就说他们扔了你就一路跟着捡吧……"

在"华山游口"接洽好背东西兼带路的人，我们便顺利地穿过玉泉院，沿着山沟的溪涧入山。果然渐入佳境，在峡谷中被流水和野花一路吸引住，精神抖擞，腰脚也不觉疲乏，一口气上了五里山路，到一所叫做三教堂的地方歇下来喝茶。

正在这时候，却从山上下来一位气急败坏的青年人，一面擦汗，一面向老道要茶喝。我们问他从哪儿下来，他说："咳！又高又险的路，一口气走了二三十里！我是早上从中峰下来的。这华山真是怕人，半个月前我爬过青海的雪山，还没有这样危险，那苍龙岭两边峭壁，中间一条'鲫鱼背'（意思是像鲫鱼背一样的两边陡峭的山脊），拉着铁链子上下，眼睛往下望，白茫茫一片，云树在万丈山坳底下，叫你心魂都震抖起来。老君犁沟和千尺幢也都是又陡又狭的石壁，一不当心准教你……"他停了一下又说："刚才有一位四十多岁的老乡，是甘肃来的，下苍龙岭吓得直哭，一面哭，一面倒爬着，由两个人前后牵着下来……说老实话，我现在腿还是软的。"我们之中的一位"勇敢的人"先开口："同志，我们还没有上山，先别给我们泄气，想听一听你对于山上风景的意见，冒那么大的险到底值得值不得呢?"年轻人这时立刻堆满笑容说："对呀，我都忘了说，你不上到三峰顶上你真是想象不到，这山上的峰峦变化真是奇妙莫测咧！到了一个峰，你以为是绝境，却不想拐几拐又是一个比头一个更奇更绝的峰。华山的每个峰都各有胜处,北峰看日出和南峰看日出的景色就各有不同,所以为什么从古以来就有许多人爱华山,有许多人愿意一辈子在山上不下来。华山是险,但是确实值得付出一点代价,来领略这个大自然的奇迹!”

从谈话中,我们知道这位青年人是外国语学院的学生,学希腊文;因为有病,医生劝他休养半年,并且劝他旅行。

经过大块小块的石头路,正要上莎萝坪,又碰到从山上下来的西安剧团的演员们。人有时候像蚂蚁,在路上碰头时会聊上几句天,可是在山势如此险仄的所在,我们的谈话也并不怎样恰心。我眼见一位女演员正在用手扶着石头跨过去,一面小心地动作着,一面却“好心”地对我们讲话:“哎呀,你们胆小的可不要上去,上头那高山陡壁吓得死人!”这时又是我们队伍中那位“勇敢的人”硬着头皮在答话:“不怕,我们胆子都很大。”当然啰,这四个人谁也都不真正“胆子大”。当我们已经走得相当远时,还听得对方低声地说:“胆子大……那就好咧。”

上得青柯坪,已经走了十多里路,这时已是旧小说上所说的“午牌时分”,两腿疲乏,勉强地支撑着走到饭堂。道士们端上又香又软的热馍馍,这时才觉得饥饿是首待解决的问题。

华山的道士们有很好的组织,有的参加了农业生产小组,有的参加游客招待小组,招待小组解决游客的食宿问题,简单的菜饭和清洁的卧具使人满意。

在九天宫睡了午觉,便沿路到达回心石,果然,抬头一看……呀!铁链子就挂在那悬崖之上。不是回头就真没有别的路可去了。

只听得我们的“领队”轻轻地、用似乎征询也似乎敦促的口气说：“怎样？走吧！?”那时我已下定决心，就“外强中干”地冒出一声“走！”其实不走也不行哪，哪位带路的人已经背着我们的行李在用手拉着铁链子上去了呢。

四个人战战兢兢地跟着他，此时我忽然发现了一个真理和奇迹：四条“腿”走起路来比起两条腿轻松，手拉着铁链，减轻了下肢的重量，觉得既稳当又好走。这样，我们便上了千尺幢——自然，我没有敢向四周和底下看。

千尺幢是两面峭壁当中的一条狭隘的石缝，中间凿出踏步，踏步又陡又浅，全靠拉着两边挂着的铁链上山，这地方除了一线天光之外，周围看不见外景，这倒也感到安全，人一步一步地攀上去，到顶只有一二米大小的一个方洞眼，旁边斜放着铁板，只要把铁板一盖，华山的咽喉便被堵住，山上山下便没有第二条路可通。

从千尺幢上百尺硖，仍然是攀缘铁链上去。顾名思义，它比千尺幢路程较短，但是四周没有遮拦，心理上似乎觉得危险得多。从这里遥望峭壁尽头的群仙观的建筑，感到位置章法十分恰当，叫人想起古画中的“仙山楼阁图”。群仙观是一位老道花了三四十年的精力修盖起来的道观，这位老者今年90多岁，已经20多年没有下过山了。

再上去就是老君犁沟，20年前出版的华山指南，警告游客们到此要“敛神一志，扪索以登，切忌乱谈游视，万一神悸手松，坠不测矣”！因为这是一块大石板，光溜溜的草木不生，两旁竖着石柱，用铁索拦住，人就从这中间上行。自然，身到此间，不用说也就会“敛神一志”的。

攀完了老君犁沟，在太阳将下时，我们到达北峰。真武殿孤零零地立在山顶上，好像只要有一阵狂风，就会把整个建筑卷去似的。我们当天就在此住宿一宿。

今晚月色不明，除了迎面翘立的西峰之外，群山都在脚底，清凉的晚风徐徐地给人拂去疲劳，回复神智。此时四山极静，似乎连大自然微细的呼吸都可以听见，除了恋恋于这高峰暮色而痴坐台阶的四个人之外，一切有生，如归寂灭。这时忽从远处飘来一种声音，这声音节奏纡徐，忽然低沉，忽然朗爽，不像诗诵，也不是曲词，它仿佛只是人对自然的独白，是在人的情愫中挑出最悦耳和最清净的一点来献给自然的、一种不可形容的声音语言。自然，只有这种境界更适宜于这种声音，这种境界和声音，确能把人引向另一个渺茫的世界中去，虽然那个世界只是个短暂的，虚幻的，使人犹如欣赏一出美好的古典戏剧一样地去欣赏它。

第二天早晨起来说梦，有人梦见昨晚唱“混元颂”的道士，依然在唱他那听不懂的歌词；有人梦见自己变成巨人，横躺在苍龙岭上。梦究竟是荒唐的事。一早上最叫人暗中着急的是不停地刮着大风，眼看那“一线孤绳，上通霄汉”的苍龙岭兀立在那咆哮的狂风中，不要说人，就是蚂蚁怕也会被吹落到那万丈深坑中去。这时四个人中就有人提出“刮这样大的风，怕上不去吧”的疑问，但谁也没有作正面答复。有人摊开纸笔对着远山作画，于是大家都画起画来。

华山有许多地方像北宋范宽的山水杰作，大片的山石像披麻，像斧劈，也有些地方宜用荷叶皴。望不见底的峭壁，有时只有几根纵线，有时却纵横交错表现出气魄的魁伟。从来画家都爱画华山，但真正把华山画得“形神”兼备却不容易。

午饭以后，我们离开北峰向南，到尽头又是绝路，崖边是垂直的一面石壁，凿出梯形踏步，两旁挂着铁链便人攀登，这就是十丈多高的“上天梯”。过了上天梯，穿过金天洞不远，就是苍龙岭。

苍龙岭是突出的山脊，狭而且长，远看像天上垂下来一根长绳，人就像小虫一样缘着绳子上去。近看两旁渊壑，瞑不见底，云从山下冒出，风呼啦呼啦地摇动半山松林，像伸出来的怪手要攫人！我们四个人这时谁也没有说话，按着宽有三四尺、狭仅尺许的踏步，俯身牵住铁链，“脚踏实地”地屏息前进。在前进中，我没有向周围俯视的余暇（自然也没有这种勇气），只是全心全意地爬上龙口；到了龙口，大家坐在石磴上舒一口气，一种解决一个难题以后的快感，浮在每个人脸上。

我们到了中峰，在道观喝了茶，听道士们指着峰峦述说解放华山时战士们的英勇行动和反动武装的懦怯怕死，觉得又兴奋又舒畅。人凭着勇敢和机智，能够战胜敌人也能战胜自然环境。在今天，我们的社会制度底下更有不可胜数的事例，来说明这个真理。

“金锁关”是上东、西、南三峰的隘口。为了夜宿南峰，我们先到南天门一游。南天门的前殿看来平常，从殿后穿出石坪，才看到这个寺观原来是靠着削壁建筑的，西岩有一石门，石门下面铺着两根石桥，桥面宽不到一公尺，过去是栈道，人牵住右边削壁的铁链，踏着不到60公分的狭道移步前行。左边就是一望无底的悬崖。虽然知道南天门的女道士，经常像逛马路一样从此处下朝元洞，过软梯，经“朽朽椽”，到贺老洞；但是我们穿出石门，才踏过了石桥，在心慌脚软的情况下，就只好废然而返！

南峰是太华诸峰的最高处，远望秦岭，少华、终南、太白，这些在平地上觉得骞腾云表的高山，现在都俯伏峰底，有如众星拱北。人在仰天池悄立，真有古人“呼吸通帝座”的感觉。我们借了道士的棉衣穿上，在黄昏时漫步山头，还觉得寒意深重。可不是吗，比我们早不了几天的登山人，还在金天宫门前的钟楼栏杆上写着“1957 年 5 月 6 日，在此遇雪，生平奇观……”等字句儿。道士们说：此地俗语有“上了金锁关，又是一重天”的说法，从山上的气候和植物土壤来看，确实是另一境界。

我不想细说在南峰早上看日出的美妙，也不想描写西峰上每棵松树的丰姿；解放华山时在西峰翠云宫捉住反动武装头子的故事让道士们和你详谈，赵匡胤和陈抟老祖下棋，输掉了华山的传说让东峰的下棋亭提出证据（可是要到下棋亭你得穿过“鹞子翻身”，那也是十分惊险的场面），《宝莲灯》那出戏中“劈山救母”的故事让西峰那块石头和那把铁斧作出附会。……但是这座西岳华山为什么从古以来就会使人感到这么大的兴趣，几千年来有无数诗篇和文章对它作出各种歌颂，《华山志》说它是“轩辕黄帝会群仙之所，所以兴云雨、福苍生也”，封建皇帝又利用它来作为欺骗百姓的工具，历代都举行过崇隆的祀典，而这座山又为什么会引起人们像《宝莲灯》那么美丽动人的幻想？我想，人要是住上几天，亲自和山灵接触一下，必然会解答这个问题。

踏上归途以前，自然还会想到怎样下“苍龙岭”“千尺幢”的问题，又会使你发生“好上不好下”的错觉，但是我告诉你：从南峰绝顶回到华阴车站上下40里路，我们只从早上7时到下午6时半左右就完成了行程，中途还不断地休息、画速写、拍照。

大概上过华山的人都会得到这么一点经验教训：传说和想象中的一切困难要是吓不倒你的时候，你已经达到了目的的一半，此外就是在具体实践中如何稳步前进的问题。如果你还怕上不去，那么每年3月间你来看看附近省、县赶“山会”的六七十岁小脚老太婆，她们百十成群上上下下的盛况，你就知道华山并不如一般人所说的那么“险”。

1957年

山魄

刘青砚

70cm×70cm

布面油画

床　虱[1]

我这个人虽不算绝顶聪明，可一般也不太傻。比如说，看了敦煌壁画中描写一个王子因为看见老虎饿得要死，就自己跳下岩去“舍身”、把身体喂饱了那饿虎的事，至少我是不愿意干的。虽然我还从未遇到一个三岁娃娃横过火车正在驶来的铁轨这一瞬间，因此我还无从考验我有无勇气扑过去推开孩子、自己“舍身”在火车下那种崇高的毫不利己精神。

我之所以不想“舍身喂虎”，是因为从小就知道老虎是“坏人”，它吃人，除了把它关起来在马戏班表演、哄哄孩子之外，老虎对人一无是处（当然你如患过风湿症，你会说虎骨酒还有点用处，可是那不是活的老虎）。而救孩子呢，那你可以举出十百种理由，虽然你当时

---

〔1〕 查《辞海》，臭虫一名荐蝇，一名床虱，以《臭虫》做题目，老伴嫌太俗，荐蝇这个怪名没人懂，因以《床虱》为题焉。

想的，可能只是一种：对人类的感情。

在我的一辈子中，我也曾有一个时期做过那王子所做差不多的“慈悲”的、愚蠢的舍身行为。但那不是我自愿的，而是十分无可奈何的一种大慈大悲。

也就在那个“史无前例”的日子，我曾被投入四面是墙，门口站“警卫员”的所在。“警卫员”，这里需要略加说明：他们并不是为了我去“警卫”别人，而是别人派来“警卫”我的——我只是被“警卫”的对象。

最初，我以为这个所在只是我一个人活着，铺板、铁窗，全是死寂的东西，太寂寞了。可是天黑之后，我始而彷徨，继而恐怖：

“还有我们！”

“我们！”

“我们！”……

诸位，我遇到的不是鬼（鬼不是活的，不可怕），我听到的不是声音，而是巡回在我的胴体上的爬挲动作，原在这个密不通风的小小地带，除我之外，还生息着无数生灵，它们是——臭虫！

臭虫，我以前也见过，我不应大惊小怪，但是你尝过成千上万臭虫永无休止地向你一个人袭击的滋味吗？

不知道因为我是“要犯”而把我隔离，还是因为我是“嫌疑犯”而对我优待，总之我是一个人一个单间。据说这里的铺板是睡六个人的——换句话说：应当由六个人分担的被“吃”，现在由我一个人来承担了。古时候祭祀大神的牺牲，还分别由马、牛、羊这躯体庞大的“三牲”来献享呀，何况牺牲还是早已宰割过，早已没有知觉了的呢！

明知道“古人韩愈写了《祭鳄鱼文》就起到了驱逐鳄鱼的作用”，这是彻底的撒谎，因此当时，我也不想写《祭臭虫文》。

我无可奈何地、一天一天地熬下去，正像元曲里说的，“消瘦了沈朗腰、潘郎鬓”！但我却意味不到臭虫在我身上，每晚到底吸去多少血。

然而我到底不是一个彻底的消极主义者，我那时天天在读经典著作，知道“知己知彼，百战不殆”，以及调查研究是解决问题的首要条件等等唯物主义法则，于是我就运用到臭虫身上。

我起初发现，把臭虫按死在铺板上是百发百中的，可是它在墙上爬，你有再大的本领还是难于逮住它，你明明看准了，用指头往下一按，结果是——不见了！经过几个月的实践和观察，我才发现臭虫的脚原来是跟壁虎一样，在立面上爬行时能够用足趾吸附在物体上，但当它感觉到受袭击时，便立刻弹跳到地面去，你就无从按住它。当我意外地发现这个秘密时，我随后就用右手承堵在下面，然后用左手中指按到墙上，这一来，我的敌人就乖乖地跳入我的右手掌中。

臭虫一般不在床板上做窠，而在底部，它发现这样更安全些。你不要以为臭虫的喙只能插进人的柔软皮肤里吸血，不是的，它比钢钻还厉害，能够把床板、墙壁啃出很深的窟窿和沟缝，它们的“住宅区”，就是凭这张铁嘴一口一口地啃出来的。当我发现床上和墙壁上，臭虫在那里挖洞产卵时（一个母臭虫一年产卵三四次，一次就产卵五十枚！），我曾经用饭粒和窝窝头封堵住那些洞，但第二天，轻而易举地就被它们搬掉了。

那时我真感到遗憾：第一没有昆虫学的基本知识，第二，缺少观察和培养臭虫的科学仪器,因此我无法完成一篇对生物学界具有重大贡献的科学论文。不然,我今天也许已成为生物学博士。

按照我当时的身份,是无法向我的“警卫员”提出消灭臭虫的强烈要求的,但大约一年半以后的一个夏天,当我拖着如柴的瘦骨(现在,朋友们都承认我是个“老胖子”)“放风”回来之后,发现房内充满敌敌畏的气味,我知道这是开了恩,第一次用药杀臭虫了。

但是当我俯身一望,床底下凝聚了一大摊血和无法计数的臭虫尸体,我立刻感到心情不怎么舒畅,这是长期积聚下来的,我自己身上的血!谁不愿意把鲜血献给应当献给的地方呢!

最近,看到一个画家朋友画的一本以动物为题材的画册,有一页他画了一个臭虫,却幽默地题道:臭虫——“先生,杀死我,不可惜你的血吗?”我当时即欣赏这句子的智慧,但心头却似乎泛起一点“山抹微云”那样的轻翳。

遗　嘱

我已经同几位来往较多的“生前友好”有过约定，趁我们现在还活着之日起，约好一天，会做挽联的带副挽联（画一幅漫画也好），不会做挽联的带个花圈，写句纪念的话，趁我们都能亲眼看到的时候，大家拿出来欣赏一番。这比人死了才开追悼会，哗啦哗啦掉眼泪，更具有现实意义。因此，我坚决反对在我死后开什么追悼会、座谈会，更不许宣读经过上级逐层批审和家属逐字争执仍然言过其实或言不及其实的叫做什么“悼词”。否则，引用郑板桥的话：“必为厉鬼以击其脑”。

我死之后，如果平日反对我的人“忽发慈悲”，在公共场合或宣传媒介中，大大地恭维我一番，接着就说我生前与他如何“情投意合”，如何对他“推崇备至”，他将誓死“继承我的遗志”等等，换句话说：即凭借我这个已经无从抗议的魂灵去伪装这个活人头上的光环。那么仍然引用郑板桥的那句话：“必为厉鬼以击其脑！”

此外，我绝不是英雄，不需要任何人愚蠢地为一个普普通通的人白流眼泪。至于对着一个普普通通的、木知木觉的尸体去嚎啕大哭或潸然流泪，则是更愚蠢的行为，奉劝诸公不要为我这样做（对着别的尸体痛哭，我管不着，不在本遗嘱之限）。如果有达观的人，碰到别人时轻松地说："哈哈！黄苗子死了。"用这种口气宣布我已自动退出历史舞台，这是恰当的，我明白这绝不是幸灾乐祸。

我和所有人一样，是光着身子进入人世的，我应当合理地光着身子离开（从文明礼貌考虑，也顶多给我尸体的局部盖上一小块旧布就够了）。不能在我死时买一套新衣服穿上或把我生前最豪华的出国服装打扮起来再送进火葬场，我不容许这种身后的矫饰和浪费。顺便声明一下，我生前并不主张裸体主义。

流行的"遗体告别"仪式是下决心叫人对死者最后留下最丑印象的一种仪式。我的朋友张正宇，由于"告别"时来不及给他戴上假牙，化妆师用棉花塞在他嘴上当牙齿，这一恐怖形象深刻留在我的脑子里，至今一闭目就想起来。因此，绝对不许举行我的遗体告别。即使只让我爱人单独参加的遗体告别。

虽然我绝不反对别人这样做，但是我不提倡死后都把尸体献给医学院，以免存货过多，解剖不及，有碍卫生。但如果医学院主动"订货"的话，我将预先答允割爱。

由于活着时曾被住房问题困扰过，所以我曾专门去了解关于人死后"住房"——即骨灰盒的问题，才知道骨灰盒分三十元、六十元、七十五元……按你生前的等级办事，你当了副部长才能购买一百元一个的骨灰盒为你的骨灰安家落户，为此，我吩咐家属：预备一个放过酵母片或别的东西的空玻璃瓶，作为我临时的“行宫”。这并不是舍不得出钱，只是因为作为一个普通的脑力劳动者，我应当把自己列于“等外”较好。

关于骨灰的处理问题，曾经和朋友们讨论过，有人主张约几位亲友，由一位长者主持，肃立在抽水马桶旁边，默哀毕，就把骨灰倒进马桶，长者扳动水箱把手，礼毕而散。有人主张和在面粉里包饺子，约亲友共同进餐，餐毕才宣布饺子里有我的骨灰，饱餐之后“你当中有我，我当中有你”，倍感亲切，本是好事。但有人认为骨灰是优质肥料，马桶里冲掉了太可惜。后者好是好，但世俗人会觉得“恶心”，怕有人吃完要吐。为此，我吩咐我的儿子，把我那小瓶子骨灰拿到他插队的农村里，拌到猪食里喂猪，猪吃肥壮了喂人，往复循环，使它仍然为人民做点有益的贡献。此嘱。

庄周说过一个故事：子桑户、孟子反、子琴张三个人志趣相投，都能“相与于无相与、相为于无相为”，于是“相视而笑，莫逆于心”地做了朋友。但不久，子桑户就死了，孔子急忙派最懂得礼节的子贡去他家帮着筹组治丧委员会。谁知孟子反、子琴张这两位生前友好，早已无拘无束地坐在死者旁边，一边编帘子，一边得意地唱歌弹琴：

哎呀老桑头呀老桑头，
你倒好，你已经先返回本真，
而我们却仍然留下来做人。

子贡一见吓了一跳，治丧委员会也告吹了。急忙回去找孔头汇报。姜到底是老的辣，孔子听了，不慌不忙用右手食指蘸点唾沫，在案上方方正正地画了个框框，然后指着子贡说："懂吗？我们是干这个的——是专门给需要这一套的人搞框框的。他们这两个可了不得，一眼就识破了仁义和礼教的虚伪性，所以他们对于我们这些圈套都不值一笑。不过你放心，人类最大的弱点是懒，世世代代安于在我们的圈套里面睡大觉。而这些肯用脑子去想，去打破框框套套的人，却被人目为离经叛道，指为不走正路的二流子、无事生非的傻瓜。他们的道理在很长时期仍将为正统派所排摈的。子贡，放心吧，我们捧的是铁饭碗，明儿个鲁国的权贵阳货、季桓子、孟献子他们死了，还得派你去组织治丧委员会。因为再也没有像我们孔家的人那样熟悉礼制的了。"（大意采自《庄子·大宗师》）

以上的故事讲完，想到自己虽然身子骨还硬朗，但人到了70岁，也就是应当留下几句话的时候了，于是写《遗嘱》。

陈残云

异国乡情

当日本军阀正要发动南侵，太平洋战争处于一触即发的严重时刻，我从新加坡到了马来亚中部的小城镇金宝，探望我的久别的兄嫂。这小城镇是一个出产锡砂和树胶的中心，人口有两万多，大都是“广府”人，说的是广州话，生活习惯也和香港、广州相似。我到了这里，并无远居异国之感，倒像回到了自己的家乡。

但这平静而繁盛的镇子，突然出现了战争的景色，坦克车、装甲车，连绵不断地向北马行进，运输车辆载运着澳洲的、印度的、尼泊尔的各式各样的陆军兵种，日夜不停地在街道上奔驰；飞机在上空盘旋；夜晚施行灯火管制；私人的汽车被征用。这许多惊人的战时景象，扰乱了安静的市街，人心浮动。

三天以后，战争爆发了。人们互相走告：“英国的两艘主力舰在暹罗湾被炸沉了！”“日本军队在北马宋卡登陆！”接着，英国丧失了制空权，日寇飞机疯狂轰炸，英军慌忙地向南溃退，市民们惊慌失措，有钱人纷纷向山芭逃遁。这当中,报纸刊登了新加坡爆发了强大的群众运动,要求武装起来,支援英军作战,共同保卫马来亚,保卫新加坡。我看了这振奋人心的消息,和兄长商量,要立刻赶去新加坡,参加抗战。兄长不让我走,说我是新来的“生客”,人地生疏,在兵荒马乱之中,容易发生危险。我说,新加坡有许多朋友,早约好要共同进退的。兄长见我态度坚决,无法挽留,只好让我走。

越日中午,天气炎热,我依然穿上一套呢绒西服,足踏皮凉鞋,挽着旅行包,和兄长一起走向镇外的火车站。

车站月台上寂然无人,一个旅客也看不见,连站上的工作人员也走光了。候车室里的椅子凌乱不堪,玻璃窗也被炸弹震碎。一个赤着上身,光着脚板的印度老人,从候车室里闪了出来,捡拾着破烂。

我哥哥用马来语问他,有没有火车来?

他摊开双手,连连摇头,表示不知道。

哥哥说:“看来没有火车了,还是不要走吧!”他实在舍不得我冒险而走。

“等等看。”我说,“也许会有军车。”

哥哥是个文化很低、又上年纪的汽车司机,对我很爱护,担心我会遭逢意外,却又不能不顺着我的意,于是无可奈何地陪着我。

我们一直耐心地等候着。太阳偏西了,等来了一列残缺不全的火车。它由英国兵士驾驶着,缓慢地驶进了月台。这列火车很不寻常,挂了好几个火车头,一列长长的、门窗破败的车厢,空荡荡的,除了一些护车的英国士兵之外,几乎没有客人。车子停了,我不管它是什么车、开到哪儿去,鼓着勇气走了上去。

火车停了一会，上了水，又继续开行。哥哥孤单地站在月台上，用忧虑的眼睛凝视着我，似乎掉下了泪。我也站在窗前，依依不舍地看着他。此去是吉是凶？将会碰到什么灾难？我不敢设想。在国内，我是经历过战争烽火的，虽然到了国外才两个多月，一切都陌生，但我是一个进步的热血青年，为了战胜野蛮的侵略者，我有勇气去克服一切艰险、危难。

望着哥哥的影子远去了，我走进车厢。这车厢冷冷落落地坐着几个英国兵，没有别的旅客，我又走进另一个车厢。这车厢一样地冷落，却坐着几个穿囚衣，刮光脑袋，眼睛发出刺人的亮光的彪形大汉。他们眼睁睁地看着我。显然这是从牢狱中放出来的囚犯。我不敢坐下来，又走到另一车厢去。走了四五个车厢，都是稀稀落落地坐着囚犯，有些脸色浮肿，有些长满了连鬓胡，有些带着病态，大多是中国人，也有印度人和马来人。可能监狱已经没有人看守，他们是打开了狱门各自奔逃出来的。

我几乎走完了全部车厢，临末，看见一个妇人远离了囚犯，静静地坐在一个角落里。我走近她，在她的前面坐了下来。她脸孔圆润，白净，约有四十上下，穿了一套灰黑色的唐装衫裤，看得出是一个纯良的家庭妇女。她是这列火车上唯一的女性，竟敢一个人坐着，我很替她担心。我坐下之后，主动地问她："阿嫂，你是哪里来的？"

她望着我，欣然答道："怡保来的。"

"这列火车是从怡保开来的？"我又问。

"不，是槟城开来的。"她爽快地回答，似乎觉得我是个诚实的人，可以相谈。

“怎么全是监狱出来的人,没有旅客?”我想了解一下车上的情况。

“日本人快来了,”她说:“人们都赶着躲进山芭,连守监的人也走了,谁还出门?”

“你又为什么一个人出门?”

“我去看妈妈的病,仗打起来了。我急着回家带孩子,可火车不通了,等了两天才等到这列撤走的破车,真急死人!”

“你要回到哪儿去?”

“吉隆坡。要不是家里两个小孩没有人照料,我不会冒那么大的风险,赶着回去。”

火车像蚂蚁一样,走得很慢,慢得令人心焦。好在有了这位嫂子做伴,减轻了旅途的寂寞,还使我在心理上消除了恐惧。一个孤单的女人,敢于冒着风险走路,我是个年轻力壮的男子汉,又怕什么?我们成了萍水相逢的患难朋友,彼此无所顾忌地攀谈着。

窗外,炙热的斜阳照着莽莽的草原,照着灌木丛生的林野,照着茂密的橡胶林,却看不见人影,使人感到列车进入了原始地带。大嫂望一望窗外的景色,自语道:“车子走得这样慢,今晚也到不了吉隆坡。”说着,她从藤箱里拿出几个奶油面包递给我,关心地说,“阿叔,车站也不会有东西卖,你吃吧,别饿着。”

“我不饿,”我没有吃,对她表示感谢。随后探询道,“吉隆坡有没有火车开往新加坡?”

“不知道。”她摇摇头,用关切的眼光望着我,“要是没有火车,你就在我家里避一避吧,这慌乱的时势,同声同气的人,都得互相照应。”

所谓同声同气，就是同乡之意。在南洋，乡情是深厚的，乡亲邻里都互相照顾，这是一个朴素的传统。这位态度和善的大嫂，自然从我的口音中听出我是她的乡邻，因此表现得格外亲切。我很感激她，欢声叫道：“嫂嫂，多谢你啦，但我还是希望到新加坡去。”

她快嘴地问：“你去新加坡干什么？”

我说：“我在新加坡教书。”

她笑道：“这时候学生都跑光了，还教什么书？”

我想告诉她，我要去参加保卫新加坡的战斗，但又怕说了出来她无法理解，也就不说了。只含糊地回答：“是的，人都跑光了，去也没用。但日本兵快来了，留在这里还不是当‘顺民’。你知道么？‘顺民’就是任由他们迫害、鞭打、虐待、侮辱……”

“侮辱——”她沉吟道，“听说那些死灾瘟，奸淫掳掠，没有人性！真的吗？”

“他们在中国就是这样，”我说，“到了马来亚，将会更疯狂。”

她的脸色有些发白，晶莹的眼睛露出惊恐的神色，一时说不出话。

列车越走越慢，缓缓地进入树林里，好像要停下来的样子。我生怕遇上什么意外的事情，连忙走出车厢，到扶梯上仰头观望，突然发现六架日本飞机在天空飞翔，飞得很低，朝着火车的方向飞来，我急促地惊叫：“阿嫂，快走，日本飞机来了，快走，快走呀！”

听到飞机的隆隆声响，车厢里的囚徒们骚动起来，一面挤一面叫喊。有人见我挡着梯口，急叫：“跳下去，跳下去，快！”

我回头一看，看见阿嫂被几个大汉挡住，急得想哭，我正要往后拉她一把，却被人推下了车。车子刹住了，囚徒们纷纷跳下车来。

“轰！轰轰！”响起了震破耳膜的爆炸声。

霎时间浓烟和尘土笼罩了一切。我急忙爬起身来，向树林里跑。机关枪的扫射，炸弹的轰炸，飞机的鸣叫，交织在一起，发出死亡的威胁。

我在丛林中狂奔着，尽量远离铁路线，走了好大一阵子，气喘喘地坐了下来。在树叶的疏影中，看见日寇的飞机飞得很低，简直在树梢上掠过。它们不断地用机枪扫射、盲目地轰炸了一轮之后，隐去了，林野间一片死寂。

我跟着几位英国兵士走出了树林，回到停车的地方。只见火车两旁有许多炸弹深坑，有些车厢被炸毁。木板、椅子和树枝横七竖八地堆积着，一片零乱。一些囚徒被炸死，血肉模糊地抛弃在沙土上，有人半截身子埋在泥土里，另一些人在抢救。我们乘坐的车厢被炸毁了，不见了阿嫂的踪影，我心里十分难过。她的行李和我的手提包都埋在毁坏了的车厢里。

她是不是遇了难？我想着。我察看了十多个被炸死炸伤的人，都不见她。会不会埋没在炸毁了的乱木堆里，或埋没在翻起的泥土里？不知道。我在就近的林子里高声叫喊：“阿嫂，阿嫂——”没有回应。我呆然地站了半晌，为这位遽尔相遇的乡亲的不幸遭遇而不安、难过。

几位英兵走来，把所有的囚徒们都叫了去，我也跟在他们后面。走了一阵子，见到了一个火车站，也被炸得七零八落。站上的房舍倒塌了,旁边的店铺也毁了。啤酒、汽水、饼子和各种各样的食物,都散落在瓦砾堆里。还看得见车站的地名叫打巴律。我知道有一个小城镇叫打巴,这打巴律可能离它不很远吧!

我想,路轨被炸得不成样子了,列车也坏得难于走动,不是短时候能修好的,即使修好了,沿途还会有更多的轰炸,怎能到得新加坡?

我衡量了利害,决定转回金宝去,以后再作打算。但由这里回到金宝有多少路程?怎么走?都茫无所知。观察了车站附近的景物,我估计打巴离此不远,一定有旅店,不如去打巴住一夜,明天再走。于是不管会遇着什么危险,沿着车站背后一条宽阔的柏油路朝前走去。

柏油路笔直平坦,没有行人和车辆,两旁是茂密的橡胶林,微风吹拂,林中静得怕人。走不多远,遇见几个马来人,他们拿着明晃晃的朴刀,在踱着闲步。我心中有几分害怕。但怕也怕不来,只好鼓着勇气走向前去。他们也用怀疑的眼睛盯视着我,见我走近了,他们立刻散在两边,似乎想要对我有什么动作。我昂首走过,他们全不理会。接着我遇见好几起三个一堆、四个一伙的马来青年,我很想问他们一声打巴在那里,但语言不通,只好呆然走着。

暮霭笼罩着茫茫林野,不知要走多少路才有歇脚的地方,才能遇上一个可以问话的人。我觉着肚子饿了,脚步也显得疲乏。一个孤单的行客,在陌生的异国土地上,逢着如此的战乱,很容易遭受不幸。我越走越是心急发慌。

夜色更浓了,我鼓励着自己:不管遇上什么困难,都要继续前行。走着,走着,突然听到低沉的说话声,声调有些熟悉。我看见林影里射出微弱的灯火,便朝着灯影处走去。走进一个小园子,见到四个人围着一张小桌子吃夜饭。小油灯映照着他们的脸影,是我们的侨胞。我像遇到亲人一样,高兴地走上前问道:“兄弟,到打巴还有多少路?”

“远啦!”一位脸孔铁瘦的老头,打量了我一眼,用广州话回答,“你是哪里来的? 去打巴干什么?”

我说:“我是从金宝来的。”

“金宝?”老头奇怪而关心地问,“金宝,为什么走这条路?”

在这种时候遇见家乡的人,我有说不出的喜悦,于是爽快地解释道:“我要到新加坡去,可火车被炸坏了,走不了,想到打巴住一夜,明儿再回金宝去。”

一位粗壮的青年插话:“吃了饭再走吧,打巴的人跑光了,你到了那里也没饭吃。”

一位长着连鬓胡的中年人,没有等我回话,就拉了个凳子来,亲热地招呼我说:“来,坐坐,吃饱肚子再走。”

我坐了下来,另一个中年人给我盛了一碗白米饭。

他们是不是一家人,我不知道,看样子是耕芭的穷苦人,他们对我如此亲切,使我感到无限温暖。白米饭又软又香,吃得特别有滋味,每一颗饭粒仿佛都带着深厚的乡情。

“我说呀,”瘦老头吃完了饭,似乎看出我的心意,关照我道,“就在这里过一夜吧,用不着去打巴啦,这倒霉的时势,难得遇见一个同乡呵。老弟,你姓什么?”

“姓陈。”我欣然回答,“多谢叔伯们照料。”

“好。你就住一夜。”那粗壮青年拍拍我的肩膀,爽朗地说,“明儿我用单车送你去。”

“对对。”两位中年人都附和着。

我非常激动地点着头。

瘦老头带着老一辈华侨的朴素感情，劝我吃好吃饱，生怕我挨饿。他说：“别见外，都是自己人。”然后，他又滔滔地说：“今天日本飞机飞得很低，连膏药旗都看得见，炸弹轰轰响着，叫人心惊胆跳。不知炸死了人没有？”

“有呀，准有十多人。”我放下饭碗，将受轰炸的情景说了一遍，接道，“死的都是释放的囚犯，大多是中国人。我认识的一位嫂子也失踪了，多半是遭了殃。”

胡子中年人愤然插嘴道：“他奶奶的，日本的炸弹从中国炸到南洋，到底它有多少炸弹，炸到什么时候？！”

老头问道：“听说英国的大兵舰都给炸沉了，可是真的？”

我点头说：“真的。”

大家吃完了饭，青年人一边收拾碗筷，一边生气道：“英国的兵舰、飞机，都是纸扎的，苦了我们老百姓。”

老头审视我一番，信任地问道：“老弟，看来你不是粗鲁人，明白天下大势。凭你说，我们中国人什么时候才不受苦，不让人欺负？”

“我也不知道。”我帮着粗壮青年擦桌子，随意回答。“可日本兵那么霸道，横蛮，早晚要完蛋的。我们国家如今出了许多有本领的人，早晚也会翻个身，不受人欺负。”

老头点首道：“倒也有人这么说过。可眼前，日本兵就要来了，我们的日子该怎么过呵？”

“日本兵是很凶的，须得躲避躲避。”我用关切的语气回答道。“这里靠近火车站，又在路边，不安全。”

“是呀。”老头指指园子旁一间孤独的亚答屋说：“这木屋子，我一人守着得啦，几根瘦骨头不值钱。阿明，这老弟说得是，你和叔叔都得走避走避。”

叫做阿明的年青人点头说：“好，明天我到大伯公山去，寻找割胶的同乡，找个落脚处。”

阿明说毕，端起碗筷进入屋子，我和老头拉了一阵话，弄清了他们是一家人。老头是家长，两位中年人是他的弟弟，青年人是他的儿子。他们在山芭里开荒种菜，由于劳力旺盛，勤耕俭用，日子还混得过去，有时还能汇一点钱回国，接济贫苦的家眷。老头和两位老弟都有妻子在家乡。

阿明给我拿来一双木板拖屐和水桶，叫我冲凉去。

水井就在园子的角落，旁边长着槟榔树和山竹。热带气候白天酷热，夜晚凉爽，井水更是冰凉，冲在身上冷得嘴唇发颤。我咬着牙根冲下去，从头到脚冲了十多桶水。在南洋，冲凉是生活中一件重要的事，特别是“新客”，一天要冲两三次，否则容易生病。

我冲了凉，身心畅快地走进木屋子去。屋子里狭小的厅堂上，老头靠着竹椅抽烟。厅堂中放着一张木板床，床上堆满杂物，我进来了，老头连忙搬去杂物，情意殷殷道：“老弟，坐坐，今晚就和我一起睡吧。”

我坐在床上，很感激老人家的亲切照顾。我问：“阿伯，你是哪里人？”

"南海。"老头继续抽着切烟，侧着满是皱纹的脸，"你呢？你的老家在哪里？"

"番禺。"我说。

"南、番、顺都是一条水，大同乡。"老头脸孔露出欣喜的笑意。接着又问我在金宝干什么，到南洋有多久，家里有些什么人，等等。

我如实地告诉他，来南洋才两个多月，在新加坡教书，来金宝是探望久别的兄弟的。老头听说，对我更加同情和关注。他惊异地说："哎呀，老弟，你一个新来的教书先生，走这么生疏的夜路，很危险呀，碰到抢劫的坏人，你连性命都保不住。"

我说我身上没有多少钱。

他说："一刀砍下去就完啦，谁晓得你有钱没钱，兵荒马乱，死了也没人知晓。"

听他的口气，时势一天比一天混乱，我这回出行，显然是过于冒险了。如果不是遇到善良的乡亲，今晚将不知流落在何处。我内心对老头一家子非常感激。

接着我们又谈了家乡的景况。我们的家乡早已沦陷了，乡亲们在日寇的铁蹄下过着痛苦生活。由于命运相同，老人待我真像亲人一般，话谈得很多，诚挚亲切。夜渐深了，我们同床而睡。

翌日，晨光初露，天空洒了一阵密雨。跟着，刺目的阳光又照射在椰林间。

临走，我要给老人家一点钱，他不肯要，还骂我小气。我只好恳切地道谢一番，和老人家及他的两位弟弟欣然告别。然后，阿明领着我走出小园子，让我坐在自行车上，他蹬着车子前行。

晨雨过后的气候，凉快清新，绿树遮掩的柏油公路，冷落寂静，车辆绝迹，没有多少行人。偶然遇到一些掩男带女的逃难者，神态忧虑彷徨，好像不知哪里是安全地带。

阿明是个精力旺盛的壮汉，车子蹬得很快，不上一个钟头，就把我送到打巴。阿明一面揩汗，一面热心地关照我说："到金宝还有四十里路，你沿着公路往北走就是。"

"还有四十里路——"我心里暗想，不禁害怕起来，路这么远，怎么走呵？嘴上却说，"好好，我自己会走。明哥，谢谢你啦。"

"不用谢。"阿明爽朗说，"碰上危险，走不通的时候就回到我家来，我爸是不走的。"说完，他跳上自行车，飞也似的去了。

打巴是和金宝不相上下的小市镇，也是通向北马的交通要道，平日繁盛兴旺，现在却一片沉寂，所有的店铺都关上门窗，连摆香烟摊和街头叫卖的小贩都没有了。警察也没有了，有的是从前线撤下来的澳洲大兵，他们三三两两地去搜索食物，或寻找女人，还有一些捡拾破烂的印度贫民和中国老人。我早上没有吃东西，肚子咕咕响，想找点什么填填肚子，一点也找不到，只好失望地走出了这铺户整齐的小市镇。

马来半岛从新加坡到巴登巴式像一条狭长的带子，中间镶着两条直穿南北的红线，一条是铁路线，一条是公路线，把许多中小城市都贯穿起来。我沿着柏油公路朝北走，就是没有人指引，也能走回金宝去。

太阳升得很高了，火辣辣的热带炎阳，燃烧着山野。路上，有些地方林荫遮住了阳光，走路很舒服。但林荫遮盖的地段并不多，多的是荒僻的草野,甚或是光秃的黄土山头,这就走得很苦了。太阳射在脸颊上,手臂上,像火炙似的,皮肤隐隐作痛,我没有遮阳伞,也没有帽子,只好用外衣披挡着,可又热得难受,闷得难受。

走了十多里路,白衬衣全被汗水湿透了,气喘,口渴,加上鞋子夹得脚趾发痛。想赤脚行走,但路上的柏油烫得脚板更难受,只好忍着脚痛慢慢前行。沿途找不到同行的人,遇到的都是向南败退的兵车,偶然看见几个印度人,马来人,全是向南走的。一条漫长的公路,朝北走的好像只有我一个。快到中午了,口渴、肚饿、脚痛、气喘,疲乏得脚步不听使唤。

一个身穿“盲人院”衣服的盲眼老人,敲打着探路的竹竿,面对着我缓慢地走来。我问:“先生(人们习惯了将盲人称作先生),前面是什么地方?”

“六支啤。”他回答。六支啤是和金宝距离六英里的一个小城市的名字。在马来亚有不少这样的地名,如三支啤、五支啤之类。他顿了一下,奇怪地问道,“街场上的人都走了,你还去做什么?”

“我的家在金宝,要赶回去。”我说。

“呵,金宝,更不能去!”他诚恳地劝阻我,“人们说,日本兵快到啦,你别去。”

我昨天才离开金宝,日本兵怎么会到得这样快?我不相信,继续往前行。

路上还遇到近二十个这样的盲人,他们摸索着移行,脸上露出忧愁和冷漠的神色,显得很可怜。战争一来,英国当局手忙脚乱,前线不战而逃,后方慌乱不堪,一切都瘫痪了,这样打仗,真有点儿戏。当官的管自逃命，苦煞了平民百姓，苦煞了盲人！

我走到六支啤，饿得走不动了。这近百户人家的小市场，人都跑光了，家家关门闭户，街道寥落冷清。我拍了几家卖食物铺子的门，有的没有人应，有的只剩一人看守，不肯开门。后来，我拍了一家杂货铺的门，门开了，走出一个小青年。我恳求道："有没有吃的东西，请照应照应。"

小青年打量我一眼，似乎看出我是远地而来的人，是讲的广州话，便和悦地放我进去，随道："你看看有什么可吃的。"

我进入铺子，看见框架上是空的，饼干，罐头和其他干果都没有，却有大米和面粉。我请求他让我在店里煮一顿米饭。正说着，里面走出一位肥胖的老人，似乎是老板。他对小青年说："别煮了，厨房还有热饭。"

"好好。"小青年转身进入厨房。

胖老人看了我那副疲劳而狼狈的样子，似乎有点同情，和气地问："小兄弟，你到哪里去？"

我将我的去处告诉他。

他听出我的乡音，好心地劝阻道："别去了，金宝紧急疏散，连马打都走了，你去做什么？"

我说："我的家人在金宝，不去不行。"

他说："那就吃了饭走吧，早点走，晚了走路更不安全。"

小青年端来饭菜。

他一看，没有什么菜，当即吩咐小青年："看有什么罐头，拿一罐来，让小兄弟吃饱好走路。"

小青年答道："只有茶瓜，别的没有了。"

他说："茶瓜也好，快拿来。"

我不想给他们添麻烦，阻止小青年。可他快手快脚地撬开一罐茶瓜，搁在我的面前。真是乱世见乡情，我在厄境中，处处都受到乡亲们的照料，心里无限激动。

"要是印度兵没有把罐头刮走，肉呀，鸡呀，倒有得款待。"胖老人突然发出埋怨情绪。"我们寄人篱下，只好任人欺负，任人宰割。"

我说："日本兵来了更不得了。"

胖老人叹了一口气，随说："是呀，有灾有难，就得靠同乡互相照应。"接着，他关切地问了我的姓名和职业。又问："你在新加坡当教师，怎么又跑到打巴去？"

我把火车被炸，中途在乡亲家住了一夜的经过，如实地告诉了他。他诧异地对小青年说："他被炸的火车，可是你表嫂坐的那一班？"

"什么？！"我吃完饭，放下饭碗，愕然地问小青年道，"你表嫂乘坐的火车也被炸了？"

"是的，"小青年说，"险些被炸死。"

我急问："她怎么被炸，现在哪里？"

小青年快心快意地把情况告诉我：昨天傍晚，她乘坐的火车在打巴律被炸，当时她惊恐地倒在地上，昏了过去，被树枝和泥沙覆盖着。其后醒了过来，摸黑走到车站附近一条马来村子。她懂得马来话，话说得恳切，马来人同情她，便用自行车连夜把她送到我们铺子来。

她无疑地就是和我同车的嫂子。听说她没有遇难，我异常高兴，欢声问:“如今她在哪里?”

小青年道:“今早,跟我们家里人避到山芭去了。”稍顿,他问,“她可是和你同车的?”

“是是。”我连连点头。随即把我和她在车上相识,被炸后如何寻找她的情况,说了一遍。便站起身来,央求他道,“你能带我去看看她吗?”

胖老人知道我和他的表侄妇一样遭受了危难,对我更加好感,便亲热地插话道:“不啦,她住得远,来不及看啦,你赶快回金宝去。等战局平静了,叫她去探你。”

“那你就告诉她,”我对和蔼的老乡亲说,“她在车上相逢的那个教师,还活着,活得很好,等战争结束了,他一定去探访她。”说完,我激动地和胖老人、小青年握了握手,轻快地走出铺子。

在可贵的乡情鼓舞下,我跨过了死亡的厄境,克服了意想不到的困难,安然回到金宝去。和哥哥见面的时候,已经是黑夜了,眼前是一片黑暗和死寂,预示着更大的痛苦和艰危就在面前。

1980 年 4 月

遥寄星岛

寄赠胡、沈[1]二先生

祖国的高原已经是落叶沙沙的秋天了。我是从高原回来的，带着满脸风霜，带着亢枯的尘土味，和一颗热气腾腾的轻快的心，回到了惨别七年的故乡。七年，时间并不短，忘掉了自己的国度的孩子已经长大了，多少孩子的父亲都活现过丑陋的面相。我呢，我仿佛是一个陌生的客人。

第一眼看见明朗的南方的秋云，我想到海天一色，永远停不住云朵的热带，我想到热带的心脏新加坡，想到那座浅黄色的小洋房中的你们。我庆幸那残酷而狂妄的“马来亚之虎”的山下奉文不曾吞噬了我和你们；我庆幸十五万人中的黑暗的牢狱里没有我和你们；我庆幸

〔1〕 胡——胡愈之，沈——沈兹九。

我们还有压不碎的生命，看见祖国的胜利，看见没有人性的法西斯强徒倒下，看见广大的人群走向民主自由的光明大道。现在，我有说不出的内心的兴奋和欢快，看到你们重归新加坡的喜讯。

你们健康地归来，就像一阵印度洋上的晨风，带给人们心头无限的轻快。若干年来，无数热爱祖国的青年，对你们的安危非常焦灼。当新加坡被套换了“昭南岛”的第一天，就有了传说你们被捕，传说你们死了，直至最近，重庆方面还说你们真的死了。过去，人们的谣传我是极力否认的，我知道你们在荒乱中乘小帆船逃出了，而最近却听说胡先生病死于孤岛，这不能不使我惊愕了。在流离与困顿的生活中，谁的生死都是无法预料的，我正写信询问胡仲持先生，想打探你们的底细时，却从报章上看到你们安然归来的消息，我像触电似的，说不出心头的快慰。但从这消息中看不到对王任叔、杨骚、王纪元、张楚琨诸先生的报道，我特别对瘦弱而又患了严重胃病的杨骚先生是否安然无恙有了疑虑，至于×××我早就从一个失节的“星”字派的人物中，听到一段绘影绘声的述说，但目前我还想保持自己的缄默。

在这忠奸不分，功罪不明的时势中，我自问缺乏“大国民”的风度，因而我有的就是无言的愤恨。但马来亚的全部陷落，与陷落之后一年半中的真实情况，我是眼看和身受的。我看见那些无耻者公开诬说××先生在香港和日本人勾结，替他们建设“大东亚”的文化；我看见有些“爱国领袖”将自己的姨太太和女儿，送给日本军官玩弄；我看见大小汉奸们如何替日军征兵和征伕；我看见无数善良的同胞被杀戮与受迫害。因而我同意马来亚华侨提出向日本报复的提议，我绝对拥护向日本军阀报复，向汉奸们报复。不彻底清除法西斯的暴力，不彻底清除助长法西斯的帮凶与游魂，中国的前途是危险的。所以我赞同这个公意。倘若还容许我有华侨的资格，我希望你们代我投一票。我是一九四三年十月逃出马来亚的大牢狱的，一九四三年以前的事，我是无数受难民众之一的忠实证人。

现在，我是带着欢快的脸容，回到复活了的故乡了。但还不敢想象马来亚的家人的命运，我曾将谜一样的所谓“大东亚的乐园”，公之于世。倘若日本军阀侦知我家人的所在地，他们将是悲惨的，他们会被套上一个纵容抗日分子的罪名，他们会被砍头，会被活埋，倘因此而牺牲了全家，我是痛苦的。他们是善良和忠厚的，和无数劳苦的侨居国外的中国人一样，是使人敬爱的。我愿意为他们控诉，替大家抒发一下潜藏于心底的积恨。我们的胜利假若只是一个漂亮的口号，假若还照样深藏着积恨和苦痛，照样过着贫困的灰色的日子，则我们的牺牲和忍辱，是毫无代价的，倒怕是从奴役者的手里，转卖于新的主人。我这样想，你们不会说我太悲观、太忧虑，或者说是太孩子气吧。

是的，我很多时候都感到自己的幼稚和冲动，对于那些“讲的一套，做的又是一套”的虚伪的人，我是有勇气表示憎恶的，我不愿意随风起舞，做一只外香内臭的点缀世界的蝴蝶，因此我痛苦，我悲愤在监狱似的“共荣圈”里，度过一段痛苦的岁月。我曾经像一株沙漠的小草，寂寞、孤零、悄悄地淌泪，悄悄地发气。我曾经像一只毫无援手的羔羊，被大“皇军”一次二次地“肃清”，我曾经委屈地挂了“顺民”的牌子在强暴者跟前点首强笑，然而幸亏理智还能控制情感，落得保留一身瘦骨回到苦难的家乡。现在我将以冷静的眼睛正视那些水底翻身的“英雄”,正视那些掩护“翻身”的“英雄”的“英雄”。

我说的这一段惨淡的过程,你们是想象不到的,也许你们以为我会关在更可怕的集中营中。幸而我是一个“新客”,又是“广帮”的店员(后来我做了店员),幸而不死,却也不容易偷生。马来亚的严密和残暴的统治,比南洋群岛的任何一块地方都厉害,生存于这里的人实在有无法形容的惨痛。你们是浙江人,和市民层关系不深,是青年人的领导者,又是“抗日的巨物”的朋友。要是逃不出,必然有悲惨的遭遇。据说华侨师范的校长庄奎章先生就是第一次被刺死的。日本军阀很聪明,他们在名单中早已准备就绪,哪些人要杀,哪些人要利用,因而很多人担心你们的安危。当敌人高喊“恢复大东亚繁荣”的第二个月,马来亚联邦铁路仅可行车的时候,我曾经冒险到“昭南岛”去。宽敞而雅致的新加坡的街道,已经是荒落不堪了,街上的行人全都带着愁苦的脸容,我像白昼的老鼠似的,悄然地摸到你们那座小洋房的门前。只见到处乱七八糟的,看不到半点静雅的景色了,我一阵心酸,联想到渺无踪影的你们。

我还清楚地记得,离别你们的那一晚,虽然那时新加坡的海岸开始戒严,有钱人向内地搬迁,全岛蒙上风雨之前的景象。但大家还相信这不过是当局虚张声势,表个态来讨价还价。因此我们还预约了新年去旅行槟城。想不到我走后的第四天,疯狂的日本军阀,竟有那么“可敬”的气魄冲破太平洋上的绥靖主义者的迷梦。在电讯上,我看见新加坡遭受残酷的轰炸时,我想到瘦弱的不容易抵受风浪的沈先生,我曾经想方设法接她来我家里住,然而槟城一闪眼的工夫又陷落了，交通陷于停顿的状态，因之我的想法又落了空。接着我看到“马来亚青年大联合”的号召，组织“华侨义勇军”的号召，我兴奋地离去了家人，走向新加坡。不意交通一次、二次都被轰炸阻断，接着怡保陷落，接着我开始过着黯然的奴隶生活。

我之向你们提起这些旧事，主要说明这不仅仅是我个人的身受，而是五百万侨居海外的善良的同胞的身受；我之所以要提起这些旧事，主要希望人们不要让胜利冲昏了头脑，看不见过去的悲痛和未来的危殆。我想，我们侨胞的“猪仔”生活过得太多了，胜利了的祖国，不能再让人将他们看作“猪仔”，仅仅是为了要活。比如说吧，一个起码的民主国家的侨民的资格是应该有的。你们是大家所尊敬和爱护的，今日的归来，无数侨胞将以殷切的期望，交你们转回祖国去。

祖国一定会向着新的道路前进的，我很愉快。

现在我已经回到温暖的南中国了，站在珠江岸畔，看着遥远的天空，我想到劫余的新加坡，想到复活的你们，我希望有一天，来到“珍珠巴刹”大伙儿喝一杯酒，我希望再到中峇鲁听你们的训诲，我希望新加坡成为一个更自由、更美好、更使穷困者易于过活的世界。

是一切弱小民族都应该挺起胸膛，大步前走的时候了。新加坡是个东方弱小民族的自由呼喊的广播台，我这个星岛的怀恋者，正在太平洋的岸边，静听印度尼西亚人的健康的歌声。

最后，感谢你们过去对我的指示、爱护和帮助。

莞城之夜

吃过晚饭，我和芦荻步出县委招待所，到街上散步去。

这是荔枝将要成熟的季节，初熟的三月红和玉荷包果子已经上市了，街上的小摊贩在高声叫卖。玉荷包这种皮青肉酸的荔枝，不好吃，顾客寥寥。蜜味清甜的是糯米糍和桂味，再过一些时候才能大量上市。今年的荔枝果实累累，呈现了丰收的景象，如果不是十天半月的连绵阴雨，将可满足市场的需要。

我们在热闹的街道上走着，边走边欣赏着市容。这个距离广州六十多公里、十多年前只有四万人口的县城，现在已超过八万了，许多破旧的屋宇都改建成了新的楼房，有些街道全是三四层新建的楼宇，整齐、美观，家家户户的小阳台都种着盆花。还有不少新楼宇在兴建中。街上的行人很多，单车在人丛中穿来穿去。人们的衣饰，特别是年轻妇女，色彩鲜艳，现出一种文明爱美的城市气派。

我们走到市场中心，站立在运河上面的桥头凭栏眺望。初夏的微风迎面拂来,更觉凉快。这百多公里长的运河,是大跃进年代开辟的,我也曾为它流过一点汗水,它起着泄洪疏涝、防旱驱咸、利于交通运输的作用。现在还增添了县城新的景色,河水成了青年人的自由泳场,河边的石阶是妇女们浣洗衣裳的好地方,河堤西岸建造了华侨大厦、百货公司、新华书店、电影院和各式楼房。我们伫立着,放眼瞭望,望见周围的屋顶上、楼顶上,竖立着无数"鱼骨天线",这是收看香港电视的特设天线。它和珠江三角洲的许多城镇和农村一样,收看香港电视曾经是一件时兴的事。近来人们对香港电视看腻了,看来看去都是一些广告,无聊的游戏和没完没了的冗长而单调的电视长剧,没什么看头。广州电视台播放一个较好的粤剧,就使它冷落下来,因此不大时兴了。

老诗人荻公没有看过香港电视,倒想看看到底是怎么回事。正好谭大姐约了我们到她家里去,可以顺便开开眼界。我们在桥头站了好大一会儿,远处和近处的楼宇都亮了电灯,桥下的流水也倒映着淡淡的灯影。我们离开了人声喧吵的桥畔,走进狭窄的内街,向谭大姐的家走去。

谭大姐的家,是一套新近建好的两层楼的房子,楼上楼下都是一厅二房,另有厨房、洗澡间、小饭厅和小阳台,一共花去八千多元。这位年近五十,丰润的脸庞带着一脸笑意,模样比年龄年轻得多的政工干部,笑嘻嘻地迎接我们,领我们观看了她的新房子,一面看一面说,隐藏不住对生活的热爱。看完了,才让我们在客厅坐下来,喝茶谈天。

"阿银,"——谭大姐叫阿银,大跃进的年月,她是从农村出来不久的乡政府交通员，性格爽朗的水乡姑娘，我下乡时她是我的带路人。我后来在《香飘四季》中所写的有些人和事是她告诉我的，现在她还保留着当年那种开朗的愉快的样子。——我对她赞羡地说，“你家比我们的大学教授都住得好。”

“老陈的家我去过，有文化，洁净。”谭大姐到广州探访过我，对我的家还留着印象。她文化水平较低，对有文化的人又尊重，又景仰。“你们都是有学问的人，家里都布置得清静，漂亮，不像我们又脏又乱。”

“一点不脏，”我打量着小客厅的陈设，称赞道，“家那么雅致，还有收录机、衣车和电风扇，像个富裕人家的样子了。”

“录音机是婆家从香港带回来，衣车和风扇是自己添置的。”谭大姐很满意自己的生活。“这两年日子好多啦，两个女儿有了工作，小儿子念中学，我和爱人都有奖金，又不用照料农村……”

“还有南风窗……”荻公笑着插话。

“就是呀。”谭大姐很高兴，“三中全会的开放政策就是好，大伙都称赞。”

“你的爱人称赞不称赞？”我问，她的爱人是农村公社的领导成员，很少回家来。据我所知，有些基层干部在“左”的思想束缚下，对三中全会的政策有抵触，我故意发问。

“起初不称赞，如今称赞了。”谭大姐是经常下乡的生活于群众中的人，对农村的形势和群众生活都有实感。她说：“农村的日子越来越好，莞城里也没有闲人，连老大娘一月都挣得五六十元，这样好的政策，人们称为爱民政策，怎么不称赞？”

说着，她的女儿小香从外面回来，她欣喜地介绍小香和我们相见。这位二十上下、身体结实的姑娘，和妈妈一样开朗，听到我们的名字，欢快地叫道："啊，伯伯，你们都是作家，多写些农村作品给我们看呀。"

看样子，她是个爱好文艺的下乡知青。我问："你没有考大学？"

"考不上呀。"她大声回答，一点不觉得自己考不上大学而难受、自卑。

"是个中学生，比我强多啦。"谭大姐含笑接上，"爱看小说，崇拜老陈《香飘四季》的许凤英"。

荻公接道："她的模样倒有点像许凤英呢。"

她朗声一笑："我谁也不像，是个小店员。"

这性格奔放的姑娘，在我们的面前一点不觉着陌生，她一面说话，一面帮妈妈招呼客人，给我们斟茶、送烟，接着坐在我们对面的椅子上。

我笑问："你这小店员有多少工资？"

"三十九军，"她像广州青年一样，把三十九元，称作三十九军，快嘴快舌地回答，"连奖金加在一起，是六十军啦。"

荻公赞扬道："不错呵，像大学生的工资了。"

"还有自留地，"小香欣然地笑笑，"晚上做点爆竹加工，又增添了一二十元"。

我问："不看电视？"

"看呀，"小香说，"香港的电视东拉西扯，广告又多，可以边做工，边看。"

莞城是制造烟花和爆竹的重要基地，许多半成品都由居民领回家去加工，工作简单，妇女和小孩都可做。还有一些香港商人主办的胶花工厂，也都可领材料回家做，因此不少家庭都成了业余的加工场。谭大姐所说的老大娘都挣得五六十元，就是在家里的劳动成果。小香和别的姑娘一样，工作之余，也搞点“自留地”。据说，东莞县工农业生产都搞得很活，与港商合办和来料加工的工厂，共有七百多项，吸收了六万多青工，和原有厂矿职工加在一起，超过十万人。农村也日渐富裕，羡慕城市的现象有了新的变化。目前在莞城里稍有劳力的人，便不愁日子过不去。

我们在客厅里愉快地谈了一会，谭大姐和女儿陪我们上楼看电视。楼上的客厅和小阳台连接着，凉风从窗外吹进来，空气清新，我们坐在靠椅上，颇觉舒适。

荧光屏上显露了香港的画面，几个青年男女在玩扑克，玩的是有奖游戏，一种碰运气的赌博。跟着是小香所说的东拉西扯的小节目，和广告混杂在一起，显得很无聊。一个钟头的所谓“黄金时间”，就在五颜六色的广告中拖了过去。

小香管着用糨糊糊爆竹，很少看荧光屏。我们和谭大姐边看边闲谈，谈彼此的家庭生活，谈社会状况，谈未来的生活前景。她说，如果政策不会变动，三五年之后，国家将会出现一个新景象。这位真正翻了身的贫农女儿，对现实充满着乐观，对未来充满着希望。

时钟刚过八时，荧光屏上放映着古装打斗的电视长剧，没头没尾地打了一顿，又是广告。打完一顿又一顿，人物的画面和广告，反复交替。一个长剧往往放几个月，每晚只放个把钟头，人们记不得它以前讲些什么,反正有许多打斗就是。谭大姐似乎看得不耐烦,常常走下楼去。我也看得不耐烦,很想走,又怕打断了荻公的兴致,只好不声不响,硬着头皮看下去。

小香告诉我们,深夜十二时以后才播放完整的电影,直到天亮,都是放电影。这样的电视,实在是浪费青春。当然,我们是不会花那么多时间去看那些无聊的影片的。九时半,打斗长剧告了一个段落,荻公打了个呵欠,感到困乏了,他主动地提出:“走吧。”

我立刻站起身:“好,走。”

小香诚恳地叫道:“明晚再来看呀,伯伯。”

荻公摇头:“香港电视就是那么回事,不想多看了。”

我对香港电视没什么偏见,但它的确太乏味了。

走下了楼,谭大姐已煮好糖水鸡蛋,留我们吃。她的美意,使人感激。她和小香都陪着我们吃,甜得很浓的糖水,仿佛是谭大姐一家,以及莞城里许多家庭渐入佳境的象征。

夜了,谭大姐和小香送我们出门。谭大姐情意殷殷地说:“两位老大哥,以后再到县城来,别忘了上我家吃饭啊。”

小香接道:“妈妈养了许多鸡,留着招待你们。”

我欢欣地和谭大姐握别:“看见阿银有今天的日子,我感到很高兴。”

“我们一家都高兴。”大姐的声音很激动。

我们在灯影淡照下,走回招待所去。

周而复

不屈不淫征气性

——悼念马寅初同志

一、敢言敢怒

我患十二指肠球部溃疡病已经好了六年多,这段时间因为情绪受外界干扰,有人使我不断生气,又出血了。四月十六日早晨六点钟到北京医院看急诊,给留下住院了。张惠大夫要我卧床休息治疗,谢绝会客。

整天躺在病床上的日子是不好过的,附近病房的动静常常引起我的注意。我的病房十分安静,几乎可以听到自己的呼吸,但东边隔壁病房里有时传来高声喊叫的声音,使我感到奇怪,那是什么病人呢?怎么那么高声说话呢?护士告诉我东边病房里住的是百岁老人马寅初同志。他耳朵有点聋,需要大声对他讲话。

等到大夫同意我可以下床走动走动,我首先去看马老。他静静地躺在病床上,插着鼻饲管,眼睛微微闭着,面孔清癯,显得十分清瘦,这时,他的侄孙女在看护他。她附着马老的耳朵,大声告诉他我来看望他了。他睁开眼睛望了我一下,向我微微点了点头。我紧紧握着他骨瘦如柴的右手,柔软而又苍白,高声向他问候。他已听不清楚我说什么了。

他虽然躺着,不大能说话,可是眉宇间那一股不屈不淫的凛凛的浩气,隐隐还可以看到。我立即想起抗战时期马老在重庆和国民党顽固势力坚强不屈的斗争往事。

在中国共产党和全国人民要求之下,国民党政府被迫抗战了。本来就十分落后的中国经济,几乎到了民穷财尽的地步。国民党军队不断败退,丧失大片国土和许多重要城市,国民经济遭到进一步破坏。但是以蒋、宋、孔、陈四大家族为首的国民党统治集团,利用他们控制的政治军事特权,强取豪夺,横征暴敛,他们的财产像是天文数字,连自己也算不清楚,人民过着颠沛流离日益贫困的生活,敌人又步步紧逼,抗战经费越来越困难了。

经济学家马寅初,身为国民党立法委员,又是立法院财政委员会的委员长,早在一九三八年五月他就主张征收战时过分利得税。马老说:“战时过分利得,英文谓之 War Excessive Profit,重在‘过分’两字。故战时过分利得税只就因战争而获得意外收入的事业征利得税。”他这个主张没有能够实现。到了一九三九年,抗战经费更加困难了,他在立法院正式提出向发国难财者征收临时财产税,作为抗战经费。他说,中国的“大贪污”,其误国之罪,远在奸商汉奸之上……要求政府对发国难财者迅速开办临时财产税,先从大官中之发国难财者入手,令其将用政治势力所获得的不义之财全部提出,贡献于国家,以为其余发国难财者倡。

马老义正辞严的提案和到处演讲发表文章,向社会呼吁,不仅揭了国民党统治集团的疮疤,而且要在四大家族身上开刀——先从大官中之发国难财者入手!国民党统治集团对马老恨之入骨,但对马老这样国内外知名的学者又不敢遽下毒手,于是先来软的一手:请他到美国考察经济,用争取英美援助的名义,想把他送到国外。马老不为所骗,斩钉截铁地说:“国家兴亡,匹夫有责。国难当头,我决不离开祖国!”

蒋介石一计不成,又诱之以利禄,派人劝说马老,说什么局势严重,希望共体时艰,战时经济难搞,请他主持财政部,也可以当中央银行总裁;甚至有人拉马老也买点黄金美钞。对高官厚禄,马老视如粪土,巍然不动,坚定地回答他们:“国家民族生死存亡之秋,我马寅初一不做官,二不发财。”马老继续向社会呼吁。

黄炎培请马老到重庆中华职业教育社向各界人士讲演,那天他把儿女马本初等都带去了。过去马老出去讲演从来不带子女,这次为什么带上?马本初当时还是个中学生,感到诧异。但听到他父亲激昂慷慨的话,心里明白了。马老是这样说的:今天我把儿女都带来了,我的讲话,就算给他们的一份遗嘱。为了抗战,多少人在前方流血牺牲,我们文人也不惜死于后方。蒋委员长要我去见他,他为什么不来见我呢?在南京我教过他的书,难道学生就见不得老师吗?他不敢来见我，就是因为他害怕我的主张……有人说他是“民族英雄”，我认为他只是一个家族英雄，因为他庇护他的亲戚家族，危害国家民族……在会场的警察宪兵们，你们要逮捕我么？那就请耐心一点，等我讲完，再下手不迟。马老又一次提出对发国难财者开办临时财产税的主张，受到各界人士热烈欢迎。人们簇拥着他上了去沙坪坝的公共汽车。宪兵警察吓得无从下手。

软的一手，高官厚禄，对马老都起不了作用，于是来了硬的一手，四大家族指使他们的特务向马老威胁，对马老警告：“再要攻击，将以手枪对待！”马老正义凛然，铁骨铮铮，毫不畏惧地说：“我所讲的全系事实，有理有据，非讲不可！”当然，他也预感到四大家族可能要向他下毒手，嘱咐家属做好思想准备。

重庆大学经济学社邀请马老讲演，闻风而至的人越来越多，重庆大学的礼堂容纳不下了，礼堂外边的空地上也挤得满满的，大家凝神谛听马老痛斥四大家族发国难财的种种罪恶，迅速传开去，轰动了沙坪坝磁器口这个学校区，轰动了毒雾弥漫的重庆这座山城！

二、横眉冷对

马老正在吃早饭，他的住宅突然被一个连的宪兵包围了，宪兵团长走进他的小饭厅，对他说：“委员长要见你。”马老预感的事情果然发生了，但他有意反问：“我是立法委员，和军事委员会委员长没有关系；我主要工作是大学教授，和军事委员会也没有关系，我不去！”宪兵团长奉蒋介石之命逮捕马寅初，岂容马老说话，用着命令的口吻对马老说:“委员长一定要见你!”马老立即放下碗箸,扣好加在长袍上的马褂扣子,从容不迫地跟宪兵团长走了。他的住宅外边,早有一辆汽车等着了。

这事发生在一九四〇年十二月六日清晨,因为时间早,马老住宅在重庆大学校门内侧,离学生宿舍、食堂较远,当时学生都不知道。等到马老去后,被捕消息传出,群情激愤,进步学生准备游行示威,罢课抗议,要求释放著名教授马寅初。

国民党统治集团为了欺骗世人,要“中央社”发了一条假消息,说什么“马寅初奉命调到前方战区考察战地经济,业已首途云云”。纸包不住火,谎言掩盖不了事实。马老被捕以后,毫无音讯,家属不知道马老被囚禁在什么地方。三个月以后,马老才被允许给家属通信,内容显然受了严格的限制,什么也不能谈,只是说他在贵州息烽,虽然不能看望,但每天可以看到报纸。这信是蒋介石侍从室派人送来的。家属可以回信,也受限制,一不准封口,二要由侍从室转。原来马老被捕以后,就押解到贵州息烽集中营囚禁了。八个月以后,又押解到江西上饶集中营。

马老家属因为马老被捕,处境日益困难,重庆大学校长叶元龙勒令他们搬家,生活也发生了困难。国民党教育部部长朱家骅奉命给马老家属送来五千元法币和一支自来水钢笔,并说明是蒋介石送的。马老被捕以前,曾经再三嘱咐家属,万一他被捕了,蒋介石如果送任何东西来,都不要接受,家属根据马老嘱咐,坚决把五千元和笔都退回去了。

马老的态度为什么这样坚决呢?一九三九年是他一生的转折

点。这一年在重庆,周恩来同志会见了马寅初教授,谈了抗战的形势和中国人民应走的道路,著名经济学家马寅初曾经希望从经济方面找到救国救民的道路,多少年来他都在寻找。他父亲有实业救国的思想,生了五个儿子,最小的一个是马寅初。他们老家是浙江嵊县浦口,开了一个小酒坊,马老十七岁以前在酒坊里边工作边学习,继承他父亲爱国爱民的思想。直到十七岁,才由同乡张老先生带到上海一个书院里读书,每月他只有四毛小洋的零用钱,晚上在油灯下看书只用一根灯芯,同学们怕光线不足看坏了眼睛,劝他加一根灯芯。他说:我没有钱,用不起两根灯芯。一九〇六年他在北洋大学毕业后,被送到美国留学,先在耶鲁大学学经济学,后又到哥伦比亚大学研究经济学,获得博士学位。王正廷是他的同班同学,曾经对他说,要善于把握时机,现在回去可以做官。他说:我到美国留学,是为了研究学问,救国救民,不是想当官。王正廷先回国了。一九一五年马老回国后,担任北京大学经济系教授,有十年左右时间。这期间,他反对万国储蓄会,认为这是搜括民脂民膏的组织。在张静江任浙江省政府主席时,马老被邀请到浙江省政府工作,他主张禁鸦片。但在国民党统治区鸦片不可能真正禁止,有些国民党官员就靠禁止鸦片发财,越禁越多。他的主张自然不可能实现。孙科派叶楚伧邀请他担任立法委员,他主张反对“私盐”,提出粮食法,建议粮食由国家主管,没有得到国民党政府同意。抗战时期,马老提出办战时过分利得税和对发国难财者开办临时财产税。这些深得人民拥护的主张,还没有触及国民党统治集团的根本利益,也不能实行。他回想过去只在经济方面寻找救国救民的道路,一次又一次失败了。周恩来同志一席话,在马老面前展开了走向新中国的远大图景，他这时深刻认识到怎样才能救中国。他否定自己的过去，肯定未来的道路。他的态度比钢铁还要坚硬。他后来说明自己的转折点：在一九三九年以前，我是不与共产党一起的，我也作过文章批评过马克思。但在那年我以实际行动否定了我自己的阶级，否定了过去的我。……自那年起直到现在，无时无刻不与共产党在一起……（1959年《重申我的请求》）

他在监狱里仍然坚持自己的主张，不向国民党统治集团低头。

马寅初被捕的消息震动了重庆和大后方，重庆大学联合全校进步同学组织援马大会，各界人士也纷纷要求释放马寅初，黄炎培、邹韬奋等著名人士奔走呼吁，周恩来同志更是设法从各方面营救马寅初。在国民党集团统治下的重庆，言论和集会是没有自由的，周恩来同志常常通过红白喜事进行活动。重庆大学进步学生也学习这些活动方式。马寅初教授是一八八二年六月二十四日（农历五月初九）出生于浙江省绍兴府。为了营救马老尽早出狱，决定提前在三月三十日举行“遥祝马寅初六十寿辰大会”，筹委会事先并且在《大公报》和《新民报》登了三天预告启事。这一来可吓坏了国民党统治集团。蒋介石看到启事，暴跳如雷，下令停止刊登，又要侍从室主任陈布雷责问校长叶长龙，奴才听到主子训斥，奉命唯谨，公然贴出布告禁止祝寿，关闭了礼堂、会议室和教室，并且停止供电。进步学生不理会那一套，打开一间大教室，精心布置祝寿会场，四周挂满了各界著名人士送来的寿联寿幛，最吸引大家注意的是周恩来、董必武和邓颖超送的对联：“桃李增华坐帐无鹤，琴书作伴支床有龟。”重庆新华日报社也送来对联：“不屈不淫征气性，敢言敢怒见精神。”济济一堂的祝寿人当中有沈钧儒、邹韬奋和潘梓年等，在十分热烈的气氛中开始了没有寿星参加的祝寿仪式。

蒋介石这个独夫没有办法禁止祝寿，他又下令封锁祝寿消息，所以重庆各报庆祝马老六十寿辰的消息被当局扣发了，《新华日报》也不例外。《新华日报》的编辑想了一个方法，登了一个“重要声明”：“纪念马寅初六十寿辰稿二篇，奉命免登。”这样才把消息透露出去。

营救马老出狱的斗争在继续进行。周恩来同志通过许多关系，各界著名人士运用多种方式，一再呼吁，终于迫使蒋介石不得不释放马老。这时，敌人发动进攻，上饶失守，国民党军队撤退，马老被转移到桂林，蒋介石派了军事委员会外事局局长何浩若从重庆坐汽车到桂林，把马老押上汽车从桂林开到重庆歌乐山。何浩若曾经是马老创办的经济学社的社员，也是搞经济工作的，所以派他去。他表面对马老尊敬，实则看管很严。他把马老家安置在歌乐山木鱼堡四号，对马老说：你住在歌乐山，不能离开歌乐山。你要想离开歌乐山必须报告歌乐山警察分局批准。马老实际上还是在监禁中，不过换了一个地方，活动地点大一点罢了。

木鱼堡上有五六家人家，五号是李士伟大夫开办的妇产科医院，主要看门诊，也有一间病房。可是马老住到四号以后，这间病房里却住了一个怪人：一不是孕妇，二不是妇女，是个横眉瞪眼身强力壮的男子。他在病房里正好可以看到马老的家；如果他出门晒太阳，可以看到马老全家的活动。不用问，谁都知道这是蒋介石下令派来监视马老的特务。

营救马老的斗争在继续进行，重庆文化界和教育界要求民主与自由的运动日益高涨，周恩来同志多方营救马老，各界呼吁奔走，终于在一九四四年十二月马老可以自由到重庆去了。但是国民党对他的三条禁令并未取消：一不准任职，二不准讲演，三不准发表文章。

马老蔑视国民党反动禁令，不理法西斯践踏人民民主自由的权力，不怕风险，他在星五聚餐会上讲“中国工业化与民主是不可分割的”。他说：抗战的主力是谁？吾敢答是农民。吾们若以真正民族英雄给予农民，他们可以当之而无愧。我们在大后方既吃农民的米，又抽农民的子弟去拼命，可是有些人吃的是鱼肉，穿的是丝绸，住的是高楼，坐的是汽车，扪心自问，应该觉得卑鄙不堪，有何伟大可言？其不肖者，当民族存亡危急之秋，大刮民财，囤积居奇，狼心狗肺，可恨可杀！中国要工业化，就必须实行民主，必须发展农业，改善亿万农民生活。要发展农业，就必须进行土地改革……

真是快人快语，正气凛然，横眉冷对反动势力，不怕再次被捕，每一句话像是一把匕首，刺向四大家族。当时马老恢复自由不久，仍然坚持和顽固势力斗争，大家都表示敬佩，我也是其中的一个。

经过八年浴血抗战，中国人民终于迎来了胜利。毛泽东同志为了和平民主，亲自来到重庆和蒋介石谈判的消息鼓舞了全国人民。在紧张谈判时，毛泽东同志还抽出时间来和各界著名人士见面，其中有马老。他见了毛泽东和周恩来同志以后，周恩来同志派小卧车送他回歌乐山木鱼堡。马老一回到家里，高兴极了，大声对子女们一再说：我见到毛先生周先生了，国共两党进行和谈，就要召开政治协商会议了！他衷心希望和平民主早日实现。

一九四六年一月，旧政治协商会议在重庆举行了。各民主党派和无党派著名人士，寄希望于旧政协，以重庆大学进步学生为首的教育界，联合各校和部分教授，举行了声势浩大的游行，高举“政协会议只许成功，不许失败”的横幅标语，浩浩荡荡地从沙坪坝出发，经过化龙桥，向上清寺、两路口一带汇合，走在队伍前面的是一百多名教授，走在教授最前面的是经济学家马寅初，斗志昂扬，阔步前进，和游行队伍一同高举起胳臂，高呼口号，响彻云霄，震动山城，像嘉陵江汹涌澎湃的激流一样，冲击着国民党统治集团腐朽的基石。

三、虚怀若谷

政协签订了“双十协定”，一九四六年二月十日，重庆人民在校场口举行庆祝大会，郭沫若、李公朴和马寅初等各界著名人士都参加了。国民党统治集团阴谋破坏“双十协定”，指使特务破坏会场，大打出手，郭沫若和李公朴被殴打，马老的马褂也被特务撕破。同时，国民党假和谈真备战的真面目暴露了，“双十协定”的墨迹未干，蒋介石点燃了内战的烽火，另一方面对人民加强镇压和迫害，许多著名进步人士的生命在国民党统治区朝不保夕。

一九四八年，中共上海地下党和马老联系，为了安全，希望马老离开上海去香港。马老欣然同意，先回杭州安排家属今后生活，地下党组织派人帮助他化装为厨子并护送他去香港。马老一到香港受到许多老朋友欢迎。这时我在香港工作，内心十分高兴马老平安地离开了国民党的虎口。不久，我们欢送马老上了去东北解放区的轮船。我再一次见到马老是一九四九年六七月间，马老参加完中国人民政治协商会议筹备会路过上海，我们到上海大厦他的住地看他。他满面红光，精神焕发，神采奕奕，笑声朗朗，看出来他梦寐以求的新中国航船的帆竿已在地平线上出现了。

新中国成立后，他担任了政务院财政经济委员会的副主任，同时又是浙江大学的校长，奔走在杭州、上海和北京之间。他每次路过上海，我都去看看他，他总是精神饱满地侃侃而谈，讲他对经济和教育方面的意见。一九四九年冬天，他又一次路过上海，我陪陈毅市长（陈毅同志同时兼任中央华东局统战部部长）去看望他，陈毅同志代表华东局征求他对成立华东军政委员大会并请他担任副主席的意见。马老完全赞成成立华东军政委员会，认为像中国这样地大物博人口众多的国家，成立大区一级政权很有必要。他很风趣地说，华东一个山东省在欧洲就是一个大国。对提副主席职务曾经谦辞，经陈毅同志劝说，他表示服从党和政府的决定。

党提出了过渡时期总路线，马老坚决拥护，并且经过调查研究，在一九五五年四月特地写了一篇论文：《我国资本主义工业的社会主义改造》，他预见到政府本着一贯的政策，对民族资产阶级迟早一定会采取和平改造的方式，而且一定采取逐行逐业改造的方式。换句话说政府一定采取“吃葡萄”的方式，不采取“采苹果”的方式。他认为在改造中，势必依照“一视同仁”的方针，采取逐行逐业的合营……但政府亦不会忽视民族资产阶级的两面性，故办法上亦当“有所不同”，这就是说私方要接受公方的领导，就是要接受改造，这是有所不同的真意义。把两句话结合起来，就是“有所不同，一视同仁”。他把这篇稿子送给副总理兼财政经济委员会主任陈云同志看，“求他指出错误,以便更正”。

陈云同志回他的信是这样写的:“这篇文章中许多关于政府方面公布过的或讲过的政策,我看了之后,觉得符合情况。关于‘有所不同,一视同仁’的说法,后来我改过了一些,改为‘既要有所不同,又要在一些方面一视同仁’。因为在一视同仁前面加‘在一些方面’几个字,更合乎事实些,决不可能在一切方面都一视同仁。所以加‘在一些方面’几个字更合乎事实些,立论更牢靠些。”

他这篇论文是根据合营企业的公方和私方的意见写的,并且调查了解私营工商业人士表现出来的各种不同的矛盾,归纳为六个方面,又把这篇论文送请中央工商行政管理局仔细地核对一遍,要求他们做些补充。马老是著名的经济学家,经过调查了解公私合营企业中的情况,贯彻执行政府的方针政策,一再向有关方面请教,可见他研究学问的科学精神和虚怀若谷的态度。

四、大海深情

一场空前未有的历史风暴席卷了中国大地。党、政、军、民、学的负责人和各界著名人士很难避免这个强大的冲击波。周恩来总理在日理万机中想到马老。马老在家里已经预感到他要受到冲击,抄家和批斗等等将无可避免了。一天,派出所所长到了马老的家里,对马老说:根据周总理的指示,你这个地方受到我们保护,有什么事,可以来派出所找我们。在那样动乱的时期,派出所只能在街道方面起点作用,其他方面是无能为力的,想来周总理对其他方面一定也有保护马老的指示。

“十年动乱”中，那些“造反派”没有抄马老的家，也没有批斗马老。但是疾病侵入了马老的身体，大便经常出血。一九七二年四月，经北京医院大夫检查诊断是直肠癌。对付癌症最有效的办法是切除，否则一扩散，便会夺去病人的生命。这时马老已是九十一岁高龄，大夫不同意做手术，因为根据医学文献说明凡年过八十的老人就不能做手术了，何况九十一岁的老人呢？动手术一定会发生意外。马老和家属都要求手术。病人与大夫之间的意见不能统一，而马老的癌症不断发展，生命危在旦夕。这时北京医院院长也做不了主，当时只有军代表和“造反派”说话才算数。但是他们不同意做。院长暗示家属，这事只有报告周总理才有解决的希望。马老的儿子写了一个病情和要求手术的报告送给周总理，希望天津人民医院院长金显宅和肿瘤大夫张天泽、王德元给马老动手术。周总理收到报告当天晚上就做了如下的批示：病人有施手术的要求，愿与医院合作，家属又坚持手术治疗，就应该从手术考虑，并拟定应付各种危险的准备。

第二天收到周总理的批示，马老和家属感动得流下了晶莹的泪水，总理在那样复杂繁忙的工作中，这么快就批下来，简直出乎他们的意料之外。更使马老和家属吃惊的是金显宅、张天泽和王德元第二天也到了北京医院，原来昨天夜里总理办公室通知了天津市要这三位大夫出诊到北京。金显宅这位当时被称做“反动权威”的院长，还在打扫厕所，忽然得到通知准许他出诊，他惊异得不知所措，还以为自己听错了，或者是找错了对象。听清楚了，确实是他，便和另外两位大夫一同到了北京。

周总理不仅请来了大夫，还口头交代：要北京医院成立一个医疗小组，研究手术方案，要认真仔细考虑，并且要随时给他汇报马老的病情。医疗小组成立，北京医院的大夫也参加了。鉴于马老年事已高，金显宅建议分两次进行手术，由张天泽做手术，金显宅指导，北京医院周光裕大夫甘当助手，另一位助手是王德元。五月三十日做了第一次手术，六月十四日又做了一次手术，结果良好。手术成功的消息立刻送到西华厅，周总理又关照要注意手术后护理工作。王德元大夫留下来每天给马老换药，周光裕大夫主动要求做王大夫的助手。

九十一岁老人手术成功的病例，打破了医学文献的纪录。马老身体健康逐渐恢复了。冬去春来，一眨眼的功夫，三年过去了。马老在家安心静养，北京医院吴蔚然和卞志强大夫突然到了马家，代表周总理来探望马老的病情。马老惊喜交集，想不到周总理那么繁忙而且重病在身还念念不忘他，他感动得老泪纵横，几乎看不清人了。家属把马老最近的病情和生活情况扼要地讲了讲。吴蔚然要求讲得详细些，具体些，因为要向总理汇报。家属详详细细讲了一遍，吴蔚然和卞大夫做了记录，又为马老检查了假肛门，并说再过一年，看看情况的发展，准备那时再来检查一次。

吴蔚然他们走了不过半小时，马老家里的电话铃响了，是吴蔚然大夫从总理办公室打来的。他说，马老的病情和生活情况已向周总理汇报，周总理问马老现在吃什么药治疗，刚才忘记问了，希望在电话里告诉他，好向周总理报告。家属又把服的药告诉吴蔚然大夫转报周总理了。

周总理就是这样亲切细致地关怀马老，并且设法把许多党内外干部和各界知名人士从“四人帮”反革命集团迫害下营救出来，还从死神的手里抢回垂危的病人，马老就是其中的一个。可是周总理自己身患重病，“四人帮”破坏治疗，千方百计摧残和迫害，癌症使一代伟人停止了思考！

震惊世界的噩耗传到马老家里，家属十分踌躇：不幸的消息如果让马老知道，可能影响他的病情；不告诉马老呢，一定要受到马老严厉的责备。他们商量好慢慢向马老透露。马老听到噩耗，忍不住放声痛哭了。他一边流眼泪，一边关心地问什么时候吊唁，他要去。家属劝他不要去，参加吊唁，要走路，要站着，马老衰弱的病体怎么支持得了？往事在马老心头涌起，他流着眼泪哭诉：周总理对他关怀照顾，那革命的战斗友情像大海一样深，一九三九年在重庆第一个引导我认识怎样救中国的是周总理；蒋介石逮捕我，营救我最出力的是周总理；我在狱中，重庆举行庆祝马寅初六十寿辰大会，周总理、董必武和邓颖超同志送对联鼓励我支持我；安排我离开国民党狼窝虎口经香港去解放区的是周总理；这次“文化大革命”指示保护我的又是周总理；我的直肠癌，要是没有周总理的批示，我马寅初活不到今天！我一定要去吊唁，万一去吊唁而死了，我也要去。到时候，你们一定要告诉我！

家属深知马老的坚强性格，他决定要讲的话要做的事，任何人是改变不了他的决心的。向周总理遗体告别那天，家属陪马老到北京医院，让马老坐在轮椅上，由他儿子推了进去。马老沉痛地向周总理行了三鞠躬，然后向遗体缓缓绕了一圈，马老的两眼一直深情地注视着周总理依然英气勃勃的坚定面容。向遗体告别的人绕完一圈便出去了，可是马老不肯出去，要求再绕一圈。主持丧礼的人不同意，因为要向周总理遗体告别的人太多了。但是马老坚决不走，一定要再绕一圈。主持丧礼的人没有办法，只好让马老再绕一圈。他又激动地向身上覆盖着鲜红党旗的遗体行了三鞠躬，才让轮椅向门口推出，他却又回过头来依依不舍地望着周总理，眼眶里噙着热泪。

随着岁月的流逝，马老的身体一天天衰老。一九八〇年初的一个夜晚，胡立教同志因事到了北京，我和他谈起马老的情况，他十分想念马老，我们便一同到东总布胡同去探望马老。马老躺在床上，家属告诉他我们两人的名字，他望着我们点点头，表示感谢我们前去看望。这以后，我因为出国访问和国内工作繁忙，很少去看望马老。去年冬天吧，听说马老住院了，我特地去探望了一次，因为他躺在床上睡觉了，就没有惊动他。谁料到我这次住院，正好在马老病房隔壁。我去看他，知道直肠癌手术后一直未发生问题，现在主要是因为肺心病住院。

五月十日下午五点钟，隔壁病房里忽然传来哭泣的声音，我预感到可能发生不幸的事了，立即赶到马老病房去。马老安静地躺在床上，因为心力衰弱，百岁老人的心脏已经停止了跳动！但是眉宇间那一股不屈不淫的浩气和坚强的形象仿佛依然在闪闪发光！

1982 年 5 月 17 日晨　北京医院

浪淘沙

——忆丁玲同志

一位在文坛上消逝了二十一年的著名作家，于一九七九年二月悄悄地回到了北京，由文化部接待。原先住在文化部和平里招待所，因病住了友谊医院，我去探望她的时候，已经住在友谊宾馆东北区公寓式的三间楼房里。

她就是丁玲同志。二十一年的风霜染白了她的头发，二十一年的时间在她宽阔的额头上留下了深深的足迹，走路没有过去矫健，缓缓移着步子；讲话时虽然还像过去那样侃侃而谈，富有感情，有时还很激动，现在却时断时续，因为她患慢性支气管炎。七十五岁的丁玲，在生理上确实衰老了。可是从她那一对乌而发亮的眼睛里，却透露出青春的朝气与火一般燃烧着的热情。她是一位高龄的青年，或者说，是一位年轻的老人。

我顿时想起了一九三八年的丁玲。

本世纪二十年代后期，她是一颗耀眼的新星出现在中国文坛，作为反封建勇士的女作家受到文艺界和广大读者注目。一九三一年九月，丁玲主编左联机关刊物《北斗》文学月刊创刊。她的名作《水》在这一期发表，描写一九三○年和一九三一年特大水灾中，农民集体逃荒的凄凄惨惨的故事，歌颂农民走向自发的悲壮斗争。这在丁玲创作道路上是一个飞跃，从写小资产阶级知识分子走向反映农民的斗争，受到茅盾先生的赞赏。一九二三年五月十四日，丁玲被国民党反动当局逮捕。国内外著名人士宋庆龄、蔡元培、鲁迅、杨杏佛、柳亚子以及巴比塞、瓦杨·古久里、罗曼·罗兰等曾发起抗议和营救活动。丁玲在文坛上一度销声匿迹了。

我当时读过丁玲的《水》，可是没有机会谋面叙谈。第一次见到丁玲是一九三八年，在延安西北大旅社。大概是田间介绍认识的。她穿着一身八路军的军服，戴着军帽，胖乎乎的圆脸上一对眼睛奕奕有神，风华正茂，精力旺盛。她是一位坚强战士，领导西北战地服务团才从西安回到延安。第二年，我到了敌后，在晋察冀军区工作，直到一九四二年冬天才回到延安。在文抗（中华文艺界抗敌协会延安分会）住了很短时间，和丁玲往来较多。不久，丁玲和其他作家一同进了中共中央党校。我和艾青、杨朔在桥儿沟从事写作一个短时间，也到了中央党校。我们在三部，而丁玲在一部，相聚的时候不多。

新中国成立后，我在上海工作了十年，一九五九年九月才调到北京工作，而丁玲一九五八年初就戴着“大右派”的大帽子到北大荒去了。这二十一年的悠长岁月，丁玲怎么度过的？

大概是一九六五年前后吧，有天晚上，我在北京饭店遇到农垦部负责同志，他非常关心丁玲，说丁玲在北大荒好几年了，应该让她回到北京来，继续写作。他希望我向有关方面反映反映。对丁玲的详细情况，我不了解，也没有深谈。

这次见到丁玲，从丁玲和陈明口中，以及丁玲的文章中，我才约略知道一些情况。

差不多和丁玲同时，她的战友和伴侣陈明也戴上"右派"帽子，一九五八年三月先去北大荒。这年六月，经丁玲和陈明要求，丁玲也到了佳木斯附近的汤原县汤原农垦部农场。她一直在畜牧队工作，孜孜不倦地喂鸡，成了养鸡能手。她锄草、养猪……什么活都干。她当扫盲教员，仔细而又耐心地上课，还为畜牧队挣得全农场的扫盲优秀锦标。许多不识字的男女老少都是她的学生。她还做家属工作，那些劳动人民都把她看成自己人，喜欢和她在一起，有时还听她讲故事，谁也没有注意到她是一个作家。

农垦部王震部长每年到北大荒去检查工作，住在垦区的交际处，原来是接待苏联专家的招待所，常把丁玲等找去，一同吃饭，一同看电影。王老坦率地告诉他们，请他们到这儿休息几天，以后可以来住，可以来玩。组织上的关怀，使他们感到温暖，也渐渐改变了农场对他们最初的看法，处境随着改善了。

在农场工作，她主动打破界限，对党支部书记说："我是个老共产党员，过去做过不少工作，也领导过人；现在不是了，是你领导我，监督我改造。你比我年经，比我经验少，但没关系，你该怎么做，就怎么做吧，我尊重你。不过，我对支部工作，对队上的事还是要提意见的。

我虽然是‘右派’，但我心里还是把自己看做是党员。我对党是不见外的。”虽然被开除党籍，丁玲还是以一个共产党员的标准要求自己，和基层党支部与群众相处，一天比一天亲密了。丁玲说：“尽管我在队里是个‘大右派’，可是支部书记倒好像把我当成他的小助手，有困难愿意找我。”

“十年动乱”的风暴刮到了北大荒。情况立即发生了变化，“革命造反派”出现了，他们对丁玲说：“我们农场的场长、书记的级别都没有你高，你是最大的走资派！”所以非打倒不可。丁玲心想她是“死老虎”，早被打倒了，造反派还要打，她就没办法了。

从汤原农场到萝北宝泉岭农场，从萝北宝泉岭又到汤原农场，丁玲成为造反派批斗的中心人物。在批斗场长和书记的时候，她是陪斗的角色，饱经折磨和痛苦。一九七〇年五月，“四人帮”派人到了北大荒，给丁玲戴上“叛徒”和“特务”的帽子，上了手铐，押到北京，关进秦城监狱单人牢房里。她在狱中五年，看《马克思恩格斯全集》，反反复复地看，对照着马、恩通讯内容看全集，既有趣味，又加深对马恩全集的了解。她自我安慰地说，整天和两个伟大的人物在一起。

她锻炼记忆，怕在狱中久了，记忆力衰退，背诵毛主席语录，背诵唐诗宋词。

她锻炼身体，做广播操，打太极拳，扔纸球——用狱中给的卫生纸，做成纸球，向墙上扔去，旋即掉到地上，走过去，弯腰捡起来，再扔。

她设计畜牧场。北大荒的多年生活，使她成了小有名气的养鸡能手，她爱上了这一行。狱中没有纸和笔，不能绘图设计，但是用完了的牙粉纸袋,却是宝物。她把纸袋撕成大小长短不同的纸块,在床上摆起了畜牧场设计图:一进大门应该是畜牧队的队部,接着是孵化室,小鸡室,大鸡室,饲料室,还要给鸡造一个运动场,让鸡活动活动……

悠长的五年过去了。监狱当局对丁玲说:没有发现新的问题,放出去,养起来;送她到山西长治市郊区嶂头村住了下来。她受尽“四人帮”的残酷迫害,总算在一定范围内恢复了自由,可是病魔缠着她了:糖尿病,气喘,腰痛,胳臂抬不起来了。粉碎“四人帮”以后,她写出关于自己问题的材料送给当时担任中共中央组织部部长的胡耀邦,要求回北京治病。经胡耀邦部长批准,她回到北京治疗了。不久,她补选为第五届全国政治协商会议委员。

她是特邀委员,编在第三十三组。这是一个大组,各界人士都有,包括党、政、军和群众团体代表,以文化界人士占多数,其中大多数是被“四人帮”打倒在地,粉碎“四人帮”以后,才站出来的。我也在这个组里。虽然界属不同,但大家多少都有曾遭受“四人帮”迫害的经历,所以共同语言很多,十分融洽。

我们都欢迎她参加三十三组。根据这个组的党员名单,她被通知出席一次党小组会。我看到她脸上浮着从来没有过的那种发自内心的激动的笑容。她缓缓走了进来,看到那些熟悉的老同志,有些惊异,也有些胆怯,怀疑地问了一句:“我没有走错地方吧?!”大家伸出热情的手,热烈地欢迎她:“没错,就是这儿。”她高兴地点点头,那一对明亮的眼睛里露出了异样的灿烂的光辉。

她离开了党二十一年了,今天回到党的怀抱,像是久别的儿女回到母亲温暖的怀里，感到无比的幸福。

她说："当然，心里不是没有痛苦，我是跟林冲一样，脸上被刺了字下去的，谁一见我都说这是个'大右派'，'大叛徒'。但我在内心始终认为自己还是个共产党员，我要以党员的标准来要求自己。……我有信念，我相信党，相信群众，相信时间，相信历史。"

经历了二十一个春秋，也经历了风风雨雨，这一天终于到来了。她出席了政协党员小组会后，写了一篇短文《"七一"有感》：

> 党啊，母亲！我回来了，今天，我参加了政协党员会。
>
> 整整二十一年了，我日日夜夜望着这一天。为了今天，我度过了艰难险阻；为了今天，我熬尽了血泪辛愁。……
>
> 在那动乱的日子里，我是饱受磨难。好心人对我说："你死了吧，这日子怎么过？"我的回答："什么日子我都能过。"我是共产党员，我对党不失去希望。我会回来的，党一定会向我伸手的。海枯石烂，希望的火光，永远不灭。

"为了今天"，"今天"来到了！希望的火花变成灿烂的现实。她充满喜悦的心情回到党的怀抱，又饱含战斗的激情走上阔别了二十一年的文坛，重新执着如椽的笔，写她洋溢着感情的散文和小说。近几年来她每年辛勤地写下十多万字，一本又一本新的集子送到万千读者手里。停止发行的二十一年前那些作品，又继续印刷出售了。

她不顾自己年高身弱多病，浑身闪耀着青春的朝气，除了参加国内活动，还参加中外文学交流活动。一九八一年九月，她应邀出访美国，参加爱荷华大学国际写作中心。出访前夕，她和我谈起准备访美计划，在写介绍中国现代文学的发展，写《我的生平与创作》，写《我怎样跟文学结下了“缘分”》等文章和报告。关于介绍中国现代文学的发展，就是回国后在《文艺报》发表的那篇《五代同堂、振兴中华》。她考虑到在国际写作中心所接触的人，都是作家、诗人、文艺评论家等，圈子限于文艺界，希望我为她想法能够广泛接触更多的人，这样对美国可以有比较深一点的了解。

我驻美大使柴泽民同志，这时正好在北京度假，我说驻美大使馆可以在这方面协助安排。她很高兴。我把丁玲访美的计划告诉了泽民同志，他也乐意为一位老作家尽力。我约了泽民和丁玲在国际俱乐部会晤，共进晚餐，度过了一个愉快的友谊的夜晚。访美期间，除了在爱荷华外，她在纽约和华盛顿接触了文艺界以外的人士，柴大使还在大使馆里为她访美举行了招待会，接触了副国务卿等政界人士。丁玲出访归来，很短时间内写出她那本《访美散记》。这本书反映了她对美国的观感，还记录了中美文学交流的盛况。

她积极贯彻执行党的文艺方针政策，在美国文艺界同行中和听众面前，也不迁就对方某些人的观点和爱好，坦率地阐明党的文艺方针政策，以及她的创作道路，《五代同堂、振兴中华》便是根据这个精神介绍中国现代文学的发展，最后说：“在粉碎‘四人帮’以后，我国人民在中国共产党的领导下，进行一系列的改革整顿，我国社会主义事业在困难中起飞迈进。我们的文坛，正是五代同堂，和全国人民一起，刻苦勤奋，团结一致，振兴中华。”

在美国如此,在国内更是如此。近年来,有些人不大提延安文艺座谈会了,很少提毛泽东文艺思想了。她一直坚持贯彻执行,在对陕西作家讲话中,也贯彻这个精神。这个讲话中央领导同志看到了,立即批转发给有关文艺单位了。

她身体力行。她在国际写作中心举行中国周末活动中,对外国同行说:“我是一个中国作家,是中国人民的儿女。中国人民的艰难生活哺育着我,教导着我,使我一生都跟着人民的足迹生活、工作、写作,六十多年来,可以说是见过一点世面,经过一点风雨。现在我已七十七岁,我只有一点希望,为人民继续战斗,鞠躬尽瘁,死而后已。”

她的创作实践她的诺言。

著名的长篇小说《太阳照在桑干河上》是她参加伟大的土地改革运动的产物,深刻地反映了中国农村在新民主主义革命中的巨大变革,是丁玲创作的里程碑,也是现代文学史上的突出成就。如果不参加土改,不和农民群众结合,她写不出这部长篇小说。

她回到文坛不久,安徽出版的《清明》双月刊发表了她的长篇《在严寒的日子里》,只刊登了十二万字。这是《太阳照在桑干河上》续篇。她说:“这本书从刚解放时开始写的,已经二三十年了。我这个人多灾多难,我的书也是多灾多难,因此常常搁笔。周总理逝世时,我曾想:这一辈子大概就这样了。永无翻身之日了,我的书也永远不会出版了。但是,我能就这样活下去吗?不能。我得写,得把这本书写出来,活着不能出版,死后也许能出版呢!所以我就继续写。今年一年没写了,因为党要给我平反了,这是很不容易的。可不容易平静啦。我现在唯一的想法就是下去,找个安静的地方——到庙里当尼姑也行——写我的长篇。”

我听到丁玲病重住在协和医院里，她在病中，也没忘记写长篇。一九八五年十二月三十日晚上，我到医院去看望她。她精神焕发，和一些青年一同在看世界明星女排锦标赛实况转播的电视。大家聚精会神在看排球比赛，希望中国女排再夺冠。我就和他们一同观看。中国女排胜利了。青年们走了。她兴奋地告诉我，她的病情一度严重：感冒，肺炎，肾功能紊乱。经过抢救，感冒好了，肺炎消逝了，肾功能恢复了，她想尽快出院。医生不同意，她说服医生，保证出去一定注意健康，设法不再感冒（感冒容易引起肺炎，而肺炎对老人的健康是严重的威胁）。这样每天可以写一二小时，因为没有多少时间好写了，要争取时间写。医生被她说服了，同意再观察一下，可以考虑出院。

她听到医生的意见，非常高兴。她对我说，出院以后，安顿一下，准备住到蔚县去。

丁玲在晋察冀边区参加土改，和涿鹿、怀来与蔚县的人民往来较多，对这一带风土人情也十分熟悉。原来在涿鹿县当区干部的王纯同志，现在是蔚县的顾问。王纯是丁玲老战友，希望丁玲住到蔚县去。县委里有一个小院，可以让丁玲住，院子里还可以种点菜。当年在这一带打游击的人，在蔚县寻找采访都很方便，离桑干河也不远。丁玲就准备住在这个小院里，把《在严寒的日子里》写完，预计再写二十来万字就差不多完篇了。

在这以前，我曾劝丁玲少写一般的文章，集中精力把续篇写完。她赞成我的意见，但补充说：有些文章不得不写，比如三十年代被国民党逮捕的那段经历，这个回忆录写了六七万字，命名《魍魉地狱》。还有一篇回忆录《风雪人间》写她北大荒生活的。这些当然需要写，可是一般的散文报告之类却可以少写。她也觉得写那一类文章花去了不少时间。这回到蔚县去，要集中时间写完《在严寒的日子里》了。我希望不久的将来能看到她的长篇小说续篇。

过了一个多月吧，陈明忽然给我打来电话，说是丁玲病危。当天晚上我到协和医院探视，她已经不在病房里了，转移到抢救病房去了。蒋祖慧陪我到了抢救病房，我悄悄走到病床旁边，轻轻握着她那写下了近三百万字的手，她没有感觉；我用手在她眼前晃了晃，没有反应；我小声叫了一声：丁玲同志，她没有反应；她已经昏迷了。

一位老护士坐在她的身旁，精心护理，用吊瓶在给她输液。她糖尿病严重了，用导管排尿，每天进水量一千 CC，可是出水量很少很少，靠出汗排泄，已经尿中毒了，加上气管炎，特别是心力衰弱，她已经无力抵抗为虐的二竖，毕竟是饱经风霜的八十二岁的老人了。

丁玲的一生，经历了坎坷曲折的道路，特别是遭受"四人帮"的残酷迫害，戴着各种大帽子度过七千六百多个辛酸的日日夜夜。不管处在什么逆境，她始终坚持对共产主义事业的信念，热爱党，热爱人民。

一九八四年八月一日，中共中央组织部经中央批准，颁发《关于为丁玲同志恢复名誉的通知》，彻底推倒强加给她的一切不实之词，再次肯定她半个多世纪来的革命生涯，重申她是一个对党对革命忠实的有贡献的共产党员。我想起了刘禹锡那首《浪淘沙》，抄下来，结束这篇怀念的短文：

莫道谗言如浪深，

莫言迁客似沙沉。

千淘万漉虽辛苦，

吹尽狂沙始到金。

1986 年 6 月 1 日　北京

历史的镜子

西方的一些战争狂人妄想带给人类另一次战争的灾害，来达到帝国主义的侵略的目的。我想，我们去看看捷克的德里阱是有益的。如果战争狂人和他的忠实的奴才们去看看，也有好处，至少他们可以得到一面镜子，从这面镜子里能够清晰地看到狰狞的尊容和命中注定的并不美妙的下场。

德里阱离布拉格不远，只有六十公里。我去的那天，恰巧天空布满乌云，下着牛毛似的细雨，车子开得很慢，九点二十分钟出发，到德里阱已经是十一点了。

德里阱原来是奥匈帝国的一个城堡，第二次世界大战期间，成了希特勒的欧洲有名的集中营之一，是人间的活地狱。

在集中营门前不远的广场上，紧靠着公路这边的是国家公墓，一排白色的墓碑接着一排白色的墓碑，四周长着绿茵茵的青草，周围给常青的大树的浓荫护卫着，当中矗立着一个高大的十字架。这里面埋葬了两万六千位为人类尊严与和平而战斗的英勇烈士。人们走到这庄严肃穆的地方，没有不安静下来，低下头来默哀，向反法西斯的英雄们表示衷心的敬意的！

集中营坚固的城墙外边是一条河流，中间有一石桥通向大门。河水流干了，河床里长满了蓊蓊郁郁的杂草，连城墙上面和大门的顶上也长满了杂草，四周布满电网。即使在今天，人们走进大门，也有一种阴森森的恐怖的感觉。

陪我参观的是沙姆赖先生，他是法西斯兽行的见证人。看上去，他好像有六十多岁，脸上皱纹像波浪似的，一层接着一层，显得非常苍老，讲话的声音低沉而又迟缓，但一句句话里充满了仇恨的力量。他的实际年龄恐怕还不满五十岁。

一九三八年九月捷克在慕尼黑被出卖以后，不到两年时间——一九四〇年六月十四日这儿开始成为集中营，接着希特勒不断把各国人民关到这儿来。犯人进来之后，首先到一号门的接待室。一号门上面写着：ARBEIT MACHT FREI（工作使人自由）。这是所有德国纳粹集中营骗人的标帜。也可以说，这是人间和地狱的分界线。犯人走进一号门，要面孔向着墙壁，一点也不准动，要在炎热的烈日下，或者是刺刀似的寒冷的冬风里，站上好几小时，如果稍微动一下，那马上就遭到背后的盖世太保的拳打脚踢，用犯人的头去打墙壁，打得脸肿鼻歪，流血满面。照例，犯人身上所有值钱的东西都被盖世太保拿走，连衣服也得全部脱下，穿上有三角红黑标识的囚衣。接着，编上号码，犯人从此失去了自己的姓名，住进阴暗的监狱里。

一般牢房有三层和四层床，一个紧挤着一个睡，像装沙丁鱼一

The Gun

朱贤巍

2008 年

400cm×280cm

布面油画

样。床前面有一张长桌子和一条长板凳，这仅仅是一种装饰品，因为一小间房子里要住一二百人，起来以后，不要说坐的地方，连站处也没有啊。吃饭的时候，要会寻找空隙，才能找到仅够立足的地方。这还算是好的。在一号门里，有一间二十号的牢房，白天在里面也见不到一丝丝的光线，只够放五张单人床的地方，里面却关了二百名犹太人，吃饭必须站着，睡觉也必须站着，而且要互相紧紧靠着。四号大门里牢房也是一样，一小间单人房要住十五个人，当然也是站着，拥挤不必说了，连呼吸也感到困难。房子是漏的，不避风雨，囚徒身上的衣服经常是潮湿的。这叫做“死亡之监”，只要住进去，没有一个人活着出来的，而且是很快地就死亡了。

每天早晨离开牢房去做苦工，只发给半磅面包和一杯黑色的苦水，名义上却叫做咖啡。这杯苦水谁也喝不下去。这就是一天的口粮了。中午给几调羹清水汤，或者是野草泡的茶，晚上又是一点清水汤。这么一点点的口粮自然不足以维持生命，可是集中营的盖世太保的头目亚克还要从中剥削，动不动就来一天“饥饿日”，干脆连半磅面包和清水汤也不给了，把这天的囚粮全装进他的荷包。

做什么苦役呢？什么沉重的苦役都做。这儿单说一种：亚克的私人游泳池。这个游泳池水放了，现在可以看得很清楚有二公尺多深，三四十公尺长，一二十公尺宽，就是犯人在刺刀下被迫修建的。不给任何工具，强迫犯人完全用双手来进行一切工作，首先要用双手挖出上面所讲的深度、长度和宽度的泥土，把它运走，再用双手和泥土，水门汀……不管是在如火一般的烈日下，或是在冰冻的风雪里。

如果说集中营设备都是那么糟糕，那也不合乎事实。在一号大门里就有漂亮的卫生设备,洗脸室,洗澡间,理发室,还有医疗室和医生。不过,这只是为了外界参观而用的,特别是供给国际红十字会写调查报告用的,在集中营的犯人却从来没有用过。医生也不是为了给犯人看病用的,因为亚克唯恐犯人死得太慢太少。医生在这儿别有妙用,唯一的工作就是在死亡证明书上签字,证明犯人由于什么什么疾病而死,而不是给集中营害死、打死、杀死的。

亚克的生活和犯人的生活构成强烈的对比。除了这个私人游泳池以外,他住在一座华丽的高楼里,经常举行宴会。连他的狗也过得比犯人舒适,每天供应它牛肉牛乳自不必说,狗的住宅也非常宽敞,就在它主人住的高楼下面,正对着游泳池,一间精致的小房。如果不是沙姆赖指点给我看,我还以为是人住的呢。

犯人经常和法西斯匪徒们展开斗争,特别是苏联同志。苏联同志大半是青年,是在社会主义的阳光下成长起来的青年,他们的高尚品德和英雄行径,成为集中营的斗争的旗帜。他们组织起来,影响和领导其他犯人。他们得不到口粮,就拒绝去服苦役。盖世太保对他们没有办法,只好增加他们的苦役和迫害他们。他们忍受着来自敌人的一切痛苦和迫害,坚持斗争。盖世太保在他们面前显得怯弱和渺小,无能为力,气得发狂,如同疯子一样。亚克于是下命把所有苏联犯人关在一个监牢里,缩小他们在集中营的影响。

但集中营的斗争是不会停止的。

在饥饿的情况下,担负沉重的劳役,任何一个身体健康的人也抵抗不住死亡的侵袭。凡是被关进集中营的,不需要多少时日,就要死去。但是法西斯匪徒们并不以此为满足。他们想出了新的迫害方法和制造了杀人的机器。

死亡的阶梯——要犯人背起超过体力所能负担的沉重石头，向阶梯上走去，当然既背不动也走不动，即使偶然有个把人勉强走上去，接着要你背第二块，背不动吗？马上就打死你！

死亡之路——那些在集中营侥幸生存下来的人，但是生命像是吊在一根头发上，碰一下就会离开人间。盖世太保把他们从这个集中营赶到那一个集中营，饥饿使得他们头晕眼花，两腿发软，寒冷和疲惫无情地袭击他们，当然走不完这最后一段旅程——死亡之路，凡是走不动的，不是倒毙在道边，就是被杀死！

在接待室附近有尸房，这是放那些忍受不住折磨而死去的犯人，但也有一些活人给扔进去当死尸处理的，有的，甚至干脆活埋。从尸房里不断送死尸到焚尸炉去，有的人没有死，也被活活烧死了！

犯人有时叫去洗澡，可以想象到在这样的环境里洗澡是多么一件令人高兴的事。我去看了这种浴室，设备相当堂皇，四方白瓷石砌成的墙，雪白的瓷洗脸盆，莲蓬头的淋浴设备也算得讲究。犯人在浴室外边脱光衣服，成批进去，马上把门紧紧关上。瓦斯龙头一开，不消几分钟，里面所有洗澡的人都停止了呼吸。死尸嘴里的牙齿一个个被敲下来，放进盖世太保的口袋里。女死尸的头发给剪下来，织成一块一块的布。死尸的皮给剥下来，晒干，纳粹匪徒们在上面绘画，绘狗，绘裸体女人像。有的，还把人皮做灯。

在一棵高攀入云的大树旁边，有一幢四十二号房子，看上去不过三人来高，显得非常厚实而又坚固，房顶上长满了莽莽苍苍的杂草，就像是一座长方形的坟墓似的。墙上没有窗户，只是近地面有四个通风洞,洞口有坚固的铁柱挡着。房子正中有一个拱门,走进去是一条向地下伸下的阴暗而又潮湿的甬道,黑洞洞的看不到尽头。这是死亡之门。犯人一走进去,就走完了他的人生最后旅途,从此离开了这个世界,再也回不到人间。这儿是生和死的分界线。

但死亡并不能威胁一个革命的战士。他们虽然戴着手梏走进去,但是骄傲地挺着胸脯昂着头,光荣地为祖国为自由而死,并且不仅是为了自己的祖国,而是为全世界劳动人民而死!即使妇女和刚从学校出来的青年,走进死亡之门,也不向盖世太保表示丝毫的怯弱和祈求!这是多么伟大的英雄主义!这是多么崇高的道德力量!他们忍受死亡的痛苦,在临刑以前,每个人的脸上都充满了最后必然要战胜法西斯主义的胜利的微笑!

我和沙姆赖他们一道走进死亡之门。大家笑着说:这座门现在应该叫做战胜死亡之门!我们不仅走进去,我们还要走出去。

向死亡之门那边右侧走去,是四十三号大门。右边是一堵高大的红墙,紧靠门口的左边是一座绞刑台。一般犯人并不上绞刑台,要高级犯人,经过当时布拉格纳粹的最高法院判处的,才在这儿执行。即使屠杀无辜的人民和革命战士,盖世太保也不动手,最后还得又一次蹂躏人的尊严和践踏人类的友谊。他们要革命战友绞死革命战友,如果只有一个犯人,那就要他绞杀自己。

绞刑台斜对面的高大红墙下面,原来是奥匈帝国士兵们练习打靶的地方,现在变成法西斯集体的大屠杀场。人成为盖世太保的活靶。红墙下面的土堆上满是绿草,当中有个"十"字架,它前面放着许多鲜花,这是捷克解放后人们对反法西斯的英勇战士们的纪念和敬仰。过去,失去人性的纳粹分子,每天成批地屠杀善良的人民和英勇的战士。

正对红墙五十米左右的地方,有个木头搭成的小棚,盖世太保站在那儿监视屠杀。右边角上是一个城堡,十八世纪亚瑟夫第二建造的,有枪眼和炮眼,从甬道走出去,可以到城堡上面。盖世太保的太太们和小姐们在城堡上面观看屠杀,成为她们一种娱乐。

集体屠杀,盖世太保也不亲自动手。照例,一批枪杀十个人。犯人押到这儿,另外总要叫来十个犹太犯人,先要犹太犯人把十个犯人枪毙了,抬出去,埋掉。这十个犹太犯人回来,再把他们一个个枪毙,最后一个犹太犯人,则叫另外一个国家的犯人来枪毙。这样,杀人不但无须盖世太保动一下手指,而且集中营所有的犯人绝对不会知道第一批枪毙的是哪十个人。

从别的牢房走到大屠杀场,要经红墙下边一条漫长的狭小的阴森森的道路,这是一条死亡之路,一走上这条永远阴暗的道路,就再也见不到人间的阳光。

死亡笼罩着德里阱的上空,死亡笼罩着集中营与集中营之间的上空,而法西斯的残酷统治,就是一个庞大的集中营。反法西斯的斗士们从不惧怕死亡,而且要战胜死亡。有一天夜晚,七个人事先计划好,要越狱逃走。当他们要越过四号大门正面高台电网的紧急时刻,给盖世太保发现了。七个人身后响起了枪声,有四个人的脚给打伤了,但另外三个人终于按照计划战胜了死亡,逃出了德里阱集中营。

于是疯狂的镇压开始了。叫犯人把捉回来的两个青年犯人用石头打死,并且从每一个牢房里提出一男一女,都集中到四号大门的正面高台上，然后用机关枪扫杀，示众。现在高台正面的墙上还保留着当时所扫射的斑斑枪痕，为了永久留在人们的记忆当中，当中枪痕最多的地方，捷克政府用一块玻璃钉上，让法西斯的兽行遗臭万年！反法西斯战士的英勇的丰功伟绩永垂不朽！

纳粹头目亚克在德里阱最后一次屠杀是一九四五年五日二日，那一批一共有五十三位，其中三位是妇女，都是站在反法西斯最前线的共产主义者。三天以后，自由的阳光从捷克的土地上升起，百战百胜的英勇的苏联红军解放了布拉格。因为纳粹在逃亡以前，把所有档案都烧掉了，在德里阱纳粹究竟屠杀了多少人，他们姓甚名谁，没有一个人完全知道。

可是最后一批五十三位，脚趾上有号码，设法寻出他们一个个人的姓名。这五十三位烈士就埋葬在大屠杀场附近的城堡里面的一块平地上，那两个被石头打死的青年也埋在那儿。其余不知道姓名的两万六千名烈士就埋葬在集中营门口的国家公墓里。

当然，亚克刽子手绝不止屠杀了两万六千人。在我去访问德里阱前一个月，就是一九五八年八月，又发现了一个大尸坑。一个工人在野地工作，发现两个死尸，就向下挖下去，越挖越多，尽是骨灰，一共装了四十八口棺材。一个棺材装一百八十公斤骨灰，一个人的骨灰不过九公斤。总计有一千人之多。这些都是德国法西斯招募来的外国工人，有法国人，有波兰人，有奥地利人……法西斯遭到毁灭性的失败，就把他们杀死，烧掉，埋起，以为再也不会有人知道了。谁知道过了十三个多年头终于又发现了这罪恶的暴行。

捷克政府派了专人在料理后事。四十八口棺材停放在四号大门左边的大牢房里，一边停二十四口，中间挂着红五星和花圈，当中悬着苏联和捷克国旗，接着是其他国家的旗帜。

被关在德里阱集中营里的一共有十七个国家的人民和战士。为了纪念不朽的烈士，在四号大门里正中的高台上，刻下了她们的名字：

苏联、捷克、南斯拉夫、罗马尼亚、匈牙利、波兰、德国、荷兰、奥地利、希腊、英国、土耳其、卢森堡、意大利、比利时、法国、西班牙

当自由和胜利的阳光照耀在捷克的土地上，亚克这个法西斯刽子手带着他的第二个老婆和女儿逃到德国去了。他梦想在德国洗去手上的血迹，隐蔽起来。

一切战争罪犯，任你逃到天涯，任你躲到海角，但无论如何也逃不出人民的正义的法网。捷克政府派人到德国去寻找战犯，名单上包括亚克匪徒在内。可是在德国境内找不到亚克的踪迹。找到他的第二个老婆，她说他逃走了，连她想找他也不知道他的下落。真的不知道吗？一封奇怪的信揭露了秘密，这是在他第二个老婆家里发现的。按着信上的地址，找到亚克的住处，把他逮捕了。亚克给押到德里阱，判处死刑。本来要在德里阱就地执行的，但是捷克政府的法官不同意：德里阱是反法西斯英勇战士的就义处，怎么能让一个法西斯匪徒的血来玷污这神圣的土地？这话非常有道理。亚克给押到另外

一个地方执行了。

亚克的下场并不是他个人的命运,这是历史给所有剥削人压迫人屠杀人的战争罪犯安排好了的下场。如果不信,那么,请让我们回忆一下几段历史:

一九三八年九月,捷克被帝国主义的代表人物在慕尼黑出卖了,英国首相张伯伦和法国总理达拉第在上面签字的照片就挂在集中营的博物馆里。

当时捷克拥有一百五十万的第一流的装备良好的军队,还有一千五百架飞机,更重要的是捷克的士兵非常英勇,他们舍不得离开祖国的边防,一边离开,一边流泪。法西斯大头目希特勒看到捷克钢筋水泥的坚固的边防工事,也不得不认为要想用战争占领捷克是非常困难的。

在死亡的阴影下,捷克人民进行着顽强的斗争,她的忠实的儿子伏契克的模范行为引起世界人民的注目和敬仰。他也曾被关在德里阱集中营里。

捷克傀儡政权的头子,那个书商出身的独眼龙,曾经猖狂一时,亲手杀死过无数的捷克人民,失败时,想坐汽车逃走,给捷克人民捉到了,把他送到纽伦堡公审战犯的正义法庭上。

纽伦堡正义法庭上坐着一排排战争罪犯,每一个人胸前挂着一个木牌,上面写着号码,鼓吹法西斯的希特勒左右手戈林,是六十一号。那个独眼龙和戈林像所有战争罪犯一样,受到应有的正义裁判。

莫斯科和布拉格人民热烈庆祝伟大的胜利!

天空的乌云是暂时的,人民的自由的阳光才是永恒的。战争狂人如果想发动战争,那只能达到一个目的:就是提早被消灭。所以我说,请战争狂人到德里阱来参观一下是有益的。要是怕从德里阱的镜子里看到自己的丑恶面目,那么,就在华尔街、白宫里温习一下历史也可以。殖民主义的时代已经送进了历史博物馆,现在是被压迫民族和人民翻身做主的时代了。

1959年3月11日

于智利圣地亚哥

瑞士秋色

在苏黎世—伯尔尼公路上

从布拉格坐普通飞机到瑞士苏黎世，就如同从莫斯科坐图－104喷气飞机到布拉格一样，在飞机里吃顿饭就到了，航程时间不到两个小时。

离开布拉格这个中世纪的美丽的城市，不久就飞入德国上空，这时，航空小姐送来了丰盛的午餐，我喝完了咖啡，向机舱窗外一看：在银色的机翼下，是平静的碧绿的君士坦士湖，周围是一望无际的绿茵茵的原野。我们已经到了中欧的山国——瑞士上空了。

一点一刻，我们到达苏黎世上空。它躺在绿色的山谷里，一条湍急的里梅特河把它切成两半，许多桥梁又把这两半连一在起。里梅特河边有一座古老的建筑——市立图书馆，列宁曾在这儿写成他的经典著作《帝国主义是资本主义的最高阶段》。市内有教堂的尖塔和古堡,突出地显露在许多现代的建筑中。中世纪的建筑和现代建筑构成了苏黎世轮廓的特点。

苏黎世是瑞士的工商业和金融的中心,也是瑞士第一个大城市,人口有四十余万,将近瑞士全国人口总数五百零七万四千人的十分之一。

我坐上汽车,向伯尔尼驶去。苏黎世距伯尔尼约有一百三十公里。瑞士汽车时速没有限制,在公路上,你能开多快就开多快,一般的以每小时一百公里的速度急驶,有的还要快。而车祸也因此经常发生。

我从汽车窗口望出去,在蓝色的天空下,是一片碧绿海洋,起伏如同波涛一般,看不到尽头,远方就和蓝色的天空连成一片了,朵朵白云悠闲地飘浮在天空上。在碧绿的海洋中不时出现小岛似的农民住宅,一般是两层楼房,最高也不过三层,人住在上层,底下一层是牲畜棚、谷仓和储藏室。屋顶是陡峭的、用木料制成的典型的瑞士农舍。

瑞士的农业人口只占总人口的百分之二十一,主要是小农和中农经济。全国可耕地不多,种庄稼的地只占全国土地面积百分之六点七,草地占百分之二十二点五,森林百分之二十三点五,山地牧地百分之二十三点七,余下的就是不生产的土地和湖沼。国土五分之三属阿尔卑斯山脉,十分之一是侏罗山脉,介于这两大山脉之间的中央高原,不过是国土的百分之三十。以百来万人耕种这点土地,远不能供应五百多万人的粮食需要。全国三分之二以上的粮食靠从美国进口。小自耕农受着资本主义经济掠夺,都负债累累,甚至用仅有的土地去抵押,度着贫困的艰辛的日子。

农业的发展既然受到人为的和自然条件的限制,那么,工业呢?也不例外。虽说瑞士工商业人口占百分之六十四,是高度发展的工业国,可是缺乏原料资源,连畅销世界各国的著名的钟表的钢也是进口的。它的工业所需要的原料和燃料百分之九十五是进口的。一个瑞士人说得好:风景优美是瑞士贫困的原因。

但是瑞士确实不愧称做世界公园。

从苏黎世到伯尔尼,汽车航行在绿色的海洋里,草地接着草地,森林接着森林,公路就像一条浪花似的留在汽车后面。偶尔看到几块金黄的土地,那是在收割庄稼。除了这,就再也看不到黄了的草和枯了的树,就是在冬天落雪的时候,雪一化,马上就又露出绿茸茸的草来了。瑞士有条法令:不准砍树,砍掉一棵,必须栽上两棵,而且要经过申请批准的手续。

另外,牧畜业相当发达,需要大量的草,而种草的收入大过种庄稼,瑞士有百分之二十二点五的国土是草地,将近三倍于粮食的耕种面积。加上气候条件,瑞士成了有终年积雪的阿尔卑斯山脉和四季常青的树木和草地的国家。瑞士的绿化工作做得非常出色。

伯尔尼和熊

走完一百三十公里的行程,我们进入了瑞士首都伯尔尼,这个不到十六万人口的城市,非常古雅精致。一进入市区,引起我注意的是在瑞士十字国旗旁边,常常有一面熊的图案的旗帜迎风招展。这是伯尔尼的州旗。瑞士除了国旗以外,每一个州有自己的旗帜。不少的建筑物上有熊的雕刻,马路当中或者墙边的喷泉也有熊的雕刻,甚至在日用商品和食品上伯尔尼人也喜欢用熊做标志。我曾问一个瑞士人:熊和伯尔尼有什么特别关系吗?他笑了笑,告诉我:伯尔尼就是熊的意思。在十一世纪的时候,伯尔尼这地方是一片荒凉,没有人烟,只有熊经常出没。一一九一年建城时,就叫做伯尔尼。正如上海之所以叫沪,是因为最初那儿是渔村,用扈拦鱼,因此得名,沿传至今。

既然熊和伯尔尼有这段因缘,我们在城市旅馆住下以后,一天早上就到阿尔河边去看熊坑。

熊坑有两个,一个里面有四只熊,另一个里面有两只熊。这两只熊较大,而且聪明,善解人意。来参观的人就在附近的小摊上买一两把胡萝卜。不管你向什么方向扔,它都能准确地用嘴接到。只要你稍一表示,它就会表演各种动作给你看。大熊坑后面还连着一个小熊坑,里面有两只小熊,猴子一般地在木杆上爬来爬去。三个熊坑面前都围满了人。到了伯尔尼的人没有不到熊坑来看看的。瑞士人说:你看到熊坑,才能更好地理解伯尔尼。

不过,十五世纪建筑的哥特式的大教堂却更是非去不可的地方。

八月二十七日清晨,我们徒步走到古老的教堂的门前,广场上人很少,只停了几辆小车。走进去一看,原来要到十时才开门,但旁边上到塔顶上的门已经开了。我们顺着石梯走上去,右边不时出现一个窗口,外边是密密层层的绿树,枝丫间隐隐约约地看到红色的屋顶。到了最上一层，透过铁栏杆望去，是一片蓝色的天空。最上层有一座铁门，一位六十上下的瑞士老妇人走了过来，手里拿着一叠门票，一个法郎三张。买票进去，首先走到东南方的走廊。远方，像是一个巨大的屏风似的遮住半个蓝色的天空的，是白雪皑皑的阿尔卑斯山脉。老妇人走来给我叙述阿尔卑斯山的美丽，并指出左边那个最高的山峰说："这是欧洲最高的山峰之一，少女峰，非常壮观。"这位少女虽是披着一头白发，但显得纯洁、典雅而又壮丽，早晨灿烂的阳光照着她的脸庞，闪耀着玫瑰色的光芒。

在白雪皑皑的阿尔卑斯山下，伯尔尼却是一片翠绿，在绿树丛中是一座座别墅，高高低低地布满在山野上。一条洁净的清亮的阿尔河就在大教堂下面流过。大教堂是伯尔尼的最高的建筑物，站在上面，美丽如画的山城尽入眼底。那位老妇人在古老教堂的顶上，已经度过了四十八个年头，陪伴着她的是走廊上的一只芙蓉鸟。老妇人叫卜达尔，除了法文以外，还懂英文。现在还是她一个人住在上面度着寂寞的晚年。

下午，我们去参观联邦大厦。瑞士，也许可以说是资产阶级所谓"自由"和"民主"的橱窗。进去参观，一定要等待分组，听从解说员的指引，还要听完那一套背得烂熟的解说，宣传资产阶级的"自由"和"民主"。

瑞士是联邦国家，由二十二个州组成。联邦委员会是最高行政机构，主席是国家元首，由国会两院联合从七名委员兼部长中选出，任期一年，副主席第二年升任，另外再选一个副主席。委员任期四年，得无限期连任。有一位委员连任了二十七年，当过五任主席。这个情况说明:所谓“自由”和“民主”不仅是限于资产阶级,而且只是资产阶级少数代表人物享有。当然,一百一十年前制定的宪法上也规定了公民的权利:创制权和复决权。政府法令如内容涉及到宪法,或者重大问题,有二万或五万人的签名要求,根据宪法规定,要交给公民表决。但实行时,要受到许多限制。占人口一半的妇女却没有参政权,并且是宪法明文规定的。妇女要求参政的呼声已从各方面发出,联邦政府不得不向议会提出妇女参政的咨文。

我们参加的是英语德语组,除了我们几个中国人以外,大半是瑞士妇女,其中许多已年近半百了。这也可以看出瑞士妇女对于参政的热情。她们十分仔细地听解说员的解说,不时爆发出欢笑。日内瓦的一个学生告诉我,她们对于自己应有的神圣的参政权利流露出强烈的愿望。学校以“妇女为什么不能参政”作为辩论会的题目。

瑞士的统一建筑在出奇的分歧上。二十二个州可以根据自己的情况制定各种法令,互不干扰。进步的与反动的外国侨民在各州受到不同的待遇。语言也不统一,在瑞士没有瑞士语,德语、法语、意大利语和拉丁语都被承认是国语。前面三种文字可以在各种重要场合同时见到和运用。但主要是德语区,占百分之七十二,法语占百分之二十。因此各有各的文化传统。全国有五百位作家,可是没有一个专业作家,因为靠写作养活不了自己。一本诗集能印到一千册,算是畅销了。一般印数十本到数百本,诗人照例不要稿酬,有时候还得贴补一点印刷费。

日内瓦湖畔的忧愁

日内瓦,由于国际上许多重要会议在这儿举行,成了世界的名城。她的优美风景吸引了世界各国的旅客。坐汽车从伯尔尼到日内瓦,一进入市区,远远就看到在参天树木的上空冒出一朵浪花,像是悬挂在空中,永不掉落。这是世界著名的日内瓦湖中的喷泉的顶端。这个喷泉有一百五十米高,看上去比上海的国际饭店还要高。怎么能使泉水喷得这么高?这是一个秘密。据说印度曾有人想取得这个秘密,造一个同样的喷泉。但瑞士人要保持世界喷泉高度第一的荣誉,不愿向印度人揭示这个秘密。

日内瓦湖是幽静而又迷人的。我们顺着湖边漫步,有一个长堤伸向湖中心,一步步走去,还没到喷泉下面,迎面吹来一阵凉风,把我们的夹衣都吹起来了。一到了喷泉旁边,天空忽然落雨了,堤上湿淋淋的,我们的衣服也濡湿了。日内瓦的气候不过是初秋,到了这儿却变成深秋,秋风秋雨使身上感到寒冷了。我抬头一看:一股喷泉平湖而起,直冲九霄,和淡青色天空上的白云连成一片,然后又顺势倾泻下来,如千万粒珍珠似的落在湖面,激起一个又一个的浪花,慢慢散开去,一层层涟漪漾向四方。在商业饭店吃过晚饭,我们又走到湖边。这时,喷泉在灯光的照耀下,好像是深蓝色的天空掉下来的一片云彩,飘飘荡荡悬在空中,仿佛把天空和湖面连结起来了。湖面幽静,如云似雾的喷泉,给人梦境一般的感觉。湖边四周挂着一串彩色电灯,像是给日内瓦湖镶上一个宝光四射的项链。粗粗一看,使人感觉到了阿拉伯海边的孟买市，当然，日内瓦湖不能和浩瀚的阿拉伯海相比。

湖边四周矗立着高大的建筑，红红绿绿的彩色霓虹灯光反映到湖里，更增加了她迷离神秘的感觉，同时，也道出了瑞士的忧愁。

红红绿绿的霓虹灯大半是瑞士钟表的广告。瑞士钟表百分之九十五靠出口，最大的主顾是美国。经济萧条的西风经过纽约吹到了世界公园，瑞士表出口成了问题。国内失业和半失业的人数已超过了一万。一万多这个数字并不多，但在五百万人口的国家里，这数字也不能说小。何况这个国家主要收入之一要靠钟表，更不能看轻这一项。本来，瑞士有一条法律，招雇工人要优先用瑞士人，找不到瑞士人，才能用外国人。我在伯尔尼住的城市旅馆里，服务员工大半是意大利人，这说明过去瑞士是没有什么失业人员的。如果有，就不可能雇意大利人。可是现在已有一万多人失业了。

旅馆业也不景气，今年不如往年，资本主义国家来的游客比过去少了，特别是美国人少了。幸亏联合国在日内瓦举行和平利用原子能委员会，有大规模的展览会，给日内瓦旅馆业带来了暂时的繁荣。旅馆业的不景气，必然影响到交通、饮食、游览和百货业。

瑞士人自命以旅行业、钟表制造业和银行业立国。这三部分确实是瑞士经济的主要方面。它去年的国家决算支出不过二十七亿一百多万法郎，贸易逆差是十七亿三千多万，同时负有国债七十一亿，主要靠“无形收入”来弥补。所谓“无形收入”就是国外投资和国际游览。前年它的“无形收入”是十五亿一千九百万法郎。你看看，这是一笔多么可观的收入！这种无形收入的减少，对于瑞士的经济将要有何等重大的影响,那是可想而知了。

在东风压倒西风的形势下,瑞士的忧愁是预计得到的,而且是可以理解的。这个自命为中立国的中欧山国,在东风与西风之间,如果不取得东风的雨露,必然要受到西风落叶的影响。瑞士资产阶级的人士坦白地表示他们的态度:瑞士在精神、文化与思想上是属于西方的,经济上也与西方合作。这一段话给瑞士的中立政策做了注解。

但瑞士人民是会选择自己的道路的!

1958 年 9 月 16 日于布拉格

杨

沫

白与黑

这是我亲身经历的一段故事——发生在抗日战争时期的冀中十分区。

1939 年的春天,我 24 岁,如花似锦的好时光。可是,正在冀中抗日根据地里转战驰骋的我,忽然病了。发着高烧,昏昏迷迷倒在老乡的土炕上。

昏迷中,一双大大的黑黑的圆眼睛,像暗夜中的星星,像两颗闪闪发光的黑宝石在我眼前熠熠晃动、摇曳……我伸出双臂扑向那双迷人的大眼睛,嘴里喃喃喊道:

“然!然!我的好女儿!我亲爱的孩子!……”

喊声把自己惊醒。那双圆圆的大眼睛消失了,眼前没有我的女儿。只有平原上的阵阵狂风,魔鬼般在窗外狂舞,恐怖地在我耳边嗥叫。我舔了一下干裂的嘴唇,不知是病重又昏迷了呢,还是我要在梦中再去寻找我心爱的女儿?我又什么也不知道了。

1937 年七七事变前，我怀抱女儿走上北平的街头。时常有走过身边的陌生人——尤其是年轻的母亲们，睁大惊奇的眼睛，望望我怀中的孩子，又望望我，露出羡慕的笑容说：

“你这个孩子真漂亮！这么白，这么胖，这双大眼睛真好看——你好福气啊！”

我快活地笑了。年轻母亲的心充满了幸福感。对我的小然然我更加爱如珍宝了。

此后不久，日本侵略者来到了中国，烽火燃遍祖国大地。1937 年的 12 月，我狠狠心扔下了正在吃奶的宝贝然然，来到冀中平原的抗日根据地。开始时，我想念孩子常常偷偷掉泪。之后在日益紧张的战斗生活中，我渐渐忘掉了那个曾经梦魂萦绕在母亲心头的嫡亲骨肉。

“呵！她又来了，又来了！看，她走得多么结实！她笑得多么甜蜜！她的眼睛还是那么又黑又亮呀——我的然然！我的孩子！……”

我又哭醒了。浑身像捣碎般地疼痛，脑子像灌满铅块般地沉重。呼啸的狂风像鞭子一下一下地向我身上抽打。我忍受不住了，又昏沉沉地失掉了知觉。

我觉得非常温暖。偎在我臂弯里的是一个肥头大耳的婴儿。他光着胖胖的身子，吸吮着妈妈的奶头，他也有一双圆圆的大眼睛，带着纯真的憨笑，痴痴地一眨不眨地望着我……我紧紧搂着婴儿，越搂越紧、越紧，泪水也越流越多。……

“我的儿子！儿子呀！……”有个陌生人忽然要夺去我怀中初生

的婴儿。我急了，哭喊着向这个人扑去——我又哭醒了。醒来凝眸四顾，老乡的小屋里，小小的煤油灯放在一张八仙桌上。寒风呼啸，灯影幢幢，梦中的儿子变成一个白白净净的青年男子，他正坐在我的炕头前，探着脑袋，用那么一种奇异的灼灼目光盯住我的脸。

"你是谁？……"我声音微弱，吐字困难。

"……我是——我是——我在、我在保定上学。……您真好看——病了，睡着了，真像个睡美人儿……"说着，他忽然动手要来抚摸我的脸。

"滚蛋！你滚！"我用力地一拳挥去，也不知打着那个人没有。

那个人不见了。进来一个50岁左右的白妇人，梳着油光光的头，手上还戴着两枚白光闪闪的银戒指。我认识她就是女房东。我刚被担架抬到她家时她就对我殷勤接待。现在，俯在我头前，她笑盈盈地说：

"同志，你醒过来啦？……你总是昏睡，可把我们一家子急坏啦！……你想吃点什么？我就给你做去——给你下碗挂面卧上两个白果（鸡蛋）怎么样？"

我摇摇头，没有说话。那个青年男人怎么不见了？他是我梦中的幻影呢，还是真的有这么一个不怀好意的人？仔细想，像是真的。在梦中我见到的是我刚生下不久的儿子。他只有40天，我就把他丢给老乡家，一个人追赶队伍来了。1939年春，敌人从武汉回师敌后，冀中的环境残酷起来，我们冀中妇救会的干部，还有其他冀中群众组织的干部，跟着来到冀中平原的一二〇师的贺龙将军和老红军，一夜夜地行军、打仗——经常是部队在前面和敌人交锋，我们就在后面跟着做些宣传或后勤工作。我们每夜都要转移。遇到急行军，经常一夜走七八十里。又困又累，走着走着就睡着了。这种紧急的艰苦的战斗生活，一气延续了半个多月。后来，又把我们这些非战斗人员分散到各个县区里工作。我刚分到文安县妇救会，刚和县区干部碰上头，我就发起了高烧，病在滨水的五董村了。

“看见孩子是梦，看见那个男人是真还是梦呢？……”迷糊中，我胡乱猜想着。仿佛处身险境中，我怀着忐忑不安的心情，发着高烧煎熬在这条似乎有点可怕的炕上。区村干部时常来看我，我几次提出要搬家。他们说，这家房东抗日热情高，住在这儿，病会好得快些。这是真的，房东太太对我很殷勤，每天送水、送饭，忙个不停。因为极度虚弱，我无法挪动半步，只好就这样躺在炕上，在半清醒、半昏睡中，追逐着一个一个的梦。……

一天午后，村干部领来一个农民老头。只见他头戴黑色毡帽，身穿一身破旧的黑布棉裤棉袄；黑手里提着一个黑色的大烟袋荷包。黝黑的脸，布满了黑树皮样的皱纹。一进门，他就俯身向我，露着慈祥的笑容，说：

“大姑娘，我给你扎针来啦！几针下去，你就会好起来。……”说着，老头从怀里掏出一个用黑色旧布缝成的针包包，还从上面拔下几根乌黑的针捏在手里。一见那双黝黑的大手，一见那几根黑乎乎的大针，我用尽力气，挣扎着喃喃喊道：

“我不——扎——针！……不扎针呀！”说着、喊着，我又失掉了知觉。

我轻快地推门走进一间洁白的屋子里，满目都是闪亮的医疗器械，一切都白得发光，白得耀眼。一个年轻的、戴着白色口罩的白面医生，穿着白色的外衣，脖子上挂着白色的听诊器。我好像走进一座白色的玻璃世界，走进了四面全是镜子的水晶宫。那白面医生让我坐在一张白色的椅子上，我顺从地坐下了。他拿起听诊器来，还没有替我听诊，我就急忙说：

"医生，我刚生过我的儿子就急行军，累坏了。我发了好多天的高烧了，您给我听一听，治一治吧！因为，因为我还有许多工作——许多许多的抗日工作要做呢。"

医生点点头，拿起听诊器刚要向我的胸部触去，我忽大喊起来：

"不！不要！我不要扎针……"年轻的白面医生变成了黝黑的农民老头，听诊器变成了几根黑色的大针。我喊着，睁开了眼睛。气喘吁吁，似梦似醒地瞪着围在炕边的朦胧人影。

还是那个每天来看我的村干部像哄小孩似的对我说：

"这位大夫方圆几十里，一提都知道——扎针可有个名声哩！杨同志，您就叫他扎吧。不扎，咱这小村子又没个好大夫，总这么发烧可怎么办呢?"村干部发出关切的声音在耳边哀求我了。

"大姑娘！"眯缝着黑眼珠的农民老头，也带着关切的微笑对我用这个奇怪的称呼。小时候和后来，人们叫过我"杨小姐"，叫过我"密斯杨"和"杨先生"，到根据地后都叫我"杨同志"。可是从来没有人叫过我"大姑娘"。这称呼新奇，又有那么一点儿亲切之感。我睁大疲惫的眼睛望着老头，想说什么，又说不出来。我咬紧牙关，等着那双黝黑的脏手里的大针扎到身上来。可是，老头儿没有动手，只是弯着腰含笑望着我轻轻说道：

“大姑娘,你觉得身上轻快点了吗?——你为了抗日,离家在外,没有亲人……”

我怎么没有亲人呢?我有两个可爱的孩子——有一双美丽的大眼睛的然然,和肥头大耳的青青。可是,为了国家和民族,我扔下了他们,远离了他们。现在,他们还活在世上吗?敌人是不是已经杀死了他们?霎地,泪水又模糊了我的眼睛。

“大姑娘,你松快点了吧?”村干部不知什么时候已经走了,被染上暮色的窗纸,渐渐黯淡下来。可是,我却明晰地看见了一张树皮样黝黑的脸,和两只干树枝样黝黑粗大的手。只见这两只手忽然掀开了我的被子,并且从我的单裤上部——裤腰上轻轻地提着什么——呵!我看见了,我刚要喊——只见一根根长长的铁针从我的腹部拔了下来,被捏在老头的黑手里。我吓得浑身一抖,冷汗从头上涔涔流下。可是,真奇怪,我的全身顿时松快了——松快了许多。也许这冷汗把我的热度降了下来,我不自觉地轻声呻吟道:

“大伯,我身上轻松多了,好受些了——这是扎针的缘故吗?”我瞪着老头黑树皮样的脸,头脑仍然迷迷糊糊。

那些白脸白衣挂着白色听诊器的人,还有那些白色的医疗器皿,白色晶莹的墙壁,全从我眼前消逝了。剩下的是,昏暗的屋子里,老人的一张粗黑的脸,一双粗黑的手,和那双混浊的小小的黑色眼珠——它正那么温和慈祥地望着我。

“大姑娘,你好点了?吉人天相呵!八路军有病,老天爷也保佑你们哪!……”老人说着,俯下身挨近我的头部,一边用手摸摸我的额头,一边低声在我耳边说,“你住的这家人家是不吃穷人不富的主儿。可得留点神儿！大姑娘，你好生养着吧，我要走了。要是鬼子扫荡来了，我就来接你……”

老头说到这里，女房东进屋点亮了煤油灯。我又望见了她手上那两枚白光闪闪的银戒指。老头看看我，又看看女房东，拿起那个黑布荷包，颤颤巍巍地走了。

我虽然好受一些了，可仍然像个棉花团，浑身没有一丝力气，不过神智却清醒多了，那些浑浑噩噩的梦不再缠绕着我。我清楚地望见女房东用白胖胖的手给我端来一碗面片汤，里面还有黄白相间的两个卧鸡蛋。扎过针肚子有点饿了，我勉强坐起身，吃着面汤，望着身边的房东，用微弱的声音向她道谢：

“大婶，谢谢您——我觉得扎过针身上好受多了。”

女房东双手一拍，嘴一撇，一口唾沫唾到炉灰上：

“这个扛长活的老家伙，斗大的字认不了半升，是哪门子大夫呀?！杨同志，大妹子，你这是福人天相，该着病好了。你就踏踏实实地在我家养着吧！我们一家老少都把一腔子心血挂在抗日上头了，看见你们八路军，可比见了亲人还亲呀！”

我忽然想起在昏迷中，那个伸手要抚摸我脸的青年男子，向女房东问道：

“你家有年轻的人吗?”

女房东吃惊似的瞪着我：

“没有呀。我有个儿子在保定上学。可是，你一住进我家，怕不方便，我就打发他上姥姥家去了。”

我没有说话。我离开队伍、离开同志们，感到了丝丝凄凉，也涌上了寂寞。我赶快闭目养神，希望在梦中和同志们相见，和我那两个稚嫩的孩子相见。紧张的战斗生活，使我多时没有想起他们了，可爱的、曾经像生命一般宝贵的然然，竟渐渐在我心里淡漠，甚至有时完全忘掉了。如今，生病，住在陌生的人家，由于要保密，还不能叫一般老百姓接近我，来看我，于是思念亲人的情感就在孤寂中复苏了。夜晚，我躺在被子里，独对孤灯，不时从嘴里吐出喃喃的低声：

“胜利，战争会胜利的！那时候，然然、青青，就会回到妈妈的怀抱里——让妈妈亲你们——亲你们……”

这个夜晚，我果真梦见了胜利——我看到熟悉的北平城墙上，哗啦啦随风飘荡的大红旗；我看见那么多兴奋的人对着我们挥手、欢笑；我看见自己穿着整齐的军装，打着绑腿，脚穿布条打成的红军鞋，高唱战歌，跟随着大批队伍昂首前进。……可是，就是没有看见我的孩子——也许在胜利的喜悦中，我又忘掉了他们！

天亮了，我高兴地躺在被窝里回味着夜来的美梦。忽然，一阵急促的脚步声，门帘猛地被掀开。女房东一阵风似的蹿到我的炕头，气急败坏地拍打着手掌对我喊道：

“快！快！日本鬼子过来了！你、你快点走吧！”

我愣愣地望着女房东白胖的圆脸，还没有醒过劲来，女房东一转身，一阵旋风又不见了。

就在这时，枪炮声在近处急骤地响了起来。我急忙坐起身，挣扎着极度虚弱的身体，穿上衣服，拿起枕边的小包，摇摇晃晃地走出了房门。我以为房东会在院子里等着我，会带着我一起逃出村去。谁知院子静悄悄，我喊了几声，没人应。再一看，除了我住的厢房，各个房门都上了锁。我明白了,这个口口声声一心扑在抗日“上头”的白胖女人和她的一家,怕我连累她们,已经仓惶逃走了。

那时候,还没有被敌人包围后如何应付的经验。我只明白不能一个人守在这个独院里。于是,我咬紧牙关,晃晃悠悠,像个纸扎人儿似的走出了大门口,走出了离大门不远的村子外。只见村外的漫野里,到处是牵着毛驴、牲口,驮着铺盖、包裹、杂物的农民群众。顷刻间,呼儿唤女的悲怆叫声震荡在初春原野的上空。在紧靠村边的一条河里,也有的老乡跑到了木船上,想从水路逃生。就在这时,敌人的炮弹在空中呼啸而过,机关枪也在人群里发出哒哒的嗥响。河里的船被炸翻了,炮弹激起了冲天水柱,人——男人、女人、老人、小孩在绝命的呼号中沉入河水中。随即水上漂浮着殷红的血迹。……我的眼睛模糊了,扭过头不忍再看,一个人慢慢在田野上行走。田野里的群众有往东跑的,也有往西的。惊慌四散地在敌人的大炮、机枪声中夺路逃生。这时,只有我独自一人不知往何处去好。

远远地望见了太阳旗,也望见了骑着马在田野里驱赶群众的伪军。忽然,我想起了拎在手中的小包,心一下沉到了冰窟里!包里有我们学习的文件;有我的笔记本;还有我没有写完的揭露日寇残杀中国人民的短篇小说稿——包里面的东西成了我的身份证。我站在一棵小树下不动了,睁大眼睛茫然四顾——一队队头戴钢盔、身穿黄呢军装的日本兵,枪刺上挑着太阳旗正向我这边大步走来。我手中的小包忽然变成了千斤巨石,我拎不动它,它就要从我手中沉重地掉下去——日本兵越走离我越近了,怎么办?死神在向我冉冉走近——走近。……忽然,像得救似的,我发出了喜悦的喊声:

“大婶！大婶！我在这儿！……”说着，我拼尽全身力气向前面不远处的女房东一家人奔去。女房东和她的丈夫、女儿，还有——那个、那个夜晚，想要抚摸我的青年男子竟也出现在那一家人中——是他！没有错！……在隆隆炮声中，他们同时回过头来向我一瞥——仿佛看见了什么凶恶的怪物，仿佛比敌人还可怕的人出现在他们的面前，他们急忙扭转头去，惊慌地颤动着肩头上的包袱奔驰、急跑——一家人杂在混乱的人群中，转眼不见了。

一见那白白净净戴着礼帽的青年男子，使我突然像有口痰塞在喉管，气更加喘不过来了；一见那一家人像躲避瘟疫般远我而逃，这一霎间，我明白了人生的许多道理，我反而镇静下来，不着急也不生气了。我沉静地挟紧小包，从容地走着，昂头望：一队队迎面走来的耀武扬威、神气活现的日本兵，他们望着我，我也满不在乎地和他们擦身而过。

在子弹不断呼啸的田野上，四处奔逃的群众，忽然都掉头向村里走去了！怎么回事？我也转过头来。原来在村口那边，我听见有人大声地呼喊：

“老乡们，回村来！回村不杀！”

敌人用枪炮驱赶逃跑的老乡回村。一伙伙的人都耷拉着脑袋向村口走去，我一看湿润广袤的田野里渐渐人稀，只得硬着头皮也回身向村口走去——出来的时候我落在最后面，离村口最近；回去的时候，我因全身无力，走走停停，依然落在最后面，似乎离村口很远。当我终于走近了村口，村口的情况已经赫然在目的时候，我已经沉下的心不禁又怦怦乱跳起来。

一群荷枪实弹、穿黄衣的敌伪军,还有几个好像村里办公事模样的男人蜂拥在村口。他们翻包袱、搜衣袋,一个个检查回到村里的人。我一下子愣住了。我手里的小包里有文件,有材料,还有宣传抗日的稿子,想吞掉不可能;想毁掉也太晚,停在村外,后面又有敌人在驱赶。我只有拖着病弱的身体慢慢向鬼门关似的村口走去。我陷在异常的痛苦中。不是我怕死,我恨自己太疏忽。跑出来时,为什么不把小包藏好再出来?文件落在敌人手里,将会引起什么后果?……我的心剧烈地痛起来了!

近了,近了,当我就要走近村口的时候,猛地从身后伸过来一只大手,一下子把我的小包包抢过去。我大吃一惊!一回头,原来是一个背着粪筐、拿着粪杈的老筋络突出的大手……噢,这是那个给我扎针的老农!他什么时候跑来了?我刚要张嘴说什么,他瞪了我一眼,却把背在肩上的粪筐,用黝黑的大手扒开了一个洞,一下子把我的小包包放在洞里,然后又用那黝黑的大手轻轻一拨拉,小包包不见了,埋好了,牛粪平整地装满在筐子里。他这迅急、利索的动作不过几秒钟,我也惊呆了几秒钟。当他做完了这一切,忽然用当地农民粗嘎的嗓门,骂起我来:

"你这个死丫头!不想活啦?病这么重,不在炕上老实躺着,兵荒马乱地往哪儿跑呀?快跟我回家去!"说着,骂着,他又用一只黝黑的大手轻轻挽住我一只棉絮般的胳膊,搀扶着我慢慢走向敌人正在大声吆喝着的村口。

我疲惫极了。半倚在老人的肩头。忽然感到肩头湿漉漉的。定睛一看,鲜红的血已经把老人胳膊上的棉袄浸透了。

“大伯,您受伤啦!……”我的心怦怦跳了起来。

“丫头,好闺女,没什么。刚才胳膊上碰上个枪子儿,没打在脑袋瓜上开瓢儿,就算便宜啦!……听见这刀枪响,我就往你这儿跑。躲闪着枪呀炮呀的,来迟了一步。这回不要紧了,有我这老保镖的,咱们顺顺当当地回村去吧!”

眼泪像开闸的水涌流在老人的破衣襟上。我拼尽全身的力气,紧紧地抓着老人那双黝黑温暖的大黑手,任凭眼泪滴滴嗒嗒地落在老人的肩头,和他的鲜血混凝在一起——混凝在一起。……

1980年11月19日至23日于香山

我与北大

一想起北京沙滩的北大红楼，便有一缕悠悠的思绪，一团熊熊燃烧的火焰在胸中腾起。

我不是北大的入门弟子，只是个北大学生的家属，够不上校友的资格。然而，我对北大的感情，深沉热烈，毕生难忘。

1932 年到 1935 年，我经常住在沙滩周围的小公寓里——银闸胡同、中老胡同、西老胡同、松公府夹道后面的腊库胡同，都留下我多少年轻的足迹。那时，我还经常出入学生宿舍的西斋、东斋、北大三院。有了机会还要到红楼里的课堂上听点我感兴趣的课；也到图书馆里读点我喜读的书籍杂志。回到公寓里，和邻居的北大学生聊天，也和几个男学生的爱人交了朋友。房东呢，不叫我的名字，而呼我为“×太太”，我也安之若素。总之，我周围的一切都被北大的气氛包围着，甚至，没了饭吃，沙滩街头的洋车夫、苦力们吃饭的小饭摊，也成了我的好去处。

我的那位老夫子，是个北大国文系的用功生。为什么叫他老夫子？当时他只有二十二三岁，却经常穿着长袍子、戴上呢礼帽，很有些夫子派头。自蔡元培先生为北大培养了比较自由的学术气氛后，学生选课自由；爱听哪个教授或不爱听哪个教授的课也自由。至于学生穿长袍甚至马褂更没人过问了。所以，我这个非北大生，一有时间、兴趣，也可堂皇地坐在某个教室里听上两堂课。我只读过初中，文化水平低，但却喜欢读书。老夫子常帮我从图书馆里借一些古今中外的名著来阅读；他听了顾颉刚、孙楷第、钱玄同及其他一些名教授的讲课，兴趣上来了，也向我复述一番。老夫子帮助我提高了文学素养，我感谢他；也感谢北大自由听课的开明之举；更感谢北大的图书馆，几年之间，不知借给我多少读物，从而使我的文化知识不断增长丰富。然而，我不是学生，我是个家庭妇女。我时时要算计怎么过日子；我要收拾房间、要洗衣、要买菜做饭。还要提着筐子去买十斤八斤的煤球。我们穷得连煤球都成了珍品。严冬，每天清早老夫子上课去了，我冻得不敢起床，就瑟缩在被子里读些什么。直到快10点了，我才点火升起一只小煤炉，准备做午饭。火炉燃烧在屋里，暖和一点了，我好高兴！5分钱的猪肉（约一两多）分做两顿吃。一斤面条，几个烧饼，熬上半锅玉米面粥，再炒上或熬上一大碗大白菜，这就是我们一天的美餐。想起来，最难过的是冬天的夜晚：午后四五点钟做过晚饭，煤炉里就不再添煤了。北方的夜晚，寒风怒吼，四面透风的小屋里，那个冷啊！想用功、想读书，真是难。没有办法，我们只有钻进被子里，关着灯，谈托尔斯泰；谈狄更司；也常谈论我们两人都喜欢的《汉魏六朝诗选》；或者他背上句唐诗，我试着往下接着背。清晨起来，屋里的洗脸水冻成了冰坨子，墨水瓶里的墨水也结成冰块。我们生活在穷困里，但其间也有小小的欢乐：有一次我花了7角钱买了7尺便宜的、日本倾销的人造丝布料，白底粉花，挺漂亮的。回到家里，我就自剪、自裁、自做，急急把它做成了一件可体的新旗袍穿在身上，美滋滋地走到老夫子面前："你看好看么？"老夫子打量一番，笑了："你这位不修边幅的小姐，稍一打扮，还挺不错的呢。"我也高兴地笑起来了。

命运啊，这种安谧和谐的日子不久就变了。

一年之后，我变了，变得不再安心于这样的主妇生活了。我虽然每天仍在洗衣、做饭、缝缝补补，但是，从认识的北大进步同学那里（包括从妹妹白杨那儿认识的革命同志那里），打开了紧闭着的、几乎与世隔绝的我的心扉。忽然，我发现世界是这样宏伟、壮阔，这样风云变幻、多彩多姿；我还看到了祖国的大好河山支离破碎，岌岌可危；亿万人民处在水深火热之中，食不果腹……而我呢，说穷，还是吃着大米白面，还和一位书生过着"红袖添香夜读书"的卿卿我我的生活……于是，我对我们那间温馨的小屋，渐渐感到窒息。我对每天和锅盆碗罐打交道的日子，更渐渐感到厌倦无聊。不知从哪天起，我开始对老夫子怠工了。我出去找那些进步的朋友；跑出去参加一些抗日活动。一个温顺的妻子不愿总依傍着丈夫活着了；一个野马似的东奔西跑的女人，和他同床异梦了。他焦急、他恼怒。他是个钻故纸堆、不关心政治的人，对我贪婪地读起马列主义的著作，颇不以为然。有时一句讥讽的嘲笑向我掷来："马克思先生的大弟子，要革命，为什么不脱下花旗袍下煤窑啊？……"

从此，争吵、辩论的生活开始了。空虚无聊、失业、找不到已遭破坏的党，使我十分苦闷。我虽然焕发了新的青春，挣扎着想改变自己的命运，但是，我软弱——虽然思想分歧日益严重，可是对往事的留恋，我还是不忍离开老夫子。1932 年至 1935 年，我在北大红楼附近居住的几年里，是我和命运搏斗最猛烈的几年。那时，每当走过红楼，我都要凝眸伫望。我想，北大这座最高学府，曾经孕育出多少英雄豪杰，也为中华民族造就了无数的栋梁之材。而我呢，就生活在它的身边，就紧紧挨着它，却如此软弱无能。我在心里祈求：红楼，给我力量吧！叫我冲出爱情的罗网吧！打掉我的多愁善感，粉碎我的初恋迷梦吧！人生的真谛怎能总被他的哀求和眼泪耽迷不醒呢？想离开他，想去过另一种有意义的生活，却又缺乏勇气和决心。回想起来，我曾为此受过多少痛苦和煎熬啊！……

一个冬夜，北大偶然发生的一个爱情悲剧，使我幡然悔悟，陡然增加了与命运搏斗的勇气。一个清晨，一个少女手握一条似乎用来擦泪的手帕，吊死在西斋最后面的一间空房里。我跑去看了，头歪在绳子系着的窗棂上。一看就是个年轻的女大学生，俏丽清秀。她和住在西斋的一个男生恋爱，他占有了她，又抛弃了她。头天夜晚，这个女学生最后一次去找他，还带去了一个精致的点心盒（里面装的是绳子），她最后希望他能回心转意，他拒绝了。于是，清晨就发现姑娘吊死在窗棂上。

看了这幕悲惨的景象，我心中突然萌生出一种明晰的思想——绝不做恋爱至上主义者！为爱情而死，与为爱情而牺牲自己的理想、事业和前途，同样都是恋爱至上主义者——也就是个人主义者。我的生命绝不能为老夫子的“深情”所毁掉！正面和反面的生活教训，把我另一扇紧闭着的藏在心底的——贪图安逸、惧怕风险的心扉打开了！红楼向我伸出了有力的手，几年来培育、浇灌着我这棵稚嫩的幼苗，终于像冲破暴风雨的海燕，随着时代的风云，涌进汹涌澎湃的革命潮流里去。

我之有今天，总难忘掉北大，难忘掉红楼。我青年时代的生涯，是北大的革命传统不断给我的身心注入新鲜血液，使我在抗日战争爆发后，毅然扔下正在吃奶的女儿，参加了敌后游击战争。多少年来，我对北大有一种较之对其他学府更深的感情。我深深地爱着北大——深深地爱着……

我的长篇小说《青春之歌》以北大为背景，尽情讴歌了北大学生抗日救国的奋勇精神和它各方面的动人事迹，固然由于我在这儿住过几年，熟一些；但更其重要的根源是我对北大的爱。北大曾有过我的许多朋友，至今虽音讯杳然，我却常萦于怀。

那位老夫子，我们在1936年终于分手了。他是我在北大几年生活的媒介。没有他，我也许写不出《青春之歌》来。我庆幸这段“良缘”——虽然甜瓜结在苦藤上。

北大建校90年了，编辑叫我写文纪念。我立即放下工作，欣然命笔。文浅情深，欲言不尽。

1988年1月10日于珠海

乡思的朝和暮

我父母亲是湖南人。父亲是在清末中过举的。但他思想还灵活,也可以说还先进。康梁变法维新之后,北京成立了中国第一所大学——京师大学堂。这时父亲就携带我的母亲和亲哥哥,从湖南到了北京,考进了京师大学堂。以后,毕了业,留在北京办起了据说是中国第一所私立大学。他的名片上除了××科举,举人的头衔外,还加上一个"京师大学堂大学士"以及大学校长等衔称。我生在北京,也长在北京。从孩子时代认得几个字以后,我就有这么个癖好:走到街头,我就探头探脑前后左右观看店铺的名称和对联:什么"德顺老酱坊"啦,什么"又一顺羊肉店"啦,什么"生意兴隆通四海,财源茂盛达三江"的对联啦,我全都兴致勃勃地看着,念着,甚至走过妓院集中的八大胡同里,我这么一个十来岁的孩子也要十分好奇地凝神观望:那些油漆鲜艳的小门的上下左右,红红绿绿五颜六色的电灯上写着一个个妓院和妓女的名字——什么"翠玉""嫣红"啦,什么"红凤"

“醉妃”啦……我也望得挺有趣，挺带劲。在家里的时候呢？我抓住什么书就读什么书。我所能接触到的一切文字不管看懂看不懂我都兴致勃勃地看呀，读呀，把我迷得好快活！所以对于父亲的名片，有些年也成了我欣赏中的一宗。他的名片上除了正中写着大名和别号外，右上角则是一排越来越多的官衔，除了“举人”“大学士”外，又逐渐加上一些他后来担任过的职务名称。左下角则是籍贯乡里——湖南省，湘阴县，再就是北京的住址门牌号数了。那时孩子好奇心盛，经常看他的名片。因此，几十年后的今天，我的手上还仿佛捧着一张白纸黑字的小硬纸片。

我幼年生活在古老的北京，然而它却时时和遥远的湖南默默地联系在一起。譬如每天听到的声音吧，“老乖了！”“老乖了！”我这个奶名常在母亲的嘴里用湖南平江的口音或高声或低声地呼唤着。“云相公！云相公！”母亲也时时用湖南乡音呼唤着相公老爷的父亲。我幼时听到的声音——湖南的多于北京的。于是，当我十七岁前，我的家庭还没有解体前，我对父母以及湖南同乡讲得一口湖南话——我管母亲叫“姆妈”，管父亲叫“爹爹”（音“的的”），管祖母叫“娭毑”。我说的满口湖南话还挺地道呢。

幼年时期引起我对湖南人最亲切、最深挚的感情的有三个人，这三个人深深刻在我的记忆中。一个是我的年迈慈祥的老祖母；一个是我年轻美丽的嫂嫂；一个是常来我家串门的湖南同乡——留着长发的大学生方伯务。

我父母不和，他们都各自寻欢作乐不管儿女。我幼年虽然生活在这个“大学校长”的书香之家里，家中有时还有几个佣人。人们还管我叫着“大小姐”。可是，幼小的我，过的是一种什么生活呀?！数九寒天，我穿着露着脚后跟的破袜破鞋，脚后跟生着冻疮，流着脓血；浑身长满了虱子，成天和街头捡煤渣的孩子一起玩，一起在寒风中满街乱跑。夏天，母亲嫌我麻烦，把我送到舅舅家里去寄养。表兄弟多，他们欺负我没人疼，骑着打我，骂我是“杨老狗”……我的童年是悲惨的，至今想起来都忍不住掉泪。但我也有过幸福温暖的时刻，那就是在我五六岁时候，我的祖母从湖南来到了北京。她带着我睡觉，给我洗身，换衣；给我吃她的点心、水果；还给我讲了许多许多的故事。她照顾我，我仿佛孤儿找到了母亲。可是当我九、十岁时，祖母又回到湖南故乡去了。我又成了孤儿。不过这时候，我的哥哥从湖南娶来了一个十分美貌而又贤惠、善良的嫂嫂，她名叫李霞英，年龄不过十八九岁。她一到北京家中，就暗中悄悄照顾着我。她做鞋给我穿，帮我换洗脏衣服。当我得了痢疾，拉得面黄肌瘦的时候，母亲毫不理会我这个病孩子，我的嫂子就偷偷拿出钱来，托人买药给我吃，治好了我的病。我是那么爱她，从她身上我得到了母亲般的温暖。可是，刚结婚一年多，我的嫂嫂就因产褥热夺去了年轻的生命。哭呵！我曾哭得几天不吃饭，我失魂落魄地想跟着嫂嫂同归泉下了。我再没有亲人了！我又变成孤儿了！梦中，我曾多少次看见我那温柔善良的嫂嫂呀！至今，五十多年过去了，我仍然可以在心底浮现出一尊明眸皓齿，窈窕可爱的少妇形象来——她坐在我身旁，手里拿着彩色丝线，正在绣着一顶婴儿的小红帽儿。她喜悦地等待着她未出世的孩子的到来，可是她死了！……她也是湖南人，说着一口动听的柔美的湖南话，那么亲切的湖南话。

在我的记忆里留下难以磨灭的印象,在我的一生中或许起着重要作用的第三个湖南人,那就是一九二七年和李大钊同志一同被军阀张作霖绞死的共产党员方伯务了。

我已经十二三岁了,有一阵子,常常有一个蓄着长头发,长长的个子,长长的脸的大学生到我们家中来做客。父母亲都还好客,对这个似乎是搞艺术的年轻同乡,接待还殷勤。我们都叫他“方先生”。父母在家,他和大人谈话;父母都不在家的时候,这位方先生就和我谈话,向我打问点什么事。但更多的是他给我讲故事。这个人和蔼可亲,气度不凡,我爱听他讲故事,对他感到亲切。有一个晚上,他又来了。那时,我们家已经潦倒了,住在北京西四附近的皇城根,三间北屋,一间被布幔隔成卧室,外面两间就成了客室。小孩子好困,听方先生和父母谈了一阵话,我就睡觉去了。等我睡醒一觉,听见外面还有方先生和父母谈话的声音。我心里有点纳闷:“这么晚了,怎么他还没有走呢?”我望见白布幔上有一个巨大的黑影在晃动,还吓了一跳。但很快明白了:这是方先生在屋里来回踱着步,灯光把他的影子投到墙壁似的幔帐上。接着,我又睡着了,他什么时候走的,我不知道。但是,没过几天,我这个好读书也爱读报的孩子,忽然在当时的《顺天时报》上发现了一条令我震动的消息:李大钊等二十个共产党员被捕了。二十个人的名单中有方伯务的名字!

我仿佛明白了,方伯务那个晚上总不走的原因,是想在我们家中躲避对他的追捕;可能父母没有留他住下,不得已他走了,接着就被捕了。想到这儿,我为这个“大朋友”心里挺难过,挺不安,担着心。

又过了些日子,一天,仍是在《顺天时报》上我发现了更加令人吃惊的消息:李大钊等二十个被捕的人——其中也有方伯务,全部被大军阀张作霖下令绞死了!

呵,他被绞死了!方伯务被绞死了!他的死,不仅使我幼小的心灵充满悲痛,哀伤;更多的还是惊奇,迷惑——他是好人,不是强盗,他又有学问,又对人和蔼,怎么被人绞死呢?说他们是什么共产党,说什么共产党杀人放火,共产共妻,不!方伯务是好人!如果他是共产党,那他也绝没有去杀人放火!……

我从小还有一个癖好:就是人虽小,却非常爱听大人们讲话,家中客人很多,当我还没有上小学的时候,客人常把我当成哑巴——因为我无论见到了什么人,全是愣愣地望着人家的脸一言不发。为此母亲时常叱骂我。可是,也许幼小的心灵惯于孤寂吧?我什么话都不说,却喜欢把小小的身子藏在沙发后面,听大人们讲些什么。家中三教九流,各式各样的客人都有,客人来了,坐在沙发上聊闲天,有的高谈类似《官场现形记》里面的官场见闻;有的谈什么阔人新娶了一位漂亮、厉害的姨太太;有的谈什么人家的大小姐嫁了一个有权有势的丈夫;有的甚至谈起哪个妓院里的妓女红,如何迷惑人,如何发了财;也有时谈起当时动乱的政局和物价等等,等等。不管大人谈什么吧,我就偷偷地瑟缩在沙发角落里,津津有味地几个小时地听下去。大概是一九二七年大革命以后吧,湖南的共产党在搞打土豪、分田地。这时候,经常有一些逃到北京的地主、豪绅之流到我家来。我还是躲在沙发后面听父母和这些人谈些什么。这些人的谈话,我还记得——他们大骂共产党,说共产党、乡农会如何抢了他们的财产、土地和房屋;还杀了什么人等等。可是每当这个时候,我就忽然想起方

伯务来。我口中不说,心里却在悲声高喊,斥责这些人:

“胡说!胡说,共产党是好人。他们哪里会杀人,会抢东西!……”

是的,方伯务生前并没有对我讲过任何有关共产党的话。可是,这个共产党员却以他的生命、鲜血,在我幼小的心上涂上了金光闪闪的几个大字——共产党是好人!

而且,当时我已经读过鲁迅纪念刘和珍的文章,我是那么仰慕着刘和珍这样的人。我不知不觉地倒向反对权贵的那一边去。

人的一生中,幼年——成长期的关键时刻,他们承受外部世界的影响,是异常有力的,异常魅人的。我的幼年,从封建地主家庭中看到了那么多肮脏的、丑恶的东西;可是,在这同一个家庭中,我却也承受了父母的喜欢读书,并从这里得到了解社会上许多人情掌故的益处。而且认识了方伯务,他更给我以后探求真理——一种想知道共产党究竟是怎么一回事的强烈欲望,对我以后参加革命,参加党,不知不觉起了潜移默化的作用。

自从一九三一年母亲去世,并和父亲很少来往的情况下,我们的家散了,我的哥哥、妹妹都各自过着独立的生活。从此和湖南渐渐疏远,我也很少再讲湖南话,终于乡音只能听而不能讲了。然而,在心底埋下的湖南种子,却在任何情况下都没有朽烂。每当遇到春天似的气候,它还要萌动,还要竹子般蹿到晴朗、明媚的地面上来。

“你是哪里人?”

“我是湖南人。”

多少年来每当有人问到我的籍贯时,我总是这样自豪地告诉对方。每当填写履历表时,尽管我等于从未去过湖南,但我却在履历表上从来都是填着湖南省湘阴县。有时还加上村名——东三里。其实呢,湖南对我已经是一块既陌生、又疏远的地方。这地方是个啥模样?我只有想象——它山青青、水绿绿,到处有池塘。人民呢,勤劳朴实、聪明能干……每当遇到湖南同乡谈起湖南的时候,我就浮起这些朦胧的幻影。也就在这时,仿佛一种思念从未见过面的母亲之情,便潜然进入心头。

“这辈子还能到湖南——到家乡,到韶山去看看吗?……”

我一生多半住在北京。除了抗日战争时期在冀中平原上打了八年游击,再加上三年多的自卫战争,一共离开北京十二年。一九四九年全国一解放我又回到北京来。身体多病,工作繁忙,使我多少年来——也就是从幼年到暮年的最近吧,只有怀念故乡的情感,而无回到故乡的机会。越没有机会,却越加憧憬,渴慕——有时在梦中我会突然看到了波光粼粼的洞庭湖水,它那么碧绿,那么清澈,浩莽莽地荡漾在蓝天白云之下。有时,我仿佛伫立在家乡的汨罗江畔,江水潺潺,山色幽幽,屈原——我平生最景仰的伟大诗人,他忽然拂动长袖,披散着头发,神态庄严激愤地屹立在滔滔江畔。我也曾几度梦见回到了家乡——东三里。这里有翠竹绕屋,有青山苍郁,有许多陌生却又异常亲切的亲人在向我点头招手。……

梦——湖南总是梦幻般出现在我的意识中。

这一天终于来到了。一九八〇年十月十八日我终于乘上了开往长沙的特快火车,车轮飞速地旋转。我的心也在飞速地旋转。车经河北、河南、湖北等省时,我也不时向车窗外眺望,但那只是一般地看看沿途景色。当车驶过了长江大桥,驰过了武汉三镇,进入了湖南省境后，我的心突然飞快地旋转起来了，我把脸紧贴在玻璃窗上，仿佛看见了远远向我招手的亲人。我凝神注视着车窗外那疾驶而过的每一条小河，每一簇树丛，每一座山丘……看，那河水多么明亮，那树丛多么碧绿，那山丘又是多么艳丽——真的，我从来还没有看见过这般红如玫瑰，艳如橙橘的山色。多美呀！我的湖南！我的故乡！……

“呵，我终于回到湖南啦！”我俯身在车窗边，脸儿紧贴在车窗上。不知什么时候，几滴泪水已经湿了窗上的玻璃。

车厢里的四个卧铺只有我一个人。我可以独自在这间小屋似的车厢中，任凭我的乡情奔泻。我目不转睛地望着车窗外，在十月灿烂的阳光下，我却陷入一种梦幻似的境界中：我知道我正在向湖南——向故乡奔驰。可是，我又有点不相信，——这真的快到家乡了吗？这不是我又在做梦吗？这样回故乡的梦我已经做过多次了。

当我在长沙火车站上，紧紧握住了前来迎接我的省出版局局长胡真同志的手时，我才真的从梦幻中回到了现实，我才清醒地明白我真的来到了湖南——真的回到了渴望了整整六十个年头的故乡！

我在湖南只停留了八天。这八天中我到了韶山，到了花明楼，也到了板仓。瞻仰了毛主席、少奇同志、开慧同志的故居。不知道怎的，这些共产党员的简单居室，这些八十年代我所看到的真实景物，忽然竟和我幼年时代的大朋友方伯务联系起来，和李大钊同志——这位和方伯务一同被绞死的革命领袖联系起来。幼年的我和暮年的我，仿佛被一条长长的、细细的历史长线串连起来。幼年时，我短发齐眉，天真无邪，对人生充满了幻想，对未来有那么多，那么多的美好憧憬。后来这憧憬和幻想在曲折坎坷的人生道路上，有的实现了，也有的幻灭了。可是这串连在一起的长长的朝线和暮线却没有变；这就是共产党人的远大理想和共产党员的无畏精神，在我生活的长线上永远闪耀着动人的光彩，永远督促我奋勇前进。写《青春之歌》时，仍然是这种真挚的情感撼动着我，包围着我。回到故乡，看到故乡出现了那么多为中华民族的解放而视死如归的英雄和领袖，我自豪。然而同时，也有一种说不出的感触。一九六一年少奇同志回到故乡花明楼，他没有住豪华的宾馆，仍然住在自己家中那低矮阴湿的小屋中，而且住了六七天。这一观感，也许是我这次去湖南最深的感触——不如说是对我最大的教育。我望着少奇同志的住室里，只有一张简单的床帐被褥，那从湖南特有的粗木窗栏里透进来的微弱阳光，却使我感觉满室生辉。甚至那潮湿的阴冷气味也仿佛发出了淡淡的馨香。

我回故乡湘阴（现属汨罗县古仑公社），也是这次返乡的一件大事。我从小到老，做过多少次还乡的梦呀！每当我听到湖南的乡音，每当我想起爱我的祖母、嫂嫂，和揭示我认识人生奥秘的方伯务时，我从心底里对湖南有一种依恋之情。这次由于《芙蓉》邀请各地一些作家来湘座谈并游览，我多年的梦想终于实现了。当阴雨霏霏的十月二十二日，我在地、县一些领导同志和湖南人民出版社几位同志的陪同下，回到家乡的情景，将是我永生难忘的。现在我的案头玻璃板下就放着两张我回家乡时的照片——那么多张陌生的、然而又是异常亲切的头脸簇拥在我的身旁，里里外外——里三层，外三层的乡亲们拥满了公社里外的大场院。那是多么感人的场面呵！两天前，乡亲们就听了我要回故乡的消息，他们已经在雨地里等了第一天。可能是时间听错了，我没有来。二十二号这天，直到下午快四点时，我们才到。乡亲们已经打着雨伞又在泥泞的湿地上等了将近一天了。这是一种什么样的感情？在迎接“衣锦还乡”的贵人吗？不！绝对地不是！那一张张纯朴的脸——包括我的唯一的远房侄儿、侄女的脸，给我的感觉都是：他们在迎接、企盼远游他方的游子的归来；在思念“少小离家老大回”的故乡的亲人！来看我的人太多了，我不知去跟哪一位讲话好。我的心怦怦跳着，望着我的祖先世代居住的地方——一个群山环抱的山坳坳，望着一棵棵苍翠墨绿的雨中树木，尤其望见了那么多站在雨中饱含深情的脸，我的眼睛潮湿了，我又有了火车上那种梦寐似的感觉。……

我知道我无法在这曾是书香之家，几进房屋里挂着各种牌匾的家屋多停留——虽然这家屋如今已是荡然无存。我也无法和迎接我归来的乡亲们多谈谈。因此，我就要更加珍惜这短暂而又幸福的时刻。我的眼、我的心在贪婪地吸摄着家乡土地上一草一木的颜色；也在吸吮着故乡人民每一个眼色每一个手势所表达出来的真挚的情意。我已经六十多岁了，各种各样的事情缠身，今生还能够再回到这红山绿树的故乡看一看吗？我在喜悦中，不知不觉涌上了这也许是老年人所共有的感慨吧？我又惘然了。人生——多么奇怪的人生呵！爱和恨常常交织在一起；喜和悲也常常混淆在一起；勇敢和怯弱，诚实和狡黠也常常并存在一个人的身上。我回到故乡的喜悦中却也饱含着辛酸的追忆——幼年时爱我的祖母已经去世多年，连看一下她老人家的坟墓都没有来得及。父亲坎坷一生，死在家乡，如今荡然的空场上，只留得他用来烤火的一个凹形大石钵，我的家除此外，再无遗物可寻了。我还有一个异母大哥，年纪不很大就死掉了。他的一个幼子也夭亡了，他的一个女儿嫁到外乡没有音讯……家乡已无近亲。但这并不减轻我对故乡的情感。当黄昏冉冉降临，我不得不离开原名“东三里”，现改为农科大队二队的乡土时，我伸出手频频地和乡亲们挥手告别；我握住侄儿、侄媳的手，紧紧地握住。他们用乡音说着：“姑妈，你要再回来呀！”我笑着点头。我心里落泪。这不全是因为惜别。是我感到很可能这是第一次，也是最后一次的故园之行了。

可是使我兴奋、快乐的感觉仍然是主要的。故园使我想起我的亲人——父亲、祖母、嫂嫂。也使我想起同乡方伯务。当想起这个共产党员时，忽然，一九二七年湖南农民运动起来后，那些纷纷逃到北京的地主豪绅，常到我家串门时，大骂共产党的“老乡”，如今，故乡的土地上再也没有他们的踪影了。我举目回顾，泥泞的地上那么多来看我的乡亲中当年那些穿袍子马褂的绅士们一个也不见了。他们已经从中国这片广袤的土地上消失了。这使我高兴！我想方伯务地下有知也会含笑。——我仿佛又回到了幼年，我拉着方伯务的大手，我们一起在欢笑。

“美不美，故乡水；亲不亲，故乡人。”这封建时代传下的谚语有它的真实性。北方也传着这样的话：“老乡见老乡，两眼泪汪汪。”人们爱他的故乡，爱故乡的人，自然也就爱他的祖国，爱他的人民。这二者是息息相关，紧密相连的。祖国——我的母亲，在我幼年时给了我对故乡的多少梦想、怀恋。我的母亲——祖国，在我暮年时，又给了我回到故乡的幸福、欢乐，把我童年的梦和老年的梦连到了一起——那么美丽，那么深情，那么丰富多彩，那么绚烂多姿！我仿佛又回到了童年——我幸福地偎依在祖母和嫂嫂的怀抱里，听祖母向我娓娓讲着一个又一个动听的故事……

1980 年 12 月 12 日于首都友谊医院

严文井

给匆忙走路的人

人的一生，是很短的，短暂的岁月要求我好好领会生活的进程。

我们每每在一些东西的边端上经过，因为匆忙使我们的头低下，往往已经走过了几次，还不知有些什么曾经在我们旁边存在。有一些人就永远处在忧愁的圈子里，因为他在即使不需要匆忙的时候，他的心也俨然是有所焦灼，等到稍微有一点愉快来找寻他，除非是因偶然注视别人一下令他反顾到自己那些陈旧的时候内的几个小角落（甚至于这些角落的情景因为他太草率地度过的缘故他也记不清了），这种人的唯一乐趣就是埋首于那贫乏的回忆里。

这样的人多少有点不幸。他的日子同精力都白白地消费在期待一个时刻，那个时刻对于他好像是一笔横财，那一天临到了，将要偿还他的一切。于是他弃掉那一刻以前所有的日子在焦虑粗率之中，也许真的那一刻可以令他满足，可是不知道他袋子内所有的时刻已经花尽了。我的心不免替他难过。

一条溪水从它保姆的湖泊往下注时，它就迸发着，喃喃地冲击着往平坦的地方流去。在中途，一根直立的芦苇可以使它发生一个旋涡，一块红沙石可以使它跳跃一下。它让时间像风磨一样地转，经过无数的曲折，不少别的细流汇集添加，最后才徐徐地带着白沫流入大海里，它的被人叹赏绝不是因它最后流入了海。它自然得入海。诗人歌颂它的是它的闪光，它的旺盛；哲学家赞扬它的是它的力，它的曲折。这些长处都显现在它奔流当中的每一刻上，而不是那个终点。终点是它的完结，到达了终点，已经没有了它。它完结了。

我们岂可忽略我们途程上的每一瞬！

如果说为了惧怕一个最后的时候，故免不了忧虑，从此这个说话人的忧虑将永无穷尽，那是我们自己愿意加上的桎梏。

一颗星，闪着蓝色光辉的星，似乎不会比平凡多上一点什么，但它的光到达我们的眼里需要好几千年还要多。我们此刻正在惊讶的那有魅力的煜人眼目的一点星光，也许它的本体早已寂冷，或者甚至于没有了。如果一颗星想知道它自己的影响，这个想法就是愚人也会说它是妄想。星是静静地闪射它的光，绝没有想到永久同后来，它的生命就是不理会，不理会将来，不理会自己的影响。它的光是那样亮，我们每个人在静夜里昂头时都发现过那蓝空里的一点，却为什么没有多少人于星体有所领悟呢？

那个“最后”在具体的形状上如同一个点，达到它的途程如同一条线，我们是说一点长还是一条线长呢？

忽略了最大最长的一节，却专门守候那极小的最后的一个点，这个最会讲究利益同价值的人类却常常忽略了他自己的价值。

伟大的智者，你能保证有一个准确的最后一点，是真美，真有意义，超越以前一切的吗？告诉我，我不是怀疑者。

不是吗？最完善的意义就是一个时间的完善加上又一个时间的完善，生命的各个小节综合起来方表现得出生命，同各个音有规律地连贯起来才成为曲子，各个色有规律地组合起来才成为一幅画一样。专门等待一个最后的好的时刻的人就好像是在寻找一个曲子完善的收尾同一幅画最后有力的笔触，但忽略了整个曲子或整幅画的人怎么会在最后一下表现出他的杰作来？

故此我要强辩陨星的存在不是短促的，我说它那摇曳的成一条银色光带消去的生命比任何都要久长，它的每一秒都没有虚掷，它的整个时辰都在燃烧，它的最后就是没有烬余，它的生命发挥得最纯净。如果说它没有一点遗留，有什么比那一瞬美丽的银光的印象留在人心里还要深呢！

过着一千年空白日子的人将要实实在在地为他自己伤心，因为他活着犹如没有活着。

黑色鸟

黑色鸟是不幸的象征，当人们走过一条幽僻的小巷，无意中看见它的侧影，或是听见了它那干燥的叫喊时，便会厌恶地吐一口唾沫，低压了眉毛，疾疾地走过它，似乎逃掉得愈快愈好。

在梦里，黑色鸟是第二天不快活的引子。

我知道一个老妇人，虔诚地执着念珠，眼睛向自己看着，慢慢地走着她那不多的途程。

“呵？没有什么！呵！平安。”

她以恐惧战栗的声音，宣诵着佛号，眼内充满了泪，看着一只黑色鸟从她头顶上越过，飞向漠漠的天空。

我既不是由于冷淡，也不是由于勇敢，我不去想一些别人时常想着的事，仅仅是因为我倦于没有结果的思想。虽然我不见得老是快乐，而我却不对任何事物作杞忧的揣度，黑色鸟不能引起我的什么感觉。

我看见一只黑色鸟待在我窗外最近的一个屋檐上。

我的窗板同纱幔都是紫色的,在窗子内看见的它的羽毛于是有了红的色泽。这一段时间很长,它是沉静的,沉静地站立在它那个位置上。

它的眼睛显出富于思索的神气,倾斜着脑袋向四方谛听,随后它又轻轻啄理它的羽毛。它是那样从容不迫,我注意到那钩曲的长嘴在它的翅膀上不断移动。

我没有动一动我的眼。

我开始觉得有一个思想要来侵袭我,我于是用手支住了头。那是一些什么东西?它们存在于什么地方?我问,我期待,而我一无所得,我的头脑像无云的天空一样地空。

我听见钟声自远处传来。我看着黑色鸟的羽毛上令人眩惑的光辉,那光辉脱离了它的羽毛,射出长长的芒刺在空中。我那个将要来临的思想停在不可知的地方了。

黑色鸟正在俯瞰地面。它的身躯还是牢牢不动,它拖下了翅端。

我发现了这个思想。我想起了那个又熟悉又陌生的面孔,那双眼睛正散射出柔和的光彩,她正在向我走来。一个幽怨的微笑展开在那略带雀斑的脸上,我看见一双眼睛睁开来,那眸子特别深,我好像正躲藏在那个最深的地方。那睫毛上有一些泪水,或者是泪珠,正在提醒我分离的时间已经到了。我看见一片紫,一片深紫,一片青黑。我看不见任何东西。

“呵!我的天!这不是思想,这是回忆。”

我不知所措地绞着我的手,忍受这奇特的刑罚。

等我再睁开眼来,黑色鸟已经展翼飞起。它低沉沉地叫了一声,我的窗格就遮住了它。我耳朵内留下的那干燥苍老的叫声使我辨出了一种可怕的景况,我记起了宣诵佛号的老妇人。

“没有什么,没有什么,黑色鸟。”

论友情

一个人烦恼的时候总比他快乐的时候多。我们常常愿意从自己喜爱的人那里得到安慰与温暖,正如有时我们也不吝啬给他们一些关切和同情一样。我们几乎没有人不欢喜从别人那里接受那种可以支持自己,帮助自己生活得更热烈一些的友情。于是我们极力要求自己的朋友慷慨,虽然自己付出的并不太多,总还是感觉自己得到的还不十分够。希望里的东西永远是比那已经存在着的东西要丰富一些,完美一些。我们爱朋友,但更爱责备朋友。我们生活在许多人当中,而又叹息自己孤独。我听过好多人诉说他们心上的沉重寂寞。

真正的寂寞的确不是一件好东西。它待人很冷酷,也使人变得冷酷。它容许人思想,却不给人以力量。我们也许当工作过度时会不大欢喜吵闹的声音,会想起怎样离开人们去独自休息一会;但疲乏时所需要的宁静,所需要的一个人待在一个地方的休息,却不等于寂寞。寂寞对于一个人所造成的灾害不比一场伤风轻。假若我被迫非从两者当中挑选一样不可，我宁可挑取后者。在许多亲人的关切中害一场小病，那简直是一种难得的幸福。我不愿意做一个没有病痛的鲁滨逊。我们也许会为自己的信仰遭受磨难，我们却没有必要去欣赏那个待在荒野里苦修的圣安东。如果我们要去寻找智慧，还是让我们首先去寻找那有人群住着的地方吧。

寂寞一辈子的人是没有的。试一试回想你的过去：在你黄金的童年，你是不是有过一个玩伴儿，和你共同逃过学，共同到小河边去捉鱼虾，漂石片，然后又共同去受责罚？当你长高一点以后，是不是有一个两个荒唐的梦想家，时常和你在一起作漫长的散步，谈说一个美丽的小姑娘，谈说那宽阔的海洋，谈说那不清楚的未来。你们共衣，共书籍，甚至晚上共失眠？随后，你是不是有这样一两个勤快的通信者，彼此按时寄去一些过重的信，讨论那么多的问题：人生是什么？爱又是什么？等等。有呵，那是如何欢乐，如何值得令人想念的一个瞬间呵！那都已经成为过去，如同梦幻，它已留不下什么了！

有些事情是来得太早一点，我们多数人都是显得成熟得太快了一些。这不能责备我们自己。如果的确是有些什么事物令人烦忧，又何必追究这个人的不善欢笑！是因为不断遇着坎坷，我们才不欢喜跳跃。意志所能对人做的事到底是有限的。我们听见那些二十几岁的年轻人说自己衰老了的话不要发笑吧！那种阴暗的心境显然对他是不适宜，但其中也还有些严肃的，值得想一想的事情在。原谅那些不快活的人对别人稍微有点过火吧，原谅他们有时对别人不太注意，有时对别人又过分苛刻吧！他们太爱人，因而才发现人的不可爱处。他们因为太喜欢朋友，反而不能找到朋友。

朋友是不难找到的。如果你不只是专门期待着，你将发现在凡有人的地方都可以找到朋友。比如出门，你只要先向你对面那个同车的，或同船的人打招呼，他又对你没有成见，岂会不愿意和你谈谈天。如果他随着拿出了他的纸烟，你怎么又会吝啬得不打开你的罐头。何况现在大家都不是在一次为自己的旅行中。我们正在一条长路上行进，如同一次出征，同行者和我们可以拿出互相保证的是彼此的生命，对于任何患难我们都将要共同担当。我们也如同往一个圣地去朝香顶礼，同行者和我们所共同的是一个最高的，最坚定的信仰，一个最美好的，最伟大的理想。世界上哪有一种旁的朋友比这样的同伴更可贵！我们通常和什么人之所以能做朋友是因为他和我之间有一种共同爱好的东西。一本书，或者一种特殊的趣味。最好的朋友之间所共同的应该是一个事业，一个理想。对这样的朋友，更确切一点，我们就称他为同志。

爱我们的同志吧！珍惜我们彼此间的情感。当大家彼此都不太有钱的时候，不要责备他不豪爽。如要责备，不如责备自己，看自己有什么能对他尽力的地方还没有尽力。如果他这一向精神不大好，不要过分要求他对你热烈。我欣赏古人那种“淡淡如水”的友情的境界。当然我们相交也可以随便一点，吵吵嘴再和好，和好了又吵吵嘴，但那次数也不可太多，或者口气太过分，以至到损伤人的程度。我自己既然有些独特的癖性，为什么我的朋友又不能够有？让我们不要为任何一点小意气，一点神经过敏，失掉一个十年的朋友吧！十年，在一个人的一生里不是一个小数字。更不要随便失掉一个初认识的同志的友情，因为比较深的相互了解还得经历一段时间。一点点友情，即使它细小如同沙粒，也不要让它从我们手里漏掉。有它，我们将活得更有生气，工作得更有信心。如果你偶然受伤或摔跤，就可以直接从它懂得这一点点痛苦的意义。它将使我们从疲劳中振作起来。当我们软弱的时候，将依靠它的扶持而重新变得坚强。

关心我们每一个同志吧。那都是朋友。不要嘲笑他们，过分挑剔他们的短处。你看，他也许喜欢多说几句话；他也许容易为一点小事就惊叫了起来；他也许太容易发脾气；他也许太容易流眼泪；他也许偶然会对人撒一个小谎；他也许有点古板；他也许有点笨拙……那都算得什么呢！那些毛病也许我自己都有。我既能原谅自己，为什么对朋友又如此不信任呢？他们都是我的朋友。今天他们有同我生疏一点的，明天他们就要同我熟悉起来。事情的真相就是这样。

我们不是寂寞的。

我的兄弟们

不要瞌睡,我的兄弟们。在这车皮顶上,要坐稳。

如果觉得冷,我们就背靠背。你的体温加上我的体温,再看着那个歪斜的太阳,我们就会暂时忘掉冬天。

让风尖声地呼啸,让煤屑像雨点一样往身上淋,让我们更快地奔驰。我们正在:

越过那灰白色的软弱的小河,

超过那些茅舍和土房,

越过那些光秃秃的褐色山冈。

是的,是我们来了。你们的兄弟们带着枪来了。

你们在鼓掌,在笑。我看见了,我明白。

不要冲出栅栏,再几步就是车站。

你张着嘴的卖纸烟的,你好!煤黑子,你好!铁匠,你好!掌鞋的,你好！你那白胡子的老木匠，你好！你那穿着破衣服的裁缝师，你好！

你们都好！

乡亲们，我们一路上都不错，谢谢你们！是的，我们来了。

现在让我们一起下那个煤窑，让我们一起乘升降车往下急驶。

现在让我们一起弯腰在黑暗中匍行。这个角落里有好几个人上吊，怪不得周围这么阴森，我有些喘不过气来。

现在让我们一起上升，再回到那个充满了阳光和空气的世界。地面上还有躺着的铁丝网，仍然在叫喊着：当心！

现在让我们进入那间熏满煤烟的大土房，一起坐在没有席子的土炕上，一起大声咒骂鬼子和把头，橡子面和镣铐，那个日子！几个人轮流披一条破麻袋，轮流穿一双水袜子，那个日子！

把那个日子永远埋葬在地底下，最底层！

我们喜爱亮光，就从地底下走出来。

现在让我们一起走出来。

这不行，好兄弟！当我再一次困倦时，不要把你那件棉大衣悄悄覆盖在我身上。

我再也不会打盹。让我们坐好，共同披着那件大衣，凝视那黑夜，凝视机车烟筒里射出的那些星星。

我应当向你说点什么，或者随着车身的摇晃，我们一起唱一个歌。

这是“七九”，这是“三八式”，这是“撸子”。子弹呢，有的是。

傻小伙子，我懂得你为什么老发笑。这枪托有点像你那锄头柄，而枪管比你那斧子更亮。

不要发傻，不要射击那白鸽和老鸦，让它们留在田野上。

把长凳子都搭出来，让后面的女人有个地方站，叫小孩们不要啼哭，卖烟卷儿的不要叫喊。

现在开会。乡亲们，只管往下讲。一肚子苦水只管往外倒。

这里就是县政府，进来吧，兄弟们。再不用担心穿乌拉的上不了这石台阶。先坐下喝一杯水，从县长划的火柴上点着烟，然后再说大事情。

这是“宫内府”，楼梯上仍在闪亮的是大理石，可是没有绒幔和皇帝。清新的风正在往里面吹，那几片玻璃已经被子弹击穿。

房间里有些轻淡的草香，也有一点点煤烟味儿。

我们的铁匠，炸馃子的，小书记和“苦大力”，都在朱漆地板上伸开了大腿。

他们在开会，商议减房租。他们时而发笑，脆弱的墙壁，不习惯地发出阵阵回声。

不要休息，我的兄弟们。

不要停止，我的兄弟们。

小草哀歌

——悼茅盾先生

太平间里静悄悄。

年老的男护士默默地打开了一个漆着深绿色的钢铁柜门。

覆盖您的白布被掀起了一个角。

我这棵小草不禁折下了腰，久久直不起身子来。我感到背脊上一股寒冷。

是真事吗？这一切都是真的吗？

不错，这是您。

我们来晚了。昨天我在干些什么呢？

“沈先生！”

您没有动。但您正在回答，像往常一样。可能您身体太衰弱，我没有听见您的声音。

您的面容特别平静，更显得乐观，沉着而理智。

您是闭着眼在沉思。

巴黎还在等待您去，东京的学者还有问题要您解答，苏格兰的汉学家还想继续访问您。您的《回忆录》还没有写完。还有，无数的题字、题签、信件也在等待您拿起笔来。这数不尽的劳作啊谁能说得清？

不，您有权力休息一下，实在应该休息一下了。

我们过去打扰您太多，太过分。

您需要安静。

我们悄悄退出了那个无声的太平间。

天色灰蒙蒙，却又透出了一片淡淡的阳光。好像有点风。

我木木地走着，我的感觉迟钝。

为什么周围是这样宁静，连奔驰着的大小车辆都不发出响声？

是真事吗？这一切都是真的吗？这当然是一个愚蠢的发问。

我从狭窄的窗口望出去，看见一片云。

啊！您已经开始远行，乘着风，向着那个无穷无尽的远方。

我有无数的追悔，那又有什么用，您已经悄悄启程。

我想送您一个花圈，这个花圈将用各种杂草扎成。

也许这会合乎您的心意。不久前您还说过，有的草也能开花。我记得，您喜欢刚刚开放的花，喜欢即将开放的花。我也记得，您为杂草辩护，那是为了可能开放的花。

我想您不会见怪,如果我的花圈不慎也扎上了几棵不开花的草。

期待和远见产生了您的慎重,大度和渊博产生了您的宽容。

在您面前,青年学艺者们从来不感到拘束。虽然繁琐,浅薄,平庸,大家总是能对您说出自己心里想说的话。

一代又一代的青年学艺者相继找您求教。您总是耐心地倾听,然后平静地解说,微笑里透露出仁慈和鼓励。

能给予这样的仁慈的,唯有真正的长者。

能给予这样的鼓励的,唯有真正的勇士。

我忘不了您那双同情的眼睛。在您面前,小草有了继续生长的信心。

如果可能,我将献上这样一个小花圈,上面扎着青草。如果不可能……

我的眼睛湿润了。我想那不是泪水,是您留在小草叶片上的雨露。小草有时也能唱一首小小的哀歌。

但是,不要悲伤,悲伤会违反您的主张。

我再一次从狭窄的窗口望出去,看见一片朦胧的光。

先驱者啊!您正乘风远行。

您频频回顾,好像不忍离去。

回头再看一眼吧,这里是您出生的故土。

回头再看一眼吧,这里有您执著的人生。

回头再看一眼吧,这里有一代又一代的青年,他们总是在探讨,要改变民族的命运,创造祖国的前途。

我对面的屋檐下有什么东西在摆动，那是一条枯萎的藤子，或者是一缕陈旧的蛛丝。仍然有点点风。这不过表明：这里正在由寒转温，由冬转春。

请您放心！

我抬起头，仰望那个隐隐约约的高处。您应该就在那里，只能在那里。但天际茫茫，我没有双翼，不能跟踪寻觅。

先驱者，先驱者啊！您竟坦然离去了吗？

这一切都不可相信。我不信。我仍然感到那保持在我手心里的您的手的余温，我仍然听见您那平和而耐心的声音。

有什么声音响在我耳边震动了一下，不知道是谁在碰撞我小院的门。

我拿起了桌上的《蚀》。扉页上写着“一九八〇年七月”，这是半年前您的亲笔手迹。我第一次读您的《三部曲》，接受启蒙，距现在大约已经过了半个世纪。半个世纪，算不清人世间已经经过多少次“日蚀”和“月蚀”，但日月总是再度显出光辉。

先驱者，先驱者啊！终于您可放心，放心地离去。

您确实已经离去，这一切都是真实的，真实的，无可再怀疑。

我不过是小草，承受过您雨露的千万小草当中的一棵。为了寄托哀思，我只能唱一支歌，一个卑微的，近于无声的小草哀歌。

1981年3月27日草，4月5日改定

张洪祥

五月的清风

张洪祥

2000 年

80cm×53cm

布面油画

一直在玩七巧板的女寿星

——记冰心

冰心这个女寿星一开始就出手不凡。她小时候穿了许多男装，十分淘气，差一点就变成了一个真男孩。

很年轻，就出了大名。她作诗，写散文，写小说，翻译泰戈尔，成果累累。

她的散文，引出了无数模仿者，只是那种美而不花哨，清新自然而不矫揉造作的风格，没人模仿得了。

特别是那本《寄小读者》，给了一代又一代的少年们以勇气和好奇心，让他们去寻找广阔的世界，也寻找自己。

后来，有的人找到了一些。有的人虽终生没找到什么，也以提到那本书和作者的名字为荣。

三四十年后，冰心又伪装为“男士”，写了一本极有风趣的书，引起了不少真女士发疯，不断向“他”追求。这个恶作剧，仍是种淘气行为，可又不是用淘气这个词儿能解释清楚的。

那盏小桔灯，却完全是一种女性的善良，一颗母亲的心，照亮了一个黑暗的小角落，促使濒于死亡状态的良心复苏。

好奇而大胆的冰心当然有自己的“探险记”，有自己的出征，偶尔对朋友说说，好像没有写出来。如果已经写了，那就怪我孤陋寡闻，请冰心宽恕我的无知。

冰心当然也有自己的“历险记”和“受难史”，那滋味不会太好受。不知道她是否向别人诉说过，至少是我没有听到过。她是一个不喜欢诉苦乞怜的人。

不知不觉，她已经变成女寿星了。

这个女寿星有自己的特点。她深居简出，从不赶热闹。她天天读书，几乎无所不读。她抽出时间来接待络绎不绝的来访者。她不时写一些短文，多半是为幼小者和弱小者说话。

不是吗？她做了她所能做的。

冰心喜欢说自己是一个19世纪的人，她生于1900年。

我想，上帝让她出生于19世纪告终的这一年，就是要她承担使命，用她特有的方式，送走19世纪和那个世纪的残余物。她实际属于新世纪，属于未来。

孩子们喜欢除夕和春节。在这两个不同的节日里，同样充满了快乐和希望。

女寿星一点儿也不老。她非常清醒，超过许多未老先衰的后生。她仍然在除夕晚上准备迎接元旦。

她仍然好奇,有爱有憎。

尊敬冰心的人越来越多了,各有各的出发点,各有各的理由。

1927年夏季某天,我在一个图书馆里一口气读完了《寄小读者》,开始认识冰心。这本没有任何故事情节的书一下就吸引住了我,那个本来只爱读旧小说的少年。我猛然感到,在文学作品里原来有些东西比故事情节更为重要。

冰心不说教,只是在亲切谈心。我听着听着,感到面前出现了一种新境界,令我神往。

那是美么,但美又是什么呢?

1953年夏季,我见到了冰心本人。因为她太平易近人,以致不久我就放肆到把这位前辈称为"大姐"。

将近四十年的光阴一晃而过,不觉我也变成老人了。

这段时间里,风云变幻,从大风大浪到漂满鸡毛蒜皮的浊水翻腾,我们或共同,或从不同地点、不同角度,接受了"洗礼",结果是变成了正教徒,还是异教徒,自己也闹不清楚,这里暂且不表。

今年春节前,向冰心索字,意外地得到她很少示人的集龚自珍句三首。

这消息传到了《当代》编辑部,他们便很希望能发表这些集句。最后承冰心应允,就又抄出她的另外几首集龚句。

这些集句陆续成于1914年到1918年间,或许可称之为冰心的真正少作。

我们很想知道冰心当年集句的心情和含意,就去问冰心,希望她泄露一点天机。她的回答是:"当年集句仅仅是在拼七巧板,并无深意。”

其实这样提问就是有些犯傻。诗就是诗，你自己品不出味来，又怎样向你讲解呢？

我算服了。

但我这个穿凿成性的人有时又禁不住往龚自珍身上想。

那个了不起的龚自珍，他反对“衰世”，叹息“万马齐喑”，想挽救被扭曲的“病梅”，颂扬“山中人”，喜欢王安石，支持林则徐，等等等等，是他的哪一种思想吸引了那个刚脱去男装不久的少女呢？

答曰：龚自珍做的那套七巧板。

是吗？我们大家都来玩七巧板吧。

淘气的女寿星啊，至少你可以教教我们玩七巧板吧！

冰心玩着七巧板，很快就步入了五四运动那一年。怎么说，我们的运气也算好，我们终于多知道了一些冰心的开始。打算认真写一部深刻的“冰心传”的研究家们应该感谢我们，是我们首先采访到冰心玩七巧板的。

七巧板、七巧板啊！你在考查我们的智商，检验我们的想象力，我们不准备再向冰心提出诸如此类的幼稚问题了。

女寿星啊，我特别尊重你的智慧。

1991 年 4 月 3 日

碧野

静静的河湾

河湾里,静静的。穿天杨像一列披着绿盔甲的壮士,肃穆地守护着这河湾。在对面长长的河滩上,一片无尽的野梧桐林像张开的巨大的翅膀,想奋翼冲天。只有每当明亮的月夜,天山伐木的战士驾着筏子从这河面上经过的时候,那激起银白浪花的桨声,和那伐木战士的豪迈的歌声,才打破这静静的河湾。

就在这静静的河湾里,住着一个永远受人们敬爱的连队。这连队里的每一个战士,都是曾经把他们的青春、他们的鲜血贡献给党和祖国的人。他们有的在战争中残废了;有的在战争中付出了他们最宝贵的生命中的一段岁月,而现在老了。他们过去是英雄,即使是现在,他们仍然是英雄。

他们每一个人都不愿意离开部队,他们认为生活在集体的革命大家庭里比任何地方都要温暖。上级把他们安置在这风景清丽的环境里,人们有责任来养活他们。但是,当他们看见曾经用自己的鲜血和青春争来的新的国家，今天正走上繁荣的社会主义建设道路，他们哪肯安下心来休养！

你看，我们断了一只胳膊的英雄战士傅金生，他是怎样在用他的独臂栽种蔬菜。不论是在平畦或是在高床，处处都有他辛勤的五只手指印。他沉默地而又细致地管理着他的菜园。他使每一棵菜都得到充分的肥料，使每一粒泥土都得到充分的水分。从春到秋，他的菜园里总是绿油油，芹菜、萝卜、莲花白、菠菜和葱韭，不断地在他的独臂下滋长、茂盛。

他是在解放大西北兰州的战役中挂彩残废了的。当他在野战医院里的时候，他唯一想到的是怕以后不能再拿枪；但是今天当他每次站在菜园中央，眼看着像绿波滚滚蔓延开去的各种蔬菜的时候，他心里却感到无限的快慰。他不但觉得自己是一个有用的人，而且还是一个人们十分需要的人。

逢上巴扎，他有时跑到供销合作社的菜铺去，悄悄地站在一边，看维吾尔族穿着花裙的年轻主妇和穿着没领白衣的老人争买他栽种出来的蔬菜。他认得他栽种的萝卜水亮甜脆，菠菜又沁绿又肥大，白菜每棵起码有六斤重。

他更常常跑到军垦农场的每个生产连队的伙房里去。不论他走进哪一个伙房，炊事员再忙，也要热情地给他点支烟、沏碗茶，并且以快乐的声调告诉他：他菜园里新出的什么菜真甜，人人都爱吃。于是他就会微笑着走到锅台边上去，看看炒在锅里的菜色，闻闻菜香，有时也亲自动筷子尝一口。他会告诉炊事员火候过了，或是还太生。要炊事员下次炒他栽种出来的菜的时候，特别要加点小心。

因为他知道，战士们吃得好，身体才能更强壮，有了强壮的身体，军垦农场的生产才能逐年提高，多给国家上缴棉粮。

也就因为这样，所有生产连队的每一个战士都尊敬他、爱他，碰面的时候，总要拦住他亲热地喊他做“种菜大王”，并且问他最近又长出了什么新鲜蔬菜。

新鲜蔬菜有的是，不仅是春天、夏天和秋天，而且在冬天，即使是这戈壁滩上积满了雪，他也将要设法去栽种。现在他已经请求上级批准给他盖一座玻璃大暖房，他就要在大暖房里，用他的独臂给人们生产出更多更清甜的蔬菜，使生活在严冬不见青的戈壁滩上的人们，都能吃到他的各种各样珍贵的翠绿的产品。

你再看我们的断了腿的英雄战士王亮，他是五〇年在天山剿匪的时候，从悬崖上摔下来，一条腿断了，另一条腿也跛了。可是你看他，现在安上了一条假腿，另一条腿一跛一跛地还在工作。他养着一群花斑良种奶牛，要牧放它们，又要挤奶做酥油。当他蹲在奶牛的肚子底下挤奶的时候，他懂得用巧妙的方法多挤下牛奶；当他坐在酥油机旁边的时候，他会把酥油做得又洁净又透明。

他爱每一头牛，每一头牛也爱他。他常常喜欢去逗牛娃玩，母牛总是用温良而信任的眼光望着它的主人和自己的孩子。

虽然他从奶牛身上挤下了大量的奶，但他仍有办法使奶牛肥壮，仍能使每一头牛娃有充足的奶吃。

他爱孩子们一如爱他的牛娃。每天早上，太阳出来正是他上路的时候——他坐着“六根棍”[1]驾御着一匹骠壮的大黑马，把成桶成桶洁白的鲜牛奶分送到军垦农场每一个连队的托儿组去。那时，珍珠似的露水还在路旁闪烁。如果是冬天，他就改用雪橇送奶，让大黑马掀起沿途如银的雪粉奔驰。

他在车辕的拱木上，挂了一个铜铃，让沿途的晨风把铃声传遍原野，让每个连队托儿组里的孩子们远远听见铃声就争先起床。

于是天真的孩子们会快快活活地蹦跳着迎接他、包围他，争着用清脆娇嫩的嗓子，喊他做“送奶叔叔”，而且还要纠缠他讲个故事。

每个连队的托儿组里，孩子们每天都能听到他的一个动人的小故事。在“六根棍”或雪橇出发的时候，他就开始对着沿途的景物——一棵树、一只鸟、一朵野花或是满天飞雪，编造着和丰富着他的每一个小故事，等到大黑马来到第一个托儿组门前的时候，他的故事已经是完完整整的了。于是他就会代替托儿组里的阿姨，在春天的阳光下，在夏天的阴凉里，或是在冬天的炉火边，让孩子们团团地围着他坐下，倾听他的美丽的新故事。他会使阿姨们在旁边听得微笑，使孩子们听得小眼睛一眨一眨的。

孩子们都是部队进入这祖国边疆以后生下来的，现在大的已经有六岁了。他年年、月月给孩子们送奶，孩子们从襁褓中到进托儿组，天天都得到他的抚爱。他认得他们的每一个，全都喊得出他们的名字，可是他更喜欢给他们起外号，有些矮壮的孩子，他叫他们做“坦克队长”“小野炮”；有些文静一些的小姑娘，他叫她们做“科学家”

---

〔1〕 即苏联式的轻便马拉运输车。

“小画家”。

是的，他天天用奶汁去哺育这些孩子，他想到这些孩子都是新社会的后备军。他要使他们都肥肥胖胖的，将来长大了都有一副结实的身子，好给新社会的未来创造更加光辉的事业。

他想到，这些孩子中间有未来的拖拉机手和康拜因手；也有未来的科学家、文学家和艺术家。这些孩子都将继承祖国的事业，而且会战斗得和工作得比他们父母一辈更好。

这就是为什么他要抱着无限的乐观在带着残废的身子工作，把酥油做得更好，把牛奶挤得更多，而且把自己的心始终保持着年轻的热力。

你再看我们的英雄战士刘德海，他今年五十七岁了，在那生命最丰满的壮年，他是在行军锅边度过的，是一个每一个战士都敬爱的炊事班长。部队进入新疆后，他担任了最艰苦的工作，在天山上牧放羊群。在那即使是六月天也还是非常寒冷和潮湿的山间，他的健康受到了损坏，两腿发生了关节炎。当他被调出山的时候，他舍不得离开用自己的健康抚育大的羊群，临走的那一刻，他还抱着他的羊哭。

现在，他得到了新的欢乐。每天，从清早到黄昏，他都支着一根拐棍，静静地站在河岸上，或安详地漫步在穿天杨和河湾之间。他在看管着岸上的鸡群和河湾里的鸭群。

河湾用树枝编上了栅栏，成千的雪白的鸭子，就在平静的水里游来游去，互相嬉戏和捕捉小鱼吃。

在岸上觅食的成千的鸡群，有红的、有白的、有花的，在绿草地上显得非常鲜艳，就像织在绿缎面上的华丽的图案，但却又比图案更动人，因为它们是活的。

不论对鸡群和鸭群他都十分熟悉，他能够辨别出每一只家禽，而且能够知道它们每一只的脾气，哪些是喜欢乱闯的，哪些是喜欢远游远走的，哪些是喜欢打架的，哪些是喜欢把蛋蛋生在水里或草堆里的，他全都清楚，因此他也就能够更好地去管理它们。他经常随身带着两件宝，一件是梆子，一件是竹板。只要他把梆子一敲，所有的鸡就会从四面八方向他飞来；而又只要他把竹板一打，所有的鸭子也就会从远处向他脚边游来。

他特地给鸡群设计建筑了几座鸡房，鸡房的墙上安了许多长条格子窗，空气既流通，黄鼠狼又钻不进去。为了适应新疆鸡爱上架的特性，他又在鸡房里给设立了木架；同时还给生蛋的母鸡做了许许多多柔软的草窝，就像医院里给产妇们摆设的舒适的产床一样整齐。

他一想起自己给国家生产着成吨成吨极富营养价值的最上等的蛋蛋和肉食，就更加勤奋地工作。深夜里，他还要起床支着拐棍去悄悄地巡视一遍禽舍，鸡叫三遍，刚有点曙色，就又起了床。

他每隔三天就要打扫一次禽舍，把鸡鸭粪仔仔细细地保藏起来。等到每年春播或夏播前一些天，他就要打电话去催促农场的每一个连队的农业技术员赶快派车来运肥，好及时地给各种作物的种子拌种，好使种子得到禽粪的滋养后提前出苗，好给国家多打粮食和多收棉花。

在这静静的河湾里，河水春天化冰，夏天泛着鳞波，秋天像镜子似的明净；岸上的穿天杨在春天里发芽，在夏天里成荫，在秋天里金黄。而我们这些英雄战士们，就在这幽静的环境里，忘记了自己的残废和年老，一年又一年，在辛勤地、默默地给我们的祖国、人民和后代的子子孙孙创造着财富和幸福。

人们尊敬他们而又爱戴他们。师长和政委经常坐着吉普车来看望他们；农场的运输队每月总是要最先把粮食、油盐和菜运到这里来；农场合作社的售货员，总是要把新来的日用品、糖果和香烟，用汽车送来让他们先挑选；文工团的青年演员们来得很勤，每次都要把最精彩的新节目在这里演出；而那些伐木的战士，也往往要把筏子停在这静静的河湾旁边，把从天山上采来的新鲜蘑菇作为一种珍贵的礼品，送给我们这些虽残废虽年老，但却仍然在为祖国忠勤工作着的英雄们。

山高云深处

进入鄂西北大山区，爬上九焰山，千峰万谷，云雾弥漫，真像是烟焰腾腾。像这样高寒的大山上，还有人家，还有稻田、棉花田、芝麻地，还有满坡培植黑木耳和白木耳的排架，真使人感觉到这是“天上的人间”。

“再往里走，那九湖才真是九重天!”九焰山的区委书记告诉我说。

我立即发生了去九湖的兴趣。

恰好，有一个来九焰山参加财粮工作会议的老汉，家住九湖。我就跟他结伴同行。

大山里，人烟稀少，能碰见一个人，就亲得很。何况我跟老汉结成了伴，他对我就更加热情。一路上，他怕我饿着了，把他在九焰山买的糖姜、蜜枣，老是从褡裢里抓出来给我吃；又怕我渴着了，时不时爬到崖边去给我摘来几个又酸又甜的羊桃果。

路，弯弯曲曲，出没在悬崖峭壁之间。每次，当老汉爬到崖边去给我摘羊桃果的时候，我拉都拉不住他，心惊肉跳地替他捏一把汗。

“老大爷，多险的路，你不要再爬到边上去呀！”我俯视着千寻峭壁下的黑洞洞的深谷，苦苦地劝他。

“这条路是新开的，够平坦的啦。”老汉说着往头顶上一指，“你看，原先的路才险呢！”

我抬头一看，只见陡崖像乌云压顶似的，阴森森、寒凛凛的，真吓人。就在那像乌云一般的陡崖上，有一条像天边闪电似的若隐若现的小小的山径。

“以往走的是那条路吗？”我说这话的时候，还觉得心跳。

老汉让我坐下来歇歇腿，然后用袖子擦着从鬓角上流下来的汗。我发现他花白的鬓角上有一块带着爪痕的伤疤，好像是被猛兽抓过的。

他擦干了汗，沉默一阵子，然后给我讲了一个故事：

十几年前，有两兄弟就在那崖上的小路走。他兄弟俩没有娘，年纪都还小。爹挖野药到四川省换粮去了，大巫山连着大巴山，山高林密，一去一回就得一月二十天。爹走的时候，只留下两升苦荞。这兄弟俩一个刚满十三，一个刚八岁，到九焰山亲戚家借粮回来。哥哥背着背篓走在前面，弟弟跟在后边。他俩刚刚走到这山崖上，哥哥忽然听见背后一声咕咚响，知道弟弟摔下崖去了，眼泪扑簌簌地流下来。崖陡、路窄，又背着背篓，只要身子一歪，就会碰着崖壁掉下去。哥哥一步一把眼泪，但是不敢回过头去看一眼……

“那时候，路才真是难走呵！”老汉轻轻地叹息一声。

我久久地俯视着脚底下的深谷，好像还看见那个不幸的孩子似的，两眼发湿。

老汉望了望山林中淡淡的日色，忽然站起来说：

“走呀，到九湖还远着哩！”

老汉走山路，一天能走一百六。往常，他从九焰山到九湖，太阳还老高就赶到了。可是今天，他陪伴着我爬山，虽然放慢了脚步，我却赶得两脚起泡。眼看已经是日落黄昏了，但还没有赶到九湖。

在一座大山上，老汉忽然停住脚步，指着山底下说：

“看，那就是九湖，可是下去还得走个把时辰！”

在暮色中，我只看见脚底下一片苍苍茫茫的烟谷。

老汉的家就住在这大山上。他热情地留我在他家里过夜。

第二天一早，高山上的云雾还没有散，老汉就把我送到半山腰，给我指点下山的路，老汉是九湖公社的财粮委员，本想和我一块下山，可是因为他要在这山上的生产队里办点事，还得耽搁半天。临分手的时候，他特地告诉我说：九湖住着一位县委副书记，要我跟他谈谈，他对九湖什么都了解。

我顺着开满野菊花的山路往下走，快到山脚的时候，云消雾散，太阳出来了，整个九湖呈现在眼底。秋天金色的山林环抱着盆谷。盆谷中央闪现一片水光，倒映着群山，那是湖。湖心有树，像个绿岛。一条闪光的河水，从湖里流出来，弯弯曲曲地穿过湖边的田野和牧场。

好一个去处！

我欢欢喜喜地加快了脚步下山。

当我快要走到湖边的时候,忽然传来了一阵呜嘟呜嘟的声音。我顺着声音望去,原来是一个汉子站在湖边的一块岩石上吹牛角号。那号声吹的有号点子,又洪亮又好听,给人一种欢乐的感觉。随着一阵又一阵牛角号声,只见四处山林家家户户的猪,都朝着这湖边跑。猪,成群成群地互相追逐,高高兴兴地卷动着小尾巴,叫着,跑跑跳跳,撒野撒泼,成千上万,都集合到汉子身边来了。

真稀奇,我简直看傻了!

等到猪倌一停下牛角号,我就禁不住向他走去。

这个猪倌个子不高,可是浓黑的眉毛底下,两只大眼睛闪亮闪亮的,挺精明。他剃光头,穿件薄棉袄,斜背着一支枪,一边挂着牛角号,一边挂着鹿皮袋,穿一双龙须草鞋,打一副棕树皮绑腿。胸脯挺挺的,又壮实又威武。我心想这真是一个标准的山里汉子。

“这里是九湖吗?”我搭讪道。

“是呵。”他打量了我一眼。

“只看见一个湖呢?”我望着在朝阳下闪光的湖面说。

汉子笑了笑,然后沿着湖指了一圈说:

“唐朝的薛刚在这里练兵,从一号营到九号营,沿着湖边。一共扎了九座营寨,以后人家就把这里叫成了九湖。”

“听说这九湖比九焰山还要高?”我诧异地望着湖面说。

“是要高得多,从九焰山到这九湖,中间要爬多少座老高山呀!”他说着又往湖那边的一座白了头的山峰一指,“你看,那是薛刚的老婆纪鸾英驻过兵的太平山,九月天就下雪!”

说着,他拿起了牛角号,沿着湖边慢慢地边走边吹。可是这次他吹的号点子却和刚才的不同,号声显得很安详。千万成群的猪听见这号声,都跟着他走了。

我不由得也跟了上去。

到了水草长得好的地方,他放下了牛角号,拣块石头坐下来,看着猪群吃水草。

“人家说:猪蹲膘。放它们野跑能长肉?”我也拣了一块石头,一边坐下,一边问道。

“蹲膘,费粮费事,肉又长得松,味也差;跑跑,既省粮又省事,肉还长得紧,味可香哩!”他说着用火镰打着了纸捻子,拿起木头旱烟袋吸烟。

这时,有一只白脖子的猪跑到他跟前,翘起猪鼻子亲昵地闻了闻他的腿,然后就在他的膝盖上蹭起痒来。

猪倌探身采了几朵野花,很有兴致地一朵一朵插在猪鬃上,然后拍了拍猪屁股,让它归群。

我望着那只白脖子上戴了花的猪走回黑压压的猪群里去,喜眯着眼睛问道:

“养这么多猪,上缴吗?”

“还少得很呵,将来我们这九湖可要变成全县最有名的产猪地区哩!”他一股接着一股地喷着烟微笑说。

我望着沿湖辽阔的牧场,虽说季节已经到了秋天,可是因为高山环抱,湖水浸润,草色还显得很翠绿。那连着碧水的绿油油的牧场,在金色山林的围绕中,像翠玉镶金似的,显得更加迷人。

“多好看的牧场呵！”我赞叹起来。

“虽说薛刚被逼在这里练过兵，纪鸾英被逼在这里扎过寨；可是自那以后，这里就从来没有人烟。穷奔山，富奔川，到国民党那吃人的年月，穷家小户更没法在平川里活下去了，逼得零零散散钻进黑老林。从那时起，这九湖才慢慢有了人烟。”猪倌说着磕掉烟灰，又装上了一袋烟。

“这九湖有人烟才是近几十年的事呀！”我感叹地说。

“是呀，陈年旧月，谁有办法，谁肯跑到这穷山里来呢？”他长长地喷着烟叹了一口气，忽然指着远处明光光的一座峭壁矗立的山崖问着，“你看见那个崖洞么？”

那崖脚果真有一个大石洞。

“那是过去住人的，把它说的好听些，叫做‘崖屋’！那时候，老人孩子都会唱这几句苦歌儿：住的大天井，风吹扫光地，月出点燃灯！”

“那日子过得可真艰难哪！”我说。

“那时，叫人心酸的事多得很，穿花果树皮，煮野菜，吃苦荞。苦歌儿唱的：大九湖，光腚树皮捂，吃的苦荞粑粑菜糊糊！”

“就光种些苦荞吗？”我深深地叹息了一声。

“高山苦寒，只能种苦荞。有时，也挖点野药，背到四川去换粮。到四川，走的是天险路，往往是尸骨不全！”

说着，猪倌收起了旱烟袋，站起来，一边慢慢地往前走，一边拿起牛角号又吹着安详的号点子。

猪群像乌云滚动似的，跟着他往前走了。

我很有兴趣地也跟着他走。

又到了一片水草丰美的地方,猪倌放下了牛角号,停下来。

猪群随着号声的停止慢慢地散开,又开始低头吃水草了。

猎倌抬头望望天空,太阳已经快当顶了。于是他从鹿皮袋里拿出一个薄铁缸子,忙着到湖里去弄了一缸子水,然后找些枯枝烂叶烧起火来煮开水。

“喝吧,你山外来的客人,尝一尝我们九湖的水,可甜哩!”也许我和猪倌混熟了些,开始对我表示了他的热情。

我刚刚喝了两口开水,就觉得舌尖甜丝丝的,高兴地说:

“像放了糖似的!”

他从身边拔了一根草茎,微笑着递给我说:“你吸一吸看。”

我接过草茎,吸了吸草汁,笑着说:“也是甜的!”

“要不它们会这样喜欢吃吗!”猪倌第一次眉开眼笑地乐了起来。

他正乐,忽然发现有些猪闯远了,立即抓起牛角号,呜呜嘟嘟地吹起来。这次号点子吹得很凌厉,像发怒。

那些离了群的猪,一听见这号声,赶快扭头,尾巴一甩一甩地就往回跑。

其中有一只大黑猪一直跑到他面前,像做错了事的淘气孩子似的,奋拉着脑袋,一动也不动。他轻轻地打了它一下,算是处罚。接着从鹿皮袋里掏出一个马铃薯,塞进猪嘴里去。于是大黑猪欢天喜地地跑回群里去了。

“真听话!”我笑了起来。

“鸡猪牛羊都有灵性,要紧的是一个‘教’字。”猪倌说着又从鹿皮袋里掏出几个马铃薯来，埋进火灰里去。

“你刚才不是说九湖光长苦荞吗，原来也出马铃薯！”我惊喜地说。

“大九湖吃苦荞的日子过去了，我们管这叫洋芋……”

于是他跟我谈起了九湖的生产：

还是两年前，九湖光种不收，洋芋没有，苞谷没有，稻谷更没有。单凭挖野药、打猎，又不够糊口，靠吃国家的救济粮。那时，从九焰山背一百斤粮食到九湖，山路难爬，要费六个工。

前年秋天，有人从县里背回来一背篓洋芋做种，连种了两年，到今春，收的洋芋家家户户吃不完；只去年一个春上，把救济粮一半掺野菜吃，一半留做种子，连同四千亩的苦荞地，扩大开荒到一万多亩，种生田，这样苞谷就撑破了囤；今年开春，又沿湖开雁滩田，于是九湖第一次生产了稻米。从去年秋收以后，九湖一千多口人，再没吃过一口救济粮；从今年起，九湖就有余粮上缴给国家了。

“过去是粮食从九焰山背进九湖来，现在是粮食从九湖背出九焰山去了！”猪倌庄重地说。

“好！”我称赞了一声，接着问道，“可是过去为什么又不能种粮食呢？”

“过去，山寒地薄人心散；现在，才懂得人力终究能胜天！”猪倌说着，用树枝把煨熟了的洋芋一个一个拨出来，拍掉灰，递给我两个。

“我带的有干粮。”我连忙推辞。

“这是我们九湖的洋芋呵，你能不尝一尝吗！”猪倌笑笑地说。

“好像味儿香些！”我咬了一口马铃薯说。

猪倌笑了起来：

“洋芋还不是一个样？火煨的，怎能不香！”

穷九湖变成了富九湖。我边吃边欣赏着周围的秋山红叶，忽然发现一片高山坡上，有一个三角形的黑点，于是我指着那黑点问道：

“那是什么？”

“窝棚。”

“住人的？”

“守庄稼看野兽的。”

猪倌的话越来越多了，开始滔滔不绝地告诉我：九湖山上野兽多，苞谷从种到收，野猪来刨，狗熊来偷。不要看山坡上地多，要是不看守好，一夜就会被糟蹋光！社员们为这添了不少劳累，从种到收，每天夜里宿窝棚，烧火吹号，敲梆打锣，赶野猪吓狗熊，才能保住庄稼。

“怎么不打呀？”我说。

“这两年好多啦，在野猪走的山腰里架起了千斤塌，在狗熊出没的老林里埋下了自响枪。”猪倌一边说着一边怪香地吃着煨马铃薯，连皮也舍不得剥。

“你放猪也带枪，难道这湖边也有野兽吗？”我问道。

“怎么没有？狼来找水喝，乱草窝里藏虎豹！”猪倌说着把缸子里的开水几口喝干，背手托着枪站起来，目光炯炯地望了一下周围，然后拿起牛角号，又边走边吹出安详的号声。

我和猪群一块跟着他慢慢地走。

他回头望了望猪群，忽然发现有两只小猪走得慢，立即放下牛角号，走进猪群，一手抱起一只小猪，把其中的一只塞到我的怀里，要我帮他忙抱着。然后才又拿起牛角号吹着继续往前走。

猪群驯顺地跟着号声往前走，既不拥挤，也不散开，有的摇着小尾巴，有的扇着大耳朵，大猪昂头阔步，小猪四蹄蹬跳地跟着母猪，像乌云遮日似的，滚滚地漫过牧场。

在牧场边缘的远处山脚，传来了喔喔的鸡啼和哞哞的牛鸣。在秋林红叶的掩映中，有高耸着屋脊的木头房子和平敞的新瓦舍。

“那是人家。”号声一停，猪倌歇住了脚步，远远地指着那山脚说。

“好兴旺！”我说。

这又是一片水清草肥的地方。猪群慢慢地散开，低头沉醉于水草的甜美中。

太阳西斜，辐射力正强，空气里充满了热量。母猪一只又一只地躺了下来，挺着肚子，显出鼓胀胀的两排奶房，好像是晒太阳，又好像是憋不住奶胀。只见小猪各自成群地跑到自己的妈妈跟前，爬着、钻着、挤着吃起奶来了。

猪倌急忙把我怀里的这只小猪接过去，连同他原来抱着的那一只，分头送到两只母猪跟前去吃奶。

“你全认得它们母子呀！”我惊叹起来。

“要不能当好猪倌么！”他笑笑地说。

“多肥的湖草呵，真能催奶！”我目不转睛地望着那些母猪说。

“这湖边都是新开的雁滩田，刚刚收过冷水红稻子。过去我们九湖人不知道大米是两头尖的，今年才算尝了新。现在把猪放到这里来，以后湖田年年水肥粪足，稻子就长得更好了。”

猪倌说着从鹿皮袋里拿出一瓶酒来，给我筛了半缸子。

“我不会喝酒。”我急忙说。

“这酒不辣。”他说。

我尝了一小口，果真怪甜的，咂着嘴问道：

“是用冷水红酿的吗？”

“用野金镶玉酿的。”猪倌微笑着又从鹿皮袋里掏出几块亮晶晶的东西送给我说，“这也是用野金镶玉熬成的。”

我接过来仔细一看，是糖。

真没有想到这种野生植物有这样多的用处。

“我还是第一次听说野金镶玉能酿酒熬糖！”我津津有味地品酒吃糖。

“云雾山中气候寒冷，住在这里的人，要有酒喝，要有糖吃才好。”猪倌被风吹日晒黑的脸孔笑成了一团。

我一边喝着酒吃着糖，一边环望着周围的山林，在白云缭绕的山腰上，有一片一片金黄色的坡地在云影中出没。

“那山上种的什么庄稼？”我好奇地问道。

猪倌手搭凉棚望了望那白云缭绕中的山腰说：

“那是苞谷，我们九湖这两年开的生荒多，眼看打过水霜了，高处的坡地还来不及搬苞谷。”

“你们这里可真成了个大粮仓啦！”我说。

“我们九湖将来要用机耕才耕种得过来。”猪倌满怀热情地说。

“大高山怎能机耕？”我惊讶他什么都懂，可是对这却有点怀疑。

“不要看九湖的山高，可是高山上有的是平原！”猪倌闪亮着大眼睛说。紧接着，他指点着辽阔的湖面和周围的高山老林，声音琅琅地告诉我说，“你看，将来我们的九湖该变得多么美：十里银湖中养大鱼，东面迎日峰边是花果山，西面落霞岭上是漆树林，南面清风山腰是黄连棚，北面出云崖下是银耳坡……”

我想起昨天路上老汉对我讲的那个故事，于是十分感叹地说：

“这真是苦境变仙乡呵！我听说以前有两兄弟走崖路，弟弟摔进了山谷，哥哥哭着也不敢回头！”

“谁告诉你的？”猪倌忽然颤动着浓眉问道。

“有一个老大爷对我讲的。”

“是鬓角上有块伤疤的那个老汉吗？”

“就是他。”

“他就是那兄弟俩的爹呵！”

我不由得一怔。

从太阳出山到落山，我跟着猪倌在湖边整整转了一大圈，现在，远处积雪的太平山映着霞光，像白头老人戴上了金冠，亮灿灿的；湖面开始流荡着烟霭，当中间那岛一般的水树，归鸟翔集，扇动着翅膀噪林；周围的山林被晚霞燃烧得火红，有暮云从黝黯的山坳里升起。

我和猪群跟着猪倌环湖漫游，现在，终于由牛角号声招引着回到早上猪群集合的地方来了。

薄暮中，山林里处处炊烟袅袅，而且从四面八方传来了社员们荷锄晚归的人声，牛入栏的哞哞声。

猪倌听了听山村的人喧畜闹，又望了望入暮的湖光山色，然后跳到早上那块岩石上，鼓着腮帮吹起了牛角号。这次他吹的是另一种号点子，呜嘟嘟——呜嘟嘟——调子长而缓慢，闲适中带着憩息，安乐中带着满足。

于是猪群分成一小群一小群地散开，很有秩序地往山林中的各家各户走去了。

我奇异地睁大了眼睛望着四处远去的猪群，一直到牛角号声停下来，我才又敬慕又赞扬地对猪倌笑着说：

"简直像上下操似的！"

猪倌从岩石上跳下来，一把抓住我的胳膊说：

"走，到我那里去住！"

"听说你们这里住有一位县委副书记，我找他去。"我尽力想摆脱猪倌强有力的手。

"我带你去。"他放下我的胳膊，领着我往附近的山林走去。

我们穿过铺满落叶的林地，来到门前栽着两棵桂花树的一幢茅屋跟前。桂花盛开，枝头像洒满了碎小的金子，一股股清香沁人心肺。好像我一天的疲劳都被这桂花香涤洗得干干净净了。可是我心想，猪倌硬拉我不行，却用软办法把我哄到他家里来了。

"这里是公社党委会。"猪倌说。

公社党委会住的倒是茅屋。我急忙问道：

"县委副书记也住在这里吗？"

听见我们在门外说话的声音，有一个人从茅屋里走出来，高高兴兴地对我们喊道：

"你们这么晚才回来呀！"

我一看,原来是老汉下山了。

老汉把我拉到一边,露出缺牙巴笑着问道:

“你跟他谈过啦?他就是县委副书记呵!”

老汉给房子里端来了一盏桐油灯,灯盏里放了好些根灯芯草,拨得亮亮的,像一朵盛开的菊花。

我奇异地望着油灯。

“我们山里有这么个风俗,像你这样从远地来的客人,灯盏里就要放上一圈灯芯草。”在明晃晃的灯光下,书记说着,把一包“满山红”牌的香烟放到我面前,然后他自己对着油灯吸燃他的木头旱烟袋。

我吸着了一支“满山红”香烟,在青烟缭绕中,仔细地端详着这个精明的山区书记,忽然想起了白天的情景,禁不住冲口而出:

“真没有想到书记在亲自放猪呵!”

“这两天猪倌病了,原来号点子就是我教他的。”他谦逊地微笑了一下。

他这句简单的话,却使我很感动地想到这九湖面貌的改变,原来每一件事情都渗有他的一份心血呵!

“你是本县人吗?”我以尊敬的心情问起他的出身。

他磕掉烟灰,摸弄了一会木头旱烟袋说:

“我就是这九湖人,家住在这后面大山上。刚才那个老汉,就是我的爹!”

我惊异地睁大了眼睛看着他:原来他就是当年那个失脚掉下崖去的孩子的哥哥!

一阵秋夜的冷风从窗洞吹进来，灯光忽闪忽闪地跳动了几下。房子里静悄悄的，只听见虫儿在茅屋周围唧唧地叫。

好像要使我的心情平静下来似的，他终于打破了沉默：

“我从县里回来的时候，第一件事就是开崖路！”

“我就是从你们开的崖路进九湖来的。”我激动地说。

“不久以后，我也要从新开的崖路到另一个地方工作去了。”他的眼睛里好像闪烁着火星。

他告诉我，两年前县委决定加强边缘山区的工作，他就回到了九湖。现在，九湖已经打好了基础，他又要去开辟另一个更偏僻更艰苦的山区了。

我对着明晃晃的灯光，一种庄严的感觉升上我的心头：就是这一号人，不怕困难，不畏艰险，从这一处穷乡僻壤，到那一处恶水凶山，勤勤恳恳，赤胆忠心，为人们开拓生活的道路，把人们引向理想的明天。

他撒播幸福于人间。

盐湖之夜

我们荒地勘测队土壤调查组这一伙，在荒原上迷失道路已经大半天了。在这边疆地区，搞这项工作，有时免不了要迷路，但却从来没有迷路迷得这样苦。

转来转去，处处都是比人头还高的红柳、盐索索和骆驼刺，它们老是遮住我们的视线；即使偶然发现一棵野梧桐树，爬上树梢去瞭望，但也同样看不到宿营地的那面红旗。我们又饥又渴，疲乏得连腿也拖不动。每个人的上衣和裤子都被多刺的野生植物挂破，成了一片片。

傍晚，我们转到一片苇草丛生的地方，每一步踩上去，都软得像弹簧似的。虽然茂密的苇草遮住了落日的光照，但是组长仔细地察看了满地积年枯落的苇叶，就立即判断出这是一个沼泽地带。

“挖吧，底下有水！”组长高兴地喊。

我们正渴得喉咙火焦烟辣的，听见组长这一声喊，就抡起铁锹，轮流挖洞。泥土苇根纠结,像钢丝一样坚韧,好不容易,才在脚边挖了一个洞,还没挖通,突然呼的一声,一道冷森森的白光冒出来,把大家吓了一大跳。原来是水的压力把没挖通的洞冲开了,哗哗地冒出一支水柱,就像喷泉似的把来不及跑开的人淋湿了。

大家都大口大口地把水喝足了。一个恢复了精力的年轻同志,忽然从附近的苇丛里抱出来几个奇怪的蛋。

“会不会是老鹰蛋?”

“我看是蛇蛋!”

组长见识广,他走过来一看:“不,这是大雁下的!”

立即我们就喜喜欢欢地跑去捡大雁蛋了。

没有风,怎么苇叶在沙沙地响?忽然有一个同志大声喊道:“野猪!”

大家急忙跑拢到一块。就在这个时候,长着獠牙的一群野猪正从附近密密的苇丛里冲出来。谁猛地抽出手枪。

“不能打!”组长立即使劲抓住那只拿枪的手。眼看野猪成群地窜过去了,组长这才松了口气说:“刚才要是开枪,它们就会顺着枪烟冲上来的!”大家脸都吓白了。

沼泽地里野兽多,不能过夜。太阳已经下去很久,余光快要消逝,我们在昏暗中又动身寻找归路。

已经又转了一个时辰,地面还是那么软,一弹一弹地,越走越觉得费劲。我们更加疲乏了,有一个同志已经要人搀着才能走。看样子,这沼泽地好像是无边无际的,即使是走到天亮,也不一定能走出去。组长正要决定叫我们停止前进,忽然那个精力还很充沛的年轻同志喊起来：

“看!”

一点亮光正在前面的苇梢上闪动。

“什么？那是一颗星星。”

“星星没那么红,”组长说,“准是灯!”

灯！有灯就有人。于是我们鼓起劲,跟着组长朝那红闪闪的灯光快步走去。

天上虽然有星星,四周还是很黑。那点灯光看得特别分明,好像并不远,但是走了很久还走不到。

“同志们,快点!”组长喘着气催促我们前进。他心里特别焦急,生怕迟了那灯一灭,就什么人家也找不到了。

走了一会,我们的脚忽然踩上了坚实的土地,沼泽地带已经落在后边。朝着灯光再没走多远,我们就进了一片野梧桐林。灯光就是从林梢上射出来的,模模糊糊地看得出树上架着一间木头房子。把房子架在树上,显然是为了避免野兽夜间的侵袭。

组长警惕地停下来——可能是匪窝？有枪的同志都把枪摘下来。我们从四面八方向木头房子包围过去。木头房子里的人好像听出有悄悄的脚步声,灯立即被吹灭了。

“谁?”树上投下来厉声的叱喝,原来是一个汉族人。

“你是干什么的?”举着手枪躲在一棵树后的组长问。

“看盐湖的!”树上突然传来拉枪机的响声,“你们是干什么的?”

“别开枪,我们是勘测队!”我们的组长喊。

树上的灯又亮了,一个人端着灯走到木头房子的门口,在灯光里可以看出那是一张忠厚的脸。接着,那人从木头房子上放下了梯子:“同志们上来吧!”

我们都爬到木头房子上去了。木头房子不大,但也不小。在灯下,我们看见临窗有一张自制的不很平整的小桌子,桌上放着一册语文课本和几张用铅笔细心地抄满课文的桑皮纸。

这是一个四十岁上下的中年汉子,当他问明白我们是荒地勘测队土壤调查组的工作人员,因为迷路到了这里的时候,就突然显得特别热情。

“同志们都饿了吧,这里还有一点面粉,另外还有两条野羊腿。”

我们的组长看见木头房子里只剩下半袋面,就说:“我们烧点开水喝吧。”

汉子早注意到我们组长的眼光,说道:“这里吃点面倒真不容易,都是托盐驮子从百十里外运来的;可是同志们能来到我这里却更不容易,我有多少你们吃多少;做面片吧,连稠带稀的,又解渴又饱肚子。”

一听说面粉是从百十里外运来的,我们的组长就更不肯让我们吃了。

“吃吧,一来我们都是政府派下来的人,二来没了粮我也弄得到吃的。瞧,”汉子说着指了指挂在木头墙上的那支猎枪,“没了面我会打野羊吃!”

我们终于拦不住汉子。他已经把半袋面粉和两条野羊腿提下树去了。

我们的组长帮着汉子在擀面片,那个年轻同志蹲在石头垒起的灶跟前烧锅,我们另外的几个人都在四周野梧桐林里拾柴火。

当我们在火边狼吞虎咽地吃野羊肉面片汤的时候,汉子却蹲在一边吸烟。显然这个荒僻的地方是从来没有汉族人来过的。汉子特别爱说话,说着说着就禁不住对我们谈起了他的往事。

他说他叫车成义,是关内河南省南阳府人。小时家里很穷,连祖传的一亩地也卖掉才掩埋了他的父母。十七岁上,他就跟着一个商贩当小伙计进了新疆,后来那个商贩病死了,他就流落在这新疆下苦。天山南北都有过他的足迹,他在阿尔泰给旧军阀挖过金子,在喀什给地主扛过长工,在天山上给牧主放过骆驼和牛、马、羊。后来新疆解放了,他这才参加了政府工作,开头给区里送信送公文,去年才被调来管理盐湖。

“老车,铁路快修到新疆来了,你不想回河南去吗?”一个同志问。

“解放前我天天想回去,可是没盘费;现在每月工资存到银行里的倒不少,可是又舍不得离开新疆了!”老车在火光中笑得很起劲,“说句真心话,回去不也是干工作?我在这里干不也是一样!再说,现在让我看盐湖,责任可不小,这周围几个县份,不论山里山外的人,都要吃这湖里的盐呵!”

野梧桐林梢忽然抖闪着一片绿光,千枝万叶都变得非常明爽,就像泉流里的水草一样。原来月亮上来了。

“盐湖在哪里?”我们的组长问。

“不远,就在这附近。”汉子说着抬头望了望林梢,“你们赶路赶累了吧,要不,现在刚二更天,我就领你们去看看——哈,你们可不知道那盐湖多么好看呵!”

我们立即都站了起来。跟着他在月影斑斓的林地上走去。

盐湖就在离野梧桐林不很远的一片低洼处。湖面很大,在月亮下闪着银光,把周围的一草一木都映射得特别清楚,就像神话里的一面巨大的宝镜。

“这个湖就是宝,出盐出了千百年,老是出不尽,怪不得这一带的兄弟民族都说这个湖是神仙给他们造的!”车成义快活地笑着说。

他领着我们走到盐湖边上,顺手抓起一把洁白晶莹的盐:“你们尝一尝这湖里的盐!”

我们每个人都从他手心里捏起一点盐,放进嘴里,大家都称赞这盐的味道挺鲜。

“就是因为它味道鲜,过去有人就用枪炮来霸占这个湖!”

车成义接着告诉我们说:这个天然盐湖出的盐不用提炼,是这周围十几万兄弟民族农民和牧民的命根。人得吃盐,羊也得喂盐。可是有一年,国民党派来了一队兵马,不许老百姓走近盐湖。谁要一斤盐,就得用三只羊来换。吃点盐吧,羊保不住;不吃盐吧,人畜又都闹病。有一天,这盐湖边就发生了暴动,国民党兵虾虾们逃走了。可是不多几天,国民党大队兵马打来了,使机枪扫,使大炮轰,兄弟民族农民和牧民不知在这周围流了多少血,这盐湖又给霸占了,害得这几百里方圆内到现在还是畜少人稀!

在静默中,我们开始用严肃的眼光重新察看这个湖。

“刚才我说这一带兄弟民族世代都相传这个盐湖是神仙给他们造的,要是你们问神仙是哪一个,现在他们就都说是共产党!”车成义接着又激动地添上了一句,“共产党把这活命的湖交还了他们!”

又静默了一会，我们的组长才问道："这几百里内的老乡现在每年运回去多少盐？"

"数不清，天天都有人赶着成群的驴驮子来。"车成义说，"这边疆再冷，盐是不冻的，一年四季，不论山里山外，都有老乡从老远的地方来运盐。我整天替他们在湖里捞盐，把盐在湖边堆成堆，让他们装。"

"你整天泡在盐湖里，可不把手脚都淹疼啦？"我们当中的那个年轻同志问。

"可不！盐水把我的腿都咬成一道道的口子，盐水跑进肉里去，疼得我真咬牙！"

我们都惊叹起来。车成义听见我们的惊叹声，却笑笑地说："这没有什么，我跟你们一样，都是为了革命工作，要不谁有胆量在这野兽乱窜的荒野上干活！"

"呵，你们听，老乡们趁着月亮地赶来了！"久在这寂静的荒原上生活的车成义，听觉特别灵。

我们侧着耳朵一听，果真，在夜静中，从荒原的那一边传来了忽隐忽现的铃声。再过好一会，才看见铃声响处有几个老乡赶着一大群驴驮子，在月亮下走近盐湖来。

车成义立即高高兴兴地迎上去。在月亮下，那几个老乡挺亲热地围拢着他，有一个连鬓大胡子的老人还抱着他亲了亲。

车成义把驴群赶到盐堆边上去，然后一边用维吾尔话在跟老乡们说说笑笑的，一边在帮着他们装盐袋、上驮子。好一会，车成义才跑到我们跟前来说："我们先回去吧。"

刚回到野梧桐林,车成义就在石灶跟前忙着烧锅。

“老车,别烧开水了,我们都不渴。”我们的组长说。

“你们不渴就先上树挤着点睡去吧,我还要给老乡们烧锅茶。”车成义把一大把枯树枝塞进石灶里去说,“他们远道连夜赶来驮盐,够累的。等一会他们回来路过这里,让他们喝喝茶,歇一歇。”

烧得很旺的柴火把车成义的脸照得通红。在柴火光中,我们这才真切地看出他的脸孔:浓黑的眉,刚直的鼻子,额头上有着几道深深的皱纹,而那对在火光照耀中的眼睛,却显得特别明亮,显得十分纯洁和善良。

高高的天子山

从索溪峪登天子山，山崖陡立，林木森森，小径曲折，磴道盘旋。虽然山高风冷，但人们爬山，仍然汗湿衣衫。在喘息中歇脚，可以听见四山鸟雀的啁啾，可以采摘崖边的野花闻香，还可以掬崖壁上漫流的清泉解渴。

爬山辛苦，但也充满了野趣。那背衬蓝天、凌空开启的是“天门”。远望，“天门”像一面镌刻得很精巧的镜子，镜框是高耸的岩头，镜面是蓝天白云。登“天门”，山径像九曲回肠，磴道像万级天梯。但人们望见“天门”，总想一鼓作气攀登上去。

上到“天门”，天风吹拂，周身凉爽，汗气全消。这“天门”，是山崖久经风雨剥蚀，亿万年来只剩下一座中空的巨岩，两柱对立，一梁横架，形成了一个“门”字。

坐在“天门”上歇息，回头俯览，群山蛰伏。那索溪峪的骆驼峰，像骆驼来自万里漠北，风尘仆仆；那十里画廊的峰林，像出现眼底的万缕烟云,在轻轻浮动。

幻觉会使人精神升华,会使人心灵默化。停留在“天门”,遥看千里山川,仰望万里云天,视野无边开阔,心胸无限开朗。好像自己不是跋涉在天地间,而是翱翔于太空上。

竭尽脚力爬上了高高的天子山,这才发现天子山是造山运动中的一个奇迹。原来天子山不是一座高峰,而是平顶的,方圆百里,像一片平原。

这座湘西平顶的大山,被誉为天子山,是很贴切的。古帝王戴的平天冠是平顶的,天子山的前后山上的明崖、瀑布、绿树、山花、野果,不就是平天冠的珠串流苏吗?

站立天子山环望,四周的武陵山尽入眼帘。那苍茫的远山像天边的海涛,奔腾跳荡;那突起于群山之上的翠绿的峰林,像钢锥直刺青天,高山深谷,天地无边,这大自然的浑雄气派,何等壮观!

更奇特的是,在天子山高台的中心,地层突然下陷,形成几十里的山谷。这巨大的山谷名为“西海”。“西海”云雾迷茫,沿岸峭壁耸峙,深不见底,内有千百峰林在云雾中突起,看不到山根,只见古松倒挂峰林,气象万千。

这生长在峰林崖头上的古松,树干倒挂,枝柯横斜。云雾的湿润使它们能够生在岩缝隙间,树身虽小,但根部发达。松树皮赤鳞龟裂,而针叶青青。这许多赤松,每一棵都生长在峰林之巅,经受了百载千年的风霜。它们在石缝中盘根,在缺水的恶劣环境里生长,它们的生命力是多么顽强!

如果是遇到白天下雨,雨后天晴,在东升的旭日或西斜的夕阳下，你眼前就会展现一幅绚丽的图画：周围山岚清新鲜绿，一条彩虹横贯长空。这时，在千柱峰林的谷底水汽蒸腾，徐徐升起一缕缕乳白色的云纱，然后在峰林之间聚成白云，冉冉地飞向高空。

云纱从谷底升起，缭绕千峰，形成一个个像白浪滔滔中的岛屿。峰林顶巅浮出云间，山谷多深，无路可寻，千秋万载，谁也不敢下去。

有一条小路通过半岛似的山崖陡壁，伸入深谷之上。这是带着神秘色彩的“神堂湾”。神堂湾的峭岩上，生长古松，下临万丈深渊，云雾茫茫，深不可测。不知道是空谷传音，还是出于错觉，只听见下面好像有狂风的呼啸声，恶浪的奔腾声，猛兽的咆哮声。天造地设，深渊之上架着一块巨岩，坐在岩头俯视谷底烟云，听万籁齐鸣，也是一种大自然的乐趣。

上得天子山来，从东头走到西头，绕行“西海”一角，二三十里。小路在巉岩乱石间弯弯曲曲延伸，时而山崖迎面陡立，时而脚底泉水漫浸。山路难行，汗流浃背，气喘吁吁。不久，这里将开辟通汽车的公路，而且将在汽车不能通行的地方，开辟马车道。到了那个时候，为了悠然观山景，汽车慢行，蹄声嘚嘚，人声欢笑。

天子山属于湘西土家族苗族自治州所管辖。当马儿响着铃铛在山路上小跑的时候，驾驭它的是身穿土家族或苗族盛装的小伙子或姑娘。姑娘们彩丝缕织的衣服在闪光，环珮随着马铃在叮当，这该是多么动人的情景呵。

现在，人们徒步行走在“西海”边，别有一番情趣。虽然旅游者来自祖国各地，甚至有的来自异国，肤色不同，语言各异，但这美丽的山川使人精神升华，爱美之心使人们的感情密切地联结在一起。

不论在山，在崖角，或是遥遥相见，或是发现奇观异景，大家彼此呼唤，远传近接，声震山林。无形中，这成了旅游者传递信息的方法。

更有趣的是，在山行中，可以发现面前的树枝上挂着一条花手绢。花手绢在风中飘动，招人认领，不知道这是哪一个粗心的小伙子或姑娘遗失的。花手绢有色有香，逗人喜爱，它被半开玩笑地挂在树枝上，但却体现出物轻义重的人心美。

旅游培养人的品德。山行暑热，汗湿衣衫。沿途出现阴凉的大山洞，是人们歇脚的好地方。这一队旅游者看见另一队旅游者的到来，立即空出最阴凉的一角，让后来的人乘凉。

谁饥饿了吗？我的挎包里有干粮；谁口渴了吗？我的水壶里有泉水。旅游者虽只有一面之交，但却好像是多年的老朋友，彼此不分，情同手足，甘甜与共，欢乐与同。

过神堂湾继续沿着“西海”往西走，林木青翠，山路在绿荫中弯弯曲曲出没。

清晨，人们从天子山东头接待站踩着露珠上路，太阳偏西才到达天子山西头的接待站。

天子山西头的接待站，位于天子山峡谷之上，峰林矗立。远处，传来隆隆的炮声，那是修路工人在修筑上山公路。不久，汽车就可以从天子山背后盘旋上山了。

这接待站是天子山的风景点，周围种植着大面积的果园。木瓜的香甜，桃子的清甜，李子的脆甜，山林果园的溢香流芳，使刚刚进入接待站的旅游者心旷神怡。

接待站的年轻姑娘们都是高中毕业生。她们刚刚参加工作不久，既活泼又热情。她们提来泉水让游客抹汗。泉水照得见人影，洁净而清凉。当旅游的客人们坐在长廊上迎着山风休息的时候，姑娘们端来一杯杯醇香的云雾茶，让客人们解渴。最后，她们用托盘给游客们送来了桃子和李子。桃李用泉水洗得干干净净，在托盘里闪着珠光，诱人品尝。大家争先尝了尝天子山出产的甜桃脆李，觉得满口清香，个个竖起大拇指，笑着向姑娘们道谢。

入夜，山林寂寂，圆月东升。月光如水，山林深处偶尔传来鸟雀的夜鸣。就在这神秘而美妙的夜晚，天子山上飘起了嘹亮的歌声。这是姑娘们在为旅游者们表演土家族、苗族、壮族和白族的民间舞蹈和演唱民歌。

姑娘们的舞姿优美，歌喉婉转，带着湘西少数民族的风韵和浓郁的感情。

夜歌，给人留下了深刻的印象，深夜归寝，梦魂仍迷恋在轻盈的舞步和甜蜜的歌声中。

图书在版编目（CIP）数据

新中国散文典藏. 第2卷 / 王景科主编. -- 济南 : 山东友谊出版社, 2015.3
ISBN 978-7-5516-0778-0

Ⅰ. ①新… Ⅱ. ①王… Ⅲ. ①散文集－中国－当代
Ⅳ. ① I267

中国版本图书馆 CIP 数据核字 (2015) 第 047480 号

封 面 图：田忠泉
责任编辑：张亚欣
艺术设计：姜海涛

主　　管：山东出版传媒股份有限公司
集团网址：www.sdpress.com.cn
出版发行：山东友谊出版社
地　　址：济南市英雄山路 189 号　邮政编码：250002
电　　话：出版管理部（0531）82098756
　　　　　市场营销部（0531）82098035（传真）
印　　刷：山东临沂新华印刷物流集团有限责任公司
版　　次：2015 年 4 月第 1 版
印　　次：2015 年 4 月第 1 次印刷
规　　格：640mm×960mm　1/16
插　　页：6
印　　张：26.5
字　　数：300 千字
定　　价：75.00 元